支持单位

成都市文学艺术界联合会

出品单位

四川师范大学文学院
成都市李劼人研究学会

四川新文学大系

小说编 ·第三卷·

总　编　王嘉陵　刘　敏

副总编　张义奇　曾智中

本编主编　谭光辉

四川文艺出版社

图书在版编目（CIP）数据

四川新文学大系. 小说编：共七卷 / 王嘉陵，刘敏
总编；张义奇，曾智中副总编；谭光辉主编. — 成都：
四川文艺出版社，2024.8
ISBN 978-7-5411-6547-4

Ⅰ. ①四… Ⅱ. ①王… ②刘… ③张… ④曾… ⑤谭
… Ⅲ. ①中国文学—现代文学—作品综合集—四川②小说
集—中国—现代 Ⅳ. ①I218.71

中国国家版本馆 CIP 数据核字（2023）第 216296 号

SICHUAN XINWENXUE DAXI · XIAOSHUOBIAN (DISANJUAN)

四川新文学大系·小说编（第三卷）

总编　王嘉陵　刘　敏　副总编　张义奇　曾智中
本编主编　谭光辉

出 品 人　冯　静
策划组稿　张庆宁
书稿统筹　宋　玥　罗月婷
责任编辑　李小敏　陈雪媛
封面设计　魏晓舸
版式设计　史小燕
责任校对　段　敏　张雁飞
责任印制　桑　蓉　崔　娜

出版发行　四川文艺出版社（成都市锦江区三色路 238 号）
网　　址　www.scwys.com
电　　话　028-86361802（发行部）　028-86361781（编辑部）

邮购地址　成都市锦江区三色路 238 号四川文艺出版社邮购部　610023
排　　版　四川胜翔数码印务设计有限公司
印　　刷　成都东江印务有限公司
成品尺寸　148mm×210mm　　　开　　本　32 开
印　　张　89.25　　　　　　　　字　　数　2360 千
版　　次　2024 年 8 月第一版　　印　　次　2024 年 8 月第一次印刷
书　　号　ISBN 978-7-5411-6547-4
定　　价　486.00 元（共七卷）

编选凡例

一、本编收录小说以全面性、代表性、稀缺性、本土性为主要编选原则。全面性是指尽量涵盖 20 世纪上半叶巴蜀小说家；代表性是指在考虑其他各点的前提下尽量选择小说家有代表性的作品；稀缺性是指尽量选择曾经发表但未再版或未收入全集的作品；本土性是指尽量选取籍贯或出生地为巴蜀地区的小说家，侨寓作家不收录。

二、本编的小说以收录和存目两种方式呈现。收录作品尽量考虑稀缺性；存目作品尽量考虑重要性和代表性。

三、本编收录的小说，尽量以最初的版本为依据，呈现小说发表或出版之初的原始面貌。个别无法找到原始版本的作品，以再版时间更早的版本为依据。

四、本编分为"长、中篇小说"和"中、短篇小说"两大部分。为查询方便起见，每一部分的编排以作家姓名拼音字母排序。同一个作家的作品，以发表或出版的时间先后为序。

五、为控制篇幅，部分长篇小说采取了节选的方式。

六、为保持作品原貌，字词的旧用法不做更改。比如"的、地、得、底""哪里、那里""想像、想象""甚么、什么"之类，或因作家习惯等造成的不同写法，不影响理解的都依原稿版本，不按现行标准修改。

目录

长、中篇小说

周　文

|作者简介|　周文（1907—1952），四川荥经人，原名何开荣，笔名有何稻玉、何谷天、树嘉、周文等，现代著名作家。1932年参加"左联"，做过"左联"组织部部长。先后主持或参与过《文艺》《笔阵》《四川日报》《新民报》编辑工作。代表作品有长篇小说《烟苗季》；中篇小说《在白森镇》《救亡者》等；短篇小说集《父子之间》《多产集》《爱》等。

烟苗季

第一章

一

高大玻璃窗外的太阳偏斜了，透过窗边倒垂的芭蕉叶丛射进零零碎碎的黄光来，直窥着那板壁上挂的一本日历。

白胖的圆脸，有着一对阴锐眼睛和两撇浅八字胡的赵军需官，用手指很凶的揭开这一张日历，愤愤的扯它下来，便掉过胖脸来粗声喊道：

"赵得贵！天天叫你记得撕日历！撕日历！你看你又忘啦！哼，一天到晚就只晓得去和别的勤务兵又麻将！……"

他这宏亮的喊声，震得屋角都起着回响；在他坐的台子旁边，他那围着白纱帐的眠床上，摆成一个大字形，横躺着就睡熟了的陈监印官，也都一惊的睁开他那苍白瘦脸上的眼睛皮，从两条眼缝凸出那模糊的网满红丝的眼珠，莫明其妙的看一看，立刻又闭拢眼皮，张开死鲈鱼似的嘴，现出两颗黄澄澄的金牙齿尖，"呼——哈""呼——哈"地又打起鼾来。

穿着灰布军服的赵得贵，蹲在床的斜对面，在那靠壁堆了一排银元箱和煤油箱之间，地上密麻的排着十几盏红色圆灯坛的美孚灯。他正在一盏一盏地灌进煤油去。忽然听见赵军需官的喊声，吓得拿着油罐的手一抖，一股煤油一偏就泼在地板上。

"你傻啦！"赵军需官愤愤的用手掌在面前的账簿上一拍，就站起来，"你看又把洋油泼满一地！这么不小心！虽是公家的东西，也要晓得爱惜！喂，过来，我问你！"

赵得贵不高兴的嘟着喇叭管似的嘴站在他面前，忸怩地用两手的指头扭弄着胸前灰军服的铜钮扣。

"喂，还有一桶洋油哪里去了？"

赵得贵一惊，知道那件事被发觉了，不由得慌乱了一下；但他镇静着，很快掉过脸去伸一根手指指着前面那排煤油箱：

"那不是？十箱，通通在这里。"

"不，我不是问你这十箱。我是问你从前那十箱。"

"军需官，你不是看见那十箱是一箱一箱用完的？天爷在上，真是！"

"不，我不是问你那十箱。我是问你从那十箱里一点一点匀出来的那一桶。"赵军需官说到这里，嘴唇恶狠狠的张开，两只眼睛却笑着，偏着头，在审察着赵得贵的脸色。

"没有。"赵得贵斩截地回答，"真的没有。"

"哼，说谎！"赵军需官怒征一对眼珠子，"在我的面前，你还玩什么花头？把手放下来，别弄着钮扣！你来了这样久，还一点规矩都没有！别人看见了，成什么体统！说话的时候要好好立正！你在我的面前什么都不要紧，但撒谎可不行。那桶洋油……我是说你卖给恒丰祥家管账先生的那桶洋油！"

赵得贵的脸通红了，红得就像一块火砖。他的两手直直垂着好像没有地方搁似的，一面扭弄着军裤的裤缝，一面答道：

"哪里。没有。"

"你还嘴硬！你卖给那管账的刘先生是多少钱我都知道了！就是叫你到恒丰祥去送洋油来的那天下午！那天下午你碰见高妈没有？"赵军需官的两眼又含着笑了，眼光阴锐的紧盯住他，像要直透进他灵魂里面。

赵得贵的脸更红了，避开赵军需官的眼光，颓丧地垂下头。

"我说给你听。那天恒丰祥请老太太吃饭，高妈跟随去的，她就在柜房碰见你！"赵军需官说到这里，立刻拿起一支白金龙香烟来，含在嘴上，用大指捏开打火机，一点纯青的火就跳起来。他燃了香烟之后，使劲的吸了一口，把一团白色浓烟吹在赵得贵的脸上。他闲适地鉴赏着他脸色的变化。

赵得贵忽然抬起脸来，脸由红转青。

"哦，军需官，我那天回来的时候有一件事忘了报告了。就是那天军需官叫我去叫的洋油是十二箱，当时老太太说拿两箱送到公馆里去。"

赵军需官的心咚的一跳，赶快瞪他一眼，打断他的话。接着就慌忙射出眼光向前面门口一扫；幸而门口那儿是空荡荡的，透着一片光。眼光收回来的时候，看见陈监印官仍然在床上横躺着，一点也没有动，从死鲈鱼似的嘴里"呼——哈""呼——哈"地在大声打鼾。他才放心的吐出一口气来。

——哼，这家伙居然要报复我！——他这么想着，便圆睁两眼愤怒了。想拿起手掌来铁铁实实的打他几耳光。但他立刻记起那两箱洋油的事情和这家伙曾经知道的这两箱洋油以外的许多事情，他又才勉强把鼻孔里粗大的呼吸和缓下来，但仍然两眼不瞬的瞪着他的脸。他这样感慨地觉着：

——以为说用自己人作心腹，谁知自己人竟是他妈的心腹之患！是的，我早迟一定要撤掉他的！

"哈，我也当了禁烟委员了！"忽然旁边这么喊了一声。

两个吓一大跳，都赶快严重的把脸旋风似的掉过去，一看，门口那儿空荡荡的，并没有别人进来，就只陈监印官仍然横躺在床上，两眼闭住，咂咂嘴，又大声打起鼾来。但随即鼾声又停止了，咂咂嘴：

"哈哈，不敢当！不敢当！……"

赵军需官和赵得贵都皱着眉头忍不住笑一笑，互相看一眼。

"自然自然！"陈监印官又动着他那死鲈鱼似的嘴唇模模糊糊说起来了。"呃。……呃。……这虽然可以弄它几万，但也……不过……呼——哈……呼——哈……哪里哪里……"

赵军需官哈哈笑了起来。

"哈哈！"赵得贵也笑了起来。

赵军需官立刻皱着眉头，鼓起两眼瞪着赵得贵。

赵得贵赶快把嘴闭住了，但还是忍不住：

"嘻嘻！"

"有什么好笑！"赵军需官把脸沉了下来。

门口忽然黑了一团，随即出现一个头在那儿探一下。

"哪个!"赵军需官大声喊道。

陈监印官忽然停止鼾声,吓得睁开了眼睛。

门口那一个头也进来了,是一个小勤务兵,端正地站在门口:

"报告军需官!监印官在这儿没有?有公事请他盖印。"

陈监印官睁大两眼愣了一下,随即坐了起来,看了那小勤务兵一会。

"呵呵!"他恍然地说。用手指揉了揉眼睛,站起来就走。但走不两步,他却又一愣的站住了,向那勤务兵说道:

"你去,我就来!"

随即他就转身到赵军需官面前来了。

"表哥,"他说。"我跑来等你就等睡着了。请你借五十块钱给我。"

赵军需官皱紧眉头:

"你下月份的薪水不是已经支去一半了么?"

"监印官!"那小勤务兵又喊道,"那公事等着盖印的。旅长说,那是清理官产的一件,等着就要发出去的。"

"晓得了!就来!"陈监印官愤愤的瞪他一眼,随即又掉过脸来嘴角含笑地望着赵军需官。

"喏喏,我这算作是私人向你借的好吗?"

赵军需官笑了一下:

"我自己哪里有钱呀!你晓得。"

"那么你把下个月那一半支给我,好吗?"

"我算给你听:现在各营连的伙铜,上个月的还没有发,征收局拨来的款子也还没有提到,太太前天还叫我送三千块钱去,……你看我们这一个月亏空了这许多,现在就只希望那两笔官产收来救急!这是你也晓得的。好了,你赶快去把那件公事印好发出去吧,我对这正等得急呢!"

"啊呀啊呀，我才向你借几十块钱，你就给我报了这许多！我又不是来查你的账的！"陈监印官有些气愤了，"自然我知道你等得急！为那官产的事情，那事主陈大兴前天不是提了一包东西到你家里么，你还说你没有钱！"

赵军需官脸红了，立刻带着责备的声音说道：

"表弟！你别胡说八道！"

"我只要你把那下一半支给我。"

"此刻没有现钱呀！"

"那么票子！"

"票子也没有呀！"

"啧啧！唉，你这人，真是！"陈监印官急得脸红筋胀的跳起来了。

"好了好了，"赵军需官赶快赔着笑拍拍他的肩头，"你去把公事办了来再说，好吧？你看你那勤务兵还在等你呢！"

陈监印官无可奈何的叹一口气，就转身跟那勤务兵出去了。

"嘻嘻！"赵得贵还望着他出去的背影笑了一下。

"有什么好笑！"赵军需官立刻瞪了赵得贵一眼，"哼，一点规矩都没有！去把洋灯通通上好了来再给你说！"

赵得贵嘟着喇叭管似的嘴向满地美孚灯那儿走去；但立刻他又站住，迟疑了一下，就转身走来了。他站在赵军需官的背后，嘴唇先动两动，两手的指头扭弄着胸前的铜钮扣，然后说：

"军需官！我今天遇着我家大伯伯，他是听见军需官要放禁烟委员的消息跑来了！"

赵军需官对着面前摊开的一本流水簿子坐着，只微微偏过半面脸来，挺着颈根，愣着两眼听下去。

"他说，给军需官道喜！他送了四块腊肉两只鸡来，我都交给老太太了。大伯伯说，他们这些年因为年成不好，租谷不好收；去年江防军打来的时候，他又很吃了不少的亏；并且去年他的佃户和别的佃户还闹了一次抗租的风潮；……今年有些敷不下去了！他说，一笔也写不出几个'赵'字，少不得来求求军需官，将来赏他一个小委员……"

"晓得了！"赵军需官粗声的说，心里却不高兴地想：

——哼，你家大伯伯！他大概忘了去年我们打败仗退走的时候，送几口箱子到他那里去寄放都不肯！哼，他现在也记起了军需官……

他一想到这里，却也觉得很高兴：

——他究竟也来找我来了！但他家二伯伯还不敢来找我呢！那一个有着络腮胡的二伯伯，记得当母亲守寡的那年，他们在祖坟山办清明酒的时候，当着那许多人，他是怎样一手指着天，一手拍着屁股，诅咒地说要怎样的看见我们"披襟襟，挂柳柳"① 呵！好，我将来就要坐着拱竿的绿纱轿，轿后跟着两个背盒子炮的勤务兵打他们门口闯过去给他看看！……

他兴奋了起来，立刻把颈根一挺。他把香烟插在嘴角，半闭着一只眼睛，挺舒服的吸了一口，让两条白色烟龙打鼻孔从容不迫地直爬出来，轻轻飘散。他又想起将来到差以后的计划来了：

——不错，将来我的手下至少也要派四个小委员。老婆的弟弟自然是一个。前天恒丰祥老板曾经向我讲起他少爷，那恰恰是由他经手帮旅长又买一份水田的那天讲起来的，那自然是不好推脱的啰！还有……

他越想下去，好像觉得自己已不是坐在旅部的军需室，而是禁烟事务所的委员室了。

抬头一看，在他坐的办公桌前那明亮亮的玻璃窗外，天井里的

_____

① "披襟襟，挂柳柳"，即穿褴褛衣服的意思。——原编者注

黄色阳光更加明亮起来，好像在发笑。窗边五株黄了叶尖的芭蕉看来都好像特别光亮。他于是快活地摸着自己浅浅的八字胡喊道：

"赵得贵！去给我喊一个理发匠来！"

他掉头来看时，见赵得贵正在给美孚灯们上煤油，他又才恍然地阻止他道：

"哦哦，现在不忙吧！"

<h2 style="text-align:center">二</h2>

陈监印官跌跌撞撞走来了，两眼慌张地，在门槛上把脚尖踢了一下，他身子一撞，青毛织贡呢马褂的袖口就挂在门边的一颗铁钉上，撕了很大一条口。他皱着眉头看看，骂一声"妈的"就进来了。他伸手拍拍赵军需官的肩头，很严重的把嘴凑到他耳边，悄悄说：

"喂，表哥！我刚才印公文的时候，又听见李参谋在隔壁——"

赵军需官立刻严重地给他递一个眼色，掉转头去喊道：

"赵得贵！去给我泡一壶茶来！哪，就拿前天王营长送来的那普洱茶，泡浓点！"

他看见赵得贵拿壶出去了，才望着陈监印官让他说下去。

陈监印官好像忽然机警了起来似的，跟着赵得贵追到门口，见赵得贵去远了，还向外边的一间房间看一看，只见远靠那边窗下的四五个录事都在静悄悄的伏在桌上抄公文，他又才转身走来。

"嗨，这家伙又在那儿发牢骚了！"他脸色很严重的说，两只好像睡不醒的网满红丝的眼珠竭力睁大着，"我听见他好像又在向着余参谋和沈军医说，——余参谋这人倒无所谓；我顶厌恶的就是那'吃洋杂碎'① 的东西！他是什么东西？一个外国医院当看护出身

---

① "吃洋杂碎"，即吃洋教的意思。——原编者注

的，一个吃洋教的家伙！他给参谋长做过一回媒，妈的就'扬'起来了！那回当着旅长面前他还故意问我：'喂，你那天买了半打香水是送给谁的？'害得我挨了太太的一顿好骂！——呵唷，我又扯远了，还是说回去吧。我听见李参谋说，他说，妈的，今年的禁烟委员，参谋处竟一个都没有得到！他说他们这几年是怎样跟随旅长转战了几多地方，每次他们都在前线，上半年赶走江防军那次战争，他在挖断山还几乎受伤！呵唷，丑死了！他受什么伤！我从壁缝里一看，周团长也在那儿。他向周团长说，他就要接吴参谋长去了。你知道吴参谋长和周团长是拜把的弟兄……"

赵军需官越听越皱起眉头，着急地看着他；他说了这一大堆，还摸不清他所要说的要点是什么。于是打断他的话，抢着笑道：

"喂喂，你究竟要说什么吓！"

陈监印官被他这突然的一问，说不出来了，好像他的思路被塞住了似的，苍白的瘦脸急得胀红起来。

"我……我的意思是，如果参谋长——"

他的话又被打断了。因为门口忽然闪进一个旅长的马弁——吴刚——来。吴刚是一个圆圆的小白脸，两腮红喷喷地，像一个苹果，拦腰围的黄皮子弹带和挂的盒子炮都在闪光。他一跨进门槛，老远就伸出手指指着陈监印官喊了起来；他故意不喊他监印官：

"哈，舅老爷！我哪处没有找你去来！太太叫我来叫你吃晚饭后到公馆去一下。"

陈监印官着急地红着脸问：

"太太叫我什么事？"

"我怎么知道？"吴刚回答着，却挤一下眼睛，之后，他就伸出一只手掌到赵军需官面前：

"军需官！支五块钱给我好吗？妈的，昨天晚上又输他妈的了！"他一面说着，看见桌上有一架长方镜子，他便顺手拿起来照着自己擦满雪花膏的脸。他偏着脸这边看看，又偏着脸那边看看，见鼻尖与鼻翼之间的凹陷处有一粒雪花膏还没有搓匀，他便伸一根手指擦它一下。之后，就对着镜子披一下嘴唇。

赵军需官从吴刚的军服下面的裤腰带上拉出一个绣着一朵粉红色牡丹花的香囊来，笑道：

"哈，你这是哪里来的？你的钱不是输的吧？"

陈监印官的脸色顿时严重起来：

"嗬！这不是秋香的吗？我有回看见她在太太房里做的！"他喊着，同时皱着鼻子向吴刚晃了一晃。

吴刚登时脸通红了，马上把香囊扯了回来，转身就跑，一面说：

"呵呵，旅长要走了！"

赵军需官举起一只手来喊道：

"喂，吴刚，你今天下午去不去接'你家的'参谋长？你帮我问候他，啊？你就说我有事不能来！"

"晓得晓得。"吴刚不停的跑着，一面掉转头来连连回答，"我去不去还不定——"

他的胸口忽然被什么东西猛撞一下，砰的一声响。他吓得倒退一步，一看，是一个刚跨进门槛的一个马弁——伍长发。

伍长发是一个油黑脸的大块头，他那围在腰间的黄皮子弹带和挂的盒子炮在他那庞大的腰围上鼓了出来，更显得他的蛮气。他铁桩似的站在门口边，一手摸着胸口被撞痛的地方，圆圆凸出一对眼珠直瞪着吴刚，嘴唇恶狠狠的颤动着，好像要咆哮出来。

吴刚也圆睁一对眼睛瞪着他，侧着身子，一溜的跑出去了。

"哼，妈的兔子！"伍长发见他跑远了才咆哮出来。他走进来，愤愤的一屁股坐在床沿上，床的木架子都嚓的一声。

他伸手在赵军需官的烟罐子里抽出一支香烟来。赵军需官皱一皱眉头。

"你晓得吧，"伍长发一面吸着烟，一面向赵军需官说，"这家伙是什么东西！擦雪花膏，在旅长面前献媚，妈的，所以旅长什么都喊：'吴刚，拿烟来！'或者，'吴刚！拿尿壶来！'你以为他能上火线么？——屁！"他拿着香烟的右手伸出中指就愤愤的在左掌上戳了一下。"就因为他长得漂亮，旅长才向吴参谋长把他要来的，妈的，狗东西就狂了！监印官，你晓得，前天太太还骂他呢！叫他不准妖精妖怪的！——哦哦，监印官，太太请你晚饭后去一去。"

"我晓得了。"

伍长发忽然发现桌上那一架明晃晃的镜子，他便拿了过来照着自己的脸。那虽是常常照的脸，但自己猛然一看时也吓了一跳。那是怎样油黑的脸呵，凸出的额头，粗乱的眉毛，有点向左歪的鼻子，一个大嘴巴。他皱着两眉就摇一摇头。

"军需官，"他掉过头来笑道，"你是懂相法的。请你帮我看看今年走的眉运倒底好不好？那天一个看相的向我说，一到走眼运就好了，对不对？"

赵军需官不屑地白他一眼，随口说道：

"很好，你的眉运。但是我们还有许多公事呢！"

伍长发赶快赔笑道：

"呵呵，对不住，对不住。我改天再来请教你，好吗？"他红着脸一面把镜子放回桌上，一面自言自语着，"他们说我今年的眉运是桃花运呢！"见没有人答理他，他于是站了起来，转动着头在房间里四面望望，使劲的吸了一口烟就走出去了。

"唉唉，真要命！"赵军需官皱一皱眉头，赶快把烟罐关了起来。但他随即又后悔了，觉得这忽然给伍长发以难堪，似乎不大好，因为对于他将来总有用得着的时候。他就这么惘然地望了那伍长发刚走出的门口一下，想：

——我下回应该要谨慎些才好!

三

"你刚才的话不是还没有完吗?"

"呵呵,"陈监印官见赵军需官突然问他,立刻又紧张起来了,严重的睁大着两眼说下去:

"我是说,我刚才看见李参谋同周团长到郑秘书房间去了,旅长正在那房间。我很担心我们这委任状还没有下来的时候,他们会在旅长面前说什么呢!"说到这里停下了,嘴巴张开,现出两颗黄澄澄的金牙齿,他就这么呆呆地望着赵军需官的胖脸;好像说,你看怎么办?

赵军需官也怔住了,呆呆地看了他好一会,不说话。他感到有些焦躁起来,伸手到桌上去拿香烟,但一见陈监印官拿出一盒茄力克香烟来了,他便把手从桌上缩回,在陈监印官那盒子里拈出一支香烟来,点燃,含在嘴上,竭力安慰着自己似的说道:

"我想,很难吧。那天太太不是说过,我们这防区内的三县,旅长已向司令官在电话上说定,决定你,张副官长和我,我们三个?大概——"

"不,很难讲,"陈监印官把烟从嘴上拿下来,斩然地说,"旅长的脾气你晓得,比如上半年打回这里来的时候,他原说把烟酒公卖局给我的,但后来他又让给周团长兼差去了!他就是二心不定,怕人家说闲话!"

赵军需官的心这回可着着实实跳了一下,后脑上好像被谁击了一下似的,有些发昏了。他立刻感到这危险首先就袭到自己身上。——陈监印官和旅长是直接的亲戚关系,张副官长和旅长从小就一块长大的,就只有自己是……

想到这里,全身都发烧起来了。他站了起来,自己都不知道为什么要站起来，立刻又坐下去。他心里感到非常的慌乱。

"你借五十块钱给我好吗？"陈监印官忽然说。

赵军需官的心里恍然明亮了一下：

——哦哦，原来为的这个！

他才宽慰的吐出一口气来。但他一想起李参谋这家伙确也活动得最厉害，天天跑到周团长家去打牌，前天晚上喝醉了回来还大发牢骚地谩骂……他又觉得陈监印官的话不无原因了。他看着陈监印官的脸犹豫了一下。

"真的，今天没有钱，明天好吧？"

"可是我今天真是等着钱用。请你帮我设设法吧？"

——妈的，这东西今天硬要要挟我！——赵军需官愤愤的想，但嘴角却强笑着说道：

"好吧，晚上怎么样？"

"好，就晚上吧。"

"喂喂，"赵军需官立刻把声音放低，笑一笑，说，"你晚饭后见着太太的时候试问一问那委任状，如何？"

四

"报告！"

一个宏亮的大声忽然在门口那儿喊了起来，两个都吓了一跳。

赵军需官赶快昂起头，很神气的应道：

"可以。"

但一见走进来的是一个高个儿，大脑壳，满脸放光，一嘴胡子，笑嘻嘻的张副官长，赵军需官便不安的跳了起来：

"呵呵，是你呵！别开玩笑，别开玩笑，你进来就是，怎么喊起'报告'来了？请坐，请坐！"

他慌忙说着，连连点着头，让开自己坐的椅子，伸开两手赔着笑。

"哈哈哈!"张副官长宏亮的笑了起来,同时举起穿着灰哔叽军服袖子的手来,手掌在脸前动两动。"我走到门口的时候,看见就只你们两个,悄悄的,在耳朵逗耳朵。哈,我想,他们一定有什么好事情。什么好事情?一定是陈监印官的事情,是吧?"

他说着,就对陈监印官挤挤眼睛,随即就把冲着大葱气味的嘴凑在陈监印官的脸前,很严重地悄悄说:

"是吧?昨晚上白玫瑰那儿好吧?"

陈监印官的脸通红起来,连耳根都红透。

"哈哈!对啦!一定是白玫瑰了!刚才吴刚跑来向我说,今天早上他在白玫瑰家门口碰见你红着一对眼睛出来。哈哈,对吧?"他把脸离开陈监印官的脸了,但随即又凑拢去悄悄说,"那货儿是小脚,是吧?"接着他就哈哈大笑起来。

陈监印官带笑的瞪他一眼,拿出烟盒来,自己拿起一支烟,就把烟盒送到张副官长面前笑一笑:

"副官长,请抽一支烟呵!"

"哈哈!"赵军需官也跟着笑了起来,"原来你已经上手了吗?唉,什么时候请我们吃喜酒?"

看见张副官长拿起一支烟来,赵军需官便捏燃打火机凑到张副官长的烟头上去。张副官长点点头说:

"磕头磕头。"便把烟抽燃起来。

赵军需官见赵得贵把泡好的一壶浓茶拿了进来,他便赶快倒一杯,放到张副官长面前。

"副官长!你尝尝看这茶好吗?这是王营长这次保送那批鸦片烟到省城去了回来的时候带来的。你看还不错吧?"

"磕头磕头。"张副官长又对着他放下的杯子点点头说,赶快把嘴唇凑到杯子边去,但他浑身一抖,赶快又把嘴离开杯子了,吹了一下，咂咂嘴，然后点头说：

"呃，还不错。军需官，旅长问你，由王营长经手的那些刚招来的新兵饷册送来没有？"

"已经送来了。"

"还有，"张副官伸手到灰哔叽军服袋子里掏出一张蓝格电报纸来，脸色严重地说，"这是旅长刚才交给我的一个电报。哪，你看。旅长这次新买的五百支步枪，大概后天就要运到了。只是划拨的这一笔款旅长问你准备好了没有？旅长说，外国人那方面是绝对不能失一天信用的！这是最后付的一部分余款，他们已对我们很通融了！"

"准是准备好了！"赵军需官说，忽然皱着眉头，掉过脸来给赵得贵做一个脸色叫他出去了之后才说，"只是周团长的烟酒公卖局还有三千块钱没有缴来呀！有人说他扯去买手枪去了呢。"他把"买手枪"三个字说得特别重，故意严重地看着张副官长的脸，觉得这就给周团长报复了一下。

张副官立刻跳了起来：

"那怎么行？那怎么行？"他也严重地圆睁两眼紧紧盯住赵军需官。一会儿他又伸起一只手掌搁在生满一圈胡子的嘴边，悄声对着赵军需官的耳朵说：

"我早就知道他有野心的！我早就向你说过，是吧？我们看吧。"

他愤愤的坐了下来，手在桌上一拍：

"哼，其实从前他那团长的位置还该我的！他是什么？他不过是从敌人部队里拖了一营多人来的营长！"

他把手又向前一举，更兴奋地：

"说起来，这又是多少年以前的事了，从前我和旅长还是小孩子的时候，……"

"副官长！"陈监印官插嘴道，"这回的五百支枪运来的时候，旅长不是又要成立一个补充团了么？我想大概是该你的了！"

张副官长郑重的看了他一眼，随即叹一口气：

"很难说。"他想说：恐怕是该王营长的吧？但他竭力抑制着，把话转到另一方面去。"吴参谋长不是今天要到了吗？这就不知道他要捣些什么鬼呢！从旅长的口气里，似乎也在诧异着，怎么吴参谋长的假期还没有满，就忽然回来了呢？不过旅长有许多事常常二心不定的，假使吴参谋长一回来，他和他一商量，事情又不晓得会怎样变化呢！"随即他又把一只手掌搁在嘴边悄声说，"我们这里都不是外人。照我看来，旅长应该要赶快抓些实力在手上才好！不要光是顾面子，怕人家说闲话。什么私人不私人，实力抓在自己人手上就是自己的！吴参谋长这人很难说，上半年的那次战争以后，旅长不是知道他同周团长在和江防军私通消息？虽是还没有证据，但终是靠不住的！对吧？"他说到这里，就伸出食指在空中一点。"而且这回吴参谋长请假回家去买了一座大洋房，还有几百亩田，请问这些钱是从哪里来的？而且他买的这些财产就在江防军的防区内呢！如何？"他兴奋的向前摊开两手，偏着头直看着赵军需官。他看见赵军需官也严重着脸色点了点头，才放心的吐出一口气来，他想：

——这些话给赵军需官说了是再妥当不过的。

"其实呢，"他息一会又说，"旅长虽是很英明，但有许多事情总得我们大家替他想想才好。人家说，'亲戚！'不错，亲戚！怎么样呢？难道亲戚不对么？其实现在的世事只有亲戚才靠得住！照我看，现在这拖队伍的风气是很不好的，有许多人在这个部队当连长，一拖过去就是营长，再拖到别的部队去是团长，再拖，旅长，再拖，师长，真是谁都想干！所以我敢说只有亲戚才靠得住！"他说完，觉得很痛快，于是射出明亮的眼光扫了面前两个人一眼。

"啊呀！"他忽然诧异的叫起来了，伸一根手指指着这所谓亲戚的陈监印官那撕破了的袖口，"你那是怎么弄的？"

陈监印官脸红一下，但为了表示自己的慷慨，他便抓住那毛织贡呢马褂袖口"嚓"的一声索性把它撕了下来，丢了开去：

"这是刚才挂破的！反正我打算重新做它一件！"

赵军需官见正经话要岔开了，赶快抢着说：

"副官长！你听见李参谋又在骂我们吗？他又在说今年禁烟的事情……"

"什么？"张副官长立刻跳了起来，"这家伙如果再捣蛋，我说过，我的拳头是不认人的！说起来，我同旅长年青的时候就一道拖辫子，我还怕他什么吗？而且我听说这回的清理官产，那吃洋教的宋保罗还送了他一笔不小的数目呢！怕我不知道么？像那天晚上他那样子装疯发脾气，我真想捶他一下！他算什么东西？他不过是从前吴参谋长当团长时候的一个马弁！妈的，他竟当了少校参谋！"

赵军需官淫猥地笑一笑，悄声说：

"副官长，他们说他和吴参谋长一床睡过呢！"

"哈哈，那真才他妈的丢——"张副官长忽然把下面的话打住了，因为门口那儿正送来一个喊声：

"赵军需官！"

他便很严厉地望着门口。

赵军需官也严重的向门口望着，随即抢过去几步喊道：

"呵呵，余参谋么？"

五

门口一黑，余参谋就走了进来。这是一个瘦瘦的尖下巴的长条子。他一看见张副官长和陈监印官都在那儿，便迟疑地在门槛边站住了，带着一种抱歉的脸相，伸手抓抓后脑勺。

“呵呵，你们有事，我回头再来。”他说着，就赶快转身。

赵军需官抢着喊道：

“呵呵，我们没有什么事情。余参谋，你是不是来拿你支的钱？”

“是的是的。”余参谋就又停住脚步，转过身来。

“对不住得很，我这儿的零钱没有了。晚上你再来拿好吗？哦，余参谋，我请你在这儿谈几句话，好吗？”他边说，就边向余参谋点头向门外走。

就在这当儿，忽然听见隔壁那面的大天井中起了一阵骚动，接着就听见吴刚大大的喊了一声：

“旅长下来啦！”

接着就听见许多很熟悉的马弁们的脚步声都向着天井那方跑，跑得轰隆轰隆地响。在这些脚步声中，还夹着一群洋狗的叫声，“汪汪汪”地好像在争先恐后一连串跑了出去。越跑越远，声音也越叫越小。

“呵，旅长走了！我去！”张副官长慌忙站起来，抢在赵军需官之前就跑出去了。

陈监印官一听见旅长走了，好像松了一口气，立刻就打起呵欠来了，眼眶滚出来两颗泪水。

“我也过瘾去！”他自言自语地，也跟着跑了出去。

赵军需官见房里空了，就又把手一伸，让余参谋回进房间来。

余参谋不高兴地想：

——唉唉，真气派！把人家这么带出带进的！难道我是你的什么东西吗？

但他勉强使嘴角强笑着，抬起脸来望着赵军需官。

赵军需官从袋子里拿出一包银元来，放到余参谋手上：

“这里是三十块，”他的脸红了一红，说，“刚才我说没有零钱，是因为陈监印官在这里的缘故。请你先拿着这，好吧？其余的今晚上再拿，好吗？"他觉得自己的脸这一红，虽然很讨厌，但又觉得这也好，因为这使余参谋看来是一种真诚的表示。

余参谋好像很感激似的笑了起来，但他立刻又不笑了，因为张副官长正一路喊着闯了进来：

"唉唉，我真糊涂！赵军需官，我的那张电报呢？快些！旅长在营门口等着我呢！"他慌慌张张抢上前，拿起那张电报又慌慌张张跑出去了。

赵军需官又估量了面前的余参谋一下，就大着胆子说道：

"余参谋，听说李参谋刚才又在骂我，是吗？"

余参谋吓了一跳，目怔口呆地看了赵军需官好一会儿，才摇一摇手说：

"呵呵，我不晓得。我不晓得。"

"不，我听见的。他不只骂我一个，他是在骂我们许多人呢！"他把"我们"两字着重说了出来，显然是把张副官长和陈监印官等人也包括在里面了，他觉得这更显出自己说话的力量。

余参谋觉得为难起来了：

——我自己究竟应该站在哪一边才好呢？

他迟疑着，最后是采取一种折中的办法，模糊说道：

"我真没有听见什么，不过，像李参谋那样一个草包，说话是很随便的，我想他难免有时伤着人的地方。"他说到这里就停住了，见赵军需官只是笑望着他，不开口，而那笑简直是一种深不可测的笑。他心里有点迟疑起来了。

——怎么办呢？——他想。要走开又不便马上走开。他于是把自己立在一种调人的地位又说下去：

"比如那天他喝醉了回来，拍着桌子骂，那的的确确是在骂勤务兵，但恰巧你进我们房间来，那……那……这个……那的确是你，不，那的确是大家的误会。其实这些小事都见不得许多净……至于他刚才，只是向我说他今天要接参谋长去。"

赵军需官觉得从他口里得到的话已很够了，见他把话转开去，他也就顺着他转开去：

"哦哦，参谋长今天回来了？糟糕，我今天简直没有一点空。请你见着参谋长的时候，顺便帮我问候一下吧。对不住。我今晚上一定在这儿等你。"

他把余参谋送出门口，看见那又白又红的瓜子脸儿的李参谋，穿着一套青哗叽的军服站在走廊下天井边的阶沿上，左手叉腰，右手拿着一根马鞭在指着远远的一个马夫喊道：

"马还没有配好么？妈的，你在干什么的！"

赵军需官于是故意拍拍余参谋的肩头，装作和余参谋很亲密的样子。余参谋便站住了。赵军需官的手就在他的肩上不放下来，用着使李参谋大致可以听见的声音说道：

"很好。你的话很好。礼拜天请到舍下去打牌好吧？我还想同你谈谈。"

余参谋开始很感动，但一听他说下去，心里有些慌乱了：

——妈的，可恶！这家伙在利用我！——他想着，从眼角看了李参谋一眼，见李参谋也在愤愤的看他。他又觉得为难起来了：

——妈的，干我屁事！就把我夹在中间！

但他不得不笑着向赵军需官点点头道：

"很好，好，很好。"

"李参谋！"赵军需官大声喊道，"你要接参谋长去么？"

李参谋把拿鞭子的手背在背后，掉过那又红又白的脸来没有表情地答道：

"不，我不去。"

一个勤务兵跑到李参谋的面前立正，两手垂下说：

"报告参谋官！参谋长恐怕就要到了！马还没有配好！"

李参谋的脸红了起来，右手把鞭子举了起来喊道：

"胡说！"他愤怒的把脸掉开，就腰骨笔直的摇着鞭子跑出去了。

赵军需官恶笑地望着他那消失了的背影就挤一下眼睛。

第二章

一

李参谋右手摇着鞭子走出大堂外。他直着腰，昂着头，两只钉了铁圈的皮鞋后跟踝在石板路上囊囊囊地直向外边走来。他全身都感到紧张，两颧都好像紧绷绷的发烫。恨不得马上就飞到吴参谋长的面前去。他想：

——唉，参谋长如果今天还不来，简直不行了！妈的，我一定向他说去，那禁烟的事情……

他的脑里就闪现出郊外的景象：一乘四个轿夫抬的绿纱窗的轿子，后面跟着三四个穿灰军服的勤务兵，正打那太阳黄光晒着的红崖旁边树荫下经过。他全身的血都更加热涌起来，手指都发胀了。

一根柱头撞了他的胸口一下，他才吃惊的醒了，愕然的看一看。又走起来。想：

——我一定要一个人接着他才好。我要先向他说，他二太太的病已经全好了，当那天她忽然厉害起来的晚上，是我亲自去找了沈军医官去请那教堂里的外国医生给她施手术的。那天晚上我真是全身都跑得是汗！……呵呵，前天晚上我拍着桌子大骂的事情，我确是有些鲁莽，怎么我不早看清楚一下老赵回来了没有？但我一定要向参谋长说，只说我骂的是勤务兵，而且是喝得滥醉了以后。不然的话，老赵这家伙散布的谣言，参谋长虽不致相信，可是我在参谋长的信任上难保不受影响……

前面，那两个小方天井之间的甬道前面，张副官长在那儿的门口出现了。他手上拿着一张电报纸，一摇一摇地走了进来，心里正在不高兴：——旅长怎么叫王营长任补充团长而不是我呢？我比他的经验丰富得多！虽然他是旅长的侄儿子！……

两个穿灰布军服光了头的兵士正坐在那太阳晒不着的天井边，愤慨的谈讲着，没有发觉他进来。尖下巴的一个用手掌在裸露出的黑毛大腿上一拍，喷溅着唾沫星子说道：

"妈的，我们上个月的饷还不发下来！难道要把我们饿死吗？一顿也是稀饭，两顿也是稀饭！"

他旁边的，那塌鼻了凸眼珠的一个，呸的吐出一口口水到天井去，冷笑地接着：

"哼，还是他们第一连舒服，这回同着营长保送鸦片烟到省城去来，都分了几个了！"

"妈的，这样不行的！"尖下巴又抢着，"拿钱的时候就是他们，打仗的时候，他们就调到后方去了！"

"你们在这里干什么?！唔?"

听见这粗大的吼声两个都吓一大跳，赶快站起来垂着双手站在旁边，才认清逼到面前来的是张副官长。两个都一下子呆了，吓得赶快站直，等待着一顿照例要来的大骂。

张副官长把他两个左胸前的一块长方白布写的符号看一看。（尖下巴是王金玉。塌鼻子是杜占鳌。）他逼着他们的脸孔就咆哮起来，唾沫星子都溅到他们的鼻尖上和嘴唇上：

"哼，这是什么地方！你们知道吗？你们知道旅长的命令吗？唔？凡是连上的士兵，不准进来一步！"

两个吓得把头直向后躲，苍白着脸，赶快异口同声的说：

"报告副官长，我们错了！"

张副官长举起手来了。"哼，错了！"他就给尖下巴一个嘴巴。"哼，错了！"又给了塌鼻子一个嘴巴。

两个都被打得后退一步，又笔挺地站直，各自红着半边脸，用恐怖的眼睛望着张副官长那发怒的脸；幸而随即也就看见那脸上的嘴巴大喊一声：

"给我滚出去！"

两个才好像得到大赦一般，赶快把胸口向前一挺做一个立正姿式，然后向后转，挤撞着跑了出去。

"哼，这真不成样子！"张副官长愤愤的说；转过身来的时候，就和李参谋打一个照面。他那张愤怒的脸更显得庄严了。他感到刚才的威风被别人看见了的愉快。遂就向李参谋庄严地笑一笑。

李参谋匆匆的走着，仍然一直摇着鞭子走，好像没有看见他似的打他的身边擦过去。

张副官长一怔，想起刚才赵军需官说的话来，不禁在肚里冷笑一下，但口上却笑道：

"李参谋，请你等一等，我想同你谈几句话。"

李参谋一面不停的走，一面掉过半边脸来，笑道：

"呵呵，副官长么？"随即他就摇着一片手掌，"对不住，我此刻有点要紧事情，改天再谈吧。"他说完，就掉过头走去。

张副官长的心里很不高兴了：

——哼，你什么东西！……还是我看见你从当弁兵一步步爬起来的。妈的，现在也居然在我面前装腔作势么？——

他这么想着，更加愤怒了；但嘴上仍然笑道：

"李参谋，请你不忙走，我也有点要紧事。"

李参谋只得很不高兴的站住了，嘴角强笑着，在皱着的眉头下面，眼光诧异的望着张副官长。他并不移动脚步，心里着急地希望他把什么要紧话扼要的说完，马上就走。

张副官长立刻把头在肩上一歪，嘲笑地看了看他这侧身扭脑站着的姿式，然后走上前，用一只手掌掬在嘴唇边，严重地把嘴凑到他耳边去：

"你此刻又是忙着到宋保罗那里去，是吧？"

李参谋的脸通红了。同时觉得自己目前非常忙着要接参谋长去，他却来这么开玩笑，心里不由地愤怒了，但他竭力按捺着，满脸堆下笑来，道：

"哪里哪里。副官长，我有点要紧事情到别的地方去。"

"宋保罗家那个拖着长辫子的，漂亮吧？是吧？啊？那个常常去做礼拜的？"

李参谋的脸更红了，把眼珠怒瞪了一下。

"哈哈，是了，是了。"张副官长张开嘴大声的笑了起来。把手离开嘴，嘴离开了李参谋的耳朵，两眼眯斜地看了他一看。随即他又把嘴巴凑拢去：

"前天你同沈军医官在他家打牌，是吧？"

"副官长，你有什么要紧事情？请你快说了呀！我等着要走了呢！"

"哦哦，"张副官长的脸立刻又正经起来了，微弯了腰说，"喔，我听见说，关于禁烟的事情，有人又在骂我，是吧。你听见过吧？"

李参谋全身都战栗了。这禁烟两个字，简直好像针尖似的直刺他的心！他马上就想到赵军需官。但他忍耐住，拿手拍拍张副官长的肩头嘲笑的说道：

"这大概是谣言，谣言。我没听见过。不过这类谣言赵军需官倒常常听见的，副官长，对吗？"他说完，感到自己这句话的巧妙，既刺了赵军需，同时也直攻到张副官长的心病上去。心里感到一种发泄出去的痛快。

张副官长怔了一下，但他很快就笑了起来。把右手又举到脸前：

"李参谋，我说句笑话，我们这部里有些人真也是糊涂得很。比如我是我，赵军需是赵军需。但是有些人说话总喜欢把我同赵军需一道提起，其实是耳朵归耳朵，角归角的。是吧？这种人真是殊属……殊属已极，哈哈，对吧？"

余参谋匆匆忙忙的走出来了，微笑地向他们点点头，就匆匆忙忙的擦过他们的身边走出去了。

李参谋的心跳了一下，直急得暗暗咒骂起来：

——妈的，你要把老子干么呀！余参谋若是抢到我的前面去接参谋长，那简直糟透了！

他恨不得劈脸打这家伙一鞭子，转身就走。

"报告参谋官，"一个小勤务兵拿着一张名片站到旁边来喊道，"宋先生家打发人来说，明天请参谋官过去吃午饭。"

李参谋红着脸一把就从勤务兵的手上赶快把那张名片拖了过来。

"哈哈，是啦！"张副官长笑了起来，"是宋保罗吧？"

李参谋急得脸发胀了。

"是的，副官长，"勤务兵端正的回答，"就是那宋先生，副官长！"

李参谋掉转头就向勤务兵圆睁眼珠大喝起来了：

"混蛋！滚开去！你不见我此刻有要紧事情吗?!你的眼睛瞎了吗？你究竟来瞎缠些什么?!"

张副官长的脸立刻胀得通红，知道他是在骂自己，也两眼圆睁的愤怒起来。

赵军需官出来了，老远就喊：

"副官长！王营长等着你有事情呢！"

他跑了过来，见李参谋那怒冲冲的青脸，和张官副长那圆睁两眼的红脸，不由得怔了一下：——糟透糟透！张副官长一定把我刚才和他讲的谎话向他讲了！吵起来了！——他着急的想着，赶快抢步上前拍拍李参谋的肩头笑道：

"算了算了。"

之后，就赶快避开李参谋那发怒的眼光，对着张副官长的脸一面挤眼睛，做一个歪嘴，一面笑着说：

"副官长，王营长在等着你呢，就是那五百支枪的事情。算了算了，何必呢，给勤务兵看见了究竟……"他掉过头去喊道：

"勤务兵！你站在这里干什么?!"

"没有的事，没有的事。"张副官长推开了他，哈哈笑起来了。

"那就很好，那就很好，走吧。"

他拉着张副官长就走。张副官长还向李参谋点点头笑一笑，才向里面走去。赵军需官一面走，一面悄声地向张副官长说：

"算了吧，这种人你何必同他吵。你看这家伙为了禁烟的事情简直想疯了，就像疯狗一样，到处都要咬人一口。副官长犯不上和他计较。"

二

李参谋看着他两个的背影向里面走，气得好像要爆炸，两只眼睛都在喷火似的。真想追上前去对着那可恶的老赵给他一耳光。最后他喃喃地骂着：

"妈的，你什么东西！你怕我不晓得你们这些鬼把戏！好吧，我们等着看吧！"

他气冲冲的转过身，拿鞭子很凶的在一根柱头上打了一下，就橐橐橐地走出来了。一条横在面前的门槛把他的脚尖一挂，他便踉跄的跳了起来，几乎跌下地去。他更愤怒了，举起马鞭来就向门槛狠命的打了两下，口里骂着："我臊你奶奶！我臊你奶奶！"这才又走起来了。一出了甬道，远远就看见外面大天井边走廊下的一只黑色柱子那儿正拴着一匹有着黑玻璃球般眼珠的高大黄马。斜晒着的金黄阳光直照着它，更显得毛光闪闪。一个穿了一件很脏的灰军服的小马夫正拿着一副黄制皮的有着四个很好看的皮包的鞍子搭在马背上，那勒着马尾根的黄铜后鞦，就在那鼓壮的马屁股上面闪亮着两条金光。他知道这是小马夫拿错了，是旅长专用的鞍鞦。他又要咆哮起来。但那制皮鞍鞦实在黄得可爱，他就又忍耐着了，心里很愿意就这么将错就错，即使旅长知道了，那也该小马夫挨揍去。他挺着颈根很神气地走到马旁边来，伸着脸去看看马嘴含的橛子，又看看那马鞍上盘有金色线的皮包，都很满意：是一匹很威武的马。他的脑子里忽然掠过这样的念头了：回头高高地昂头骑在那马鞍上面经过营门的时候，两旁的卫兵们会如何笔直地举枪；跑在街上的时候，两旁的人们会如何地用敬畏的眼光看着他飞跑过去的英武的背影；到了郊外的接官厅那儿，除了自己和这匹马以外，没有另外的人和马，一直等着参谋长的轿子到了，刚刚从轿门踏出一只脚来，参谋长就一把抓住他的手热烈地握着：

"呵，还是只有你想得到。"

太阳晒着他的脸，好像热烘烘的。他就躲开，摇着鞭子退回到天井边阶沿上来，远远紧盯着那小马夫在拴束着那匹黄马。

拍！肩头忽然被一只手掌打了一下。他吃惊的掉过头来一看，这站在他旁边笑嘻嘻的是尖鼻子大眼睛黑红瘦脸的孙连长。

"唅，李参谋，你去接参谋长，是哇？"

李参谋随意点点头答道：

"呃，呃，——喂喂，马夫！你看你那肚带拴得太松了！"

他立刻跳下天井，把马肚带拉起来紧了一紧。之后，又走回阶沿边上来。

就在这时候，一个麻脸的大马夫两手在胸前抱着一副黑漆木鞍子向着那黄马走去了，一路走，那吊在马夫两腿前的两个铁脚镫磕撞得叮叮咚咚价响。

李参谋的心也咚的跳了：

——唉唉，难道还有谁也要接参谋长去么？

他还没有掉头去问，孙连长又向他肩头拍一掌问起来了：

"呛，李参谋，今天哪些人去接参谋长？"

"呃呃，我还不大清——喂喂，马夫！干吗！你干吗要把鞍子调过!?"他吼着，就摇着鞭子向着这大马夫正在解下黄皮鞍子的这儿奔来了。

"报告参谋官!"大马夫答道。"这是旅长用的鞍子，调一调。"

"胡说!"他一把就抓住马背上的皮鞍子。

大马夫苦皱着脸哀求道：

"参谋官真的，旅长前天还说过——"

"胡说! 你撒谎! 旅长说过什么难道我都不知道吗？别再耽搁我的时间，给我滚开!"他大声的吼着，伸手就去拴马肚带。

大马夫无可奈何地摇摇头，叹一口气，又只得把木鞍子拿着走去了。

李参谋转过身来的时候，忽然看见一个背影向外一晃就不见了。那背影很熟悉。他想：

——这一定是余参谋，唉唉，一定是他接参谋长去了! 他是什么？不过是一个上尉参谋!

他追过去几步，只见外面那更大的一个闪映着阳光的天井有许多灰色的兵士正在那儿成堆的拥挤着，有戴军帽的，有光头的，把大堆黑影子投在地面。他们在谈讲着，争论着，有些在挥动着手臂。却不见了刚才看见的那熟悉的影子。他皱着眉头站一站，又才走回孙连长的身边来。

"唉，你等我一等好不好?"孙连长笑着向他说，"我也配一匹马同你接参谋长去。"

李参谋的心又咚的跳一下，圆睁两眼看着他的瘦脸。他不知道应该要怎么答才好。

幸而有一个连上的勤务兵跑来了，端正地把脚跟一碰，两手垂下，说道：

"报告连长! 营长传下话来说，请连长把士兵赶快集合起来，他马上就要来讲话。"

李参谋这才吐出一口气，高兴起来。

"报告连长，"那勤务兵又说，"营长这回来大概是发那欠饷吧?"

"晓得了!"孙连长立刻把刚才向着李参谋的笑脸收了起来，对着勤务兵严厉地说道，"去叫王连副准备着就是，我就来!"

他说完，随即又掉过脸来拍拍李参谋的肩头，脸色严重地：

"喂，听说你们这十月份的薪水都拿清了，是哇? 妈的，我们上个月的饷还没有着落呢! 怎么样?"

李参谋这回才把自己的注意集中到孙连长的脸上来了。而且同时记起孙连长也和自己一样是吴参谋长一手提拔起来的人物，顿时觉得亲密了起来。他把两手向两边一分，叫道：

"谁叫你不去问老赵要呢? 你简直傻瓜! 我们不但十月份的，有些人是连十一月份的都支过了!"他忽然把声音放低下来，"喂，我告诉你，这裙带军需当禁烟委员了! 你晓得哇?!"他又碰碰他的肘拐，更小声地，"哼，我最近听说他们买了不少的田呢! 你们的饷，说是要等那两笔官产拿来填补。其实从前陆续收到的别的那些官产的款子哪儿去了? 现在就说这两笔吧，一笔是刘大兴绸缎庄的地基，款子还没有拿到，但那裙带军需已得到了不少的油水呢，我告诉你。一笔是宋保罗以前买的庙田，但是照沈军医告诉我，宋保罗是教徒，他的背后有外国人撑腰！要等那两笔款拿来时，都天亮了！但是难道除此以外就没有钱了吗？啊？"他张开着嘴巴望着孙连长，立刻他又举起手来自己回答："有的，恒丰祥那杂货店的生意就是！"

他说完，觉得非常痛快，并且用着同情的眼光激动地望着孙连长。

孙连长也愤怒了，脸孔胀得通红，圆圆的睁大两眼。停了一会，他说：

"我好像听见说，团长不是叫营长拿他们这次保商到省城去得来的钱暂时垫一垫？"

"屁！你想你们营长肯么？他就为了这事和你们团长顶了呢！你晓得他和老赵们是打成一片的！"

孙连长见他对营长刺了一下，心里觉得非常痛快。这营长就好像黑影似的老是挡在自己的前面，阻住了自己上升的路。他于是放胆地攀着李参谋的肩头向他耳边说了：

"有人说，营长在运动挤掉团长呢！"

"他敢！"李参谋突然吼出这一声，自己都好像觉得这不知是从哪里来的一股力量，一种好像非人的声音，连孙连长都吓得倒退一步。随后，他冷笑一声，但更坚决的说：

"哼！自从参谋长走了以后，许多事都弄得混乱了！他这回回来，一定要都重新来过的，你等着看吧。"

最后，他带着很开心的脸相向孙连长说：

"你好好干吧。前次参谋长来信还问到你，我给你看过没有？"

"呵呵，那封信？我看过了。"

"那就是了。我去见着参谋长的时候，帮你问候就是了！"

"好。"孙连长离开他一面走，一面把手掌举到头顶以上说，"那么请你无论如何说，我刚要同你来接他的，但是营长叫我去了。

但我马上就要来的。"

"好，就是了。"

三

吴刚跑来了，他的那一个绣花香囊在军服下面裤腰边左荡右荡的。他一看见那天井旁边走廊下，一匹刚配好鞍子的黄马，在金黄的阳光下光闪闪的。他高兴的跳了起来，一面用手护着腰间的盒子炮，一面跑着喊：

"哈哈！你们真好，好像猜得着我正要马似的，居然已给我配好了！"

他跑到马头前就去柱子上解马缰绳。

"干什么！"李参谋咆哮一声，摇着鞭子就跑过来了。

"吴刚！干什么?!"

吴刚见是李参谋，以为是他又来和自己开玩笑来了，他一面解着缰绳，一面抬起脸来笑道：

"李参谋，你看我今天的运气真好，我来牵马，马居然已经配好了，免得我耽搁时间。妈的，伍长发他们正在那儿喝酒呢，如果我去迟一步，那就完全给他们受用了！你看，今天恒丰祥老板还特别给我弄了几样菜呢！有炒子鸡，有炒腰花……"

李参谋气得脸色胀红，闯过马夫的肩旁，一把就抓住吴刚手上的缰绳一扯，吓得那黄马甩起尾巴毛跳了起来。

"给我！"李参谋这严厉的一声，脸色由红变白，吴刚吃惊的倒退了一步。

"你昏了吗？这是我叫配的！"

吴刚随即笑嘻嘻地说：

"参谋，别开玩笑。他们在等着我呢！"

"谁给你开玩笑！"他严厉的把缰绳拖了过来。他觉得这吴刚今天太不成话了。当着马夫的面前，是开玩笑的地方吗？"我给你说，这是我配起来去接你家叔父的！"

吴刚见他的脸色一直是那么严重，自己不禁呆了一下。随即他又笑嘻嘻的说：

"参谋，这不是我要的，是旅长叫我来牵去的。"

李参谋这一下也呆了，捏着缰绳的五指顿时无力地松了开来。马乘着势子掉转头拖着缰绳就跑。吓得李参谋和吴刚都跳到两边。马夫跳出去一把就把缰绳抓住了。

李参谋羞得满面通红，就像一块火砖。他不服气地严厉问道：

"旅长要马干什么?！ 唔?"

"旅长要同恒丰祥老板去看鹅毛山的水田去的。"

"哼，你跑来的时候干吗不先给我说明呢？ 唔?"

吴刚惴惴地用手捏弄着裤腰边的香囊，半认错似的笑着说：

"真的，参谋，我没看见你。我慌慌张张的……"

"哼，慌慌张张!"李参谋把这话一说完，也觉得无话可说了。但心里却像压了一块石头似的。非常的不高兴。自己等着配好的马，然而旅长要牵去了；自己等着要用的，然而旅长要牵去了！有什么办法呢？他在这时，很感到一种那无形的力量的横暴了，就好像石碑似的压着他，而且不敢透一口气。想起了旅长是在恒丰祥，就不由得连想起赵军需官那胖脸和张副官长那发光的脸。他觉得周围的一切，今天都和他特别为难起来了。他愤愤的看了吴刚好久。吴刚丢开手上捏的香囊，牵着马缰绳要跳上马背的时候，他忽然严厉的喊住他：

"吴刚! 过来我问你!"

吴刚走过来，他就带着父执辈的口吻，拿起马鞭子指着他严厉的说道：

"喂，我给你说，你别这么狂头狂脑的！ 我听见说你在同旅长的秋香吊膀子，是吗？我说给你听，当心你的脑袋！旅长的丫头你都可以乱想得的？你叔父往常是怎样给你交代的？唔？"

吴刚的脸通红了，颓丧地垂了头。他想这一定是陈监印官向他告发了。心就卜卜的直冲喉头乱跳。他惴惴的抬起脸来说：

"那是别人造我的谣！参谋。我告诉你，今天我在军需官的门口偷听了好半天，听见陈监印官他们在讲你呢！"

李参谋很诧异了，赶快凑进一步悄声问：

"他们在讲我什么？"

"他们讲你同周团长怎样怎样。又说禁烟怎样怎样。"

李参谋的脸红一阵白一阵。

吴刚又把头伸到李参谋的脸旁去悄悄说：

"太太叫陈监印官今天晚上吃了晚饭后到公馆去说话呢！"

"啊？"李参谋的两眼顿时发光了，感到像捉着了重要的秘密似的，全身都紧张了起来，"你们晚边的时候是不是能回来？"

"听说旅长先要到鹅毛山去看那新买的水田，如果还不晚，他打算经过我们上半年打仗的地方，挖断山，去看看那些从前作的工事。我想晚边大概回来的。"

"那就好。"李参谋说着，机警地抬起两眼来四周看看，见那马夫牵着马站得远远的，他于是又悄声的说下去：

"我今晚上就在你叔父那儿等你，如果听见什么，你就跑来向我说吧。"

忽然，那穿得整整齐齐的一身黄哔叽军服的王营长，屁股后面跟着一个挂盒子炮的弁兵从里面走出来了，一看就知道他是到连上去训话的。李参谋赶快退后两步，又装着严厉的正经脸相，拿起鞭子指着吴刚喊道：

"吴刚！快去哇！你还看着干什么！"

吴刚忍不住笑了笑，转过身就跳上马背去。

四

李参谋吩咐了马夫，赶快另外再配一匹马之后，就向着里面走来了。他摇着鞭子走着，心头非常不高兴。今天什么事都不顺，胸口好像有一块什么东西塞在那儿胀得满满的，连手指也发胀。恨不得要拿起一只手枪，见着人就打，打出一些透明的窟窿，打出一些鲜红的血流，才觉得痛快似的。想起这，他的脑子里忽然闪现出上半年在挖断山冲锋的景像来了，山坳口是敌人江防军的密集的散兵线，长个子的旅长，头戴一顶撕去了金线的军帽，带着十几个弁兵，拿着一挺手提机关枪，督促着孙连长的一连兵士，呐一声喊就冲杀过坳口去。他自己同着吴参谋长跟上去的时候，只见遍坳口的乱石地上，横呀顺的都躺的是尸体，有的是酒杯大的窟窿，有的是碗口大的窟窿，有的半个脸没有了，有的半个后脑勺没有了，白色的脑浆，红色的鲜血，一翻一翻的眼睛。他当时曾感到吃惊，心跳，身上发冷，但同时也感到痛快，因为他觉得也只有这才是最合理的解决。现在他竭力使自己相信这些都是自己和参谋长他们的功绩。他喃喃的说道：

"妈的，我们是曾经在前线冲锋了的，现在吃这碗饭，是完全用性命拼来的呀！"

他一路走来，手痒痒地见着柱头就打它一鞭子。见着一个勤务兵站在路旁边，他也打他一鞭子：

"让开！"他喊道。

他经过副官处的时候，只见那里面的办公桌边赵军需官正站在张副官长的面前谈话，张副官长拿起一支香烟含在嘴上，赵军需官就拿起打火机凑上去。

"妈的，卑鄙！"李参谋看了一眼，又愤恨了，昂着头，一冲就打副官处门外边跑过去。他想，他们一定在看他了，一定在对着他的背装鬼脸，挤眼睛，戳着指头又在谈论他的什么。他愤恨这些东西简直混蛋，当面敷敷衍衍不敢讲什么，就只在背地里鬼鬼祟祟，挑拨离间，没有他李参谋光明正大，说来就来他一下！他越走越觉得他想象中的那射到背上来的眼光简直像针刺。他忍不住了，愤怒的挑战似的圆睁两眼掉过头去一看，但副官处那儿的门口却又并不见一个人影。可是就在他掉过头去的这一瞬间，胸口突然砰的一声被撞了一下，撞得他倒退了两步。他更愤怒了，捏起拳头就要打人。但一看，面前站的却是穿着一套灰呢洋服，颈下挂有一条红缎子领带的沈军医官。一股石炭酸和碘酒之类的气味直向李参谋的鼻孔扑来。

沈军医官也正用一只手掌摸着自己的胸口，皱着眉头喊道：

"啊呀，你撞得我好痛呵！咄咄！"

两个怔了一下。沈军医官拍拍身上的洋服，拿起一张白手巾来蒙着鼻尖就像柯牧师那种很神气的势子使鼻孔"呼"的响一声，才向他说：

"我正要来找你呢！"

"什么事？"

"就是宋保罗的那事情呀！"

"你同老赵讲了怎么样？是不是可以减少一点？"

沈军医官拿一只手掌搁在嘴角边，凑到李参谋的耳朵上悄声说：

"这家伙说他没有办法，他说：旅长怎么说他就怎么办。"

"鸡巴！"李参谋愤愤的喊出来了。随后他拉了拉沈军医官的袖口，走到旁边悄声说：

"什么东西！别人可以少，刘大兴的也可以少，宋保罗就不行吗？他得了刘大兴的花边怕我们不晓得吗？你没有向他说那是柯牧师请你来说的吗？"

沈军医官叹一口气，用手整整他的红缎子领带，用指尖轻轻弹一弹那烫得笔直的裤缝上的一点灰，又拿起白手巾蒙着鼻尖"呼"的响一声，然后说：

"Yes，我说了呀，可是他总是和我开玩笑，敷敷衍衍，说些俏皮话，那口气总好像说我们得过宋保罗的 Dollar 似的！"他说完，两眼就现出张惶的神色。

"大勒不大勒，那怕什么？没有证据？那怕什么？你看你就那样慌张了！"

"no，no，no，"沈军医官连连的说，随即嘻嘻的一笑，"我——"

"算了吧！"李参谋打断他的话，"我刚才不是给你说过了吗？别再找他了，等参谋长回来再说。你去叫宋保罗明天直接找参谋长去就是！我们帮他说就是了！喂，我问你！团长还在郑秘书的房间没有？"

沈军医官觉得他此刻对自己的这态度简直太不成话了，好像长官对下属似的，心里有些不高兴起来。为了抗议他这举动，他就挺着腰，把左手插在裤袋里，把右手拿起白手巾来蒙着鼻尖很神气地"呼呼"响了两声，然后慢吞吞的说：

"在的。"

李参谋愤愤的离开他，就向郑秘书的房间走进去了。

五

天空一朵乌云溜走着，遮蔽了太阳，玻璃窗上的阳光一收了去，屋子里就黯了下来，那床中央的铜烟盘上的烟灯火光倒因此明亮起来了，火焰尖一摇一摇的。郑秘书正躺在烟盘右边拿着扦子裹烟；周团长则坐在左边，手上拿起一个猪肝色的扁圆烟斗，用指头不断的摸弄着。

李参谋走到床边来，向周团长点点头；但周团长恰巧掉过头去，两眼出神地看着手上的烟斗。李参谋一肚子的话直朝上涌，但他又觉得不能太鲁莽，也只得跟着他看着烟斗。

"这是'潘允香'①，"郑秘书在烟灯上停了裹烟，说，"是真货。你看这土色多么不同，细腻。起码也有二十年。你看这斗子已经都变成了宝色。"他隔着烟灯伸出一根指头来点着，长指甲在烟斗上发出轻微的括声。

周团长很佩服地点了几点头，见那烟斗上粘了一点灰，他便拿起自己的白绸手巾来很小心的揩着。

"喏，我这里还有几对真正的云南'思茅'斗子。"郑秘书就伸手在枕头边的一只很精致的小洋铁箱里取出六个烟斗来，有黄的，有猪肝色的。

李参谋也睁大一对眼睛跟着又看"思茅"斗子。其实那是已经都看见过几次的。但他仍然屏息地看着。郑秘书拿起那最大的一个猪肝色的来凑到周团长的面前：

"喏，这就是在民国二年的那一场军务，王统帅在前线上得到的。那时我就在他那里入幕，他把这东西转赠我了。真是难得的纪念品。"

周团长只是看了看那斗子，没有接过来，点点头之后，依然又看着自己手上摸弄着的"潘允香"烟斗。

郑秘书向着自己手上的"思茅"斗子梦幻似的看了好一会，好像看出了那些过去了的值得恋念的景象，微笑地喃喃着：

"记得那时王统帅也喜欢做做诗，我们曾经互相唱和。那个人真是好天分：英俊，聪明。他也是行伍出身，真想不到他居然能学会做诗……"

_____

① "潘允香"是烟斗中的一种，很有名的。——原编者注

他愕然地望着周团长的脸，见他那看着"潘允香"出神的样子，不禁笑一笑。

"唉，真是不堪回首，不堪回首。"

郑秘书又拿起一对黄色扁圆烟斗来了，用右手的长指甲点着：

"你看，这两个也很不错。这是赵军需官送我的……"

他抬起眼来一看，却见周团长只是点点头，仍然抚摸着那"潘允香"烟斗。"团长如果喜欢，"他迟疑了一下，说，"我回头就叫勤务兵给你送去，这'潘允香'……"

"呵呵，"周团长这才好像从梦境里拖了出来似的，一条晶亮的口涎忽然从嘴角吊了下来。他拿手巾揩了口涎，笑一笑，然后说：

"那何必，那何必。也好，那……"

"这烟斗倒确是不错的。"旁边忽然有人插进来一句。

郑秘书和周团长都吓了一跳，两个都旋风似的掉过头来一看，是站在旁边的李参谋。

郑秘书哈哈的笑了起来：

"呵呵，你真吓了我一跳，你什么时候进来的，我都不晓得。幸好我们没有讲你的坏话呢，真是所谓'墙有风，壁有耳'，'壁有耳'，哈哈！"

"你还没有走么？"周团长问。

这时天空的乌云溜开了，太阳的黄光直照在玻璃窗上，房间里顿时又明亮起来。

李参谋皱了皱眉头：

"马还没有配好呀！"

"你进来多久了么？"郑秘书又笑嘻嘻的说，"哈哈，怎么我没有发觉呢！"

"团长，"李参谋把脸严重地向着周团长，"请你借一步，我有两句话。"

周团长看了他一会，之后，就站起来向璃玻窗下的办公桌边走去。李参谋跟在他的后面。他把脸凑在周团长的脸旁边，使自己的鼻孔呼出的气不要冲着周团长，然后悄声说：

"团长，赵军需又在说你那三千块钱的事情了！"

"怎么？"周团长的脸色顿时严重了起来。

"我刚才听见吴刚说，他听见赵军需官又在向别人讲起这事情……"

周团长的脸色更严重了，两只眼珠挺了起来。李参谋于是痛快的说下去：

"他还说我们怎么怎么样……"

"混蛋！"周团长的脸胀红着，捏着一个拳头就在办公桌上砰的捶了下去，连桌上的一个茶碗都当的跳了一下。

六

赵军需官手上拿着一包用白纸包裹着的银元，掀开白布门帘把头伸进来了。

李参谋吃惊地离开周团长退后两步，全身都紧张了起来，头上的血剧烈地上涌，圆睁一对眼珠望着赵军需官。

周团长愣着两眼看了赵军需官一眼，立刻就把头掉开去。

赵军需官在门槛边不由的迟疑地站住了。三个人间的空气顿时在非常可怕的沉默中紧张起来。紧张得好像一根绷得太紧了的弦，谁一弹它就要断了似的。他镇静地很快估计一下当前的情势和怎样应付，马上笑道："呵，团长在这里么？"周团长没有理他。郑秘书一翻身起来：

"赵军需官么？呵，请进来哇！"

"呵呵。"他满脸堆下笑来说。向周团长点点头就走到床边来了，他把一包银元送到郑秘书的手上，一面还拿眼角向周团长李参谋那面偷瞟一下，一面说：

"秘书官，这是你要的壹百块，这里包的是九十九块半，我都看了又看的，不过请你点点数，看一看。"

郑秘书皱着眉头微笑道："怎么是九十九块半？"

"是这样的，前天你喊理发匠来修面的时候，赏了他半块钱，是你的勤务兵在我那儿借的。请你点点数吧。"

郑秘书哈哈笑了起来，一面接过去在手上掂一掂搁在枕头边，一面说：

"呵呀，你真多心，难道我们还相信不过？请坐请坐，你要来一口？"他用手指指着灯旁边的烟枪。

周团长走过来了，坐回烟盘的左边。

"团才来了好一会了吧？"赵军需官乘势就笑嘻嘻的说。

周团长只是睁大一对眼睛出神的望着灯火。

"你要抽一口吗？"郑秘书又说。

赵军需官赶快向郑秘书掉过脸来，双手捏起一个拳头打拱笑道：

"呵呵，不客气，不客气。"他偷瞟了周团长和李参谋一眼，又一面说：

"唉，今天的天气好热呀！"

"是呀，就是啰。"郑秘书说。

"其实今天一点也不热！"李参谋插嘴说。

赵军需官怔了一下，决定要走开了。但忽然看见周团长抬起脸来望了他一望，他于是决定再敷衍几句：

"团长，"他微笑的说，"听说这几天——"

"马弁！"周团长立刻又把脸掉开，拿起身边的一根湘妃竹白铜斗绿玉嘴的烟杆来，喊道。

房间里又立刻是一片静，只有办公桌上的一架闹钟在响着的打的打的声音。大家都听见它响了几十下。

"马弁！拿烟来！"周团长又大喊起来了，"妈的，又是到哪里去造谣去了！"

李参谋忍不住笑一笑，抢到门口去喊：

"周子明！团长在喊啦！"

隔了好一会，背着盒子炮的周子明才跑进来了，周团长拿起烟杆来劈面就向他头上打了一下。周子明咬了咬牙，赶快站直，垂着双手。周团长又一脚尖向他站得笔挺的两膝盖踢去。他的背脊在壁头上砰的撞一下弹了回来，又赶快笔挺地站直。

"妈的，你又是到哪里去搬弄是非去啦！拿饭给你吃饱啦？！你知道你吃的是什么饭？你以为你是什么东西？哼，你就狂啦！"

赵军需官的脸红得就像一把红铜火壶，暗暗咬着牙齿。

"报告团长！"周子明带着要哭出来的声音端正地说，"部下没有……"

"拿烟来！"

郑秘书拿着烟枪在烟灯旁边半张开着嘴巴呆了。李参谋在赵军需官的背后抿着嘴笑，忽见沈军医官在门帘缝那儿探一下头，他便向他招招手。沈军医官就进来了，走到赵军需官的旁边；李参谋赶快站起来，用肩膀撞了他的肩膀一下，丢一个眼色。两个就坐到一边去。

"赵军需官，"周团长"噗呼噗呼"地吸燃旱烟之后，嘴角嘲笑地说起来了，"我那里的三千块钱，我刚才对旅长说过了，我还得等几天……"

"吓吓，团长，"赵军需官赶快满脸堆下笑来，"那就是了，那就是了。无所谓，既然旅长说过……"

"我这人说话从来就是这样的，噗呼噗呼……"

"是的是的……"

"噗呼噗呼，我和旅长你知道……"

"团长，请抽这口烟呵！"郑秘书恐怕有什么事要发生了，赶快把烟枪嘴送过来抢着说。

"至于我的烟酒公卖局……"

"请抽喔，这口烟要冷了！团长！——军需官，你看你的勤务兵在门口那儿是在请你的吧？喂，勤务兵！你是请你们军需官的么？嗯?"他抬起脸来向着门口那儿喊。

那勤务兵就走进门槛来了，笔直地立正答道：

"报告秘书官，我是来请参谋官的。那马已经配好了！"

赵军需官这才感到轻松了一些，好像背后就要撤去了一门大炮似的。但立刻却听见李参谋说道：

"你出去叫他等着，我就来！"

他心里冷笑了一下，"哼，你狗东西今天硬要和我捣蛋！"他就乘势伸起一只手掌拍拍前额，转过身来笑道：

"哦哦，沈军医官，你刚才向我讲的你那药品费我已经结好了，马上到我那里去拿?"

"哦哦，好，"沈军医官说着就要站起来，李参谋却挤着他扯了他的袖子一下，但沈军医官已站起来了。

"团长，"赵军需官说，"你请在这里坐坐，我去。"

他强笑着向他点点头就走出去了。

李参谋带着嘲笑的眼光直看着他在门帘那儿消失了，才把眼光收回来，立刻碰着周团长的眼光，两个就对射了一个会心的注视。

第三章

一

赵军需官走出郑秘书的房门，顿时胖脸发紫，两撇浅浅的八字胡也抖动了两动。他紧紧咬着牙关，愤愤的想道：

——哼，此仇不报非丈夫！妈的，你狗东西侮辱我，你同江防军私通消息怕我不知道吗！好的，我们看罢！

在拐弯过去的天井边，周子明正坐在一条凳子上，右手拿起一张手巾在擦眼眶边的泪水，鼻子红胀着；左手掌则在揉搓着膝盖。他见赵军需官走了过来，就赶快站了起来，忸怩地喊了一声：

"军需官。"

赵军需官看也不看他就走了过去。但立刻赵军需官又警告着自己："这样的人在必要时也是有用的！"他便停住步，掉过脸来，皱着两眉，带着同情的眼光说道：

"呵，你坐在这里么？"

"是的，军需官。"

赵军需官伸出一根手指指着他的膝盖显出认真的脸相说：

"呵，你那里踢伤了么？"

周子明非常感动了，伸手拉起裤管来，多毛的腿子上面的膝盖上黑了脚掌那么大一块，还擦破一网皮，红血正泛了出来。

"呵呀，这踢得好凶呵！"赵军需官惊异的睁大两眼说，"唉，你们团长太粗暴了！你这要赶快弄点药才行，如果有脏东西钻进去会烂的，从前有一个伙夫也就是这样烂掉的，后来还割去一只腿，弄得只好爬着走路呢！我那里有些药膏，你赶快去叫我那赵得贵给你敷上吧，去！"

"谢谢军需官！"周子明立一个正，感动地带着颤声说。

"那有什么。我真没有想到你们团长会这样对你们的！好了好了，你同我来，我给你吧！唉，这是踢得太凶了！"

他把周子明带进自己的房间，拿出一个小小的扁圆盒子给他：

"你擦吧！"

周子明一面揭开药盒，一面说：

"这好像是兜什么的药膏吧？我前天看见钱秘书的勤务兵拿这来擦杨梅疮。"

赵军需官立刻眉毛一扬，发现了什么秘密似的，笑道：

"哦，就是司令部来的钱秘书么？听说前天在你们团长那里，是么？哪，你看，你那流血的地方要多擦点。"

"是的，"周子明一面擦，一面说，"他那天和团长两个在房间里谈了好半天。"

"你再多擦点呀！不要紧的。他和你们团长谈些什么？"

"不晓得。这已经擦得很多了。那天团长叫我们不准进去。"

"你就把这盒药膏带去吧！你这要天天擦才行的。他们谈了好久？"

"谢谢军需官。他们谈了好久，我已记不清了。"

"是很秘密的吧？"

"大概——"周子明忽然发觉赵军需官一步一步的在追问他，同时记起周团长平时在家里骂赵军需官的情形来，有些吃惊了。好像感到大祸临头似的，慌张地掉过头去向背后门口那儿望望，然后悄声地带着恳求的眼光说：

"军需官，我刚才讲的话，请你不要向团长说啊，如果团长知道了，我又会挨揍的！"

"我向谁说！"赵军需官笑着说，"你刚才说'大概'是什么？"

但他忽然慌张一下，赶快说：

"好了好了，你听，那老沈来了，你赶快出去吧！你药用完了再来拿吧！"

他心里却冷笑道：

——好，我又知道了你们的一件秘密！好的，我终有一天要知道你们的秘密！

二

赵军需官迎着沈军医官，满脸堆下笑来：

"呵呵，沈军医官，请坐，请坐，你的钱我已结算在这里了。"

沈军医官左手插在裤袋里，右手拿起手巾蒙着鼻尖很神气地"呼"了一声，才把手伸了出来摊在赵军需官胸前笑一笑：

"你不是开玩笑的么？"

赵军需官立刻正色道：

"谁给你开玩笑！"随就笑了起来，"开玩笑是开玩笑的时候呀！"

他立刻走到箱子去取出一包银元来，送到沈军医官的手上。沈军医官才要打开，赵军需官马上又拖了下来，摆在桌上：

"不要忙呀！坐一坐，喝一杯茶，你看我这里有一种新从省城带来的普洱茶。你尝尝看。"

他拿起茶壶倒出一杯茶来，摆到沈军医官面前。沈军医官诧异的望着他，肚子里面却在暗笑着："哈，这家伙今天又在和我玩什么花头了！"他笑道：

"老赵，你和老李的冲突好像很那个吧？that right？"

"哪里哪里。"赵军需官笑一笑说，"其实我对他毫没有一点意思。比如那天晚上他拍着桌子大骂，我一点也没有和他计较。一口冷水，我吞了就是了！你也是跑过江湖的，你知道，大家都是在外边干事情，混饭吃。难道谁是怕谁的？我这人顶受得气，顶忍得气——"

"所谓和气才能生财呀！哈哈！"

"我为什么不忍气呢？"赵军需官看了他一眼，又说，"我这人顶怕人家说闲话，好像说我是旅长的亲戚，就倚势凌人！其实说起来，我们是凭本事吃饭，我对人讲话就顶不愿提这什么'亲戚'两个字……"

"对呀，对呀！你老哥还有什么说的？"沈军医官笑嘻嘻的说，拿手掌拍了他的背一下，"老李这人有时候的确有些使人难受，他不管人家的面子下得去下不去，就像放拍击炮似的，砰砰訇訇就给你放出来！"他记起刚才李参谋对他那种态度来，有些愤怒了。随即他又凑近脸来，一手攀着赵军需官的肩头笑道：

"不过，老哥，那宋保罗的事情究竟怎么样？"

赵军需官忽然皱着眉头看着他的脸，不说话，一直看了十几秒钟。沈军医官莫明其妙地脸红起来了。

"喂喂，那事情究竟怎么样？"

赵军需官仍然严重的看着他的脸，眼睛在一眨一眨地。

沈军医官也忽然觉得严重起来了，伸手到桌上去把那一方镜子拿了过来，照照自己的脸：脸白白的，油晃晃的，两道剑眉，两只三角眼，一个尖鼻子，一张薄嘴巴。他又看看赵军需官的脸笑道：

"你在看什么呀！"

"你这印堂！"赵军需官伸一根手指指着他那鼻根以上两眉之间的那一块皮肉，说，"你这印堂的确很不错：开阔，明亮。"

沈军医官拿起镜子来照一照，"印堂"那儿也果然开阔，油光光地，白皮肤下面隐隐露着红色。他自己也觉得很可爱，有些莫明其妙的感动了。他张开嘴巴望着赵军需官。

"你这两道剑眉和印堂是一步很好的运，起码也可以做一任县知事。"

沈军医官忍不住微笑了，很感动地又拿起镜子看看他的"剑眉"。

"你伸起手来我看看。"

沈军医官把右手伸出去。

赵军需官哈哈笑起来了：

"是左手呀！男左女右，你都不晓得么？"

沈军医官红着脸把左手伸出去。赵军需官一把就抓着捏一捏，皱着眉头笑道：

"你有梅毒吧？你的手心这样热。"

沈军医官立刻就把自己的手拖回去，不好意思地也笑了起来：

"别开玩笑，别开玩笑。"

"谁给你开玩笑，拿出来呀，我要看你的手指。"赵军需官带着正经的脸相说。

沈军医官又伸出左手来了。赵军需官用自己的大拇指的指甲按一按他中指的指甲，那肉红的指甲白了一下。

"你的指甲很好，"他说，"你将来一定是可以独立发展的人物，比我们这批人都有希望，比李参谋都有希望而且在他之上。照你这指甲看来，你应该有些刚性才好。可是你在李参谋的面前就那么柔了呀！"说到这里，他就哈哈笑起来了。

"你看我这要到什么时候才上运？"

"明年，起码明年。"

"好啦，好啦，宋保罗那事情怎么样？"

"什么呀！"赵军需官装作惊愕的脸相望着他说，"我不是已经给你说过？旅长已经决定了。"

"唉唉，你这人真是，你只消同太太说一句就成了！"

赵军需官怒怔一对眼珠子：

"老沈，你怎么这样给我说？太太是太太，我是我，你怎么……太太虽是我的亲戚，我从来不向她说这类话的。可是你也何必？喂，我问你，宋保罗家那大辫子是你的还是老李的？难道你们是'同靴'① 吗?"

"哪里哪里。"沈军医官的脸通红了，赶快拿起手巾来蒙着鼻尖"呼呼"了两声，"你别乱说呀！"

"可是你被老李把你愚弄了！"

沈军医官不服气的：

"老李管老李的，我受他什么愚弄？"

"你不受他愚弄，可是他说一句你就像捧圣旨似的算一句！"

"笑话笑话！我捧他的'圣旨'么？我捧他的什么'圣旨'？……哼，笑话，我自有我的人格！"

"那当然好极！"赵军需官再激动他一句，"可是你那天被他骂得就像干儿子似的！"

沈军医官愤愤的在他背上拍了一掌笑道：

"你哥子总是喜欢和我开这样大的玩笑！不同你说了吧。"他站起来就数银元，忽然记起李参谋马上要走，在等着他有要紧话，他于是赶快包好银元马上就走。

"忙什么呀！"赵军需官嘲笑的说，"老李在等着你么？"

"哪里哪里。不是的。"沈军医官脸红着，赶快避开赵军需官的眼光就走出去了。

赵军需官愤愤的在桌上一拳，骂道：

"猪！妈的，简直是他妈的一条猪！"

三

晚饭过后。太阳收了它最后的一道光线，玻璃窗暗了下来。床

---

① "同靴"是共同"嫖"一个女人的意思。大概是一个男的靴子在床前，另一个男的在下床时也穿它。——原编者注

上的白纱帐也渐渐失了光彩，变成了模糊的灰色。

陈监印官笑嘻嘻的跑进来了。他边跑边喊：

"表哥，表哥，我告诉你一件好消息！"

赵军需官高兴的站起来迎着他笑道：

"什么好消息？"

陈监印官拍手道：

"什么好消息！哈，真是快活的消息！"

"那么什么呀！"

陈监印官伸出一只手掌来：

"你把答应我的五十块钱先给我，我马上就告诉你。"

赵军需官皱着眉头：

"我不是给你说等晚上么？"

"难道这是早晨么？"

"那么，你到太太那儿去了么？"

"你赶快给了我，我就给你说！"

"好的好的，给你就是。你说呀，什么好消息？"

陈监印官只是看着他，不说话。他只得走到箱子去取出五十块钱，一面高兴的想：

——一定是那禁烟的事情成功了！这好了，即使吴参谋长今天来了也不怕了！

陈监印官接过钱数了一数，之后，拍拍赵军需官的肩头笑嘻嘻说：

"对咯对咯，你这才真是好人。我告诉你，李参谋今天骑马出去，在街上很凶的打着马跑，踢倒一个人了！"

赵军需官好像感到受骗似的，立刻说：

"这算什么好消息呀！我倒以为你是到太太那儿去来了呢！"

"难道这不是好消息么？"陈监印官也不服气地红着脸说，"李参谋闯了祸，难道不算好消息么？"

赵军需官退一步想，也觉得这倒也算得是一件好消息，顿时又忍不住微笑起来了，赶快问：

"那人死了没有？"

"我听见讲是这样的，他打着马在街上跑，吓得街上的人乱窜起来，有一个人来不及躲开，他就把他撞翻了，马从那人身上跑过去，许多人就围着看，真是闹得满城风雨的！"

"死了吧？"赵军需官立刻紧张的问。

陈监印官把右手在左手拿着的银元上一拍：

"我也以为踢死了呢！真是唯愿他踢死才好！可惜只是撞倒一下，没有死，可是头上碰了一个疱了呢，有烟杯子那样大，不，有我那一个烟斗子那样大，一个青疱疱。这是魏副官回来向我讲的。"

赵军需官又感到一点轻微的失望，但随即又觉得这也好！总算聊甚于无。心里渐渐也就觉得痛快起来了，他揭开烟罐，拿起一支烟来，按燃打火机，使劲的吸了一口，痛快的吐出一大团白色的浓烟来。他把烟罐递给陈监印官：

"你抽么？"

"呵呵，我有我有。我不高兴抽你这种烟。"

"你现在就到太太那里去么？我想同你一道去。"

"你去有什么事？"

赵军需官伸起一只手掌拍拍额头笑道：

"哦，我帮太太送一笔利钱去。"

"那么走吧。"陈监印官很高兴的喊道；因为他记起往常自己独个人走出营门口的时候，自己老远就准备着要点头了，但是两边站着的卫兵好像没有看见他似的，懒懒的抱着枪杆。他红着脸走了过去之后掉回头来一看，却发现他们正在指着他的背嘲笑，有时还听见谁轻轻的骂了一声："舅子！"

他这回同着赵军需官一道出来了，远远就看见那高大的营门左边一字儿坐着的十来个灰色全武装卫兵，顿时振起精神站了起来，拿好枪站成稍息的姿式准备着。门外阶沿两边的两个站着的卫兵也把驼下的背伸直起来，也把枪支倾斜地握着做着稍息姿式。他于是靠紧赵军需官的身边走，昂着头，挺着颈，准备着。到了门口，只听见一个班长大喊一声：

"敬礼！"

卫兵们立刻一斩齐地立正，把枪靠拢身边去，站在阶沿两边的两个，则在胸前举起枪来。

他跟着赵军需官点了点头，两眼一望着街心，只见许多过路人都带着敬畏的眼光望着他两个。他忍不住抿嘴笑一笑。

"表哥，"他说，"你这管钱的究竟比我这管印的舒服得多。"

"别讲话。"赵军需官打断他的话，"听，他们在说什么？"接着就听见了：

"妈的，我们的饷通通拿去买田去了！"

"哼，我肏他的舅子！"

"嘻，他们在说什么？"陈监印官诧异的张着耳朵问。赵军需官脸色严重地拖他一把：

"别管他，走吧！"

赵军需官感到了一种紧张，脊梁上的每根汗毛都倒竖起来。他觉得这又一定是李参谋捣的鬼了。在街心的人丛中走着的时候，他沉着脸，咬紧着牙关，愤愤的想：

——哼，好的，李参谋，只怕你有一天要认得我！

四

他两个向着旅长的公馆走来。

公馆是一座高大房屋，两边是八字形的很高的灰色砖墙，当中是很宽大的黑漆大龙门。门旁边站着一个武装的卫兵，见他两个进来，马上就把握着的枪收拢去行一个敬礼。他两个点点头就进来了。一个花白胡子的老头子门房垂手站在旁边。他们又点了点头。进到第三个天井的时候，只见王妈拐着一双小脚儿笑着在一旁站一站就走了出去。秋香则正站在天井旁边的一张方桌边擦着玻璃灯坛的煤油灯。

秋香是一个十八九岁的丫头，脸子圆胖胖的，两腮胀着健康的血红，背后拖着一根大黑辫子。一见他两个进来，便转过身来笑道：

"监印官！太太正在生气呢！"

陈监印官跑上前去，皱着眉头抓着秋香的袖口急问：

"什么事？"

秋香羞得满脸胀红，马上甩脱陈监印官的手，就向里面跑，喊道：

"太太，监印官来啦！"

太太正横躺在床上，两手按着肚子，口里发着酸呕。一听见喊声，她便一翻站了起来。秋香已打起绣花软帘。她一走到门口边，便倒竖两弯细眉，苍白的瓜子脸沉了下来，两眼阴凄凄的，伸出食指向着陈监印官一指，但她的话还没有说出，就呕出一口清水。

"明弟！"她吐了清水之后，愤愤的说，"你怎么这么不争气！竟这么大胆的去嫖娼宿妓！害得我替你们受气……"

陈监印官的脸通红起来，愤愤的说：

"啊呀！这不知是谁又造我的谣！你不信，你问赵军需官看，看我在外边嫖过没有！"他一把抓住赵军需官的左手，掉过脸去，"表哥，我在外边嫖过吗？"

"哼，像你这样的不争气，还想当禁烟委员吗？旅长说，不给！……不给不给……"

陈监印官吓了一大跳，全身都紧张了。他拉着赵军需官凑到太太的面前两步，愤愤的说：

"呵呀！姊姊，你看这不是多么明显，就为那禁烟的事情不是有人造我的谣吗？你一天到晚都在公馆里关住，哪里晓得我们旅部的人些为了这事情的明争暗斗呀！李参谋想得最厉害！沈军医也想，余参谋也想，……许多人都想，你看这不是人家造我的谣吗？你问赵军需官，只有他才是真正知道我的，我在什么地方嫖过呢？——表哥，你说？"

"可是无风不起浪。"太太有点怀疑起来了。

"呵呀，无风不起浪。谁来向姊姊说的？"

"哼，谁说的，今天上午吴参谋长家二太太来看我，她向我说的。难道人家还来害你吗？旅长气得直骂我，说我一点也不管你，说我护短，说我简直拖累了他！哼，你们简直给我气受！"

"表哥，你看你看，这真是天晓得！吴参谋长家二太太，这是一个多么好的好人呵！姊姊，我告诉你，吴参谋长和周团长在上半年打仗的时候，和江防军私通消息，你晓得吗？李参谋，他们说他和吴参谋长一床睡过，你晓得吗？……"

太太一下子严重了脸色，伸手就去蒙他的嘴：

"你怎么这么不知轻重，胡说八道！"她还没有说完，就呕出一口清水。

陈监印官气得直发战，仍然不断的说下去：

"前几天李参谋为了禁烟的事情，拍着桌子大骂表哥和我，说我们什么什么的，你晓得吗？今天他还怂恿周团长指桑骂槐的当着郑秘书他们发表哥的脾气，你晓得吗？……"他越说，越觉得自己非常委屈，愤怒着，像要哭出来似的。"表哥，怎么你不讲话？"他抓着赵军需官的手就摇了几摇。

太太沉静下来了，呆呆的望着他弟弟。觉得弟弟那样子也可怜，人年轻，自然难免人家欺负他。她想："难道我才一个弟弟都容不得吗？那些狠心的人？"她忽然记起吴参谋长在两月前和旅长玩笑似的说：

"旅长什么时候去把大太太接来？也许能够快一点抱一个少爷吧！"

一直到今天旅长还在提起大太太！还在说要把她接来！她不由得怒了，她想他们排挤她的弟弟，不明是排挤她自己吗？她坚决的想：

——我不怕的，只要我这生下来的是儿子！

"表哥，"她按下怒气说，"那都是真的吗？"

"如果不真，你砍了我的头去！"陈监印官抢着说。

赵军需官笑一笑，不说话，只向门旁边那打起帘子的秋香看一眼。

太太怔了一下，掉转头，用食指在秋香的额上一点，愤愤的说：

"你在这里看着做什么？军需官来了，还不去倒茶吗？旅长这两天把你一夸，你就狂啦！你这小蹄子！去把你的洋灯擦好来！"

秋香赶快垂下头，放下帘子，给赵军需官倒一杯茶，嘟着嘴就走去了。

五

"一切都是真的，太太！"赵军需官微笑的说。

"难道他们造我的谣也是真的吗？"陈监印官又摇了他的手拐肘一下。

赵军需官笑一笑，看他一眼，然后说：

"太太，我想关于禁烟的事情，也只怪我们的防区太小了一点，如果多得一两县的话……"

太太皱起眉头：

"你明白点说吧。"

"李参谋他们最近确是活动得最厉害。他要排挤我们，有什么谣言造不出来的？所以我说那一切都是可能的。当然他们也不只对监印官和我……"他微笑着吞吞吐吐的说。

太太见他话里还有话，于是拉起帘子来说：

"军需官，你进来。"

赵军需官跟着太太就向房间走去，陈监印官赶快拉着他的手，嘴唇凑到他耳边去悄悄说：

"你要帮我说话呵！"

赵军需官点头笑一笑就进来了。他走到长窗边的一张摆着一个花瓶的半圆桌边，见太太严重着脸色站在面前，他于是叹一口气道：

"太太，我真怕，真怕有一天被人家暗地里打了我的靶。我想，我给旅长效的力，给太太效的力，幸好还问心无愧。我想等旅长哪天有空，我要向他请一下假休息休息一下了！"

"为什么？"太太更加莫明其妙了，严重地说，"你给我说，有什么危险？"

"我也想劝太太和旅长留心一点……"

太太的心咚咚咚的直冲喉头跳起来了，脸色苍白了起来，她急得埋怨地说：

"你说呀！"

"太太该晓得连上上个月的饷还没有发吧。"他镇静的开始了，"但这不能是我们的过，是司令部老不发下来的缘故呀。其实别的地方有些部队何止才欠饷两月！可是我们才欠两月，周团长下面的各连在酝酿着可怕的危险呢！我刚才出营门来的时候，就亲耳听见那些兵在骂着说：'妈的，通通把我们的饷拿去买田去了！看吧，我认得你，我的枪子认不得你！'……"

太太苍白的嘴唇吓得张了开来，慌忙的说：

"谁把这买田的事情传出去的？"

"太太，据我看，你们这里的吴刚得留心他一下才好，他是和李参谋他们是很密切的……"他说到这里不说了，紧张的看着太太的脸。

"吴刚？"太太一提到这名字就愤怒了起来，"哼，这鬼东西妖精妖怪的！满脸擦得白白的，没有事就在旅长的面前晃来晃去，那真是不要脸！我那天同旅长说，你把他收上房来算了！哼，这鬼东西，我早就要提防他的！他做了些什么？你说？"赵军需官忍不住笑起来了，他还没有说出来，太太又接下去："哼，那李参谋？那轻狂的样了，我第一眼看见他就讨厌！他敢？"

"谅他一个人倒不敢。"赵军需官微笑地但铁实地说，"可是他的后面有周团长和吴参谋长……"

太太此刻一听见吴参谋长这几个字就非常刺耳。她愤怒的说道：

"哼，你怎么不早给我说？"

"我不敢，太太！我就顶怕人家说我播弄是非。"

"哼，旅长本来早都忘了大太太的，就是前两月他给旅长一提，旅长又说要去接了！害得我和他吵了几次。他说我不会生儿！哼，不会生儿！"她又呕了一下，吐出一口清水，同时拿一只手掌拍拍自己肚皮愤愤的说，"我就生一个给他看！表哥，你看我一个弟弟咧，不争气。外边许多事，我也不晓得。我只有希望你了！你怕什么？放心做下去！他们有什么，你只管来告诉我。你看这些事，要不是你来说，连旅长都蒙在鼓里。真是上半年那一次知道了他私通消息，旅长把他赶了就好了！……留下这样的祸根……"

赵军需官伸手到怀里掏出一张二百元的红票来了，双手捧着送到太太的面前：

"这是鼎泰绸缎庄的利钱。太太还是要现钱，还是一起放到恒丰祥去？"

太太拿起票子来看看，仍然递回赵军需官的手上：

"你给我放到恒丰祥去就是了。还有隆盛和陈大兴的利钱呢？"

赵军需官笑一笑，一面把红票装进怀里一面说：

"太太，那隆盛的我今天去过，说下乡收钱去了，我打算晚上再去一下。至于那陈大兴的，他说，请太太减轻一点他的利息，他实在付不起……"

太太两眼圆睁的怒了：

"胡说！三分半的利，难道还亏了他？他不就把本钱通通给我收回来好了，我又不是靠利钱吃饭的！"

赵军需官赶快赔笑道：

"太太，我看他最近的确也有些难，他这回的官产就要付一笔大款子出来。"

"不行。他这回的官产的事，我已经帮他说了好话了，他倒想在我的利钱上刮油啊？真是人不宜好，狗不宜饱，你给他说，他再不拿来我就要派人去关他的店门！"

"好，好，那就是了，我再去催他就是。不过我想问问太太，那禁烟委员的委任状……"

"那委任状？"太太被他这突然一问，怔了一下，因为她的脑里正集中在利钱上。好一会，她才恍然地笑了起来。"呵呵，我已经给旅长说过了。我再帮你催催好了，可是你一定要去把陈大兴的钱给我要来呀！你给他说，先把我的钱付了，再缴那官产……"

"是，是。"赵军需官连连的说；最后忽然笑道，"太太听见讲，今天下午李参谋在街上骑着马跑冲倒一个人吗？"

"啊？"太太吃惊的圆睁两眼望着他，"呵呀，踢死人没有？"

"没有。太太。说是伤得很凶呢！"

"哼，真是太狂得太不像样子了！我要给旅长说的，看他狂到哪里去！"

忽然，远远的，在大门口那方起着洋狗的吠声，汪汪汪地。起头是听见一个狗叫，接着就听见几个合叫，声音渐渐近来了。

"旅长来了！"太太紧张了起来说。

赵军需官赶快把想起的话简捷的说道：

"太太，你们这秋香也要注意一下才好。"

太太怔了一下，张开了嘴巴。但那群狗叫的声音越近来了，她的心咚咚咚的跳了起来，来不及再问，赶快拉开门帘说：

"军需官，你赶快出去，赶快到那边的一间房间去！"

六

太太走出门帘来喊：

"秋香！你这小蹄子，还不快把洋灯拿来！旅长回来了！"

她又赶快走进房间，左手拿起一方镜子来照着脸，右手拈起粉扑子来在脸上慌慌忙忙的扑了几扑，又用手指掠掠耳鬓边的发丝，之后，就赶快走出来了。

就在这时，前面的门槛那儿，首先跳进两条高大的黄洋狗，一进门就直向太太的腿前跑来，接着门槛那里又跳进五六条黄色和白黑花的洋狗来，跑得地板轰隆轰隆价响。围绕着太太跑一圈，就在窗边分散开来了，站住，抖着舌条，望着前面。前面旅长在天井那儿出现了。他的背后簇拥着十几个挂盒子炮的弁兵。旅长是一个高个儿，油黑的圆脸，两道浓黑眉毛，一个端正的鼻子，两只发出射人的光的眼睛，头戴呢博士帽，身穿灰织贡呢的长袍，缓缓地走了进来。旅长一进了门槛，那十几个弁兵就分散开来，各自走进天井两边的卧房里去。就只吴刚一人手上拿着一根全象牙的烟杆跟了进来。

旅长很响亮地从喉管底里呼一声痰，屋角都起着回响，但在这响声里更显得一片非常严肃的静。最大的一条黄狗摇着尾巴跑过来了，提起前两脚向他直立了起来。他伸手捏着它的嘴巴，随着又把它向着旁边一甩：

"走开，唉，我已经疲倦了！"

狗就四脚朝天地翻一个滚走开了。

他走到太太面前；太太就用手拉起帘子来，笑道：

"鹅毛山那田还好么？"

旅长一直走进房，一面喊：

"吴刚！拿烟来！"

太太陪着旅长走进房间，一手取下旅长的帽子，一手搭在旅长的肩头。就在这时候，从门帘缝那儿射进两条灯光来了，太太又赶快把手缩回来。秋香拉开门帘拿着一盏煤油灯进来了，放在桌上。

旅长坐在一张躺椅上，吴刚拿着烟杆站在旁边。旅长接过了烟杆含在嘴上，对着吴刚手上拿的火吸燃，"噗吱噗吱"地叭了几口，吹出白烟，然后说：

"田还好，是在山脚边。唉，我好久没有骑马，今天简直疲倦得了不得，在恒丰祥家庄子上休息了好半天。"随即他抽出烟杆，吐一口口水笑道，"呵，我今天在他庄子上遇着一个瞎子，看摸骨相的。他摸了我的手说，照我的这骨相看来，是一个做大官，有福相，只是皮子粗一点，免不了要奔波。他说他也看过周团长的，也和我差不多……"他拿起一只手掌来在灯下微笑的看着。

太太见吴刚还在那儿给旅长倒茶，她就偏要在他面前抓起旅长的手来，披了一下嘴唇笑道：

"周团长哪里及得你的！"

旅长掉过脸来满意的向她看看，觉得这究竟是永远附和自己的太太。但随即他愤愤的说：

"唉，今天周团长为了那三千块钱的事情，简直使我不舒服了好半天！"

"哼，恐怕他还有使你不舒服的事情呢！那真是你的好部下！"

旅长听见她又攻击起自己部队里的人来了，心里有些不舒服。他忽然想起件可以塞着她的嘴的事情来，严厉的问道：

"你家明弟来过了吧？我在路上看见他。哼，年轻轻的就嫖娼！"他愣着白眼看了太太一眼。

太太顿时两眼圆睁，愤怒起来，先看了吴刚一眼。吴刚退了出去之后，她便嘟着嘴说：

"那都是人家造他的谣！那些想挤掉他的！"

"哼，造他的谣！谁造他的谣？"旅长含着烟杆说着，沉着脸掉了过来。

"唔，你还在鼓里呢！"太太披一披嘴唇，用右手的食指点着左手的指头说，"哼，李参谋他们就想挤他。你不记得上半年吴参谋长同周团长他们的事？最近他们还向那些兵散布谣言，说你把饷银拿去买田呢！"

旅长愤怒的瞪着两眼说：

"谁说！你从哪里听来的？"

"一定要谁说？我知道就是了。"

旅长刚刚把烟杆嘴含到嘴上，立刻又抽了出来停在嘴边，从鼻孔冷笑一声：

"哼，知道就是了！婆婆经！你们这些女人晓得什么！"

秋香双手捧着一张腾着白气的热手巾进来了，站在旁边。旅长用空着的右手接过手巾来拿到脸上去，但他又在半路停住，说道：

"我今天上午已给你说过，女人家就管管家里事就是了，你别管我军队里的事！哼，你们女人！"

"好吧，我们'女人'就是了！可是不给你说，你还蒙在鼓里！"

"别管我的事！"旅长严厉地，"你还要噜苏些什么?!"

"随你拿气给我受就是了！"太太颤声的说，两只眼圈发了红，湿润的泪水在眼眶边涌了起来。她呆了一会，一翻身就倒上床去。不一会，她的肩头就抽搐起来了，发出轻微的稀呼稀呼的泣声。

旅长也气愤愤的躺在椅上。但渐渐地，刚才太太说的那些话：什么向着士兵们散布谣言这一点就像铁丸似的在他的脑子里转动起来了，他皱着眉头推测着：

——谁散布的？

但随即他又冷笑了一下：

——哪里的话！人家会笑我听女人的话的！

他觉得那稀呼稀呼的声音有些讨厌起来。

"秋香！来！把我这袜子脱下来看看，脚拐子那里大概给足镫刮脱一网皮了！"

秋香走过来，伸手轻轻的给他脱袜子，袜子被脚踝上的一块血粘住了，就像贴紧了一块橡皮膏药似的，扯得痛了一下。但他咬着牙，只把自己的注意力集中在秋香的脸上。秋香那圆胖胖的脸子，血红的两腮，从颈后弯到肩旁来的粗黑辫子，从灯光下看来，觉得那畏怯的样子另是一番妩媚。他右手拿着烟杆子，张开嘴巴就呆了。

太太斜躺在床上抽搐着肩头，拿眼睛偷偷的看着他那样子，不由得愤怒了，她于是大声的呕一声，向着床边的痰盂里呕吐出一口酸清水，同时又偷偷的看他一眼，看他知道自己怀儿子的苦处否。但旅长仍然张着嘴巴呆呆地看着秋香。她于是扒伏在枕上哼起来了：

"呵唷，痛啊，肚子痛啊！"

张着耳朵一听，却听见旅长在向秋香说道：

"你轻轻搽。对咯对咯，来，把你的手拿来。"她于是气得发昏的站起来了，走到秋香面前，劈手夺下她刚拿起的一盒药膏来说道：

"去，去把我的药熬来呀！我来给旅长搽。"

旅长厉声的喝道：

"拿来！"这声音震得房间都发抖。随即他又愣着两眼说道："我要不要你搽？我不见你们女人就是这样大的醋劲！"

太太吓得肩头一抖，赶快把药膏盒放在躺椅边，又倒上床去了。

七

秋香嘟着嘴走了出来，在门旁边一个黑影子一晃，她吓得一跳，几乎叫了出来。定睛一看，是吴刚，她又才向着厨房走去了。忽然几条狗汪的一声向她扑来，她吓得全身发抖了，紧紧背靠着墙壁，两手在面前乱挥着，乱喊着：

"黄宝！黄宝！你们瞎了吗？"

吴刚赶快奋勇的跑上前来，挥手踢脚的在狂吠的狗群中乱冲一阵，才把狗们赶开了。随即他就紧紧跟着秋香进了厨房，轻轻在她身边说：

"秋香，你吓着了没有？"

秋香不答话，跑到火炉边去拿起药罐来掺上水。

"秋香，你怎么不说话？唵？"吴刚轻轻的说，但声音有些发抖。

秋香把药罐放在火炉上，呆呆地看着那舐着罐底的红绿火焰，她那胖圆脸都映得通红，两只水汪汪的眼睛就像两颗星。

"秋香，你……"吴刚越看越觉得忍不住了，就一把抓住她的肩膀。

秋香却很凶的抽出自己的肩膀向旁边躲开了。

吴刚只得垂着双手呆呆的站着。

好久好久，秋香才轻微地叹一口气，这叹息声弹动了厨房的黑暗和静默，炉子上舐着药罐的火焰都抖了一下。

"唉，这就是我们这当丫头的命！"秋香的眼泪水从眼角滚了出来，喃喃的说。

"唉，我的好秋香，你哭什么呢?"

"呵唷，拿给你们一口一口的啃死算了！就跟那啃萝卜似的……"她伤心地拿起袖口来擦着眼睛。

"秋香，你说我吗?"吴刚感到非常的难过，颤声的说。

"哼，这些做官的，我真是看得够了，口上含一个，筷子上夹一个，眼睛还瞧着一个！我们是什么? 丫头！给人家做出气的!"

"唉，秋香，你摸摸我这儿看，你看我的心真痛呵！"

他一把就捉住秋香的左手，拉来按在自己的胸口上。那儿有一颗卜卜跳动的心。秋香并没有拖回去的意思，他于是用手抚摸着她的手指悄声说：

"秋香，我说过的，我把钱弄到的时候，我们一起逃吧！"

"哈，好家伙！"厨房门口旁边忽然发出这样一个轻轻的然而像铁似的喊声。

两个都吓一大跳。秋香慌忙抓起药罐就要走。吴刚给她一拦，意思叫她不忙。她又没有了主意似的站住了。但就在这很快的一刹那，只听见一个人在门外边顿脚的声音，随着这脚声是一条狗站了起来，跑了开去的声音。

"吓，妈的，差点绊了我一跤！"是那人的声音。

两个才放心的透出一口气来。吴刚赶快跑到水缸边，拿碗去舀水。那人就在厨房门出现了，是高大的伍长发。

伍长发走到吴刚的身边，一把抓住他的左臂轻声喝道：

"妈的，你在这里干什么！嗯？"

吴刚从缸子里拿出一碗水来：

"干什么！口渴了，喝水。"

"哼，喝水！"伍长发盯了秋香一眼。

秋香垂下头，红着脸，她为要竭力遮去自己的羞，就竭力把脸凑到火炉口去。

伍长发微微的点点头，随即掉过头来向着吴刚，严厉地：

"哼，今天是你的运气！妈的，我给你说，你当心点！"

吴刚忽然听见旅长的喊声，放下碗抽出自己的手来就跑。

"妈的，你有天总要遇着老子的时候！"伍长发说着，见他跑了出去，自己就向秋香面前走去。

"你说我的鸡巴！"吴刚一面走，一面喃喃的说。他走进旅长的房门口的时候，就笔直的垂着两手站着。

旅长从躺椅上抬起头，严厉的说道：

"你去看看参谋长到了没有！"

"是。"他正确的做一个立正姿式，向后转，就向着外边跑去了。

八

旅长躺在躺椅上，心里非常的不舒服。他想自己成天到晚为了些大事辛苦着，而且为周团长那些勾心斗角的事情烦了心，晚上回来却得不着温柔的安慰，反要听这些闲话和哭声。心里更加厌烦起来。

而太太躺在床上肩头抽搐得更厉害了，不时还发出很难听的呕声。

他很凶的搁下烟杆喊道：

"来人吓!"

"来啦!"伍长发应着,就在门口出现了,端正的立在门帘下。

"把上房的灯给我点起来!"

"是。"伍长发特别起劲的做一个立正姿式就退出去了,隔了一会又回来站在门口很起劲的说道:

"报告旅长,灯已经点好了。"

"把烟杆这些给我拿去!"

旅长走到上房来,和衣躺上床去。伍长发轻轻把烟杆、烟盒子、火柴放在方桌上煤油灯的旁边,又轻轻点着脚尖一步一步的移到门口,带上门出去了。

旅长一翻的爬了起来,拴上门,一口气把灯吹熄,又躺上床去。

屋子黑暗了下去,但清水似的月光立刻从玻璃窗口涌进来了,照见了方桌和上面的煤油灯,烟杆,烟盒子,火柴,和一支开过的白兰地酒瓶,两个玻璃杯,……

旅长在床上翻来覆去的转侧着身子。首先在他脑子里出现的是周团长那有点跛脚的脸子,接着又出现了吴参谋长那有着两弯向上翘的八字胡的方脸,那脸上有着一对深不可测的眼睛。他想:

——哼,吴参谋长今天要到了,不晓得他这回去又干了些什么鬼把戏来了呢!上半年他和周团长那些不稳的谣传,可恨没有抓住确实的证据!而最近周团长却又暗暗添买了不少的枪……

他于是想到刚才太太向他说的话:士兵方面的谣言来了。

——哼,一切都是可能的!

他一想到这,全身都紧张了。而且觉得这周团长,吴参谋长什么的,就像自己身上的附骨之疽似的,恨不得一把就把它拔去。但他的脑子里却像乱丝似的,觉得事情又决不是这样简单:

——吴参谋长和司令官是同学,这人确也有些能干,能够定出很好的作战计划来。如果把他一放手，他马上会跑到敌人那方去转来打自己的！而且有些下级干部是他的学生。周团长呢，那不消说，实力是握在他手上的……他和其他的两个团长也紧密地牵连着。如果把他弄了去，恐怕会发生什么乱子的吧？……

他的脑子感到非常的发胀，就像火在那儿燃烧似的，燃烧得要爆炸开来。他于是一翻身坐起来了。他紧紧的闭住嘴唇，两眼圆睁的盯着窗子，那照在方桌上的月光反映在他的脸上，就好像一尊石像似的。

他站起来了，拿起烟杆来，擦燃火，屋子里顿时亮了起来。他把火柴放在桌边，远远把含着的烟杆子那头的烟卷凑上去，但那火马上戳熄了。他愤愤的丢下烟杆，便索性伸手到月光下拿起酒瓶，拔下塞子，倒进一个玻璃杯里，那酒黑汪汪地就在那杯口闪光。他端了起来，一口就吞下一半，肚子里一股热热的，才觉得舒服了些。

他石像似的一手执着杯子望着窗外，只见那一轮明月正在远远的那黑魆魆的像躺着许多骆驼似的山巅之上，看来不过才相离两丈似的。隐约的可以想见那在月光笼罩下山脚边的田野和村庄，在隔林两三点的灯火里，还夹着村犬的吠声。一簇半白半乌的云絮向着明月包围了来，遮蔽着，眼前的许多人家屋顶都黯了下去，成了一片模糊，但那月儿随即又在那乌烟瘴气的云团空处挣出脸来，又洒出比先前更加明亮的光辉。

这情景，使他记起在外省的家乡来了，那曾经少年时候住过的家，就像今天在鹅毛山下看见过的，靠着山脚边，一条潺潺流水的小河，河弯处一丛森森的树林边便是自己曾经住过的八字粉墙黑漆龙门上面钉有一块"拔贡"的木匾的家。那时候曾经和拖着一条辫子的张副官长他们几个少年拿起网兜一道踏着草地上的月光下河去，河水泛着鳞鳞的银色的光，两岸闪着轻绡似的雾气。可是那屋子在一次的军队混战中破毁了一下，后来竟给土匪烧去了。但他总觉得像恒丰祥老板他们那种生活是舒服的，在鹅毛山脚有一间依山傍水的瓦屋，而且有三个儿子……

他忽然听见门外边有一个唏呼唏呼的抽搐声，和发呕的声音。

——这一定是她来了！是的，我对她太狠了，她肚子里还怀着一个小孩子……

他想着，转过身去想给她开门。但他立刻又站住了：

——笑话！我一个堂堂的旅长竟为儿女柔情所屈服么？

他把杯子搁到嘴唇边，吞完了那半杯，立刻又倒上床去了。

第四章

一

吴参谋长躺在客厅里的烟榻上，烟盘上的玻璃罩灯光照着他那两弯翘起八字胡的方脸。他用手指拈扯着胡子尾巴，两道浓眉下的两只眼睛愉快地看着面前今天曾经去接了自己来的五个——那曾经是自己一手提拔起来的五个。他愉快地慢条斯理地谈讲着。

沈军医官躺在烟盘右边，右手捏着铁钎子，左手的指头靠进灯罩口很熟练地在裹钎子上的烟泡。

在烟榻的两旁坐着的四个是：李参谋，余参谋，孙连长，刘连长。

刘连长是一个矮个子，甲子脸，右眉平直，左眉斜上，两眼闪着光芒。他把两手搁在膝盖上，挺胸坐在椅子上。

孙连长用半边屁股坐在椅子边沿，挺直的身子则采取半面向左的姿式对着吴参谋长。他故意移坐前一点，把刘连长遮在背后。刘连长见他把自己遮住了，便不高兴的把椅子朝前移一移，又把自己在吴参谋长的眼前显露着。他想：

——你怎么可以遮住我？我是参谋长的学生！

李参谋今天一直还没有讲到自己要讲的话，都是因为这些家伙们也去接参谋长阻碍了自己。他不高兴地一时看看对面的两个连长，一时又愣着眼睛看看坐在他稍后一点的余参谋。他烦躁地用手抓抓颈项，一时又把架在左腿上的右腿放下来，把左腿换架到右腿上。

余参谋一见李参谋看他，就赶快把自己的眼光避开，身子就更向后移一移，躲在茶几后，他冷笑地想：

——参谋长就让你一个人独占去了吧！妈的，多么卑鄙！

沈军医官把烟枪递过来了。吴参谋长一接到手上，就停了讲话，坐了起来。见面前的四个人都也立刻停止了声响，屏着呼吸紧张地望着他。吊挂在天花板下的一盏煤油灯光直照在那四张流着油汗的脸。那种对他起着尊敬的样子，觉得很满意。他一面高兴地想：

——这回司令官打电去催我回来，一定是他前回允许过我的事，那么这批忠实的人是用得着的时候了！

他拿起烟盘前的一把茶壶。李参谋立刻就在自己旁边的茶几上拿一个杯子送过来了。吴参谋长向他点点头，见他那仍然还是那么很结实精悍的样子和又红又白的脸，在灯光下仍然和两个月以前没有两样，觉得很愉快。但他仍然脸色严正地喝了一口茶之后又躺下去了，对着火吱吱吱地抽起烟来。烟枪里的"烟油"太饱了，忽然射出一股到他嘴里去，苦得要命，他立刻皱着着两道浓眉，又坐起来。但一见面前的五个都也立刻皱着两眉，紧张的把他望着。他心里又才觉得非常愉快：

——这些人都仍然是能和我共患难，同忧喜的！

他向地上吐了一口，笑道：

"呵呀！好苦，这烟油！"

五个人都忍不住噗哧地笑了。他立刻严正地抬起脸来，大家又不笑了。他于是解释似的笑道：

"这枪是太饱了！"

他噍了嘴之后，就在身边拿起一根湘妃竹烟杆来。

李参谋站起来了。同一个时候，孙连长也站起来了。两个都匆忙的抢着向门口走去。

李参谋赶快伸手一拦孙连长：

"你坐着吧。"

孙连长也同时伸手拦他一掌：

"我去叫，好啦。"

但两个已抢到门帘边，李参谋抢着大声喊道：

"勤务兵！给参谋长拿烟来！"

孙连长见勤务兵走了进来，口里还在嚼着饭。他就从他手上把烟盒拿了下来：

"你交给我吧。你还是去赶快吃你的饭好了。"

李参谋就鄙夷地看了孙连长一眼。

吴参谋长看着这两个为自己的事这么争先恐后，觉得非常的愉快，他微笑说道：

"我自己来吧。你们都坐下吧。"

他含着烟杆叭燃烟卷之后，就挺起颈根，轮着两眼向周围看了一看；大家又准备要讲话了。

刘连长站起来了，孙连长没有看见，在同一个时候，也站起来了。刘连长皱一皱眉头；但他觉得既然站起来了，不管他，还是说起来吧：

"参谋长！学生那一连……"

孙连长吃了一惊，掉过脸来不高兴的看他一眼，立刻又回过头去抢着说：

"参谋长，我那里……"

刘连长就气愤愤的不说了，愕然的把他望着。

李参谋和余参谋都笑了一下，觉得那种争夺的神气，实在是可笑的。吴参谋长立刻皱着眉头看了他们一眼，他两个立刻又闭住嘴了。

"坐着谈吧。"吴参谋长把拈扯着胡子尾巴的手向前一伸微笑的说，"我觉得大家还是不必这么拘泥着好些。"

孙连长和刘连长又坐下了。

吴参谋长嘴上含着右手拿的烟杆，左手又拈扯着翘起的胡子尾巴。两眼紧紧盯住他两个。

"参谋长，"孙连长抢先说，"自从参谋长请假去了以后，我那一连的饷就都没有拿着了……"

"参谋长，"刘连长有些不服气，觉得刚才是自己先开口的，也抢着说，"学生那一连九月份的伙饷到现在还没有拿着……"

孙连长偏了脸瞪刘连长一眼，又抢着说：

"参谋长，你看第一连王连长保商就保了两次！营长这些地方简直私心得很！王连长他们简直腰包都胀满了！……"

"参谋长，学生那一连的兵士们最近跑到我的连长室门口来问了几次。他们私下里叽里咕噜的。那天我捉住一个兵在那里骂长官，真是有些不像样了！我就罚了他的跑步，跑了一点钟，我……"

孙连长又皱着眉头看了他一眼，又抢着：

"参谋长，我连上的兵士没有一个不在闹闲话，今天王金玉和杜占鳌挨了张副官长的耳光下来简直吵得全连都哄动了。营长跑出来训话，他们还叽里咕噜的……"

吴参谋长仍然嘴角含着烟杆，手指拈扯着胡子尾巴，两眼紧紧盯住他们抢着的讲话。他一面愉快地觉着自己有"耳听八方"的能力，一面竭力捕捉着他们那些话里的要点。到了这里，他忽然把烟杆抽出嘴来，吐一口口水到地上，然后紧盯着孙连长说：

"喂喂，不忙。王营长讲了些什么？"

刘连长就赶快闭住嘴了，红着一张脸。

孙连长被他这突然一问，怔了一下，但觉得参谋长先问了他，就又非常高兴的说道：

"参谋长，他来是这样讲的：他说，这不能怪旅长或赵军需，是司令部的钱还没有发下来——"

他正讲得高兴的时候，吴参谋长突然吃惊的打断他的话：

"是司令部没有发下来么？"

孙连长弄得怔了一下。

吴参谋长见他那窘了的样子，赶快又向他点点头道：

"好，你说吧。"

孙连长就又说下去。完了之后，吴参谋长又才掉过脸来望着刘连长：

"你说吧。"

刘连长立刻把胸脯一挺，觉得自己应该要显得有教养，在说话方面对辞句要选择一下，要显得和孙连长不同才好。他于是用着很准确的声音说道：

"学生那一连，对于他们的军风纪，学生是随时都在留意的。我常常都记着参谋长从前在学校时向我们说的话：军风纪第一。可是最近因为两个月的饷拿不着，士兵们对于这方面究竟有些懈怠起来了。可是我仍然要竭力保持着，加以纠正。不过如果饷还不发下来，究竟还是不大好。学生的话就是这样。"他说完，又向吴参谋长挺一挺胸脯。

吴参谋长微笑了一下，嘉奖地点一点头。

二

"参谋长，"余参谋含笑的说，"我们很久就希望参谋长回来了。"

李参谋愕然地张开嘴巴看了余参谋一眼，说：

"余参谋，请你等一等。"

他就向床边走来了，在沈军医官的腿旁边坐了下来，把脸向着吴参谋长。

余参谋满脸羞得通红，愤愤的想：

——哼，这简直多么卑鄙呀！好，就让你们争宠去吧！这里既然没有我的地方，我倒莫如走了的好！

他忽然记起赵军需官说的在这个时候等他，顿时觉得那和李参谋他们处在敌对地位的赵军需官对自己究竟也还不错！他想站起来了，但又犹豫着，觉得就这么突然走了似乎太不好。最后他采取了一种折中的办法，把自己挺直着的腰背驼了下来，作为报复。愤愤的看着李参谋那很觉得讨厌的嘴脸。

李参谋正在高兴的说着：

"参谋长，你如果今天再不到，我们真要急死了！你去了两个月，我们旅部里弄得简直不像话。听说连司令官都知道了，非常的不满意。第一是赵军需官，这家伙简直越来越厉害，可以说要爬到我们的头上来屙屎了！比如各营连的伙饷何尝没有！许多人都晓得他拿到一些商家去放大利。这回的官产清理，有几家是早收过了的，——但是弄得满城天怒人怨——这些钱是哪里去了？还有两笔，那宋保罗家的一笔，请他援别人的例也减少一点，他却一口咬定说，旅长是要那么办的！"

"哪个宋保罗？"吴参谋长忽然把烟杆抽出嘴来，偏着脸问。

"呵呵，"李参谋征了一下，然后说，"同参谋长的二太太也认识的那个吧?"

"唔唔,你说吧。"吴参谋长说着,同时想:

——他那嘴唇动得还和从前一样好看。

"参谋长,这宋保罗说他也要来看参谋长呢!这官产的事情,他想请参谋长帮他的忙……"他说到这里,停了停,看着吴参谋长的脸。

沈军医官突然停止了裹烟,抬起上半身来说:

"他说他明天就要来看参谋长呢!他今天向我说的……"

李参谋愕然的看了沈军医官一眼,生怕他把话抢了去,赶快说:

"他说他明天就要来看参谋长呢!他今天向我说的,他说……"

沈军医官就不高兴的躺下去了。

余参谋冷眼看着在肚子里发笑:

——哼,多么好看的争宠呵!

"这赵军需官最近简直专权极了!"李参谋仍然不断的说,"他和张副官长和几个营长勾结得密密的,他们对参谋长在外面还说了许多不利的话!……"

吴参谋长心里大吃一惊:

——什么不利的话?难道我这回买田买房子的事他也知道了么?那可糟透了!——他想着,严厉地问道:

"什么话?"

"那当然是说参谋长和敌军江防军怎样啰,这回又买了多少田地啰,这些。"

一股寒噤在吴参谋长身上掠过,汗毛都倒竖起来。但他竭力不要使面前的这几个手下人看出自己的失态,于是镇静地保持着严正的态度,单是在鼻孔里冷笑一声:

"哼!"仍然不动的望着李参谋。

李参谋就痛快的说了下去。最后他望了周围的人一圈，愤愤的说：

"我们在坐的这些人，简直成了他们的眼中钉，他们在排挤我们呢！"

"什么？"孙连长首先跳了起来。

"什么？"刘连长也跟着跳了起来，"他们要排挤参谋长吗？"

"什么东西！"孙连长捏起一个拳头到胸前，"他敢挤参谋长？那我的枪就是他的对头！"

"他敢！"刘连长也愤激的说，"这江山是我们在枪林弹雨里辛辛苦苦挣来的！"

余参谋只是在肚子里暗暗冷笑着：

——呵啊！多好看呵！

吴参谋长放下烟杆，用手掌向前一按：

"你们坐下吧！用不着这样的激动。"他一面说，心里却暗暗觉得好笑：

——这些年青人的火气倒是蛮好的！

最后，他掉过脸来望着余参谋：

"余参谋，你刚才要说什么？"

李参谋跟着紧张地望着余参谋，生怕他就先提起关于要求禁烟委任的事来。

余参谋的脸红了一红：

"吓吓，"他惨笑着说，"参谋长，没有什么。"

吴参谋长躺下去了，两眼紧紧盯着天花板。他把今天这些所有的情报在脑子里展了开来，加以比较，分析，整理。最后他皱一皱眉头，坐了起来，沉毅的问：

"你这两天看见周团长没有？"

"看见的。"李参谋赶快高兴的说，"今天还看见的。他说他等一下就要看参谋长来了。那些事我今天曾向他说过，他当着赵军需就大发一阵脾气！"

"啊？"吴参谋长忽然吃惊了，两眼圆睁的看着李参谋。好一会儿，他才叹一口气：

"咳，你们是太年青了！周团长那样的火性，还禁得起你去给他加油么？事情是，不能这么毛糙的！"

他觉得有些懊恼起来：

——谁都知道我和周团长是拜把弟兄！过去已经弄得够麻烦了，使得许多事情都受了影响！现在忽然还再增加上这一个麻烦，那，我这回的，司令官电召我回来的那事情，又会……咳咳，究竟是太年青了！

但他竭力镇静着，站了起来，拍拍身上的烟灰，就向外出去小便去。

李参谋抓住这个机会，追出门外，悄声说：

"参谋长！那禁烟的事情已经完了！"

"怎么样？"

"参谋长从前不是曾经向旅长提过？但是这回他向司令官提出的是赵军需官，张副官长和陈监印官！幸好委任状还没有下来。但假使参谋长迟来几天，就简直一点希望都没有了！这简直是太欺负人了！"

吴参谋长看了他好一会，点点头道：

"好，我知道了！"转身就走。

李参谋又追上两步悄声说：

"参谋长——我看这余参谋恐怕靠不住。他和赵军需他们的关系……"

"什么？"吴参谋长这才大大的吃惊了，头上好像被什么东西重重的一击，昏了一下。但他生怕李参谋看见自己会这样失态，赶快竭力镇静着带着责备的口气说道：

"你为什么不早给我说？你怎么刚才哇啦哇啦的说了那样多？嗯，真是太年青了！"

李参谋吓得倒退一步，赶快回进客厅里，跑到余参谋面前拍拍他的肩头：

"余参谋！我刚才打断了你的话，你不会多我的心吧？"

余参谋心里忽然明亮了一下，暗暗冷笑：

——哼，你这家伙不知道又去和参谋长讲我的什么话来了！回来就这么敷衍我！——他嘴上却笑道：

"那算不了什么，那算不了什么。我们做一个人不过就这样罢了！"

"你真的没有多心？"

"我已经说了，你还要怎样？"余参谋竭力忍耐住，但仍然嘲笑的说。

旁边的三个没有听清他们说什么，以为参谋长又叫李参谋传下什么要紧话来了，都惊异的围了过来，脸色严重的问：

"参谋长讲了什么？"

李参谋赶快把他们拦住：

"没有什么，你们坐下吧。我不过和余参谋讲两句话。"

"不，我不相信。"沈军医官拉着李参谋的衣袖说。

"说，说，什么呀！这么秘密么？"孙连长和刘连长也围着他说。

李参谋急得脸红了：

"说没有就没有。难道我还骗你们么？"

三个就退回去了，但还是不相信的看着他，又用嫉妒的眼光看了余参谋一眼，好像说，哼！他倒比我们多知道一些！

——唉唉，我倒还是莫如走了的好，——余参谋愤愤的想；但随即他又觉得李参谋既已来向自己赔小心了，马上要走，似乎又不大好。

三

吴参谋长回进房间里来的时候，一个勤务兵匆匆忙忙的跑了进来，两手捧着一张名片到吴参谋长面前，端正的说道：

"报告参谋长，司令部的钱秘书来看参谋长。"

"请。"吴参谋长高兴的说。

"参谋长，"李参谋凑到吴参谋长身边说，"这钱秘书来会参谋长大概有什么要紧事情吧。"

"什么？"吴参谋长装着没有那么一回事似的。

李参谋更把脸凑进一点悄声说：

"前天我在周团长那里曾经碰见他。他和周团长两个谈了许多话。参谋长，我看我们退出去一下。"

吴参谋长嘉奖似的点一点头，用手拈扯着胡子尾巴就要迎出去，但他忽然想起一件事情——就是听说这老同学钱秘书又讨了一个女学生的事情。算起来这已是第八个小老婆了；这实在是一个风流人物。他微笑地想掉过头去问，但他随即又把笑脸收住了，警觉地克制住自己：

——是的，在这些手下人的面前，还是不要谈这类话的好，像我这样的身份！

李参谋见吴参谋长走出去了，转过身来的时候，见面前的几个人都在对他射出羡慕的眼光。他于是快活的喊道：

"哈，我们避一避吧，我们到对面书房里去坐一坐吧。"

他抢先领头走在前面，四个人都就跟着他走出来了。

余参谋忽然说：

"我要回去了。"

"你怎么就走呢!"李参谋吃惊的赶快拉着他的手,"我们回头不是还要吃参谋长的接风酒么?"

余参谋的心又活动了,他想:

——我是不会被你利用的!不过,也好,我就在这儿做一个旁观者也好!

他一确定了自己的地位,立刻又觉得轻松许多了。

就在这当儿,只见前面天井边的走廊下,一个穿灰军服的勤务兵一手提着一盏风雨灯,引着那钱秘书向里面走来了。那风雨灯的黄光照着钱秘书那窸窸窣窣响着的团花缎袍,一张白白的刮得光光的瘦脸,一对色情的光芒四射的眼睛。

吴参谋长一迎上去,钱秘书老远就哈哈一声,两手捏成一个拳头不断的拱了几拱:

"哈哈!吴参谋长,你辛苦辛苦啦!到好久了吧。哈哈!"

"哪里哪里。"吴参谋长也微笑地捏起拳头打了一拱,"你从司令部远来不也辛苦了么?我今天才回来,不然是应该给你接风的。"

"哈哈!哪里哪里。"钱秘书连连的说,又拱了几拱,"我这不过是两三天的路程,算什么?我倒是应该来给你接风的,哈哈!"

进了客厅,钱秘书一坐到烟盘左边,就对着吴参谋长连珠似的问:

"老太爷好吗?老太太好吗?大太太好吗?二太太好吗?"

"都好。"吴参谋长微笑的说。

"那好极了,那好极了。"

"听说你要放关监督了?"

"哪,是的,哈哈!"

"那倒是一个肥缺。"吴参谋长微笑的说。

"那算什么,一年顶多也不过拿得到几万,那算什么。你要荐人吗?你荐来吧。希望你不要客气,哈哈!"

吴参谋心里惊异了一下，他想：

——这出名滑头而又专用私人的老钱，今天居然这么慷慨，他一定又有什么花头在后面了！

他只是微笑的说：

"那很好。给你道喜！"

"哈哈，那没有什么。我倒要给你道喜呢！"钱秘书又拱了一拱，他见吴参谋长惊异的望着他，并且从那庄重的嘴唇上发出来一声：

"什么?"

他于是把嘴凑到吴参谋长的耳边去放低声音说：

"我这回的来，就是奉了司令官的使命来和你商量一件事情的呢！"

吴参谋长叫站在旁边伺候烟茶的勤务兵出去之后，两个就躺上床去，隔了烟盘，脸对着脸。

"吴参谋长，"钱秘书忽然事务地满脸正经地开始了，"你们旅长这回不是又买了五百支枪来了吗?"

"有这一回事。"吴参谋长心里已经明白他要讲的是什么了，但他故意皱着眉头翘起大拇指再补上一句：

"不过，我好像听说我们这个同学大不高兴，是吧?"

钱秘书知道他指的是司令官，装作没有听见似的只顾说：

"你们旅长不是又要打算成立一个补充团吗?"

"是的。"

"但是司令官觉得这团长的人选问题……"

"恐怕是王营长吧。"

"老哥，这就是难题呢！"钱秘书忽然高叫一声，一翻身坐了起来。侧着身子看了吴参谋长一会；而吴参谋长则两眼深思地望着他。

"你知道，"他又说起来了，"司令官所虑的就是这一点。他派我来就是想先征求你的意见……"

吴参谋长的两眼闭住了，眼珠子在眼皮下面转动着，他感到轻微的失望：

——司令官打电催我回来，原来仅为了这个！

钱秘书以为他一定在感动了，赶快乘势说：

"司令官还说，这五百支枪暂时编两营。内中的一个营长，他打算把内人的哥哥给你介绍来。"

吴参谋长睁开了眼睛，皱着眉头，微笑道：

"我还得考虑。"

"为什么？"钱秘书倒忽然吃惊了，大大的张开嘴巴望着他。

吴参谋长站了起来，把两手反扣在背后，在地上踱了起来。

——五百支枪，那算什么呢？而且他们还要插脚一个营长呢！

他想着，向门口踱了过去。

——不过既然有了这机会，也未使……

忽然发现靠烟榻旁的玻璃窗外有谁在那儿偷听，他便伸出头去一看。只见那人已慌慌张张跑到对面去了。

"五百支枪的团长，"他转身回来的时候，皱着眉头说，"那是太寒伧了！"

"老哥，"钱秘书拍拍他的肩头，笑嘻嘻说，"实力抓在自己的手上就是自己的本钱呀！哈哈，干下来吧，干下来吧！"

"这不是干不干的问题。"吴参谋长一面缓缓的说，一面用右手食指在摆着烟灯的闪亮的白铜盘上点画着，就像作战时他在地图上点画着似的。钱秘书的眼光就随着他的指头转动。他画了几个小圈，然后又在那许多小圈中的一个紧紧的点着。"这问题的要点是在这儿，旅长那方面能通得过吗？"

"司令官的意思，"钱秘书连忙抢着说，"旅长那方面由他去办就是了，只要你答应下来。"

"但是枪还是太少了呀！老哥！"他说着，同时想：

——司令官派这老钱来，一定还有什么话的；因为司令官既然要我来分散旅长的兵力，他对我的估计，大概也知道我不会随随便便这么廉价就答应的吧？

"司令官大概还有什么更好的意见的吧？"

钱秘书怔了一下，但他赶快就用笑来把怔掩过去了。

"哈哈！老哥，司令官的意见就是这样。枪少，你自己不能去想办法么？"

"我自己怎样想办法呢？"

"哈哈，难道你老哥还少了办法么，你这老军人？"

"但是我总觉得司令官该还有别的什么更好的意见。"

"的的确确，"钱秘书一本正经的说，"司令官只是这么向我说的。"

"不，难道你老弟不能帮我想点办法？"

"哈哈！我有什么办法呀！老哥？"

"不，我是说你在司令官面前。"

"老哥，这我也早已想到了的，我已向司令官说过了呀！可是他说只能这么办。"

——狡猾！这家伙一定要给他一点甜头他才肯说真话的！——吴参谋长愤愤的想。——但是给他什么甜头呢？

一个丫头双手捧着一盘月饼进来了。这是一个十五岁的女孩子。头发梳成一条辫子拖在背后，一张秀气的瓜子脸，眉清目秀，端正的鼻子，含着天真的微笑的嘴唇。她把那盘点心向烟盘前送来的时候，用着清脆的声音说：

"太太叫我送来的。"

吴参谋长一面用手指着点心，说：

"请用点点心吧。这是我从家乡带来的。"

一面抬起眼来看。却见钱秘书那一双色情的眼睛痴呆地看着那小丫头，下嘴巴都挂了下来。他不禁笑一笑，说道：

"请吧。"

"呵呵，"钱秘书这才从梦境拖了出来似的笑了起来，"这女孩子还不错。"

"你喜欢么?"

"呃，呃，哈哈，这女孩子是你才买的吧?"钱秘书笑着说，很可惜地看着那丫头走出去了。

"我最近倒另外买了一个，这是去年买的。你喜欢么? 你把她带去吧。这孩子倒聪明伶俐的。"

钱秘书一惊，顿时捏起拳头打一个拱笑道：

"那怎么可以……那怎么可以……"

"那有什么关系? 老同学?"

钱秘书很感动地伸手搭在吴参谋长的左肩上，拍了一拍：

"唉，老哥，你这样的深情厚意，我要怎样感激你才好呢?"

停了一会儿，他又闪着很诚恳的眼光问道：

"那补充团你怎么样?"

"我不想干。"吴参谋长觉得这时应该更要拿稳一点了，把两眼望着地板说。

"为什么?"

"为什么?"吴参谋长掉过脸来，把手向两边一摊，"请你替我想想吧，我从前并不是没有当过团长的，这五百支枪的团长，即使你，你愿意干么?"

"那自然……也不一定啰!"钱秘书同情地但吞吞吐吐的说。

"难道司令部的军械库就没有枪么?"吴参谋长更逼进一句。

"有枪。"钱秘书这才恍然地笑起来了。

"你能不能担保他来补充我?"

"不忙,你说你能不能答应?"

"不忙,你说你能不能担保?"

"那么,你让我去考虑一下吧?"

"那也好。"吴参谋长不在乎似的说;肚子里却暗暗的笑道:

——狡猾!那一定是司令官早已授意了的!哼,考虑!……

四

李参谋从玻璃窗那儿向书房跑来的时候,感到了非常的兴奋:

——参谋长又要当团长了!那么我的禁烟委员是不成问题了!

他高兴的走进书房,就忍不住地向房间里散坐着的四个人招招手,低声说:

"喂,好消息,好消息!"

四个都张着惊异的眼睛一窝蜂似的拥过来了,把他围了起来。

"喂,参谋长要当团长了!"

"真的吗?"

"真的吗?"

孙连长和刘连长抢着问,紧张得脸上发出油光来了。

李参谋觉得面前这四个完全在他的消息支配之下了,感到自己所处的地位的高大,他于是兴奋的低声说:

"这回是司令官来请我们参谋长当团长的。请他把补充团成立起来!"

"那不是要新委三个营长吗?"孙连长高兴的抢着问。

刘连长慌忙拍拍李参谋的肩头:

"李参谋,你听见参谋长决定了哪几个的营长?"他说时,和孙连长会心的对看一眼。

"哪里就这样快呀!"李参谋笑起来了。

孙连长碰了碰刘连长的拐肘，悄悄在他耳边说：

"今晚上迟一点回去。"

刘连长也高兴的点一点头。

李参谋觉得今晚上是太痛快了，见他两个那样兴奋，忽然想要给他们开开玩笑：

"不过，"他举起手来说，"不过我好像听见说司令官要派两个营长下来呢。"

这好像晴天里忽然来了一个霹雳，孙连长和刘连长都震惊了，两个异口同声地急问：

"怎么?"

沈军医官心里很高兴的想：

——一个团长可以驻防一县，可以保委一个县知事，不要是今天赵军需官给我看的相正应在这儿呢！

他全身都紧张了，伸手抓住李参谋的肩头问：

"当真是真的吗?"

"难道我骗你干什么呀！"

沈军医官就碰碰余参谋的肘拐，悄声问：

"你当什么?"

余参谋只是笑一笑，不说话。

孙连长拉着李参谋的手肘把他向屋角拖去，这边三个人都惊异的望着他两个。

孙连长把嘴凑到李参谋的耳边说：

"你看这一个营长，参谋长会决定哪个?"

刘连长看见孙连长那样子，顿时愤怒了，他想：

——妈的，李参谋又不是你一个人的！

他就故意逼上前来了。

"喂喂，老刘！请你不忙过来好不好?"孙连长连忙摇手说，

"我同李参谋谈几句话就来!"

"什么秘密话呀!"刘连长嘲笑的说,"有什么秘密不能公开呀!难道我们就把你们吞么了么?"

孙连长见他不走开,顿时愤怒的但却微笑的喊道:

"唉唉,老刘!你这人真是!"

李参谋远远看见余参谋在煤油灯旁沉默的坐着,顿时非常吃惊了:

——唉唉,我真是一个多么草包呀!我怎么当着他把这消息说出来呢!糟糕糟糕!

他想起了赵军需官在对付他的手段,想起了吴参谋长刚才责备他的话,全身都战栗了:

——唉唉,这家伙现在是一点都放松不得的!

他离开孙连长就走过来了,伸手拍拍余参谋的肩头道:

"喂,老余!我们两个外边去一去!"

——哼,他一定又要利用我什么了——余参谋想,但他只得点了点头。

两个就一道走出书房去了。

孙连长慌忙的也跟着追出去。

刘连长追到门槛边,看见孙连长在李参谋余参谋的背后跟着。他心里愤愤的想:

——妈的!随你玩什么花头吧!我总是参谋长的学生!

他觉得孙连长那么情急的样子,简直是多么卑鄙呀!于是就愤愤的转身回来了。

沈军医官笑嘻嘻的向他说:

"喂,刘连长,你看参谋长驻防哪一县好?"

刘连长没有听清他讲的什么。带着嘲笑的脸嘴,就伸手向门口一指说了起来:

"老孙这人真是牙牙乌得很！你看他就慌得像命都不要了似的！喂，沈军医官，我告诉你，老孙前天晚上在后街上调戏人家一家良家女人挨了一耳光，你听见吗？呵呵，他还有可笑的事呢，有回他跑到一个土娼家里去，因为屋子里没有点灯，他就错跑到那老太婆的床上去了，但他不管三七二十一，将错就错……"

"什么？"沈军医官惊异的把他望着。

"他呀！他就是那样慌得不要命似的！只要看见是女人，不管是什么，只要头上有一个'转'①，下面有一个眼，他就想锥她一下！真是，我听见，全城老百姓都把他恨死了！他……"

他还要竭力搜寻些比这还厉害的劣迹来攻击一通，孙连长已在门口出现了。他于是赶快掉转头来嘲笑道：

"你们在外边谈些什么呀！"

"哈，你这人真多心，我谈什么呀！"孙连长笑着说；立刻又神秘地把声音放低下来。"他们两个在外书房悄悄谈话呢！老刘，走！我们去听去！"

刘连长摆出很正经的脸相说：

"算了！去偷听人家干么！又不是妇人女子！"

于是大家都不说话了，散开坐着，各自想着各自的心事。停一会，孙连长又忍耐不住了，走到沈军医官面前，嘴唇抿笑的说：

"沈军医官，据你看来，这一个营长，谁有希望？"

刘连长也全身紧张的望着沈军医官，立刻站起来走到面前去，心里惟愿他一说出来的是自己。

沈军医官拿起一张手巾蒙在鼻尖上，很神气的"呼"了一声，然后笑道：

"自然你也有希望，"他指着孙连长说，"自然你也有希望。"他

---

① "转"即发髻。——原编者注

又指着刘连长说，"你们都有希望的。我准备来吃你们的喜酒就是了。不过，据我看，李参谋是更有希望。"

这最后一句，就好像几百斤重的铁锤似的，重重的敲在面前这两个的头上，两个都顿时发昏得呆了一下。但这一敲，倒好像才从梦里惊醒了似的。孙连长和刘连长就紧张的然而失望的互相看一眼。

孙连长碰碰刘连长的肘拐：

"走，我们两个出去！"

刘连长点点头就跟着走出书房来了。孙连长走不几步，忽然停住在天井边，拍拍刘连长的肩头道：

"据你看，会不会是李参谋？"

"可能的。"

"那不行，他凭什么功劳苦绩？我们是拿性命去拼来的！"

刘连长带着嘲笑的眼光看看他：

——哼，妈的，你现在也找我商量来了！我才不给你利用呢！——他想着，但口里却笑道：

"只要你不赞成，我当然也不赞成。"

孙连长带着怀疑的眼光望着他：

"你不开玩笑么？"

"笑话！"刘连长就在自己的胸脯上拍了一掌。

但两个忽然闭住嘴了，因为他们看见李参谋正笑嘻嘻地在余参谋的前面走来了。两个顿时都觉得那样子非常的讨厌和难看，于是两个的眼睛都敌意的瞪了起来。

五

李参谋正在非常高兴的走着，忽然一盏明晃晃的风雨灯光在他旁边一绕就横到他面前来，同时在耳边响了一声：

"参谋，参谋长在哪里？"

他吃惊的掉过脸来一看，是满脸擦着雪花膏的吴刚。

"参谋长在客厅里呢，旅长回来了么？"

"旅长回来了。就是他叫我来看参谋长的呢！"吴刚快活的说着，提起风雨灯就要向里面跑。

"喂，不忙！"李参谋赶快止住他，"参谋长在会客呢！我问你，陈监印官今晚上同太太讲些什么？"

"陈监印官讲了些什么，我还没有打听到。不过今天是连赵军需也在那儿呢！"

李参谋立刻觉得很糟，感到自己又冒失了，因为他忽然发觉余参谋正在旁边，他便赶快推了吴刚一掌说：

"好好，你先进去看一看二太太再来吧。"

吴刚就笑嘻嘻的提着风雨灯跑进去了。他高兴的看着他那带着灯光渐渐远进去的背影，心里快活地想：

——可惜余参谋在旁边，看情形，一定又有什么好消息了！

他转身来，故意拍拍余参谋的肩头兴奋的说道：

"好，回头我们喝了参谋长的接风酒再一道回去吧。今天我真高兴，真想喝它一个痛快。"

第五章

一

旅长昨晚在床上翻来覆去的，到了听见钟鸣了十二下才渐渐矇眬睡去。忽然，礼拜堂召唤人们去做礼拜的铜钟大声响了起来，咚嗡咚嗡地震撼他的耳膜，他才惊醒转来了。一睁开眼睛，只见满屋都是耀眼的阳光。方桌上零乱的酒瓶和玻璃杯都闪射着白点的光芒。他立刻又闭住眼睛。昨晚上那门外边唏呼唏呼的暗泣声，又在他的耳里响起来了。记得那声音是差不多很久很久才渐渐离了开去，远远的消失在那门外的黑暗中。他心里觉得非常难受起来。

他坐起来了，偏着脸，呆呆的看着窗外那远远的山峰出神。靠着那一带山边的村里，他有着许多水田和沙地。那都是这二太太经手买下来的。二太太还说将来靠着小河边恒丰祥老板的庄子附近选一片地来盖它一幢半中半西式的房子，花园，池子，亭子，九曲回廊，……脑子里一闪现出这些有着无限丰美的景象，他更觉得自己昨晚上的那些举动究竟是太固执一点了，他想：——我虽然有了几十万的财产，大太太是从来想不到这些的，她究竟是贫家小户出身，而且脸子也不好看，是一个凸额头凹眼眶的女人……

往常这时候，早已听见二太太在堂屋里指挥女仆丫头们的声音了：

"王妈！你这揩的什么台子呀！灰尘都还有！"

"秋香！快把燕窝蒸好来！"

"吴刚！你还不快些去把旅长的烟杆烫①了吗！"

一时间，人们的脚步就忙乱的响了起来——这是一种音乐，是一种家庭特有的融和气象的音乐呵！

他现在侧着耳朵一听，房外边还是静悄悄的，静得连蚊子声音都没有。

他觉得有些无聊了起来，好像灵魂上突然缺少了一种什么东西，空虚了一大块，隐隐觉得这融和的家庭就会黯淡了下来似的。

——自己已经快五十岁了，一个融和的家庭是必要的。——他想着，觉得自己还是到她房间去一下的好。但立刻他又自己克制住了。

---

① "烫"即洗或通的意思。——原编者注

——不行！那她会高傲起来的！一个堂堂的旅长去俯就了她，那不成了笑话么？

他故意很响亮的在喉管底里呼一声痰，响彻了整个的院落。是才听见房外边的人们忽然骚动起来了。

"呵，旅长起来了！"有谁轻轻的说。

秋香端了一盆洗脸水进来放在洗脸架上的时候，他问：

"太太起来了么？"

秋香端正的站住，垂头答道：

"还没有。"

秋香那带着羞怯的丰满的脸，血色很好的红的两腮，妩媚的两只眼睛，以及那一个肥大的富有诱惑性的屁股，把衣服绷得紧绷绷的。在阳光下更显得她的美丽。

——那屁股确要比太太的大些。——他想，——据说那是宜男之相。但太太却有着非常大的醋劲！——他顿时又觉得太太讨厌起来，而且觉得那擦了粉的脸也没有这自然的脸子好看。

"旅长，副官长来了很久了。"秋香羞怯的说。

——那嘴唇动得多么好看。——旅长凝神的想，眼睛直盯住她那嘴唇。

秋香急得满脸飞红了，红得就像一朵桃花。

"秋香，你再来看看我这脚上擦伤的一块皮，看看。"

秋香看见这威严的旅长顿时摆出那种尴尬的样子，她知道这老家伙又在打她什么主意了。她急得一面走过去，一面赶快说：

"旅长，副官长来了，有要紧事要见旅长，等了很久了！"

旅长这才从梦境里拖了出来似的，睁大一对眼睛。

"副官长来了么？"

一种紧张的观念立刻又把他捉住了。部队的事，那早已成了他习惯上的重要的大事，这副官长这一个概念在他的脑子里立刻全盘盘据了，秋香什么的早又抛出了他的脑子圈外。

"那么，请副官长来吧。"

二

张副官长在门口喊一声：

"报告！"就进来了。

他见旅长正在洗脸盆里水淋淋地拧出毛巾来洗脸。

"旅长，早！"

旅长的鬓边，耳根和颈上堆满了螃蟹吐的口沫似的肥皂泡。他一边拿毛巾兜着水冲洗，一边说：

"今天已经不早了，我昨天到鹅毛山去回来太疲倦了。"

张副官长站在方桌边无意识地拿起酒瓶来看看，一面掉过脸来微笑的说：

"旅长去看那地方好吧？我记得那里是依山傍水的吧？是吧。我从来还没有看见过那样好的风水。"

旅长没有回答他，因为他正拿牙刷插进嘴里去。洗完了之后，他用两手把身上的衣服拍拍，然后说：

"我看，那地方倒很像我们的家乡。"

"哈哈，不错！不错！"张副官长立动着嘴边的一圈胡子笑了起来，"那地方确是非常像我们的家乡。简直太像了，是呀，我是说我在什么地方看见过呢！那里也有一道卷洞的石桥，是吧？"

吴刚端进一碗燕窝汤来了。

旅长一手接过碗，一手接过汤匙，向张副官长笑道：

"请。"

"旅长，请。"张副官长弯一弯腰，微笑的说，"我已偏过了。"

旅长喝了一匙汤之后，看着张副官长这态度觉得很高兴。想不到大家在少年时候同着一块玩耍的孩子，现在自己竟在他之上。他于是快活的说道：

"那里也有一道卷洞的石桥。我昨天晚上不知怎么忽然记起我们小孩子时候的事……"

"旅长的记性真好。"

"我记得我们在月地里偷偷拿着网兜下河去的事，月亮下的草地白蒙蒙的……"

"哈哈，旅长的记性真好。"

旅长两口喝完汤，也笑了一笑，然后说：

"我记得你有一回拿网兜绊了我的脚一下，我就跌一个跤子……"

张副官长的脸顿时红了起来，赶快笑道：

"旅长，那时我真不知道自己会那样傻，真是该死！那时候我真是太糊涂了！想不到旅长还记得。"他心里非常惭愧，但同时却也高兴旅长记起了这些事。

"那都是过去的事了，"旅长仍然微笑的说，"想不到时间过得真快。你我都快是五十岁的人了！"

张副官长的脸色忽然严重起来，走到门口边向门外看看，然后走进来。

旅长皱一皱眉头：

"你看什么？"

张副官长笑一笑说：

"我看有人在外边没有。旅长，我看我们旅部守卫的第二连还是调开的好。"

"什么事？"旅长忽然吃惊了，紧张的望着他。

张副官长移进旅长的身边一点，悄声说：

"旅长，最近第二连的兵士坏极了！为了欠饷的事情，他们里面在伏着可怕危险呢！"

旅长吃惊地两眼不动的望着他，眼光显得非常锐利。

"昨天晚上，"张副官长又说下去，"我的勤务兵来向我说，昨天王营长向他们训话了之后，他们在背地里乱骂。这事情本来我昨天下午就亲眼看见过。我曾经责罚了他们。不过，据说他们在骂着赵军需官把钱拿去买田去了呢！"

旅长非常愤怒了，但他镇静着，严厉的说道：

"这是谁传出去的？"

"现在我还没有确定的调查出来。不过，旅长对于身边的马弁们要注意一点才好，尤其是那吴刚……"

"哼。"旅长从鼻孔冷笑了一声，立刻非常愤怒的就要叫吴刚进来。

"旅长，请你息一息怒。"张副官长严重地说，"还有别的消息呢！今天早上王营长慌慌张张跑来向我说，有人说吴参谋长要当补充团长了！他问我知道不，我真猜不透这是从哪里来的消息。不过据我看，大概不为无因，因为昨晚上李参谋醉了回来，口里面又唱又笑的，这是这一两个月来不曾见过的。……"

旅长捏起拳头，越加愤怒了，两只眼珠挺了出来。

"吴参谋长昨天晚上到了没有？"

"已经到了。"

——哼，这祸害竟已到了！——旅长的脑子里忽然这么闪了一下。

张副官长掉过头去向背后望望，见门口那儿没有什么人，又赶快掉过头来悄声说：

"听说昨晚上钱秘书周团长他们在他公馆里密谈了一夜。"他一提到周团长，心里非常的不舒服："他那团长的位置从前还该我的！"这一句好像铁爪似的紧紧把他的思想抓住。他于是再着重的说道：

"周团长最近是太跋扈了，昨天还发了赵军需的脾气！"

旅长的脸色变得很难看，发青，铁紧的闭了嘴。他想：

——这几天对老钱的到来，自己是太不小心了！也许从司令官那儿带有什么秘密来的吧？司令官最近和我是太别扭了！什么他都要抓过去！而吴参谋长周团长这些人……唉唉，太太的话究竟是对的！

他觉得很可惜昨晚上回来的时候，没有好好听完太太的话，自己就咆哮起来。

——大概太太还有些什么严重的消息吧？

他愤怒的在桌上击下一拳，严厉的说道：

"哼，补充团的事情，我已经决定了的！我昨天叫你去叫王营长准备起来，你给他讲了么？嗯？"

"已经讲过了，旅长！"

"那么就这样办吧。"旅长把右手举到桌上来，开始下命令了，"限今天下午把第二连调出去，但先把军风纪给他整顿一下。把第一连调回来守卫。"

"是，旅长。"张副官长弯一弯腰说。

"把饷先发一部分给他们。"

"是，旅长。"张副官长随即皱着眉头。

"旅长，只是那两笔官产还没有缴来。"

"为什么？"

"听说李参谋他们要想帮忙要求一下。"

"胡说！"旅长把拳头在桌上一打，"如果再不缴来，给我马上押缴！"

"是，是是。"

旅长看着自己摆在桌上握着的拳头——是一个多毛的铁实的拳头，一个握有雄厚兵力和生死大权的拳头。可是自己好久没有发威，在这拳头里所握着的力量，竟至腐败或甚至在周围分裂起来了！

——是的！我一定要把我的力量握紧起来的！——他这么想着，拳头就更加握紧了，指头的骨节都发出格格的响声。

三

吴刚两手在胸前捧着两个装璜很好看的盒子站在门口立正，说：

"报告旅长！参谋长来看旅长来了。这是参谋长给旅长送来的鹿茸和燕窝。"

旅长沉着脸说道：

"给我请到客厅去！"

他立刻站了起来。吴刚以为旅长要看礼物了，赶快高兴的把盒盖揭开来。但旅长瞪他一眼就走出去了。经过太太房门口的时候，只见太太站在门口里边，在绣花软帘缝那儿现出她那双红肿的眼睛，一手捏着手巾蒙在发呕的嘴上。他赶快把眼光掉开，因为他心里感到些微的难过。客厅是一个满月形的圆门，门两旁排列的两盆珍奇的他所欢喜的外国种的龙爪菊花，（那是鼎泰绸缎庄的老板送来的。）但今天都在他的眼里忽然失去了光彩。他一走到门边，只见坐在烟榻右边的一排椅子上的吴参谋长立刻站起向他迎出来了。

"旅长！早！"吴参谋长点一点头微笑的说。

旅长勉强装着微笑，点一点头，立刻又没有表情地喊道：

"马弁！拿茶来！"

吴参谋长的心里暗暗吃惊了一下：——怎么呢？旅长今天第一次看见我怎么就是这样呢？难道真是因为和太太吵了的缘故么？但他从来和太太吵是一回事，和我见面时又是一回事。唉唉，莫非是赵军需官已说了我的坏话了么？也或者昨晚上和钱秘书周团长的事情他已知道么？

这些纷乱的疑问，在他脑子里很快的一闪，他不禁战栗了一下，但他竭力镇静着，仍然保持着不慌不忙的态度笑道：

"听说旅长要大喜①了。"

"是的。"旅长简单的回答，大家就隔一个茶几在椅上坐了下来。停了一会，旅长才说道：

"你辛苦了！"

"哪里。"吴参谋长点一点头说。

两个都保持一种庄严的态度，互相对望着。但相互间都在推测着对方的举动和态度。马弁们进去忙了一通，摆两碗盖碗茶放在茶几上，给他们点燃长烟杆的叶子烟卷。两个都就含着烟杆，用嘴叭着，吹出青白色的浓烟，来打破面前的沉默。

吴参谋长一面叭烟，一面想：

——看情形今天不但不好问那禁烟的事情，连宋保罗的事也还是不谈的好！

他忽然烦恼地记起李参谋向他说的，赵军需官常常对着别人提起自己和江防军的事情；那么这回又去了来，那更是给他破坏的好机会了！

——是的，说破的鬼不害人，我倒莫如给他一个硬上！——他这么决定着，从嘴里抽出烟杆来，笑道：

"旅长，我这回回家去曾经会见江防军的黄旅长……"

旅长把烟杆子抽出嘴停在下巴边，冷冷地笑一笑：

"那很好。那是一个全省驰名的钢甲旅长。"

"他托我问候旅长。"

"那很好。大概我上半年没有把他捉住的缘故吧？"

---

① "大喜"，这里指的是生儿子的意思。——原编者注

吴参谋长见旅长虽然冷冷的，但觉得已把他的话引起来了。应该抓紧这机会，把他的兴趣引到自己这一方面来，那么许多事都就好进行了。他于是乘势叭一口烟，吹出青白色的浓烟来，微笑的说下去：

　　"他向我讲起那次战争的情形来，确是非常的有趣。"

　　"怎么样？"

　　"那是这样的，"吴参谋长用一个手指在茶几上一点，同时注意的看了旅长一眼，看他的态度是否已在改变，"他对旅长非常的佩服。他说，他自从和战争结了因缘以来，几乎在全省横冲直闯。但闯去闯来，闯得无聊起来了，因为他从来没有遇见过一个敌手。旅长，这倒是一个有趣的人物。"

　　"有趣。"旅长冷淡的说。

　　吴参谋长怔了一怔，仍然接着微笑的说下去：

　　"他说，终于他是碰着高强的敌手了！上半年在挖断山那一次，他在最前线督战，旅长也在最前线督战。他一手提着大刀，一手拿着手枪，谁要是退下去，远的就给他一枪，近的就给他一刀。他说，可是士兵们终于崩山倒海似的退下来了，他什么也拦不住了，一个身边的马弁向他说：'旅长，赶快走！敌人已经冲来了！'他一刀就把弁兵砍倒在地上。可是就在那时候，不知从哪里来的，只见一个穿着兵衣服的人提着手提机关枪的，背后带领着十几个弁兵，——那就是旅长。"他郑重的看了旅长一眼，旅长的两眼在紧张的睁大起来。他于是更加镇静的说下去。"他见旅长已经冲到面前来了，看看只有十来步光景，他慌得丢了大刀，两个弁兵把他扶上马背，才逃走了。"

　　这给他描出来的过去那轰轰烈烈的景象，在旅长的眼前重现出来了。旅长顿时感到了紧张，兴奋，一种威名和权力的感觉在他的脑子里明确的扩展开来。觉得这面前的吴参谋长究竟渺小得多了。

听他说到最后的时候，他忍不住笑一笑，含着烟杆喷出白烟说道：

"那一次把他活捉着就好了。"

吴参谋长也微微笑了一笑，镇静的说：

"旅长，他真佩服得你了不得呢！他说在战争中只有旅长是他的知己。我自然也代表了旅长问候了他。"

旅长点一点头，脸上没有表情地又叭起烟来。

吴参谋长看了他一眼，暗暗吃惊着："唉，今天这形势大概有些不大好！"他在肚子里盘算着也默默的叭起烟来。

大家都又沉默了。停了一会儿，旅长掉过脸来道：

"钱秘书到这里来了，他向我说他是提款来的。他来会过你么？"

吴参谋长吃惊得汗毛都倒竖起来，"唉唉，果然他已知道了。"但他仍然竭力镇静着，赶快微笑的答道：

"已经来会过我了。我本来昨天晚上一到，马上就要过来看旅长的，就因为他来了，又弄得我走不成。"

他说完，开始觉得这一种硬上的办法很妥当，但随即他又觉得不妥当了。因为他看见旅长只是含着烟杆没有表情的点一点头。

四

他两个约着一块上旅部去。立刻十几个挂好盒子炮的弁兵都在门边一字儿屏列着伺候。七八条高大的黄的和白黑花的洋狗在天井边站了起来。两个的脸一点表情也没有，庄严地一走出来，洋狗们就争先恐后的向外面跑去了，一面跑一面汪汪的叫着。弁兵们在他两个后面紧紧的簇拥着。

旅长忽然停着脚步了，大家都一斩齐的停住。

"伍长发！"旅长喊道。

伍长发赶快从弁兵群里跑了出来，立正，使劲的挺着胸脯，垂着两手。

"你去给太太请医生去。"旅长沉着声音说，"你叫秋香记着把药熬给太太吃。"

旅长一说完，又走起来了。弁兵们都带着嫉妒的眼光看着伍长发走了开去，大家又簇拥着旅长和参谋长走出来了。

到了门口，门房垂手立在旁边，卫兵举枪行礼。一乘绿纱窗的拱竿轿子和四个穿了滚红边短衣裤的轿夫在阶沿下伺候着。

洋狗们在街心汪汪的叫，街上的行人都赶快向两边躲开，远远站在屋檐下，紧张的看着那从高大龙门里拥出来的旅长参谋长和弁兵们。附近一带店铺里的伙计们都立刻停止了工作，三三五五的隔柜台伸出脸来。在一家杂货店的门槛里，一个小孩扯着他祖母的衣襟，嚷着要看，因为门外边站满的人把他遮住了。祖母严重的伸手握着他的嘴："不许叫！大人会打人的呵！"

一个光头的小学徒刚由街心向猪肉店跑回，忽然那群洋狗汪的一声猛扑过来，他吓得赶快逃上阶沿，一面挥动两手自卫着，一脚几乎踢在狗的身上。肉店老板吓得胖脸都发青了，赶快从肉案跳了出来，给那学徒拍的一耳光，就抓着他的耳朵拉回店去，一路责骂着："哼，你寻死么！你要给我闯祸么！"

满街的阳光都也顿时黄闪闪的紧张了起来，屋檐吹下一口风来，着地卷起一股灰尘，更加重了眼前乌烟瘴气的严肃的空气。

吴刚跑到轿边来，扶着轿前倾斜的轿竿。但旅长看也不看，就和吴参谋长在街心走起来了，他竭力向前走一步，使吴参谋长稍稍跟在自己的肩后。弁兵们都拥在他两个的后面，在街心一字儿横排着走。轿夫们则抬起空轿在后面跟着。

洋狗们在前面开道，汪汪的一路跑去，街心走着的人们都陆续向两边躲开；一个断了腿的叫化子也顾不得腿痛，慌忙爬上阶沿去。旅长昂起头，腰骨笔直的走着，心里感到一种充满了严肃的权力的痛快。他从眼角梢忽然发觉了吴参谋长和自己快并肩了，他就把步子稍微大一点，仍然保持着一个稍前一个稍后的距离。

洋狗们快到旅部就慢起来了。旅部门口的卫兵们一见洋狗，便立刻整起精神，把凹下去的胸部直直的挺了起来。旅长和参谋长一到门外，便听见一声响亮的口令：

"敬礼！"

两个站在旁边的号兵便吹起三番敬礼号来：

"大达，达大达，大达低，低达低，大达低低达大大，低达大，达达达，……"

在口令声和号声里，卫兵们一斩齐的举起枪来。

在天井中的士兵们，正在抢夺着一颗蜂窝，成群的黄蜂在他们的头顶上嗡嗡乱飞，大家伸出无数的手在赶打着，但一听见狗声和号音时，已见弁兵们簇拥着旅长和参谋长在营门外出现了。士兵们赶快向两边跑开。一个兵忽然跌了一跤，他慌忙爬起来时，旅长已在天井边铁青着一张脸咆哮起来了。他吓得膝盖直发抖，赶快笔挺的站直，垂着两手。天井两旁的士兵们都替他捏一把汗，静静的笔挺站着。

旅长怒冲冲的走到那士兵面前了，哗的一声就给他一个嘴巴。音声响彻了天井，响彻了每个士兵们的心。那士兵仍然挺直不动的站住，左颊青了一块，刚刚转成红色，旅长又哗的给他一个嘴巴。那块红色立刻又变成青色。

旅长气得脸直发青，两眼锋利地紧盯住他。就在这当儿，一个蜂子飞来了，全身黄黑色，尖嘴尖屁股，两翅飞舞着发出嗡嗡的声音，就在那兵士粗乱的眉毛前，深陷的眼睛前，尖尖的鼻子前上下飞动。那蜂子忽然停在那兵士的鼻梁上了，伸出它屁股尖的针刺直向皮肤刺进去，屁股还动了几动。那兵士傻了似的，紧紧咬住牙齿，仍然腰骨笔挺的立正，两手垂在屁股边不动。那鼻梁上立刻隆起一个疱来。眼眶里含着泪水。

旅长石像似的看了他好一会，忽然严重的喊道：

"叫孙连长马上把全连士兵给我集合起来，我要训话！"

天井两旁的士兵们都觉得那士兵周志高一定是大祸临头了。周志高的心也直冲喉头乱跳，额头都绽出大颗大颗的汗水珠子来。脸上顿时变成土色。

孙连长把"军笛"① 呼呼一吹，士兵们都慌忙站成一长条的列子。孙连长领着三个排长站在列子的前头。

旅长站在弁兵们和吴参谋长的前面。他把右掌握着左掌摆在小腹前，挺着胸，昂着头，把列子从头到尾看了好一会，检查着每个兵的立正姿式。从连长到士兵都惶恐地竭力把自己的胸脯挺出，立得就像一列铁桩似的。

最后，旅长举起一只手到脸前来，严厉的开始了，他的嘴巴好像在咬铁似的很准确的动着：

"听到！"

天井里是一片严肃的静，静得连晒在天井里的太阳光都不敢抖动。

"刚才我打了的这个兵，现在我要立刻提升他当班长！"

全列子从连长到士兵，以至背后的吴参谋长和弁兵们，个个都感到吃惊，更加紧张起来了。"这是怎么一回事？"这一个疑问在每一个人的心上掠过。

"我要说，我刚才打了的是我们全军中的模范兵！本来你们这种乱七八糟的乱跑，是败坏军风纪的，个个都应当严厉处分。"旅长忽然伸手指着周志高，"可是我刚才责罚他。他在挨打的时候，连脸都不动一下。随着一个蜂子飞来在他鼻子上刺了好一会，刺起

---

① "军笛"即普通所谓"叫子"。——原编者注

了一个疱，他连眼睛都不闪一闪，连泪水都没有，他的立正姿式还是一点也没有改变。这种精神是值得嘉许的。这是我们军人的模范。所以我要立刻提升他当班长！"

他停住了，轮着两眼看了列子里每个人的脸孔，看他们究竟感动了没有。最后，他垂下头了，两眼望着地下，好像在思索什么似的。两手的指头交合着摆在小腹前，半面转过身来蹀两步，停一停，又转过身去蹀两步。前后的人们都紧张的把他望着。最后，他站住了，昂起头来，又严厉的说道：

"最近你们的军风纪是太坏了！从此以后都要整顿起来！本旅长是有眼睛的！凡是只要好的，严守纪律的，我会马上把他提升起来！只要是我知道。就是兵，我也马上可以提升他当连长！"他向着前面的列子庄严地看了一眼，然后严厉地大喊一声，"听见哇！"

一阵斩齐的庞大的吼声在整个列子里面应了出来：

"听见啦！"

"孙连长！你马上把这个兵的公文给我呈报上来！"

"是！"

旅长要走开了，孙连长赶快喊一声"敬礼！"兵士们都斩齐地把右手举到军帽檐来。

旅长点点头，随即昂着头转过身来，看了吴参谋长一眼，那一眼好像说：你看吧！我的权力！

弁兵们簇拥着他和吴参谋长就向里面走进去了。

五

列子一解散开来，士兵们等连长和排长们都进屋里去了，大家都就立刻把周志高围了起来。都争着抢到前面来看他的鼻子。

周志高这回才觉得鼻梁和左颊针刺似的痛了起来。他伸手摸摸左颊，热热的，肿得好像发糕，但心里却感着一种莫明其妙的高兴。

"唅，周班长！"一个嫉妒的喊道。

"报告周班长！部下前天也挨了一耳光！"另一个也嘲笑的喊道。

"报告周班长！我们两个月的饷请给我们发下来呀！"第三个却做一个立正姿式，向他伸出手来了。

塌鼻子的杜占鳌挤上前来看了他一看，就掉过头去向人堆后面喊道：

"喂，王金玉，来看呀！妈的，同是一样的挨揍，我们却没有这样的好运气！妈的，昨天我们怎么遇见的是副官长，不是旅长呢!？"

尖下巴的王金玉在人堆后面嘲笑的喊起来了：

"妈的，去爬你的狗屎吧！别要把你想疯了！就是个个当班长，也没有那许多班长给我们当呀！"

"可是他竟当了班长！"杜占鳌不服气的说。

旁边有一个插嘴进来了：

"旅长说还当连长呢！"

王金玉想起昨天自己白白挨打的事情，心里有些不服气，他于是带着煽动的口吻说道：

"可是当班长还吃饭不？我们到现在还是一顿也是稀饭，两顿也是稀饭呀！"

这一句话，好像铁爪似的紧紧抓住每一个人的心了。大家都旋风似的掉过头去，紧紧把他望着。

有一个弟兄忽然举起一只手来说：

"你们吵鸡巴呀！旅长又要说我们不守军风纪了！"

这一句话，又好像更大的铁爪似的把每个人的心紧紧抓住了。大家又旋风似的掉过头去，紧紧把那肿鼻梁肿左颊的模范兵望着。

孙连长打连长室走出来了，愤怒的咆哮了起来。士兵们赶快就要向两边躲开，他忽然大声喊道：

　　"不准动！"他气冲冲的向这一大堆兵士走了过来。士兵们立刻又紧张起来了，都赶快端正的垂着两手，有的还特别把胸脯挺得过火，竟至连小腹也挺了出来都忘记了。

　　就在这同一的时候，李参谋忽然也从里面愤愤的昂头走出来了，他走到天井边，就高声的喊道：

　　"孙连长！来我给你说一句话！"

　　孙连长立刻叫士兵们"散开"，李参谋却赶快摇手说："不必。"大家于是又站着了，见他两个带着一种紧张的样子，都也诧异的把他们望着。

　　"孙连长！"李参谋举起右手来向他一指，愤愤的用着使所有的人都可以听见的低声说，"我看见了副官长在写命令，限今天下午要把你们全连调走了！"

　　"为什么？"孙连长诧异地然而愤怒地把他望着。"我们住在这里难道有什么过错？"

　　"谁晓得？"李参谋摊开两手来，愤愤的偏着脸，说，"据我看，这中间一定有什么挑拨！"

　　"谁挑拨！"孙连长茫然的愤怒着，现出傻里八几的样子来了，"妈的，老子不捶扁他，算不得人养的！"

　　李参谋忽然严重地把嘴凑到孙连长的耳边，悄声说：

　　"你怎么这么傻！这不明明是那裙带军需干的把戏么？"

　　"滚他妈的蛋！"孙连长暴怒的吼起来了。"妈的，我说过的，他再拖欠我们的饷，我要枭他屁股的！喂喂，李参谋，今天既然要把我们调走，我们的饷呢？嗯？"

　　"不晓得！"李参谋摇了摇头。故意把声音讲得很响亮地，同时望一望面前的士兵们。"好了，我还有要紧事，我要赶着到宋家去一去!"

兵士们紧张的看着,忽然听见说要调走,忽然又听见说饷,大家都感到一种莫明其妙的紧张并且愤怒了。李参谋慌慌忙忙向着营门走去的时候,大家都一哄的向孙连长围了起来。有几个七嘴八舌的问起来了:

"报告连长,我们要调走?"

"报告连长,可是我们的饷呢!?"

孙连长暴怒的横着眼珠看了他们一眼,就咆哮起来:

"你们在这里围着干什么!各自给我散开去!就是你们这些乱七八糟的家伙给我寻些麻烦!走开!不准讲话!"

兵士们都一怔,静了下去,但不退开。停一会,忽然有一个在他背后又说起来了:

"可是我们的饷!"

这虽是轻轻的一声,但却是沉实的一声,好像在半夜里谁拿着一个小铁锤敲了一响清馨似的,声音在每个人的心弦上荡动,每个的脸都显着沉静和焦虑的颜色,用期待的眼光望着孙连长。

——饷!这的确是一个严重的事!赵军需官这家伙确也可恶!哼,他竟把我破坏了!今天要把我调走了!好的,你要破坏我,我倒要叫你认得我!——他愤怒的想着,用两手分开众人,在人巷子里走出的时候,故意加重着语气咆哮的喊道:

"我不晓得!你们问赵军需要去!"

六

兵士们散坐在太阳晒着的天井边,渐渐的奇怪起来了:嘻!今天真是古怪得很!一会儿要打人,一会儿又升官,说是模范兵,但一会儿又要调走了!然而说到饷,"不晓得!"于是大家都就敌意的看着周志高了。都想:妈的,他一个人升官,我们大家都饿着肚子！

快吹吃饭号的时候了。

只见两个穿着破军服畅开胸膛赤裸大腿的伙夫，满脸流汗的从大厨房抬一桶稀饭出来摆在天井当中，稀饭黄汤汤的在太阳下闪光。伙夫抽出扛子，又跑转去抬一桶稀饭出来了。地上还疏疏落落的摆了几碗青菜。

号音一吹，兵士们立刻排成一长条列子。点过名之后，大家一哄的就围到饭桶边来，争着拿碗到桶里去舀稀饭。他们见周志高拿碗跑了来，大家就紧紧围着饭桶，把他挤开去。他走到一个麻脸的旁边，麻脸推他一掌喊道：

"周班长！这不是你吃饭的地方！"

周志高愤愤的看了他一眼，只得跑到另一个饭桶去了。这边的饭桶，大家也紧紧围着，把他挤开去。王金玉嘲笑的喊道：

"报告班长！去帮我们报告一下，这顿又是稀饭，妈的！"

周志高气得脸青地跳起来了：

"妈的，当班长算什么？又不是我去要来的！你们不愿意吃稀饭，有本事你们就自己报告去！"

"嘘！"

"嘘！"

"嘘！"兵士们立刻发出抗议的声音。

王金玉跳到他面前，扭歪着脸，喊道：

"嘻，你怕我不敢么！我们当兵不吃饭干条卵来！"

士兵们围了过来，都站在王金玉的一边装着怪脸望着周志高。随后有几个跳出来，把他两个拖开了。

"算了！稀饭快冷了！吵鸡巴！"

"可是你们看他呀！"王金玉一手端着稀饭碗向周志高一指。"当了班长就那么威风起来了！"

周志高愤愤的转过头去，一面说：

"好的，你骂我！报告连长去！"

众人又把他拉住了。

"好了吧！我的弟兄们！"杜占鳌双手捧着稀饭碗向他两个弯腰作一个揖。"什么都是小事，我们的饷才是大事！连长不是说他不晓得，叫我们向赵军需要去吗!?"

大家都不说话了，端着饭碗，你望望我，我望望你。王金玉又跳起来说：

"好的，我们向他要去！"

周志高从鼻孔冷笑了一声：

"哼，别在那儿说大话！你敢么!?"

"哼，我有什么不敢！"王金玉就拍了胸膛一掌。

就在这时候，赵军需官从里面匆匆忙忙的走出来了，大家都立刻静了下来，一圈一圈的围着一碗青菜蹲下去，偷偷的拿愤怒的眼光看着在走动着的赵军需官那愁眉不展的胖脸。

赵军需官一面走，一面想：

——唉，事情真是想不到会变化得这样快！我得赶快去叫刘大兴把钱弄来，不然要押缴了！

"唅，王金玉！怎么啦!"周志高嘲笑的说。"我们的耳朵还是热的呢!"

王金玉愤愤的放下筷子碗，就站起来了。大家都吃惊的旋风似的掉过头去望着他的背影。王金玉已向赵军需官的面前走来了。他很起劲的两脚后跟一靠，脸就胀得通红，额角上蚯蚓似的青筋鼓了出来。

"报告军需官！"他喊道。"我们的饷什么时候发下来!"

赵军需官一惊，呆了一下，白胖的脸儿顿时发紫。他看了王金玉一看，随即又愤怒了。

——哼，一个兵，居然和我直接要起饷来了！这一定是什么人玩的把戏！

他气得说不出话来。

兵士们都一哄的围过来了，他的膝盖抖了一下。——该不会暴乱么？这些野家伙们？——他着急地想。兵士们紧紧的把他围着，站在后面的有几个兵士说起来了：

"报告军需官！我们两个月没有拿过饷了呵！"

"怎么今天要把我们调走了还不关饷给我们？"

最后有一个轻声说道：

"是不是通通都拿去买田置地去了呢？"

这虽然说得很轻，但在赵军需官的心上好像是重重一击，他的心剧烈的跳起来了。但这一击却打开了他的心扉，一切什么阴谋诡计和怎样的来路，都好像非常明亮的在他眼前呈现出来了。他镇静了一下，赶快装出笑容，伸出右手来向前一挥说道：

"大家听到。"

兵士们都就立刻静下去，屏着呼吸睁大眼睛紧张的把他望着。

"你们的饷，司令部还没有发下来。昨天王营长已向你们讲过。不过旅长说，现在由我去给你们设法，就这两天给你们发下来，……"说到这里，看见兵士们的脸渐渐开朗起来了，他于是又把手一挥严厉的说道：

"你们的饷，旅长是决不会欠你们的！但是你们这种聚众要挟的行动可不行！你们应该要守你们的军风纪，不得受人的挑拨！"

兵士们每个的脸孔都呆了一下，你看我一眼，我看你一眼。但随即又有几个说起来了：

"究竟哪天发给我们？"

"我们今天就要调走了呀！"

孙连长忽然慌张地跑出来了，大喝一声：

"你们在干什么!"

大家掉头一看,慌忙就跑回刚才的原地去了。

孙连长的心咚咚咚的直冲喉头乱跳。他满脸张惶地跑到赵军需官面前,抱歉地说道:

"军需官,他们在作什么?"

赵军需官青着一张脸,全身都气得发战,看也不看他,掉转身就向里面走去了。一面走,一面从鼻孔冷笑了一声:

"哼,你还来问我!你们干得好事!"

七

赵军需官经过副官处门口的时候,遇见张副官长站在门口拿着一封命令在叫传令兵。他惨笑地露齿喊道:

"嗬嗬,反了反了!"

张副官长慌忙跑上前来,严重地张大一对眼睛,急促问道:

"什么事,什么事?"

"嗬嗬,反了反了!第二连的士兵们围着我,几乎就要把我打死了!"

"怎么回事!打伤你哪里了!? 哼,这还了得!"

"嗬嗬!我马上要见旅长去了!"

赵军需官就直向里面走去了。

张副官长莫明其妙的严重着脸色,张开嘴巴就要跟着他走。却见孙连长的脸色白得像纸一般,慌慌张张的跑进来了,他跑到张副官长面前,两眼张惶地拿起右手来说:

"副官长,那是这样的。那我实在不晓得,那是这样的,那是兵士们问他要饷,那是……"

"哼,这很好!"张副官长愤愤的说了一句,看也不看他,就向赵军需官追进来了。

他陪着赵军需官走到郑秘书的房门口，只见旅长嘴上含着左手拿的象牙烟杆坐在烟盘的左边，郑秘书则拿着一封写好的红八行信纸用半边屁股坐在烟盘右边，念给旅长听。

张副官长走在赵军需官的前面，因为他感到这是自己的责任来了，他赶快喊一声：

"报告！"

旅长和郑秘书都旋风似的掉过头来。一见赵军需官那气得发青的脸，旅长便把头一扭，挺着颈根问道：

"什么事！"

"报告旅长，"赵军需官端正的站在烟榻前，带着受了伤似的颤声说。"他们士兵包围我……"

"什么？"旅长有点怀疑自己的耳朵了，立刻从嘴里抽出烟杆来，颈根更加挺了起来。

张副官长抢着说：

"旅长，是这样的！第二连的兵士包围着问他要饷，把他打了！"

旅长一拳打在床沿上，烟灯里的豆大火光都抖跳了一下：

"混蛋！"他愤怒的鼓起两眼吼道。

赵军需官赶快说：

"旅长，是的，他们围着我，声势汹汹的，几乎要打起来了！"

"把孙连长立刻给我押起来！"旅长向着张副官长喊道，随即怒冲冲的站了起来。"这简直太不成话了！"

郑秘书吓了一跳。知道旅长在盛怒之下，是什么话都不好说的，但他觉得这士兵还没有调走，一把孙连长押了起来，就在这旅部门口会出什么乱子呢？他呼吸迫促地放下信纸跟着站了起来，弯腰凑到旅长的面前，严重着一张脸说，他已下了决心苦谏，即使遭到严厉的拒绝也不管了：

"旅长，这事情恐怕还要斟酌一下吧？"

张副官长也觉得马上押起来就会非常棘手，因为他知道，孙连长一定到吴参谋长房间去了，而且现在重要的是先对付士兵的问题。他也严重着脸色说道：

"旅长，我看此刻就把孙连长押起来，大概有许多不方便吧？是吧？我看先想办法发一点饷给他们再这么办。不然的话……"

旅长铁紧的闭住嘴，轮着两眼看了他们一眼，就又坐下来了。停了一会，他又偏侧着脸严厉的说道：

"那官产的款子……"

赵军需官连忙抢前一步：

"报告旅长，还有那宋保罗的还没有缴来！"

"给我押来！"旅长捏着拳头在床沿打了一下。"限他今天给我押缴！"他把头掉过来望着张副官长。

张副官长赶快点一点头，答道：

"是。"

"同时赶快给我到连上去，给他们说，马上就给他们关饷。"

"是。"

第六章

一

孙连长跌跌撞撞的走进吴参谋长的房间。吴参谋长正坐在一张办公桌前在板着脸翻卷宗看。听见门帘的响声，他以为又是谁偷偷在屋外看来了，便气愤愤的掉过脸来。孙连长已端正的站在他面前，慌忙说道：

"报告参谋长！"

吴参谋长见他的脸色那样惨白，有些吃惊了，但他镇静着，看着他的脸。

"报告参谋长，"孙连长的两只眼球在眼眶里慌张地不停的左右转动。"今天事情糟透了！李参谋刚才跑来向我说，我们第二连要调走了，没有饷发下来，士兵们一听见，就把赵军需官包围起来了！幸好我跑出来吼住他们，他们才跑开了！参谋长，你看这事情简直糟透了！不知道旅长会怎么样！"

"哼！"吴参谋长冷笑了一下，定定的看了他一会，就冷冷的把脸掉开去，看着面前的玻璃窗格子。他觉得这倒真是糟透了！自己下面的这一批人没有一个中用的，简直给自己的事添了不少麻烦！昨晚上钱秘书去会自己的事，是谁都不知道的，但今天部里边却已传遍了。众人都在用诧异的眼光看着他，而且随时似乎还有人在门外偷看！综合起今天在部里所听见的各种谣言来——那些很刺心的谣言，简直像闹得乌烟瘴气！……他越想越愤怒了，两手太用力，捏着的卷宗壳纸都卷了开来。但他镇静着竭力不露出一点自己的慌乱，很沉着的转过脸来，严厉的说道：

"今天你向谁说过我要当团长？"

孙连长怔了一下，赶快端正的答道：

"报告参谋长，我没有说过。真的，我可以赌咒……参谋长问过李参谋没有？"

吴参谋长没有回答他，只定定的用看透一切似的眼睛看着他的脸。他厌恶地想：

——这简直是一些猪！自己几个人就在互相攻击！

"去吧！"他冷冷的说。"我不爱管你们这些闲事！"

孙连长简直呆了，木头似的站了一会，见参谋长那铁似的方面孔，他只得无可奈何地做一个立正姿式，向后转。他伤心地下了决心：参谋长都不帮他了！他只有硬着头皮去等着了！

"转来!"吴参谋长忽然喊道。

他又只得颓丧着脸转过来了。

"哼,你看你那样子!"吴参谋长冷笑地说。"拿点你的男儿气出来呀!你们是太年青了!一个人凡事要沉着,才能做得出大事来的。你们刚才,不,你们这两个月来究竟干了些什么事情!?"

"刚才是这样的。"孙连长急急地说。

吴参谋长立刻打断他的话:

"不,我不要问你刚才!我要问你们这两个月来……"

孙连长有些茫然了:

"参谋长,真的,没有什么事情,我们都好好的,和平常一样……"

"哼,都和平常一样!可是你们的敌人已经给我树得不少呢!"

孙连长没有话了,呆呆的红着脸看着吴参谋长。

吴参谋长冷笑的点了几点头。大家整整的僵了几十秒钟。随即他又觉得:这年青人太难为他了,究竟还是不大好,他总是自己的手下人呢!最后他抬起眼来,用两个手指顶着桌面,慢吞吞的说道:

"你刚才的事情,那只有看你的造化了!"说到这里他停了停,看了他的脸色一会,又才冷冷的补一句:

"好,去吧。"

二

沈军医官慌慌张张跑进来了,他弯腰站在吴参谋长的面前,拿手巾蒙着鼻尖"呼"了两声,悄声说:

"参谋长,事情坏了!他们去抓宋保罗去了!"

吴参谋这回着着实实吃惊了一下,手掌在卷宗上一拍,就掉过脸来:

"唉，你们这些人！简直要逼得我……唉唉，这是怎么一回事？"

沈军医官怔了一下，以致拿着的手巾在嘴角边停了好一会，见吴参谋长愤愤的望着他，他又不知道应该要怎么说才好了。随后见吴参谋长老不开口，他又只得惴惴的说道：

"参谋长，宋保罗在今早上看了参谋长去了以后，参谋长刚走不久，他又去了一次。他带去的那东西，我已交给二太太了，他在等着回音，可是现在他们却去抓去了！"

吴参谋长好像隐隐的感到：大事去了！他很短的叹了一口气。他自从昨晚上和钱秘书商定之后，所等待的就只是司令官在电话上和旅长最后的决定。觉得前途非常乐观。可是今天，一切疑难，一切纠纷都突地钻出来了，围绕着他，攻击着他，这些攻击的来踪和去迹，就像漆黑一团纷乱的丝，无从抽出一点头绪。而且今天自从见了旅长之后，到部里来，感到自己所处的地位，就像一个陌生人似的，不，简直像一个犯了什么嫌疑似的，不被注意，但同时却被窥伺！他越想越觉得受了这批手下人的拖累！——唉，你们拖累得我好苦啊！——最后他镇静的抬起脸来说道：

"昨晚上钱秘书他们在我那儿的事情是谁讲出去的？"

沈军医官怔了征，悄悄说道：

"李参谋也在怀疑这个，他向我说，恐怕是余参谋说的吧？"

吴参谋长顿时愤怒了，在台上一拍：——"哼，这忘恩负义的王八蛋！我还以为他是自己人呢！"

沈军医官皱一皱眉头着急地说：

"可是那宋保罗……"

吴参谋长叹了一口气：

"唉，这事情我还没有机会向旅长说呀。"

"可是他们就要抓来了呢！"

"那么抓来了更不便说。你看见今天旅长的脾气的吧?"

沈军医官急得伸手抓了抓头发:

"可是如果一抓来我们就糟了!如果宋保罗说出那些事情来呢?"

吴参谋长这才真的吃惊了,睁大了两眼把他望着。

"不过,参谋长,"沈军医官又把嘴巴凑拢去悄声说。"这回的官产的事情现在是两家,可是他们只抓了宋保罗,没有抓刘大兴呢!"

吴参谋长在卷宗上拍了一掌:

"是这样的吗?"

他好像觉得一切又有转机了。好像觉得这一切都又不能单怪自己手下人的不中用;而是处在敌对地位的张副官长赵军需官王营长等等人对自己的排斥确也是相当猖獗。他觉得一切的枢纽就在这儿。接着他就自暴自弃似的想道:

——这些事情看他怎么发展下去再看吧!不怕他们包围了旅长,可是我也有我的相当实力抓在手上的!

他的眼前立刻闪现出了周团长钱秘书刘连长等等人的面影。而且还有司令官,还有江防军那边!……他自己立刻又兴奋起来,感到刚才自己的颓丧的可笑。——是的,我应该拿出我自己的魄力来的!……最后他用指头点着卷宗,画了一圈,悄声的向沈军医官说起来了,而沈军医官则紧紧看他的指头转动。

"我看,现在的事情是只有这一条路了。"吴参谋长把指尖在桌上画了一杠,像作成了一个战斗计划似的。"今天我是不便向旅长说的。你顶好立刻去找柯牧师来!"

沈军医官莫明其妙的点头答应着:

"是,是。"但立刻就疑惑起来了,他拿手巾蒙着鼻尖"呼"了一声,说:

"他来恐怕不见得有用吧？"

吴参谋长鄙夷地看了他一眼，于是斩钉截铁地说道：

"你去呀！我自有道理！"

吴参谋长见他已走到门边了，又把他喊住，向他悄悄说了几句话，才叫他赶快赶去。

当看见沈军医官走出门去的时候，他心里不禁恶毒的冷笑一下：

——哼！旅长呀旅长！你要给我脸色看么？好，我也给点你看看！

三

他关好卷宗，决定到郑秘书的房间去了。伸手拈扯着胡子尾巴，走出房门，却见周团长进旅部来了，后面跟随着三个背盒子炮的马弁。

周团长一走到面前来，就笑道：

"你早呀！"

吴参谋长笑笑的点一点头，就向他招一招手。把弁兵们留在房外，两个又进屋里来了。

站在办公桌边，吴参谋长用两个手指在桌面上一顶，说道：

"刚才第二连的兵士包围赵军需的事情，你知道么？"

周团长愤怒了起来，眼睛睁得大大的：

"我刚才进营门的时候就听见了！哼，这事情我看太不成话了！可是这老赵也太可恶！他向士兵们把一切都推到司令部了呢！"

吴参谋长冷笑一声，点一点头，从桌面举起那两个指头来，笑道：

"照你看来，这事情怎么办？"

周团长拿着拳头在桌上一击，愤愤的说道：

"哼，这太扫我的面子了！我只得去向旅长说，把为头的两个抓起来！"

吴参谋长拈着胡子尾巴点一点头：

"这倒也是一个办法。"他说；他随即又皱起眉头了。"可是在这欠饷了两月，士兵们竟至敢于包围长官，如果马上抓了起来，不会不出乱子么？据我昨晚上所得的各种消息，现在各连都在隐伏着可怕的危机呢！"

周团长怔了一下，随即又拿拳头在台上咚咚击着：

"那么我只好主张把孙连长暂时看押起来，以卸我的责任！"

吴参谋长大吃一惊，大大睁开眼睛望着他。他好像觉得：竟不料周团长这人遇了这样的事情竟至草包到这样！

"那自然也是一个办法。"他点一点头说；随即拿一只手掌拍拍他的肩膀，——在他看来，这应该是一个有担当的肩膀。"可是老哥，这对于你的面子下得去么？孙连长是你的人呀！而且他是一个能征惯战的小子，每次打冲锋少得了他么？"他说到这里停下了，两眼炯炯的盯住周团长的眼睛。他不放松地逼住那眼睛，使他没有考虑的余裕。果然那眼睛在迟疑起来了。

"是呀！我就是这样想呀！但是照你看来，你觉得怎么办呢？"

"不忙。"吴参谋长用手在面前一拦，好像要拦住他的话似的。"我想你今天还有新消息告诉我吧？昨晚上我们所听见的，那几家缴了款的商家打算控告旅长的事情，你昨晚上回去派人去调查过么？"

周团长的脸色立刻很严重了，稍稍俯下头来悄声说：

"我已经派人调查去来了！他们里面的情形说是很复杂。他们正在进行联合各商家呢！不过，我听见了一句笑话，"他说到这里笑一笑。"在这市面上流行着一个奇怪的话呢，你知道？就是人家在把老赵当咒来赌。比如，谁欠了谁的债，那债户向债主说：

'如果我不能到期付还，让我明天就遇着老赵！'你看，这狗东西，老百姓简直把他怕到这样了！不过，听说这些控告的后面，有些是老赵的债户在活动呢！"

吴参谋长微笑了，拿手拍着周团长的肩头严重的悄声说：

"老哥，你想当旅长的机会到了！"

周团长惊异的然而兴奋的睁大两眼，从嘴唇里发出一个颤声：

"啊？"

"老哥，我昨天晚上所知道的究竟太少了！"吴参谋长一字一字肯定的说道；感到前途乐观起来。"我今天综合了各种所见所闻，许多事情的变化，真是出了我的意料之外。老哥，你这个肩膀，"他拍拍他的肩膀，以致周团长惊异的转侧过头来看看自己的肩膀。吴参谋长沉静的看了他一看才把语气补足道："大的责任将要到你这上面来了！"他又把嘴巴凑到他的耳边去，悄悄地。"这是千载一时的机会。你记得钱秘书昨晚上给你说的话么？"

周团长有些发昏了。定定的看着他的脸。

"把你的魄力拿出来，其他的事情我来给你办。"

"那就是了！"周团长感动的伸出手来，吴参谋长便一把抓住，紧紧握了一下。

"关于孙连长的事情，我有一个办法。只要你坚决的来一下。"

他又把嘴唇凑到周团长的耳边悄悄说了一会。

忽然听见窗外的天井边噪杂一阵，接着就听见几个人说话的声音：

"喝，已经抓来了！"

"他们去抓的时候，还碰见李参谋在那儿！"

"把他抓到街上，他还喊呢！"

"但是一把他关进卫兵室，他就垂头丧气了！"

"副官长，已经来了！在卫兵室！"

吴参谋长皱一皱眉头，就拉了周团长一把：

"走！我们到郑秘书房间去！"

"他们又抓什么呀!?"周团长一面转身，一面诧异的问。

"他们把宋保罗抓来了！唉，真是该死！"

"唉，事情不是很糟么?"

"自然糟是很糟。不过他们在点燃导火线呢!"

四

他们两个走进郑秘书的房间，到了旅长的面前，吴参谋长就皱紧眉头，焦急地问：

"旅长！说是第二连的士兵包围了赵军需官，这真太胡闹了!"

"哼!"旅长冷冷的望了他一眼，冷笑了一下。"在我旅部门口，竟至胡闹到这步田地!"他心里却在愤愤的想着：

——事情已经过了这半天你才来，不晓得你又在弄什么鬼呢!

"旅长，这太不成话了!"吴参谋长愤慨的说。"这应该把孙连长扣起来!"

旅长吃惊的望着他，真是想不到他居然说出了这句话！随即他拿起象牙烟杆，凑到烟灯火上叭燃。灯火一跳一跳地。他叭了两口之后，偏着头说：

"哼，那自然要办的！不然，这些东西简直要爬到我的头上来屙屎了!"

吴参谋长和周团长的眼睛对视了一下。

"你们请坐哇!"旅长拿着烟杆，伸手向前面的一排椅子一指，说。

周团长坐了下来，也拿起自己的湘妃竹烟杆对着灯火叭燃起来，然后说：

"旅长，我看事情有些不好办吧?"

"怎么?"旅长把烟杆抽出嘴来了。

"孙连长是能征惯战的小子。士兵们都是拥戴他的!"周团长笑一笑说。

"那么,怎么呢?"

"旅长,我的意思是,如果把他扣了起来,恐怕会引起士兵的不稳吧?"

旅长冷笑了一下:

"哼,不是已经引起来了么?"

周团长的脸通红了,有些愤激起来。但他赶快含着烟杆嘴叭了几叭,吹出烟圈,藉此把自己镇静下来,然后笑一笑说:

"我不过这么说说罢了。"他转脸去看了吴参谋长一眼。吴参谋长特别向他睁一下眼睛。他于是又鼓起勇气来说下去:

"不过照我想来,像过去孙连长那样的冲锋陷阵,竟为了这点事情把他押起来,恐怕会引起别的干部的訾议吧?"

旅长有些愤怒了,鼓起一对眼睛呆呆的埋头看着烟灯火口。其时郑秘书正拿着烟杆子在灯火口裹好一口烟泡,栽上烟斗。但旅长的眼前好像什么都没有看见似的。

郑秘书偷偷看他一眼,有些发呆了,他就那么拿着烟枪,下嘴巴都挂了下来。房间里立刻是一片可怕的沉默,连玻璃罩里的豆大灯火都直立不动。

旅长看着灯火,愤然的想:

——哼,你的部下做出了这样的事,自己不认错,还公然和我别扭起来了!好吧,我就拼着一个旅长不干也不要紧!

但他仍然不动,看着灯火,竭力按捺着自己的愤怒。觉得就这么爆发起来,究竟还是不大好,因为其他的两团人是驻在外县,马上调动起来是来不及的!最后他和缓一下呼吸,抬起脸来,稍稍带着一点严厉的口吻说道:

"有谁要訾议!? 如果让这军风纪如此破坏下去，我还当什么旅长！"

周团长的脸更红了，觉得那句句话都打在自己的心病上。他愤怒得嘴角都颤抖起来。

"不过我觉得旅长还是考虑一下的好！"他勉强微笑的说，但因为太勉强，却显得是一种惨笑。

"考虑！……"旅长望着灯火说。

郑秘书赶快两手捧着烟枪递了过来笑道：

"旅长，请抽这口烟呵！"

吴参谋长抓住这机会站起来，笑道：

"我看旅长的意见是对的。像这样败坏军纪的事情，当然应该惩办。自然周团长的意见作为一种参考，似乎也倒不无见地。"

"旅长，烟要冷了，请抽……"

旅长心里冷笑了一下。随又觉得就这样僵持下去也太不好，听见郑秘书的声音，他便乘势转过脸来，勉强微笑的说道：

"你们要抽么？我已经抽够了！"

吴参谋长赶快微笑的说：

"旅长请，好了。"

五

吴刚进来了，手上拿着一张印有一行外国字的名片，笔挺的站住说道：

"报告旅长！柯牧师来会旅长！"

旅长严厉的把头掉过来：

"哪个柯牧师?!"

"报告旅长，就是那教堂里的柯牧师。"

旅长掉过脸来看看吴参谋长：

"这柯牧师跑来会我什么事？"

吴参谋长生怕自己会脸红起来，赶快笑道：

"唔，这就奇了！他跑来会旅长有什么事呢？"他赶快避开旅长的眼光望着吴刚。

吴刚端正的答道：

"报告参谋长，他们好像说他是为宋保罗的事情来的。已经坐在客厅里了！"

"混蛋！"旅长咆哮的喊道，他好久的愤怒这时才发泄出来了，同时在床沿捶下一拳。"他外国人敢来干涉我们的内政吗？去给他说，旅长不见客！这宋保罗的事情是谁也不能保出去的，除非缴款来！"

吴参谋长等他说完，赶快摆着一张认真的关心的脸嘴说道：

"旅长，这事情拒绝了，恐怕会引起外交来的吧？"

旅长忽然一怔，脑子里顿时慌乱了一下，脸色变成铁青，紧紧的望着吴参谋长。

"旅长，我刚才不知怎么竟把这回事情忘记了。"吴参谋长抱歉似的说。"他们教堂，我们是应该保护的。执政府曾经有过这样的通令。自然这保护，连教徒也包括在内。现在柯牧师亲自跑来，事情恐怕有些辣手的吧？"

"啊？"旅长傻头傻脑似的望着他，口里无力地发出这一声。

"是的，旅长！"郑秘书忽然放下烟枪坐了起来，他觉得此刻是正需要他这"智囊"的时候了。见旅长赶快把头掉过来，他便咳嗽了几声，清清嗓子，然后说：

"那还是去年的事情，——那是一个什么县呢，我已记不起来了。——就出过一回这样的事情。好像是谁得罪了一个外国人，就起了交涉，他们兵舰上提出一个哀的美敦书来，限二十四小时怎样怎样，城里面大家都弄得没有办法。果然兵舰就开起炮来了！轰了全城。后来是查办了许多人才完。这是确确实实的事……"

"那么怎么办?"旅长有些茫然了,赶快问。

"我想,旅长还是莫如会他一下的好。"

旅长闭住眼睛想了一下,又想不出什么别的办法来。他有点抱怨赵军需他们了:

——唉唉,怎么刚才这样的鲁莽!

他拍拍衣服站起来了,但立刻又踌躇一下,掉过脸来,严厉的问道:

"他会讲中国话么?"

"报告旅长,听说他好像不大会。"吴刚赶快说。

"去叫沈军医来!"

吴参谋长冷笑的说:

"哼,这种外国人简直讨厌透了!"

"哼,他们外国人在我们中国传教,究竟干些什么的?"周团长也从旁插了一句,说。

旅长咬着牙,气得脸直发青,他觉得今天当着自己这许多部下来丢这个脸,简直恨不得要打谁一拳才好,或者把那外国人什么的赶了出去。

沈军医官慌慌张张跑进来了,端正的站在面前。

旅长严厉的问道:

"这柯牧师究竟是一个什么样的人?! 唔?"

"报告旅长,"沈军医官微弯了腰皱一皱眉头说,"这柯牧师,据我所知道的,是一个顶横暴的家伙,他在学堂里常常拿学生的头在柱头上撞的! 教会里的人都那个他的!……"

"不,我不是问你这些,我是问他会说中国话不会?"

"不会的。旅长!"

"那么你同我去会他吧! 去给我翻译!"

旅长铁青着脸就向房门走去，沈军医官跟在背后。当要跨出门槛的当儿，沈军医官把头掉过来一下，吴参谋长就给他递了一个眼色。

<h1 style="text-align:center">六</h1>

旅长走到大圆门的客厅门口，看见坐在客厅里一张大餐桌旁边的一排茶几椅子最末的一张椅子上，是一个自己从来不大留意过的高大的穿着灰色西装的外国人。红黄色的鬈头发，高鼻梁，绿眼睛，猛然一看，那简直高大得像一个雄踞在椅上的怪物。这就是所谓的柯牧师。旅长的心里不禁迟疑了一下。

旅长跨进客厅。柯牧师离开椅子站了起来，这更显得他的高大了，就像一座牌坊，遮住了壁上挂的那秋海棠叶的中国大地图。

旅长微笑的点一点头。柯牧师也点一点头。两个就沉默的对坐下来了。马弁送进两碗茶来，一边摆一碗，就轻轻的退出去了。沈军医官则端正的站在大餐桌旁边。

旅长矜持地挺直坐着，他觉得自己也应该保持一种庄严才好。他微笑地抱歉地说道：

"你等久了！"

柯牧师莫名其妙的望了他一望，又转过脸来望着沈军医官。旅长的脸微红起来，也把沈军医官紧紧望着。

沈军医官端正的站在餐桌边，用外国话向柯牧师转述一遍。柯牧师便笑一笑，说道：

"我就是因为宋保罗的事情来的。"

旅长着急地望着他说完，又望着沈军医官。沈军医官迟疑了一下，他觉得照中国普通规矩说起来，应该先寒暄几句，才谈事务的。他于是转过身来向旅长说道：

"旅长，他说冒闯贵部，还请海涵！"

旅长觉得很高兴，这外国人倒也很客气的，他于是把手一伸说：

"请茶。"

柯牧师莫明其妙的一怔，又望着沈军医官。沈军医官笑一笑说：

"我们旅长说，已经知道了。"

"你向他说，"柯牧师满脸正经的道。"宋保罗那产业是属于我们教会方面的。"

沈军医官又迟疑了一下，觉得这话对旅长讲，这程序是太快了。他于是说道：

"旅长，柯牧师说！宋保罗已被贵部押起来了，那是他们教会方面很重要的人物。"旅长的眉头皱了一下：

"你向他说，那是属于我们内政方面的事情，关于教会的部分，我们决不牵涉。"

沈军医官有些慌乱了，他觉得两方面的话弄得错杂起来了。他几乎忘记了谁的话是怎么说的。但他一想起刚才商量好的话，就又镇静着说道：

"我们旅长说，他应该要把款缴来才能释放。"

"那不能，那是我们教会的产业。"

沈军医官只得把这话转述出来了。

旅长立刻把脸沉了下来，说道：

"你向他说，那是我们已经调查得清清楚楚了的，确是宋保罗在前年廉价向山爷庙收买的产业。"

沈军医官说：

"我们旅长说，那不能，我们既然押起来了，当然要他缴了才行！"

柯牧师不高兴起来，拿起手巾蒙在鼻尖上很神气的"呼"了一声，说：

"难道你们就不讲法律了吗？那是手续已经弄好了的，怎么还要他缴钱？"

沈军医官也不自觉的拿起手巾来蒙鼻尖，但他立刻想到这是旅长的面前，赶快又把手缩回来了，垂得直直地。他向旅长说：

"柯牧师说，他要照国际公法办理。他要求今天无论如何就要放人出去。"

旅长有些发昏了，他着急地想：

——哼，想不到事情竟至如此辣手！——但他准备作一次最后的挣扎，说道：

"那是属于我们内政的事情。你向他说。"

沈军医官说：

"我们旅长说，那是我们的内政，不缴无论如何不行！"

柯牧师愤愤的站起来，说道：

"随你们吧，产业是我们教会的！一个也不给！"

旅长大吃一惊，赶快望着沈军医官。

沈军医官赶快说：

"旅长，他说，他说不行就动外交！"

旅长慌忙把手向前一伸，说道：

"你请他坐下再商量吧。"

沈军医官转过身来，伸出两手请柯牧师坐下，微笑的说道：

"牧师，宋保罗我们都是自己人，请你坐一坐，我帮他求求吧。"

就在这同一个时候，旅长很不高兴的闭了嘴一会，说：

"你给他说，看在他的面子上，我可以准他的人情，叫宋保罗缴一半来好了。"

"你求一求也好，"柯牧师说。"不过就算照你们的法律讲来，钱是一个也没有的。"

沈军医官说：

"旅长，他说，照国际公法讲起来，凡是属于教会的产业，那是神圣的产业，丝毫也不能动的。我看，旅长还是考虑一下吧，这家伙的态度强硬得很，如果动起外交来！……"

旅长惨笑了一下，愤愤的看了柯牧师一眼。他觉得这怪物简直太不讲人情世故了！可是他又相信外国人说一句是一句的，如果真的动起外交来，或甚至因为这点小事就开起兵舰来，那自己就更没面子了！最后他又惨笑一下说道：

"你向他说，那么我就完全准他的情面吧！"

沈军医官说：

"旅长说，就看在我的面子上，准了你吧。"

柯牧师没有想到刚才旅长是那样强硬，现在竟一下子这样轻松就解决了。不禁笑了起来，说道：

"好，很好，我很感谢。"

沈军医官说：

"旅长，他说很感谢，不过他说请马上释放了宋保罗，他要亲自带回去。"

"吓，妈的！"旅长愤愤的说。"好好好，就让他带回去吧！"

柯牧师站起来了，伸出他多毛的大手来。旅长赶快伸手去握了一握，就送着柯牧师出来了。一路上只见两旁站着的勤务兵和马弁们都在看着他。这些眼睛就像芒刺似的直刺着他，好像看透了他的一切秘密和弱点似的。他就愤怒的鼓起两眼来瞪了他们一眼。勤务兵们都就赶快躲开了。

他把柯牧师送到大堂外，两个面对面地弯腰鞠了一躬，柯牧师就腰骨笔直昂头走出来了。

一走出营门，只见街心拥挤着无数看热闹的人们，把一条街都遮断。全都是黄面孔。柯牧师看来，这些都是半殖民地的贱种，他胜利地感到自己就是这城市里唯一高大的优种人物。他长手长脚地飞快的就向人堆走去了。人们来不及让开，他就挺直的伸出两手，好像两把钳，把人们向两边乱推乱踢，人们赶快让出一条巷来，燃烧着无数愤怒的眼光。他更加昂昂然大踏步的走去了。

七

旅长转身回进里面来的时候，脸色铁青得像一块石头，牙关咬紧，两眼像在喷火似的。

他一进了郑秘书的房间，就铁桩似的一屁股坐到床沿上。他的脸更显得非常难看。

吴参谋长周团长郑秘书都静静的把他望着。吴参谋长的心里在暗暗的发笑。

"马弁！"旅长暴怒的大声喊道。

三个人都吃惊了一下，房间里更显得沉静了。好一会儿才听见门外答了一声：

"来啦！"

吴刚一走进来，旅长哼的就给他一耳光。吴刚的左颊上顿时白了一掌。

"妈卖屄的！跑哪去啦！"旅长愤怒的骂道，"去把赵军需给我喊来！"

吴刚含着眼泪，赶快做一个立正姿式就走去了。

停了一会儿，吴参谋长微笑的说道：

"旅长，那外国人走了么？"

"滚他妈的蛋！"旅长愤愤的说，唾沫星子都飞溅出来，"这种外国人简直太他妈的了！野蛮到了这样！"

吴参谋长和周团长对望了一下，会心的交换了一个眼色。大家于是又沉静下去了。

赵军需官走进来了，旅长就在床沿上打了一拳喝道：

"你怎么这么糊涂！刚才弄都不弄清楚就把宋保罗押了来！这简直是和我捣蛋！"

赵军需官吓得说不出话。只得静静的站住。

吴参谋长微笑的说道：

"这事情确是鲁莽一点了！"

旅长心里冷笑了一下，看了吴参谋长一眼，又向着赵军需官喝道：

"你怎么不弄清楚再向我说!? 唔？你们这些人平时在干什么的？"

赵军需官仍然静静的站着不说话，他隐隐看见前面的两个敌人在那里带着胜利的微笑。

"我看这个钱，今天先拿刘大兴那一笔就没有这事情了！"吴参谋长又从旁冷冷的说。

旅长心里又冷笑了一下，知道他们两个又在自己的面前斗法了。但他仍然严厉的说道：

"今天你怎么不先把刘大兴的弄来？"

赵军需官这回开始说话了：

"报告旅长！刘大兴本来答应今天缴的！刚刚已经收来了！"

旅长看见吴参谋长和赵军需官两方含着敌意的脸色，他忽然想：

——骂赵军需也枉然。徒给这几个家伙占了上风去！

他于是顺着势子转了开去，严厉的说道：

"那么，赶快去给我把饷发了下去来再给你说！"

旅长愤愤的倒到枕头上去。他烦恼得全身都在燃烧，脑子胀得像要爆炸开来似的。面前坐着的是两个眼中钉，而这两个眼中钉简直没有一点动的意思，他恨不得把他们踢将出去。他闭住眼晴，一切乱麻般的纠纷，都集中在他眼前来了。自己的周围在崩裂下去，自己连马上要扣起一个连长来都做不到！还要受外国人的欺负。今天在许多部下的面前丢这样大一个面子！最近司令官和自己的别扭！钱秘书和周团长昨晚上在吴参谋长公馆里的密谈！吴参谋长今天忽然有了当团长的消息！周团长今天的那种跋扈的态度！他越想越愤怒起来。觉得自己完全孤独地堕在一种可怕的危险中。他觉得很气闷，好像连透一口舒服的气都不可能似的。他竭力想抓住自己。竭力打算一条怎样安全的出路。他的脑子忽然闪现出鹅毛山脚的景象来了：像骆驼背脊似的连绵起伏的不大不小的山，山上是长满翁郁的森林，一直延到山脚的一条潺潺流水的小河边。沿河两岸摇摇摆摆的垂杨。山峰环抱中的平原，丰饶的土地，黄色的田禾，白色的墙垣，灰色的瓦屋，高大的龙门……这的确是一个好地方！

他忽然听见周团长的吐痰声，立刻把他这脑子里的景象打灭了，一种现实的愤恨又把他从幻境里拉了回来。他忽然惊心的觉到：

——唉唉，自己的权力难道就这样让这些东西毁弃了么？随即他又坚决的想：——不能的！——但怎么不能呢？他自己又觉得如乱麻一般烦恼起来了。

他一翻坐了起来，没有表情地向面前的几个看一眼，就站起身，直向门外走去。

伍长发抢着大声喊道：

"旅长下来啦！"

立刻十几个马弁都慌慌张张的跑了出来，地板上跑得轰隆轰隆价响。七八条洋狗也散乱的冲了出来，向着外面汪汪叫着跑了出去。

张副官长迎上来了，微笑的说道：

"旅长走了么?"

旅长冷冷的看了他一眼,点点头。

张副官长凑到他的身边,悄悄的说道:

"旅长,我看今天这宋保罗的事情有点奇怪!勤务兵向我说的,刚才这两个,"他举起两个指头来比一比。"在房间里唧唧哝哝的好一会……"

"我晓得!"旅长冷冷的说。"你回头同王营长一齐到我的公馆来!也叫赵军需来!"

说完,就一直走去了。洋狗们远远的跑在前面,马弁们簇拥着他走去。

张副官长呆呆的看着,见今天那些马弁们都好像没有精神似的,显得萎靡得非常刺眼,旅长则孤伶伶地,垂着肩膀懒懒的在那些萎靡的马弁们前面走着。

渐渐走远去了。出了大堂了。影子渐渐小起来了。到了营门口了。三翻号吹起来了。奇怪得很,连此刻的号音都失去了它的力量和威严似的,懒洋洋的。

张副官长不禁深深的叹一口气。

第七章

一

屋角满是粘挂着苍蝇蚊子的蜘蛛网,地上满是燃烧过的稻草灰和烧剩的草节的卫兵室,宋保罗坐在一个墙角,颓丧的垂着头。他两肘支在膝盖上紧紧用手掌把头抱着,额头上层层叠叠的纹路都皱了起来,鼻孔里流出的清涕粘在他那黑梳子似的胡须上。他全身都缩在一团紧张的恐怖中。忽然两个提着枪的士兵走进来了,在他背上一推，喝声：

"走！"

他吃惊的抬起脸来，那脸色顿时现得惨白。他想：

——唉，莫非要过堂了么？

他立刻记起旅长上半年打回此地来的时候，摊派了一次三万元的借款，是用民国四十年的粮税抵还。那认为曾经有通敌嫌疑的元亨久老板，被派了两千块钱。元亨久老板吓得躲起来了，但不到两天终于被拉了进来，在大堂上用柴棍打了一顿屁股。宋保罗的眼前就飞快的呈现出那大堂的威严来了：两旁是站满拿着上了明晃晃刺刀的枪的士兵，上面是挂着红桌围的公案，和公案那面旅长的一副冷森森的脸。那时旅长用拳头击着公案喊道：

"再打，着实打！"

他不禁抖了起来：

——唉，我生平是没有吃过官司的！地方上的绅商都是尊敬我的！唉，想不到今天……

"走呀！"那两个士兵又吼起来了。

宋保罗摇了摇头，深长地叹一口气，就被那拿着枪的两个兵一边站一个夹出卫兵室来。忽见沈军医官向他面前走来了，那拿着手巾蒙在鼻尖上的手立刻伸了过来，微笑的拍拍他的肩头，道：

"好了，你的事情我已帮你说好了！别的话我回头再向你说吧。你此刻可以回去了。"

宋保罗这才深深的透出一口气来，两眼呆呆的对他望着。随即他感动得两眼都涌出泪水来了。他向他鞠一个躬颤声说道：

"感谢你，望上帝保佑你。"

沈军医官就把他送出营门。他刚刚走到门口的时候，忽然吃惊的吓一跳了，全身的汗毛都倒竖起来，因为那时他猛然听见两旁拿枪站着的十来个兵士中忽然有一个大喊一声，阶沿边两旁站的两个竟把枪在胸前举了起来。他捏着一把汗向沈军医官一看，见他正在向卫兵点头，知道是在行军礼，他才放心的吐出一口气来。

他和沈军医官面对面点一个头就转身走出来了。只见旅部两旁挤满了人群，都在伸长颈脖，诧异的睁大眼睛望着他。有些人在叽里咕噜地说着：

"喝，出来了！"

"大概已经打过了吧！"

"可惜我来迟了一步没有看见！"

"怎么打人的时候没有听见声音呢！"

宋保罗的脸立刻羞得通红。众人的那锋芒的眼光的海直向他冲来，他赶快垂下了头。他记起他平日在教堂里那高高的讲台上讲圣经的威严：自己是昂着头，两手捧着厚厚一本烫金字的皮面精装的新旧约全书，高傲地拿在挺出的胸脯前；台下面坐着挤满一间像戏园那么大的大厅的人们——是静得连呼吸声都没有的学生和教徒。柯牧师则坐在他的背后。他讲着，台下谁发出一个咳嗽声，他便立刻把新旧约全书放在讲台上，昂起头来，通过眼镜严冷地睁了台下一看。台下立刻又归于肃静了。可是现在这围着看的众人却都那么放肆地看他，轻蔑地嘲笑他！自己以后还有脸站在讲台上去睁别人么？

他气愤愤的向街心走来，拥挤着的人们都向两边闪开，眼光仍然不放松的把他盯住。他想：

——管他妈的，自己的尊严还是应该拿出来！

他立刻把两手五指扣五指地搁在背后，挺着颈根昂起头来。但他又吃惊了，因为他忽然又听见人堆里有人在说：

"你看，一定是捆绑过的！"

"不错，那手颈上还有绳子印！"

他全身都毛骨悚然起来，脊梁都出了汗，那些可怕的逼人的眼光好像完全看透了他刚才关进卫兵室时自己的丑态：一个兵两手拿着一条粗麻绳进来向另一个兵说：

"喂，来我们把他扎起来。"

"就把他吊在这根柱子上么？"

"唅，老头儿，站起来！"

拿绳子的兵就在他背上很凶的拍了一掌。

另一个兵就拉他的手：

"哼，你们平常哪一个把我们当兵的当人么？"

他赶快站起来，弯腰打拱地向他们作揖，两眼流出泪水哀求着：

"先生先生！请你们念其我几十岁的年纪……"他的两膝盖一闪一闪的就要跪下去。

他的脸于是火辣辣地燃烧起来了。他好像看见两旁的众人都在嘲笑他鄙视他。往常这条大街一走就走完，今天忽然特别长了起来，街两旁商店里的人们都也定定的看住他。他紧紧咬住牙关，额角的古筋就蚯蚓似的暴胀起来。他愤怒的想：

——妈的！我还要见人呀！我还要在社会上立脚呀！你把我的财产拿去了都不要紧，可是，唉，你狗东西关了我这一下！……

一个身上穿得很褴褛断了两条腿的叫化子，一手拿着一个破碗，一手拿着一根竹竿在街心爬着，哭叫着：

"爷爷呀！奶奶呀！赏点残汤残饭来吃呀！可怜我是火线上带伤残废的呀！"

宋保罗愤愤的昂头走着，忽然他跳起来了，因为一根竿子绊了他一下，他气得脸青的一看，是一个断腿的叫化子。他的怒火猛然爆发起来，——妈的，今天连叫化子都要欺侮我来了！

他愤愤的踢了他一脚又走起来。

快要经过恒丰祥杂货店门口的时候，远远就看见那堂皇宽大钉有一块金字匾额的店面，许多洋货和土货都密密的堆满了货架和高高的红漆柜台。柜台里五六个伙计正在高傲的嘲笑的看他，而且有一个还伸出手指指了他一下。恒丰祥那大胖子老板，满身穿着蓝绸，肚皮高高凸起，长长的胖脸，下巴和肥大的颈项连接在一起。正在一张大椅上，高傲的含着一根粗大烟杆，一个学徒端端正正在他旁边送上一杯茶。

宋保罗愤愤的想：

——哼，你妈的！你那不是旅长的资本么！把你喂得像猪一样了！

他立刻很后悔那天广和杂货店老板来约他在一个密告旅长的呈文上签字的事情来了，他觉得自己当时是太糊涂了，以为自己会有办法，不必卷进他们的漩涡去：一方面，自己在旅部里有人缘，另一方面，还有教会可以作后盾。而且很显然看得出广和的活动，是完全出于感受恒丰祥的威胁，同行相忌妒。他当时两手把呈文捧还广和那瘦脸老板的手上时，微笑地说：

"我很赞成你们，但是我很抱歉，因为我们县属于教会方面……"

现在他看见恒丰祥老板挺着大肚子含着烟杆向门口走来了，带着轻蔑的微笑向他招呼：

"宋先生，你出来了么？"

宋保罗很凶的掉开脸去，看也不看他仍然不停的走去。

二

他走到广和杂货店门口的时候，只见广和老板远远就笑嘻嘻的迎了出来，伸手抚着他的肩头说道：

"老先生，今天受苦了么？请到小店休息休息，喝杯茶再去吧。"

宋保罗看见那和恒丰祥比较起来显得小些的杂货店，门额上一道横匾都脱了金，看来显得猥琐；店里面只有三四个伙计在柜台里空闲地坐着。他觉得自己和这瘦脸的广和老板所受的打击是差不多的，觉得同病相怜起来，苦笑了一下说道：

"好，我也打算同你商量一件事。"

两个就一道走进柜房后面的一间客堂里来。他说：

"我刚才看见恒丰祥老板呢！哼，那大模大样的样子！"

广和老板冷笑了一声，立刻站着，举起一只手来，愤愤的说道：

"我告诉你，他最近又进了一批私货呢！还免了保商费！可是我们是正大光明做生意呀！可是……"

宋保罗愤愤的把两手向两边一摊，喷溅着唾沫星子说：

"可是，你们总算没有坐牢呀！唉唉，我们还要在社会上立脚呢！"

广和老板知道他今天有意思了，故意不提那呈文的事情。他向着宋保罗同情地摇一摇头，也愤慨的说道：

"真的还坐了牢么？"

宋保罗跳了起来：

"哼，妈的，他们还要吊我的鸭儿浮水呢！"

"哎呀，真是受苦了！"广和老板大声的叫了起来，大大的张开嘴巴看着他。随即他就叹一口气。"唉，这简直太野蛮了！这简直太把人不当人了！而且老先生还是面子上的人物……"

宋保罗在桌上击了一拳：

"我宁可破了我的财产！"

广和老板忽见一个学徒送了两杯茶进来，他生怕这杯茶会浇冷了这老头子刚燃到顶点的怒火，他便赶快向学徒递一个眼色，不忙送拢来。

"我还有什么脸见人？"宋保罗又在桌上击了一下，"幸好今天有外国人去帮我讲情呐！要不然，唉……"

广和老板见他的手垂了下来，恐怕他要软气了，赶快拿手掌在桌边拍了一下：

"唉，是呀！你老先生说得不错！人生在世为了什么？就为了这口气！就为了这个面子！这简直弄得多么坍台呀！"

宋保罗立刻又圆睁眼珠，在台上打了一拳：

"我要告他的！不怕我弄得倾家破产！我要告他的！"

"快把茶给老先生拿来呀！"广和老板这才赶快向那学徒吼起来了，"在看着干什么？"

学徒就赶快把茶送了过来，摆在茶几上，转身出去，又拿一根水烟袋进来。

宋保罗左手拿着水烟袋，右手拿着一根香似的纸煤。他气得全身都在战栗，手上拿的纸煤都在发抖，被那一点火照亮的嘴唇吹了纸煤几下都没有吹燃，他又掉过头愤愤的说起来了：

"我说过，我不怕弄得倾家荡产的，他在地方上什么恶没有作？大利盘剥，与民争利，……还有很多很多苛捐杂税，我要告他的！司令官那里不对，还有执政府，执政府不对还有外国呢！"

广和老板微笑的看着他好一会，说：

"老先生确是慷慨悲歌，骂得痛快！"

宋保罗见他总不提起呈文的事情，有些急了，他便把嘴凑到他耳边去悄声的颤颤的说：

"你们的那个送上去么？"

广和老板装作吃惊的样子看着他：

"那个是什么呀！"

宋保罗更着急了：

"就是那密呈呀！"

"哦哦，老先生也来一个么？"

"来的！"他点点头说，"我也来签一个字。"

三

他回家来了，一脚踏进门槛，就看见沈军医官在前，老婆在后迎了出来。后面远远的还站住十八岁的女儿玛丽。

"呵呀，我以为你回来好久了！你到哪里去来呀！"沈军医官微笑的说。

老婆一上来就拉着他哭了起来。

他愤愤的向老婆喝道：

"还尽哭什么呀！赶快去给军医官倒茶来！"

他便请沈军医官到客厅里坐下。

"你到哪里去来？"沈军医官拿手巾蒙着鼻尖"呼"了一声，说，"你的师母以为你又有什么危险了！急得叫你的少爷到处找你去了！"

宋保罗赶快拿水烟袋递给沈军医官说道：

"我是在广和坐了一坐。"

沈军医官吃惊的睁大两眼望着他：

"听说广和他们要告旅长么？"

宋保罗吓得全身都发抖了，脸色顿时惨白：

"没有的事。没有的事。"他连连赔笑的说。

沈军医官向他微笑的说：

"请你不必瞒我吧，我们已经调查得清清楚楚了！"

宋保罗全身的汗毛都根根倒竖起来。他着急地想：

——怎么刚刚一会儿的事，沈军医官就知道了！？难道这广和出卖了我们了么？那我要赶快去把我的名字涂去！

"真……真的……没……没有……"他吞吞吐吐的说。

沈军医官的脸色忽然正经起来：

"今天幸亏来抓你的时候，我在旅部。"他说，"我同参谋长帮你说了很多话，并且还找柯牧师去帮你说了几句，事情总算完全成功了！"

宋保罗郑重的站起来，打一个拱说道：

"真是感激得很，我是这一辈子都忘不了你的。我给你祷告……"

"不敢当，不敢当，"沈军医官微笑的说；随即又脸色正经起来，"这回这样一来，你的事情倒意外的完全成功了！不过……"

宋保罗怔了一下，那"不过"的下面是什么，是很显然的。他觉得自己已经送了不少，还坐牢，现在还要"不过"，他迟疑了一下，支吾地说道：

"感谢得很！感谢得很！我给你祷告！"

但沈军医官终于说出来了：

"不过，我和参谋长的确帮你说了不少的话。我倒无所谓，因为你我都是自己人，并且都是教友；不过参谋长那方面，似乎……吓吓！"

宋保罗感到一阵心痛，他想：

——这家伙一定是打听了广和那儿的消息又来敲诈我来了！

他感到了一阵的慌乱，决定回头一定去把那名字涂掉！他迟疑的望着沈军医官，不知道要说什么才好。

"不过，你要知道，"沈军医官又微笑的说，"这回给你做的，总算是天大的人情，真是从来没有过的。你不但放了出来，而且你的官产的事情都完全免了！"

这好像晴天来了一个霹雳似的，宋保罗吃惊得大大张开嘴巴了。他几乎要笑起来，要跳起来：竟是这样的好事么？他于是立刻郑重的站了起来，恭敬的打了一拱。随即眨着眼睛叫女儿出来；女儿的脑后拖着一条粗黑的大辫子，害羞的低头站在面前。他指着沈军医官说道：

"给军医官行礼！他是我们的大恩人呢！"

女儿弯腰点一点头，白白的圆脸胀得通红，额头上的一撮刘海一飘一飘的。

沈军医官顿时觉得自己高大起来，觉得这一家人的生命财产都完全是自己的。他两眼呆呆地看着面前的这玛丽，觉得那羞答答的样子实在非常可爱的。他想：

——李参谋在想她。那不行的，那应该我的。我救了他一家人！

宋保罗捧着茶壶再给他换一杯茶，一面说：

"那自然，参谋长那方面……"

——我把她弄到手，一定还有不少的陪奁……沈军医官兴奋的想。

"参谋长那方面，我一定……"宋保罗又说。

沈军医官赶快笑道：

"哦哦，那很好，那很好，你就交给我好了，我帮你送去……"

"军医官，"宋保罗忽然慌张了起来，说，"你请坐一坐，我马上出去一下子就来！"

沈军医官以为这老头儿有意思了，故意把他和他女儿两个留在这儿。他非常高兴起来。但他做出很诚恳的样子伸手拦住他笑道：

"老先生，你往哪里去？"

宋保罗急得发昏了，赶快说：

"请你坐一坐，我到广和去一去，马上就来！"

"你又到广和去做什么呀！"沈军医官微笑的说；他拿手巾举到嘴角边，又要准备蒙上鼻子去了。

宋保罗这才知道自己说糟了，呆呆的看了沈军医官一会。他想他既然已调查清楚了，瞒了他反而不好，因为他是已经大大帮忙过了的。他于是做着很亲密的样子，一手抚着他的肩头，悄声说：

"我惭愧得很，做错了一件事。——这事情我要赶快向上帝忏悔的——就是广和刚才叫我签了一个名字。我那时因为刚刚放出来，气得糊涂了。现在既然蒙军医官帮我弄得一点事也没有了，我还签什么名？我想赶快去涂去。"

沈军医官紧张的问：

"你们已经签了多少人？"

宋保罗迟疑地想：

——好不好说出？这是不是卖朋友？唉唉，管他妈的，反正以后不关我的事！

"已经有四五十。"他一说出来，立刻又觉得非常糟糕，假使这四五十个人将来向自己攻击起来呢？但随即他又坚决的想道：

——管他妈的，反正我吃的是教会的饭！

"已经有四五十，不是很好了么？为什么你还要去涂掉？"沈军医官又逼进一步说。

宋保罗吃惊的大大张开眼睛望着他，心里疑惑起来了：

——这沈军医是在讽刺我么？——他想着，急得脸红的说：

"我已经没有事了呀！我何必去受人家利用呢！我对你们旅长我要给他祷告，祝他的福，我怎么敢同那些坏家伙们一起呢？"

"不忙，我想同你商量一下。"沈军医官把手一伸，大家坐了下来，然后说：

"我想你不必去涂掉。"

"怎么样？"宋保罗怀着一股莫名其妙的恐慌，嘴巴张得就像一个杯口似的望着他。

"我想你回头顶好到我们参谋长公馆来一下。"

宋保罗吓得全身都发抖了，赶快捏起拳头拱了几拱，哀求道：

"军医官，请你救救我。你是我的大恩人！我刚才实在是太糊涂了！参谋长同军医官的好处我是晓得的，礼物的方面……"

沈军医官吃惊的望着他，见他说到这里，知道他误会了。他于是笑了起来，说道：

"是的是的，你送参谋长的，你交给我帮你带去就是了。我看你回头还是到参谋长那儿去一下。你既然加入了，很好。参谋长还有借重你的地方呢。"

宋保罗莫明其妙的望了他好一会，然后惴揣的认真的说：

"要我侦探他们的内幕么？那只要军医官参谋长抬爱我，我也可以的……"他更加郑重的把两手掌搭在茶几边沿，把上身凑过来悄悄说起来了：

"告诉军医官，那广和的确是一个坏家伙，我知道他的，他口里说着什么为公办事，替大家伸冤，但是他骨子里是在反对恒丰祥，是同行相忌，谁不晓得恒丰祥里大部分是旅长的资本？旅长的资本也可以反对的吗？还有鼎泰绸缎庄虽没有签名，但他在广和他们的后面煽动得很厉害，因为他希望的就是旅长倒，因为他借有旅长的一大笔债，三分半息，他想旅长一倒，那就吞得个连水泡都不起一个了。还有元亨久老板，就是那挨过柴棍的一个。他是签名的。其实他挨打是活该，谁叫他要通敌？敌都可以通得的么？还有……"

"好了好了，"沈军医官笑笑的用手一拦，拦断他的话。"这些我已知道了，你只是回头来一下……"

宋保罗急得脸红筋胀的说：

"那么，我再去侦探一点消息来？他刚才告诉我的，他们还要发通电呢！请你无论如何给旅长给参谋长的面前多多拜上，那实在不是我要加入去的，我是故意打进去破坏他们的！总之，随便旅长他们要我怎样，我都效劳。那些龟儿子是太不像话了！"

沈军医官心里暗暗好笑，见玛丽还站在旁边，他便故意端起茶杯来，斜眼看着她。

玛丽的脸羞得通红，赶快垂下头，两手弄着手帕。

宋保罗惊讶地睁大眼睛看着。他觉得自己已经进了他们的圈套了，那还有什么办法呢？他苦笑了一下说道：

"玛丽，喊军医官嘛！"

玛丽扭着手帕就把脸躲开了。

"哼，没出息的女孩子！幸好军医官不是外人呢！玛丽，你叫一声呀！"

"军医官。"玛丽垂着头猫声似的叫了一下，立刻两手把手帕扯成一条勒在嘴边。

沈军医官哈哈笑了起来。他想：

——嘻嘻，有意思了！我一定要把他抓紧起来。

他放下杯子，站了起来，向宋保罗笑道：

"老先生，我们的事情就这样好了。你刚才向我说的话，我包你守得着。不过你千万不要向第二个人说，譬如李参谋。回头你到参谋长公馆来，由我引你见他就是了。我现在马上还有要紧事。"

"真是感激不尽，上帝要保佑你的。你嘱咐我的话，我一定记得的。"

四

宋保罗把沈军医官送到大门外，转身回进屋里来的时候，他用手指拈着下巴下的胡须，两眼一眨一眨地怀疑起来了：

——沈军医这家伙，看来简直是一个不可靠的恶棍，他明明是在想着我的财产和女儿，才这么给我帮忙的。难道我把女儿给他么？可是他已有两个老婆，外边还坏了人家几个女学生！而且李参谋早已托人向我说过他的意思的。唉唉，我刚才怎么这样糊涂呀！

怎么把密告的事让他知道呀！这简直自己拿绳子套在自己的颈子上！

他拿起手掌来就重重的打了自己一嘴巴。之后，就把胡须扯得更厉害了，在屋子里踱了起来。他想：

——不行，如果不答应他的要求，他会告诉旅长的！他还可以藉此升官！——想到这里，他的思想完全奔腾似的集中在这上面来了。他不由得停了踱步，在地上顿了一脚。心里更慌乱了。

——他升官的事大？还是要我女儿的事大？那很显然是升官的大了！那么这就糟糕！他一定把我的消息拿去出卖去了！他升官以后破了我的产，不是还可以得到我的女儿么？

他的脸色惨白了，两眼发直了，两手抱着头就倒到椅子上。他长长的叹一口气。他的脑子里忽然闪出柯牧师的影子，他紧紧把那影子盯住，觉得最后的办法还是只有去找这外国人来作为后盾了。他紧紧的想着这，又才渐渐觉得事情有些转机起来。他想：

——现在重要的是，赶快去把自己的名字涂掉，并且多多调查一点他们的内幕，如果沈军医卖了我，我就紧紧抓住这个来献上去，将功折罪大概总该可以的吧？

他兴奋的站了起来。但他忽然呆了似的又站住了，两眼睁睁的望着大门外。

大门口那儿正出现一个影子，是一个头上包了一圈蓝布包头，身上穿了一件蓝布褂子，腰间束着一根草绳，以致胸前的衣服都鼓了出来的乡下人。那乡下人动着两只黄泥腿子走进来了。他仔细一看，这正是他叫人带口信到柳村去叫来的佃户阿发。

阿发是一个红铜色的脸，两颊和额上刻满着横横直直的皱纹，一嘴胡子，两眼呆呆地张着，他一走进来，就垂着两手说道：

"老爷！你叫我来，我就来了。我来过一回，说是老爷上衙门去了，我又出去，我又来了。"

宋保罗一手拈着胡须，用嘴唇向他一指：

"你坐嘛！"

阿发呆了一会，望着他。

"你坐下嘛，"宋保罗伸一根手指向着一排椅子旁边的一个矮凳子说。"你坐下来，我有话给你说。"

阿发木头似的坐了下去，就伸手在背后的腰带上抽出一根短的竹根烟杆来。当他揭起衣襟摸火柴的时候，一股汗臭就直从那里向宋保罗的鼻尖扑来。宋保罗皱一皱眉头，把脸掉开说道：

"你想来已经知道了，我叫人来给你说的那加租的事情。"

阿发慌忙站了起来，垂着两手，脸额上的皱纹更皱得紧，像一只风干的香橙。这加租的事情，他本来已经听见那带口信的人说过了的，但现在一听见，仍然好像一个晴天霹雳直向他轰来。他心里完全慌乱了，和老婆儿子已经商量好的话也忘了一大半了。他呆呆的站了好一会，然后呐呐的说：

"老老爷，真是，我们真是吃的都没有。一年四季忙下来，还过不了冬，求你老人家，我们实在……其实……真是……"

宋保罗横着眼睛眄了他一眼，愤愤的说道：

"给你们一说话，你们就装穷，你知道我为那块田在吃官司么？我买上告下，要用多少钱！我要用钱呀！"

他定定的看着他，心里的一股恶气恨不得要向他吹去似的，他的嘴巴在不停的颤动。

阿发赶快把眼睛避开了，长长的叹一口气，摇了摇头之后，才把已经商量好的话说起来了：

"老爷，你老人家晓得，去年的年成不好，天干，除了缴了你老人家的租我们就一点都没有剩的，又是团防捐，又是水利捐，又是门户练捐，又是懒捐，又是烟苗捐，……"

宋保罗好像捉住了什么紧要关键似的，立刻打断他的话，抢着说道：

"喂喂，我问你，今年的烟苗捐又要下来了，听说你们乡下在打算反对，有你一个么？"

阿发大吃一惊，吓得倒退了一步，张大一对眼睛望着宋保罗。他心里慌乱的想：——唉，这些消息怎么他就知道了？他呆了一会之后，随即拿起两手来摇了一摇，右拳握着的烟杆也随着摆动，他红着脸说：

"老爷，哪里，没有这样的事，那是犯王法的事……"

"你不要瞒我，我早已经知道了！"

"老爷……实在……其实……真没有的事……"

宋保罗赶快堆下笑脸来，说：

"你坐下。这不要紧的，你给我说了，我是决不向别人说的。你是我的佃户，难道我还坏你么？"

阿发带着怀疑的眼光看着他，仍然呆呆地不动的站住。

"你要喝茶么？"宋保罗端起茶几上喝剩的一杯茶递给他。"你这样远来也辛苦了。"

阿发木头似的伸手接着茶杯，从他的经验看来，老板在向自己笑或者显殷勤，那就又有什么新的麻烦在后面了。他把杯子老捧在腰带前不动，怀疑地望着宋保罗，呐呐的说道：

"老爷，那真是……其实……"

宋保罗知道这样问下去是不行的：乡下人固执起来，就是拿两把铁钳扳开他的嘴也不会说的。他叫他坐了下来，自己就拿手很凶的在茶几上一拍，愤愤的说道：

"唉，我今天真是气极了！你知道今天他们把我关到旅部去么？"

"老爷，听见说了。"阿发同情地大声说，拈出一团烟丝装在烟锅子上。

"吓！我在地方上也是面子上的人物啦！外国人都和我来往的！哪个不知，哪个不晓，阿发？"

"是，老爷！"

"可是，他们今天把我关进去了！还要拿绳子来捆我呢！"他吼着，伤心的拍着两手跳了起来，"唉，我还要见人呀！我还要在人面子上走动呀！阿发，是不是？"

"是，老爷！"

"这种狗旅长，我要反对他的！我要告他的！我跟他拼命就是了！他在地方上什么恶没有作！苛捐杂税，巧立名目，还有什么懒捐，烟苗捐来抽我们的筋！"他说得嘴角的唾沫星子直溅。到了这里，他又故意拍拍两手，又把手向两边摊了开来，注意的望着阿发，看他激动了没有。"我要反对他的！我就是倾家破产也要反对他的！"

阿发有些感动了，但他的心里还在怀疑着。为了免得回答，他便把一根火柴划燃，一朵火亮了起来，他赶快含着烟杆叭出白烟子来。

宋保罗坐了下来，摆着诚恳的脸嘴说道：

"阿发，你们要反对，我也来，……"

"老爷，"阿发赶快叭一口烟，从嘴上抽出烟杆来，说。"我们真的没有那事，老爷……"

"哼！你难道还不相信我么？"

"相信你喔，老爷！"

"那么你向我说呀！"

"真的没有……"

宋保罗急得从椅上跳起来了，他的愤怒几乎按捺不住了。这种乡下人的固执，真是他妈的一条牛！——他愤愤的想。

"那么你这就是不相信我。"

"哪里，相信的，老爷！"

阿发又掂出一团烟丝又要加进那烟锅子上了，宋保罗急得伸手去一挡，说：

"喂，你等一等呀！我们谈话呀！你既然相信我，你怎么不说呀！"

"老爷，是没有喔……"

"唉，啧……"宋保罗在地上顿了一脚，"你看他们把我弄得这么倾家破产，你都不帮助我么？"

阿发弄得有些发昏了，见他那种真诚着急的样子，觉得似乎情不可却。他呐呐地说：

"老爷，那不是我，那是他们那些年青小伙子……"但他一说出来，立刻又慌乱了。他预感到回进自己那草房的时候，老大一定要跳起脚向他吵起来了，又一定要说他老糊涂了！他恐慌的把脸皱了起来。

宋保罗听他一说完，高兴得眉开眼笑的跳了起来。他想：对了，我可以报功去了！随即他坐了下来，望着他说：

"没有你么？"

"没有，老爷！"阿发颤声地说。

"真的没有么？"

"真的没有，老爷！"

"你骗我。"

阿发苦皱着脸看着他，又拿起烟杆子来。

"好吧，"宋保罗的脸更凑拢他一点。"那你告诉我。"

"那是这样的，那是我家老大听来的。……"

宋保罗抓紧这个机会板着脸色说道：

"那么你家老大是在场的。"

阿发大吃一惊，知道自己又说糟了。他赶快把烟杆抽出嘴来，把腰弯着，呐呐的说：

"老老爷，没有他，没有我家老大。"

"你自己已经说了，你何必又不承认？"他举起两个指头对他威吓地说。"我们不说这个了。我那加租的事情怎么样？你知道我还在吃官司的！不要连你也吃起官司来那就不好！"

阿发吓得脸色惨白了，赶快站起来两手打拱一面作揖，一面呐呐的说：

"老老爷，我家老大真的没有……"

"我不问你那个。你只说那租加不加！"

"老老爷，加不起呀！我们吃的都不够……"

宋保罗举起的那两个指头威吓地又要动。阿发简直吓得发昏了。但忽然看见那指头放下去了。他抬起脸来一望，只见宋保罗紧张地掉过头去望着门口。他顺着他的眼光吃惊地望过去，只见一个身穿灰色洋装的人走进来了。

宋保罗掉过头来对着阿发用嘴向里面一指，赶快说：

"你赶快进去一下，回头我再给你说。你看旅部的人又来了！"

阿发吓得膝盖直发抖，赶快拿起烟杆跌跌撞撞就向里面跑去了。

五

沈军医官第二次从宋保罗家里出来，在街心走着的时候，左肩耸起，右肩斜下，一摇一摆的，他几乎兴奋得要飞起来了。有一大队新兵开了过去，他都不觉得似的。

——我这回有了这么大的功，我的县知事一定要做成了！

他在街上来往的人丛中直冲冲地径向吴参谋长公馆奔来。刚刚走到客厅门口的时候，只见点着烟灯的烟榻边沿，三个头在聚拢着，悄悄的谈着。烟榻右边是钱秘书，左边是周团长，站在烟榻前的是吴参谋长。吴参谋长一面说，一面还拿手指在烟榻边沿点画着。那两个几乎鼻尖碰鼻尖的脸上的眼睛直看着他的指头动。

沈军医官一脚踏进门槛，那三个头就闪电似的分开了，紧张的把他望着。

周团长首先喊道：

"你打听的消息怎么样？"

钱秘书也跟着喊道：

"哈哈，看你那样子，又有什么好消息了么？"

吴参谋长只是冷静的看着沈军医官，两眼睁得大大的。

沈军医官赶快高兴的拿起左手的五指来，用右手的食指点着，他想先把自己跑的地方之多——二二的报了出来，他兴奋的说道：

"我先找了宋保罗，知道他也加入了，随后我就去找元亨久，我走得太急，在他家门口的阶沿边还绊了跤，弄得我的腿杆子都刮脱一网皮。在元亨久出来，我又跑到鼎泰，可是鼎泰老板不在家，说是出去了，……"他说得太忙，几乎喘不过气来了。

面前的三个都皱着眉头直盯住他。

"说是出去了，我问什么时候回来？说是就要回来了，我身上的汗还没有干，又准备跑，可是鼎泰回来了，我们谈了一阵，我又跑到宋保罗那儿去，这差不多又跑了一个穿城……"

吴参谋长冷冷的打断他的话，说道：

"说你的要点吧！"

沈军医官怔了一下，脸通红起来。随即他又赶快兴奋的说了起来：

"我今天得到的消息，真是很多很多……"

吴参谋长又冷冷的打断他的话：

"他们有多少人？"

"已有六七十，有十好几个就是我的亲戚……"

"他们的呈文什么时候送出去？"

"他们，大概，我想就这两天。我是劝他们早点送……"

吴参谋长笑一笑，周团长和钱秘书莫明其妙他笑的是什么，但也都微笑地看了吴参谋长一眼。吴参谋长的笑忽然煞住了，皱一皱眉头道：

"咳，你看你跑了这样多，却连一个准定的时间都没有问到。"

"那我马上再去。"沈军医官红着脸，马上就要转身。

"算了算了。"吴参谋长喊住他说，掉过脸来望着周团长和钱秘书。

钱秘书笑一笑，放下手上抱的烟枪说：

"我看我先去到电话上给司令官说了，好么？"

"那很好！"周团长抢着说。

"我看，不必忙在此刻。"吴参谋长的两眼眨了两眨，说，"我们还得多知道一些，弄得可靠一点才好。"

钱秘书和周团长都点点头，表示了赞成。

沈军医官又兴奋的抢前一步，拿起手来说：

"我还得到一个消息呢。"

三个人立刻又紧张的把他望着。

"宋保罗向我说，乡下人在准备反对今年的烟苗捐呢！"

"啊？"钱秘书紧张的站了起来。

"这怕要反了！这不行的！"周团长愤怒的说。

吴参谋长笑一笑，把脸向他两个掉过来，说道：

"这消息也很好。只看我们怎样的把它运用起来。"他看着他两个的脸，见两个都点点头表示同意，他又掉过头来说道：

"我看，这事情就归你办。我们要的只是他们的呈文，但不要弄出乱子来。"

就在这时，忽然听见门外天井中李参谋和刘连长慌慌张张地问吴刚的声音：

"参谋长在客厅里么？"

四个人都感到紧张了一下。旋风似的掉过头去，只见李参谋和刘连长两个跑进来了。刘连长只是脸上装着慌张样子，心里却感到非常的高兴。李参谋长还没有站稳，就上气不接下气的说：

"孙连长扣起来了！"

"啊？"

四个人都吃惊的望着他，马上都慌忙站了起来。

"我早就晓得他会弄出乱子来的！"刘连长也抢着说。"他过去的确有些地方是太糟糕了！"

在紧张中的几个人都惊愕的望了他一眼，觉得他此刻还来讲这个话简直太不行了！大家都把脸掉开，仍然紧张的望着李参谋。李参谋慌忙的说道：

"刚刚第二连一调走，他们马上就把他扣起来了！"

周团长从床边跳了起来说：

"为什么连我都不通知就扣起来？我要去！"

钱秘书一把拦住他：

"你此刻去是很不好的！"

"可是他把我这团长放在眼里吗！"

吴参谋长也把他拦住，镇静的说道：

"我看我们的事情已经发展到相当的火候了！但我们还得冷静的来计划才好。"

李参谋又慌忙的说：

"我出来的时候，还看见张副官长交传达处两封信，是给刘团长和陈团长的。我看恐怕有什么事情吧？而且王营长已把招来的新兵开进城来，说是就要成立补充团了！"

周团长在床沿上捶了一拳，喊道：

"他要干，我们就干起来！"

钱秘书感到慌乱了，他没有料到事情变化得这样快：

"这……这事情怎么弄得这样糟？"

吴参谋长镇静的转过脸来，但他的嘴唇也发白。他向着李参谋问道：

"还有别的消息么？"

"别的还没有听见什么。可是这已经干起来了！这简直……"

"冷静些，冷静些。"吴参谋长打断他的话。随即他就两眼带着深思的样子在烟榻前踱了起来。众人都斩齐的静默下来了，都紧张的把他望着。他立刻感到自己的重要了：

——众人都在等我最后的决定！——他愉快的想。——哼，我今天又成为了最中心的人物！权力！这是权力到来的时候！

他踱了过去，又踱了过来。众人紧张的望着他，以为他要开口了，但他又踱过去了。

——看你们对于我的尊敬到怎样的程度！——他想。最后，他在烟榻前站住了，举起两个指头来。众人又立刻望着他的指头。这已经成了支配众人紧张情绪的指头。他拿这指头在空中画了一圈，冷冷的说道：

"这已到了我们的严重关头了！但同时也是我们千载一时的机会！现在是赶快把我们的力量集中起来。但主要的是……"他沉吟了一下，望着钱秘书。

钱秘书赶快说道：

"司令官那方面由我担负就是了！"

"那就好。"随后他又望着周团长。

周团长在床沿打了一拳。

"我赶快去把其余两个营长秘密召来！"

"不过，"吴参谋长把手在空中一劈。"我看最重的还是把这些所有的消息给司令官报告去才好。"

钱秘书站起来了，他先望了周团长和李参谋长一眼，见两个都在紧张的看着他，他立刻感到自己已经处在"千钧一发""举脚重轻"的地位。他便在胸口上拍了一掌，摆出泰然的样子笑道：

"都包在我的身上就是了！我立刻打电话去！"

第八章

一

旅长在房间里的床面前兴奋的踱着。脸兴奋得油亮亮的，就像一尊铁罗汉。他紧紧捏起一个拳头来在空中一挥，喃喃的说道：

"好的，事情要来，就让他来好了！我得把我的力量拿出来！……"

他想：

——此刻王营长张副官长他们大概已经布置得差不多了。我得赶紧来解决孙连长的问题！一切的一切，一定要重新弄起来！司令官那方面暂时不管他！只要我趁这时机把权力集中得更紧，那他自然也只得来敷衍我的！是的，权力！权力！呵呵，只有权力！……

他兴奋得在长窗边的半圆桌边铁桩似的站住了，用拳头在桌上击了一下。他掉过脸来向着站在旁边看得呆了的太太说道：

"你倒杯茶给我！我今天不知怎么口这样渴！"

太太一手端着一杯茶站在他身旁，一手搭在他肩头上柔声的说道：

"你太疲倦了，你休息一下吧！"

"我不疲倦，"旅长喝了一口茶，随即拿着那还摇荡着半杯茶的杯子向前一伸，兴奋的溅着唾沫星子说下去。"我现在是顾不得许多了，如果我再不弄起来，人们就要在我的头上屙屎了！"

他掉过脸来看一看太太那苍白的脸，之后，就把她的手从自己的肩头上拿下来：

"你的身体不好，你去躺下吧！你不要管我！"

"可是你是太疲倦了！你休息一下吧！"

"你不要管我，哎呀，我说你不要管我！"他举起手挥了挥，脸向着窗外喃喃着。

"你不要管我！我现在心里是纷乱极了！是的，一切都应该整顿起来。唉，我的心里不知怎么这样的纷乱，从来没有这样纷乱过，你不要管我……我想，王营长他们此刻大概已经布置好了！你把手枪给我看看，唉，我好久身上没有带手枪了！他们这几天给我擦过么？拿来，我看看，……"

太太又伸手搭在他的肩头带着恳求的声音说道：

"算了，不要看了！你是太劳顿了，你休息一下吧！"

"我叫你给我拿来！"旅长愤怒了，命令似的说。"你别管我，我要看！"

太太吓了一跳，生怕他又要大怒了，赶快到床枕头下摸出一只乌黑色的七子枪来。

旅长接过枪，看见太太那慌张的样子，觉得有点可怜她起来。他一面拉开枪机，取出那一夹子弹，一面和缓地但严厉地说：

"我已给你说过几次！你的身体不好，你就躺去吧！你别管我！别惹我的火气！"他拿出一张手巾一面埋头擦着枪身，一面说："你不知道，你一来管我，只有更增加我心的纷乱！你看，这枪大概好久没有擦过了吧，有些灰！这样弄锈了是不行的！人也是一样，好久不发威，也会锈起来的！你懂么？今天周团长那种跋扈的样子，真是了得！而且今天那柯牧师，……喂喂，你把洋油给我拿点来呀！"

太太把煤油灯给他拿过来，取下灯头。他便用那手巾点了点煤油又在枪身上一面擦着一面说：

"你看我这一擦，这枪就亮起来了。枪是一把好枪！但人要常常服侍它的！就跟自己周围的力量一样，要随时留心着的，不然就坏了！你懂么？这就是权力呀！好，这东西我现在要随时装在身上了！"他把那一夹子弹装进弹槽，向太太递过去说道：

"好，你还是给我暂时放在枕头旁边吧！喂喂，你刚才不是要向我讲的，吴刚怎么样？我又忘记问你了！"

太太立刻高兴起来，走到他身边，用右手的食指搔着自己的下巴说：

"这吴刚是太不像样了，他和吴参谋长不是叔侄么？要把他防着才行的！而且我有一回看见他和秋香两个鬼鬼祟祟的在说什么话！"

"混蛋！"旅长顿时愤怒了，在桌上打下一拳厉声的说。"叫他们给我监视起来！唉唉，你怎么不早给我说！？"

太太心里感到非常的高兴，这两个曾分了自己的宠的眼中钉，总算一起扫荡了，而且旅长虽然还是那么硬头硬脑的，但已回向自己来了，她于是再装着不服气的样子说：

"我不是早要给你说么？但你每回总……"

"叫他们给我监视起来！"

"我已给他们说过了！"太太故意皱一皱眉头加添道。"不过吴刚这龟儿子不知道又跑到哪里去了！"

"叫人去把他给我叫来！"旅长又严厉的喊道，铁桩似的在床沿坐下来了，两脚挺直的叉开搁在踏凳上，两手叉在腰间，愤愤的说道：

"哼，屋里屋外都太不像话了！"他随即捏起一个拳头在空中一劈。"从今天起，我一切都要好好整顿起来的！"

二

伍长发在门口出现了，端正的垂着双手说道：

"报告旅长，司令官来了电话，请旅长说话。"

旅长大吃一惊，脸色顿时发紫。他怀疑地想：

——司令官要给我讲什么话？该不会是关于我这儿今天所发生的事么？难道他们已抢了我的先，向他讲了吗？唉唉，我刚才怎么没有想到向他打电话这回事呢？管他妈的，看他说了什么再说吧！

他站起来就走。但他忽然又停住了，愣着两眼严厉的说道：

"吴刚到哪去了?"

"报告旅长，"伍长发赶快站住，把胸脯一挺，说。"他又到参谋长公馆去了。"

旅长的脸色越加青得难看起来。

"记住!"他命令地说。"回头把他背的手枪给我缴来! 把他监视起来!"

他说完，就一直昂头走出房门来了。

到了电话机前，他伸手抓起听筒放在耳朵上和嘴边，"喂"了一声，就听见那里面司令官的沙声说起来了——是分出一项一项的，说道：

"第一，顷接你所驻全县绅商各界的密告，举了你的罪状十条。这是怎么弄的?"

旅长大吃一惊，心里顿时慌乱了一下。这从来不曾预料到的祸患竟突然向自己猛袭来了! 这是从哪里来的? 怎么预先连一点风声都不知道? 全县的绅商见了自己都不是很恭敬么? 他咬一咬牙，愤愤地说道：

"谁递的? 是些什么罪状? 司令官要注意，那密告是否是假的!?"

听筒里却冷冷的回答道：

"都是真的！签名盖章的一共有七八十家商店和绅士！"

"唉唉，混蛋！"旅长在肚子里愤愤的骂道，他的脸颊顿时起了痉挛。

"我请司令官把那些姓名大致说给我听。"

但没有回答他的问题，听筒里又说起来了：

"第二，据密报，你那里全县乡民有不稳之势。听说你已在调动军队。怎么我事前都不知道？"

旅长气得跌了一脚。心里更慌乱了。——唉唉，这是些怎样的消息呵！——他看出这显然是那些混蛋们的鬼计了。愤愤的咬着牙齿说道：

"谁说的！我要希望司令官查出这些谣言的来源！"

"自然，我正在调查中，但已经得了一些实据。这些事情如果爆发起来，于本军是大大不利的，因为敌人正在搜求我们的破绽！因此第三，在这样严重的时局中，孙连长不应扣起来！"

这一切都很明白了，旅长的全身都愤怒得要爆炸了，两眼要喷出火来。他瞪着面前的看不见实体的司令官，用力的说道：

"孙连长我不能放！他胆敢煽动士兵包围长官！这种败坏军纪的败类，一定要加以严厉惩办！但这又是谁告诉司令官的！"

"第四，……"

"不，请司令官关于这一点明白的指示。"

"不忙，你让我说下去。第四，在这样的严重关头，你的补充团自然应该赶快成立起来。不过这人选问题，我觉得吴参谋长较为妥当。"

"……"旅长气得咬紧牙关，不再说话了。

"第五，关于禁烟的委任状就要下来了。不过为了你那一县乡民的不稳，须选派得力干员才妥当。我打算以李参谋充任。"

"……"

旅长两眼发昏地看着说话的喇叭管，停了一会儿，才咬紧牙齿说道：

"还有么？"

他愤愤的把听筒在电话机上很凶一挂，咆哮的吼出来了：

"我干出一条卵来！"

弁兵们都吓得紧张的睁大眼睛，赶快向两边轻轻站开，屏着呼吸，让他一冲的走了过去。

他一走进房间，就把床边的一条踏凳一脚踢了开去，喊道：

"娘臊屄的，我不干了！"

一耸身，就包裹似的倒上床去。

太太大吃一惊，慌忙跑到床边来，见他那脸色愤怒得那样可怕，她又赶快退在一旁，嗫嚅地：

"司令官讲了些什么？"

"娘臊屄的！"旅长在床上打了一拳。"我不干了！我这旅长还干出一条卵来！"

随后，他坐起来了，嘴唇恶狠狠的喊道：

"马弁！去把张副官长给我喊来！"

太太鼓起勇气，凑进他的身边，弯下腰来柔声说：

"你好好躺一躺吧。"

"去把张副官长给我喊来呀！"旅长仍然不看她，又暴怒的喊了。

"你今天太疲倦了。"

"走开！"

"你太疲倦了！"

"走开！"

太太叹一口气，心里感到非常的慌乱。旅长今天这样子是从来没有看见过的；不知道司令官和他讲些什么了。她扭着手指看着前面的玻璃窗。那玻璃已渐渐暗了下来，她的心也暗下来了。

听见张副官长到了外面天井的声音，她便抢着跑出来了。

张副官长在模糊的光线中也现出一种紧张，那嘴边的一圈胡子都在颤抖。

"副官长，"太太悄声的说。"司令官不晓得说了些什么话，旅长简直气得暴跳。你赶快去劝一劝。"

"怎么？"张副官长惊愕的睁大一对眼睛，随即他又悄声地，把手掌拿到一圈胡子的嘴边来，但立刻记起在太太的面前是不好这样举动的，他又赶快垂下手来，一面说："我看这一定是周团长又在玩什么把戏！其实他那团长从前是该我的，现在有人说他还想当旅长呢！"

"是他吗？"太太严重着脸色，好像感到忽然抓着了所要抓而事前不曾发现的东西似的。"哼，我要赶快给旅长说去！"

张副官长心里感到了一点痛快：

——好，趁这机会把他弄掉了，就该我！——他立刻又严重地说：

"太太，你听见么？今天街上的谣言多极了！说是乡下不稳呢！城里面有些人在告旅长，我看这些谣言都不无来源，比如周团长……"

太太又惊得怔住了，赶快问：

"谁告旅长？"

"听说是许多商家……"

"混蛋！他们敢？唉，今天怎么这样多的讨厌事情呵！给旅长说去，派兵把他们抓来就是了！这真是怕要无法无天了！"

旅长在房间里听见他们咕咕哝哝的声音，无可发泄的满腔愤怒忽然转到这声音上来了：

——哼，我的大事就是给你们这些人搞坏了！哼，亲戚！只会给我败事的！

他把张副官长喊了进来，两脚叉开，扭歪颈子，用半面脸向着张副官长，没有表情的说道：

"副官长，去给我找郑秘书拟一个电稿，我马上辞职！"

张副官长大大的吓了一跳，顿时发昏了。——完了！看看可以趁这机会就又可以到手的团长一下子就完了！而且许多事也完了！——他慌乱的想着，赶快凑前一步：

"旅长怎么突然一下要辞职？刚才旅长不是已经叫我把事情布置好了吗？"

旅长仍然不动的，说道：

"我不高兴干了！赶快给我找郑秘书去吧！"

"旅长……"张副官长决心苦谏。

旅长却把脸掉开，倒上床去。

三

张副官长退出房来的时候，只见赵军需官也跑来了。

赵军需官走到太太的面前，愤愤地说：

"太太，这刘大兴刚才答应我下午的款子，答应得好好的，但我这回去找他，他却躲起来了！"

太太立刻愤怒了起来：

"我不是给你说过，叫他先把我的钱缴来才缴那官产的？"

"唉，太太！"赵军需官苦笑了一下。"事情危急得很呢！听说全城在反对旅长，他就乘机躲起来了！连隆盛也躲起来了！还有可怕的谣言，说是第二连要抢恒丰祥呢！"

太太发昏了，在地上顿了一脚，向赵军需官责备似的说：

"唉，我真不懂，不晓得你们怎么弄的！"

"太太，"赵军需官竭力镇静着安慰她说。"我看目前只有叫张副官长派人去把隆盛拘来，刘大兴我敢断定他不敢不出来！而且藉此惩一儆百！至于第二连方面，要请旅长赶快想办法！"

太太见张副官长走了过来，便赶快问道：

"旅长怎么样？"

张副官长颓丧地摇一摇头：

"太太，我看太太赶快去劝他一下，他要辞职了！"

"什么？"太太和赵军需官都吃惊的望着他。

"在这样的严重关头，怎么突然一下要辞职？"赵军需官恐慌地和太太对望了一下。

"唉，我的天呀！"太太抱着了发昏的头，在地上跳了起来。

张副官长把两手一摊：

"不知道呀！他只叫我赶快拟电稿去！"随即他又严重的悄声说。"我们要赶快想个什么办法要他收回成命才好！"

"太太，你劝过他么？"

"劝过了呀！他总是生气！"

"唉，太太，这就简直糟了！今晚上就要过不去！如果一旦发生事情，恒丰祥就完了，刘大兴那儿也完了！鼎泰的也完了！隆盛的也完了！……而且还有许多看不见的危险伏在里面呢！"赵军需官故意加重着语气直向太太逼进；心里却也慌乱得像乱麻一般：

——唉，天啦！我的那些秘密放款都糟了！而且还失掉一个已经准备好的禁烟委员……

太太慌慌忙忙的就向房间跑去了。疯狂了似的，两眼胀着泪水。

赵军需官觉得现在要把一切可能的方法尽量用起来才好。他拍拍张副官长的肩头，严重的说道：

"副官长，今天旅长的突然辞职，是太不合时宜的。他今天的确受的刺激是太多了，但我们不能顺从他这乱命。对不对？"

"对。当然的。唉，可是没有想到他今天是这样变态！他对我从来是没有那样严厉过，你晓得，是吧？"

"照我看来，话虽如此，你同旅长究竟可以随便些。总之，我们今天决定苦谏。你先我后，我们就这么商量定。你想想看，如果旅长十二点钟一辞职，一点钟他立刻就要碰见许多敌人！会弄到怎样是很难说的！所以我们这完全是替旅长打算。不说旅长，比如你，副官长，你是个外省人。不像我是本地人，光身子，无所谓。可是他们对你就会不同了！他们对旅长，也一样。请让我打个不好的比喻：叫化子丢了棍子，就要遭狗咬！"

张副官长知道他是在激动他，而且看出那些话的后面隐隐有着什么办法。他想：

——是的，既然他有办法，我就趁他这要利用我"先"的这一点，我就先了吧。事情一成功，那就会完全是我的功绩。

他装着严重的向他请教似的脸色说道：

"你以为要怎么办？我想你一定有办法吧？是吧？怎么样？"

赵军需官见自己的话发生效果了，兴奋的举起手来：

"就是这样，我以为我们除了劝旅长外，还有更重要的事情我们还得想办法。你知道么，参谋长公馆里这两天在不断的秘密会议！"

张副官长紧张了起来，兴奋的说：

"不错，这的确是重要的关键，重要的是那周团长，我们只要知道他们的那秘密就好了！"

"我有一个办法！"赵军需官紧张的看了张副官长一眼。"我们只要把吴刚这家伙拷问起来！"

张副官长忽然被提醒了。立刻觉得怎么这样近在眼前的办法倒反被他先想去了呢？但随即他又觉得疑难起来了：

"可是没有证据，怎么可以把他抓起来？"

赵军需官就凑在他耳边悄悄说起来了。张副官长开头很吃惊，但后来也就点了点头说：

"好，那就这么办吧。事不宜迟，我们就赶快干起来！"

"那么伍长发呢？"

"我仿佛见他到厨房去了。"

"好，那请你在这里等一等，我就找他去！"

四

赵军需官向着厨房走来，快到门边的时候，忽然听见那里面有人在挣扎的声音，接着是一个女子好像蒙在棉被里的恐怖的声音：

"你放我！我要喊！"

"你喊！你喊出来，大家都不好！你说你和吴刚是怎么样的！"

"放我！"

赵军需官暗暗吃了一惊：

——哼，这些混蛋胆敢在公馆里这么胡闹！

但立刻他的心里晃然明亮了一下，觉得要这样才好，事情就更好办了！他一直就闯进那昏暗的厨房去。

伍长发和秋香立刻恐怖地分开了，好像一对僵尸似的直立在那儿。赵军需军官一走上前来，秋香的脸羞得埋了下去，恨不得地下裂开一条缝钻了下去。伍长发恐怖地用手按住盒子炮。

"不要动！"赵军需官用手一指说；随即掉过脸来望着秋香。"你还站在这里干什么？"

秋香好像才醒了转来似的，一溜烟就跑出去了。

伍长发和赵军需官两个就面对面紧张的望着。伍长发恐怖地想：

——完了，我这回可完了！

赵军需官冷笑了一下。他为要看出他这一声冷笑的效果来，就紧紧的把他望着。果然伍长发的身子发抖了。

　　"我问你，"赵军需官带着沉静的铁似的声音说。"旅长待你怎样?"

　　"我错了! 军需官!"伍长发的声音发抖了。

　　"不，我问你，旅长待你怎么样?"

　　"我错了，军需官! 旅长待我很好。我错了!"他把两手捧在胸前打起拱来了。

　　"我平常待你怎么样?"

　　"军需官，我错了! 军需官待我很好。"

　　"可是你既然想秋香，你为什么不向我说?"

　　伍长发又是惊疑，又是害怕，只是连连作揖，哀求道:

　　"军需官，没有，请你不要讲……"

　　"哼，你还瞒我。"赵军需官笑了一笑说:"你同吴刚两个都在争夺她，是不是?"

　　"军需官，那是吴刚……"

　　"算了吧，刚才还亲眼看见的! 我往常还以为你是好汉! 好汉做事就好汉当，这有什么?"

　　伍长发越加莫明其妙了。他只是恐怖地觉着:

　　——完了! 唉，妈的，要不到好一会就完了!

　　"军需官，"他抖着声音说。"请你念其我家里还有一个七八十岁的老母亲，她完全要靠我侍奉她，请军需官……"他记起赵军需官的老太太常常在旅长面前说起军需官是很孝的，于是想用孝去打动他了。

　　"哦，你还有一个老母亲。你有老婆吗?"

　　"军需官，你晓得，我没有。"

　　"你要不要老婆?"

“军需官，我不敢。”

“嗤！怎么老婆都不敢要！你这汉子气到哪里去了？”

“……”伍长发简直发昏了，说不出话。他恐怖地想：

——唉唉，这简直是猫儿耍耗子！你要吃就吃了吧！

“你喜欢秋香么？”

“军需官，我不敢。”

“你不要这样说，”赵军需官严正的说。“我是在给你说真话！那么我问你，你既然不喜欢秋香，你为什么要调戏她？”

“……”

“你既然调戏她，这就可见你是喜欢秋香。对不对？”

“……”

赵军需官见他没有话说，知道他完全堕入恐怖中了。他于是笑一笑，说道：

“你知道我为什么今天忽然在这厨房出现么？”

“……”

“喂，我问你，你怎么不回答呀！”

伍长发发抖的说道：

“军需官，我不知道。”

“那么，我告诉你，吴刚已把你告了！”

伍长发立刻非常恐怖，但同时愤怒了起来，说道：

“军需官，这完全是吴刚害我的！因为我昨天曾经在这厨房把他们捉到过！”

“哈，原来你们是这样的！现在我问你，你试预先想想看，旅长对这事会怎么办？”

伍长发沉默了一会，哀求道：

“军需官，请你救我……”

“不忙，我问你，你想旅长会怎么办？”

"是，旅长会要枪毙我的！军需官，请你念其我有一个七八十岁的母亲……"

"那么现在我就问你，我平常对你怎么样？"

"军需官对我很好。"

"那么我给你说，你的事情，是刚不久吴刚出去的时候向我讲的。我因为念其你平时对我还有许多好处，我才没有向旅长讲，先跑来找你。你懂么？"

伍长发顿时轻松了一些，连忙深深的作了几个揖说道：

"谢谢军需官。"

"你不忙谢，事情还没有完结呢！"

伍长发立刻又吓一大跳，身上的汗毛都又根根倒竖起来，恐怖地把他望着。

"现在还是让你自己想想吧。"赵军需官又说道。"你想吴刚既然告诉了我，难道他就不会在旅长面前告你么？"

"那么我也告他！"

"可是到那时你也完了！"

"军需官，请你救我。念其我……"

"那么你既然要我救你，你只有依我一个办法。"

"军需官，随什么办法，我都依得。我已是军需官的人，军需官吩咐我就是了。"

"好，那么你只有把他除掉！"

伍长发立刻又慌乱了，全身的热血都集中到脑上发麻的奔腾起来。

"你要知道，我为你打算，就只有这么办。只要你做得好，我绝对替你守秘密……"

——哦，他这么逼着我，是在要利用我除掉吴刚。好，就这么干了也好！——伍长发这么一想，顿时觉得恐怖完全从他身上偷跑了，换来了另外一种可怕的紧张。

"你相信么？"

"军需官，相信的，"伍长发赶快高兴然而紧张的说。"军需官叫我怎样我就怎样。"

"不，不是我要你怎样，我不过是为你打算，你懂么？好，你把耳朵拿过来一点，我来向你说……"

五

赵军需官打厨房里跑了出来，见吴刚已回来了，他向伍长发丢一个眼色，就约着张副官长向旅长房间走来了。那房里已点着煤油灯，玻璃窗上映着明亮的黄光。快到门口的时候，就听见太太抽搐着的诉说声，和旅长愤愤的喊声。他两个又只得停着脚步了。只听见旅长在踏凳上顿着脚喊道：

"唉，你尽跪着干什么呀！起来！"

"你不要辞职了吧！"太太的哭声。"我求你。人家都在谋害你，你倒辞职！"

"起来起来，你别管我的事！"

"你别辞了吧！你答应我吧，你答应我才起来！你看你一辞了，我们就要受人家的欺负了！"

旅长又顿了一脚：

"唉唉，你们简直要把我弄得发狂起来了！"

张副官长看了赵军需官一眼：

"怎么样，我们等一等再来吗？"

赵军需官沉吟了一下，立刻又坚决的说道：

"不行，我们还是进去吧，时候已经到了！"

张副官长于是鼓起勇气喊一声：

"报告！"

停了一会儿，一阵脚步的声音之后，旅长才回答一声：

"可以。"

两个就进来了。

旅长铁青着一张脸坐在床沿上。太太坐在他的身边，在拿手帕擦眼睛。

"去给我拟的电稿怎样！"旅长冷冷的说。

"旅长，"张副官长严重地凑前一步说。"我刚刚出去，就碰到军需官，他说今天街上的谣言多极了！"

"什么谣言？"这证实了刚才太太的话，旅长紧张的睁大眼睛了。

"报告旅长，"赵军需官也凑进一步垂着手说。"是这样的。听说第二连恐怕要抢恒丰祥了！四乡也有不稳的消息……"

"什么？"旅长把牙齿咬起来了。

"照这情形看起来，这明明是吴参谋长他们的煽动……"

"哼，煽动！"旅长顿时愤怒起来了，恨不得立刻抓起那般人来。但他又竭力镇静着，同时想：

——恐怕你们也给我作了不少的恶！我不干了！我也为你们这些不中用的人受得够了！反正我已经有了十几万……

赵军需官见旅长只是"哼"了一声掉过脸去，他便赶快转过脸来望了张副官长一眼。

"旅长，"张副官长又鼓起勇气说道。"在这样紧急的时候，辞了职恐怕不大好吧？今晚上就简直过不去，……譬如一个叫化子，如果丢了棍子……"

突然，门外一阵脚步声和人声骚乱起来了。

"抓住他！抓住他！"

"把枪拖下来！"

"抓住他！"

几条洋狗同时汪汪的叫着跳起来了，立刻起着一阵紧张的混乱，就像要向房间冲来。

太太吓得脸色惨白，张大一对恐怖的眼睛躲到床角去。旅长顺手在枕头边抓起那只手枪来。张副官长赶快跑到旅长身边护着旅长。赵军需官在壁上取下一把大刀来，勇敢的冲向门口去。只见伍长发和别的几个马弁已从吴刚手上拖下一只手枪来，把他的两手背剪起来了。吴刚在灯光下苍白着一张脸跳着喊起来了：

"你们把我抓住干什么?!"

"哼，你狗东西！"一个马弁就哼的打了他一个嘴巴。其余几个马弁想着他平日的骄傲，也都在他背上脑上乱揍一气。

旅长提着手枪，苍白着脸冲到门口，厉声地喊道：

"干什么！"

"刺客！抓住刺客！"几个马弁异口同声的说，就把吴刚推送到面前来。

赵军需官张副官长和太太簇拥在旅长的背后。赵军需官惊慌似的喊道：

"喝，阴谋！一定有阴谋！"

旅长提起脚来就在吴刚的肚子上踢了一脚。张副官长也跑去给吴刚一巴掌：

"吓，好大胆！"

吴刚痛苦地痉挛着脸，满口流出血来。他大声地喊道：

"冤枉呀！旅长，冤枉呀！是伍长发叫我把枪送进来的！他们都把我抓起来了！"

他的两眼涌泉般滚出泪水来了。

伍长发在他背上很凶一拳：

"你别胡说八道！乱攀诬人！你看这枪里还有子弹！"

"你叫我缴上来的！"

伍长发笔挺的站在旅长面前，垂直两手说道：

"报告旅长！刚才吴刚鬼鬼祟祟的跑回来，部下就晓得他有些不对了。赶快把旅长的命令向他说，叫他把枪缴下来。我把枪摆在床上，把子弹点清装在子弹带里的时候我回头再来看盒子，可是盒子是空的，吴刚也不见了。我惊慌起来，这是他们大家都看见的，我们就一起跟着追进来，就看见他拿着这手枪在向旅长的房门走来，旅长你看，这手枪里还有子弹！"他捏着手枪一拉，就从枪槽里跳出一颗子弹，接着又拉出一夹子弹来。

吴刚恐怖地惨白着脸哭喊道：

"旅长，冤枉呀！是他叫我送进来的！他说旅长叫我拿上来的呀！"

伍长发向着那几个弁兵一指：

"我们问他们看，是不是他们亲眼看见的！你别乱咬！"

旅长又向吴刚的肚子踢了一脚，向着脸孔打了一拳，厉声的咆哮：

"你狗东西！给我撑起来！"他同时心里恐怖地想：——唉，好危险呀！就在我的身边！

赵军需官赶快抢着向一个马弁说道：

"赶快把大门关起来！恐怕走漏消息！"

一个弁兵跑去关了门。伍长发跑到厨房去拖出一根四尺长拳头那么粗的柴棍来。两个弁兵就把吴刚拖翻到地下，一个用手按紧他的头，一个抓紧他的两脚拖成一字。伍长发手执柴棍蹲在吴刚的屁股边，望着旅长。

旅长顿了一脚，喝声：

"打！"

伍长发便高举着柴棍向吴刚的大腿直打下去。吴刚就像杀猪似的嘶声叫了起来：

"啊呀！旅长呀！我的妈呀！是他们害我的呀！……"

柴棍在他两腿上发疯般不断起落，柴片柴屑在空中飞溅，伍长发没有数数，满脸流汗地直打下去，只听见哼哼哼的声音。

"啊呀！旅长呀！冤枉呀！……"

赵军需官走到他的脑袋边说：

"你说呀！谁叫你来行刺的！是参谋长么？"

"不是呀！哎哟哎哟，我的妈呀！……"

"着实打！"旅长愤怒的跌着脚喊。"着实打！"

伍长发更加紧打起来了：哼哼哼……那大腿的裤子上溅出鲜红的血来，血染着柴根在空中一晃一晃的。

张副官长用脚在吴刚的耳边踢了一下：

"你怎么还不说！要把你打死了！"

"哎哟，副官长，是他们叫我的呀！哎哟哎哟……"

赵军需官赶快问：

"他们怎么叫你的？"

"军需官呀！你救救我呀！是他们叫我把枪拿进来的呀！……"

"是他们叫你来刺的么？"

"不是呀！哎哟哎哟……我的妈呀！"

"呸！"赵军需官在地上顿了一脚。"你又装疯！"

"着实打！"旅长顿了一脚，厉声的喊道。"着实打！"

柴棍又更加紧的起落起来了。吴刚痛得用牙齿去咬地板，哭着，号着，声音渐渐嘶哑，渐渐低下去了。

"你快招呀！"张副官长又踢他一脚，说。

吴刚没有声音了，就只在听见在这肃静的堂屋里柴棍打在大腿上哼哼的声音。

张副官长慌张地看了赵军需宫一眼：

"恐怕死了吧？"

"装死！赶快拿点水来喷他一下。"

一个弁兵去拿出一碗冷水来了，从他头上直淋下去。一会儿，吴刚又才叫了起来，他已觉得受不下去了。只觉全心肺都翻搅过来了。

"你快招！"

柴棍又不停的在他大腿上打起来了。

"哎哟哎哟……我招就是了！我招就是了……"

伍长发把柴棍停了一下。

吴刚缓了一口气，说：

"是伍长发叫我拿进来的……"

"扯！"赵军需官顿了一脚。

伍长发又打起来了。

"好，好，我招我招。是参谋长叫我来的。"

"他叫你来做什么？"张副官长问。

赵军需官赶快抢着：

"是叫你来行刺么？"

"是的。"

赵军需官同张副官长赶快紧张地看了旅长一眼。旅长暴跳起来，着着实实踢了吴刚的腰部几脚：

"哼，你这狗东西！你这狗东西！"

"他们几个人叫你来行刺的？"赵军需官逼进一步问。

"只是参谋长。哎哟，我的妈呀！……"

"不止吧。你刚才回来的时候，参谋长公馆里有些什么人？"

"有钱秘书，周团长，李参谋，刘连长，沈军医，他们几个……不不，钱秘书说他打电话去了，还没来。"

"给谁打电话？"

"给司令官。"

"他们谁去找过商家没有？"

"不知道，只有沈军医官去找过宋保罗。"

"哦哦，今天谁去把柯牧师叫来的？"

"是沈军医官。"

赵军需官和张副官长觉得一切都明白了，赶快抬起脸来紧紧望着旅长。

旅长紧张的感到：

——唉唉，好大的阴谋呵！好，这也怪不得我了！我只有把我的毒辣手段拿出来了！

他横着两眼左右看了看，叫道：

"押下去！"

随即他把右手一举就下命令了：

"副官长！你此刻马上去全城给我戒严！同时派一连人到参谋长公馆去把所有的人抓来！"

"赵军需，你赶快给我向司令官打个电话去！"

——唉唉，我已经逼着骑到虎背上了！——旅长愤怒地但痛苦地想。——可是这是一个多么可怕的虎背呀！唉唉，管他妈的，事情到了哪一步再说哪一步的话！

他把赵军需官叫到身边一点严厉地问道：

"你看这些马弁中，还有谁是可疑的么？"

"旅长，我不大清楚，我去调查一下。"

旅长转身就到房间里来了。他坐在床边，痛苦地把两肘支在膝上，两手抱着头。太太悄悄坐在他旁边。

忽然一群洋狗又在窗外汪的一声，乱跳乱吠起来了，震得地板轰隆轰隆价响。一个人在惊叫着。形成一阵骚乱。

太太惊叫一声，用手按着胸口。旅长慌忙抓起手枪，躲到门后，把枪口紧对着门口。心怔忡地别别的乱跳，两眼紧张地望着，只等那谁一冲进来就给他一枪。他把耳朵也紧张的竖着。

只听见秋香锐声的喊道：

"黄宝！黄宝！你们瞎了吗？"

同时那群弁兵在群狗乱叫声中跑来了，一阵吆喝，狗们才跑了开去。太太立刻跟着旅长冲到门口，很凶的向前一指：

"哼！这秋香也在干什么？"

这句话好像提醒了旅长，他于是愤怒的拿手枪一指，吼道：

"给我搜！"

十几个弁兵马上围着秋香七手八脚的在她身上乱摸起来。秋香吓得面如土色，全身直发抖。摸了一阵，并没有什么东西。

"给我押起来！"旅长大声的喊道；心里同时恐怖地想：

——唉，好可怕呀！就在我的身边！

一九三六年九月十九日写完。

后　记

当一九三三年我刚来上海开始发表小说的时候，就曾经打算过要写这么一篇东西。因为像这里边所写的那种生活，我究竟比较熟悉些。记得是一九二四到一九二六年的北洋军阀时代，在一个较为偏僻的地方，我曾经在那里面生活过来，体验过来，看见了些平凡的或不平凡的事件，经历了它的几次兴衰成败以致最后的灭亡。生活在那里面的各种各样人物，我看见他们怎样的无知和腐败，争夺着，冲突着，然而也苦闷着，烦恼着。自然那已经是过去了十余年的时代了！在近几年，我们这被逼到了存亡危急关头的国家民族，当然不同于我这里面所描写的那些人物，一方面虽然有着不顾民族利益的汉奸，但另一方面却也有着一些不挠不屈的抗敌的民族英雄，而且这样的英雄在人民大众热烈的希望中还在增多起来，共同挽救我们民族国家的危亡。因此我这单纯是暴露性质的作品，而且所反映的是一九二六年以前，即中华民国十五年以前的时代和人物，且是边荒一隅的人物，对于目前究竟有着怎样的意义，自然是很难说的。不过那生活于我究竟太熟悉了，虽然这熟悉并不是人的幸福。它像恶魔似的时时紧抓着我的脑子，啃噬着我的心，而且常常在我的梦中翻演着过去了的那些令人不愉快的陈迹。是一个很可怕的重负呵！使我烦恼，使我痛苦，任我怎么决心要忘掉也忘不了它！我真要不禁这么喊道：不曾在那里面生活过来的人们是幸福了。

但我终于决心写它了。在我的一方面，虽然是不愿再负这样的重负，想用笔尖把它从脑子里扫除出来，了却一件事；但在另一方面，如果把它作为过去了的历史的某一角的镜子看，或者对于我们现在起一点借镜的作用，所谓"以古为鉴，可知兴替"，也未使不无多少的意义吧？凭了这一点，我就大胆的把它送到读者的面前。

我的起意写这篇东西，如我上面说过，是在一九三三年。主要的，当然因为我是初学写作，对于怎样把捉题材和怎样描写人物，实在没有一点把握；其次是生活的困难，要好好坐下来一个长时期写这么一个虽然并不算得怎样长的长篇，究竟也困难。所以我一直都不敢写，不能写。在这四年中，我完全学写些短篇来训练我这支笔。时不时也想想这题材和那里边的人物，但也不过想想罢了，并没有急于要把它就写出来的意思。因为这几年来，自觉虽没有不长进，但说到要写，究竟还是有些惴惴然。但今年终于"逼"出来了，——虽然还只能算是一部分。（要到后一部我才能展开另一个场面。）这东西写得怎样，我自己实在不敢说，让读者去批评好了。不过，单从"逼了出来"这一点，我不得不感谢几位诚挚地鼓动了我的友人。在今年一二月间，因了某种原故，我曾经有一次牢骚似的说："既然发表短篇的地方这样少而且'那个'，我决定从此以后写长篇了。"这话我也不过说说而已，但 W 兄却认真的向我说："好，你就写长篇吧，我帮你向 B 先生问问看，把它收在《文学丛刊》里。"这话我以为不过说了也就算了。不料过几天，B 先生居然信任我这不过发发牢骚而且从来没有发表过长篇的初学写作者，竟向我要题目来了。我当时确是非常惶愧，但也非常感动，觉得却了人家这样的好意太过不去，所以就冒昧的答应下来了。用了一天的工夫，想了一个题目寄去，不两天竟在报纸上被预告了出来。我一见时，又是非常的惶悚和后悔，因为假使拿不出货来，那不是很糟糕么？这里，我应当要提起一些使我不能忘记的事，就是：当我曾经在那一段时间因了某种烦恼和苦闷而没有写一点小说之类的时期的某一天，鲁迅（按）先生曾经鼓励了我几句话。他大意说，一个作者的创作生活，好像走路，应该要不断的向前走去，但如果因了别的事件而停了你的脚步或者回转身去给纠缠着，那你自己也就失败了，因为你至少在这时期是停滞了！还有 M 先生在一封信上，也和我谈了"多产"的问题，他是主张劝朋友多写的。他大意说，只要自己是郑重下笔的，就是一天写一篇要什么紧！……放手写，拼命写，我们不多写，难道让"××××"多写么？不过可惜他们其实写不出！这些热情的鼓励，的确增加了我不少的勇气。我于是重新又开始写作，恰遇当时新起了不少的文艺刊物，几乎出了我的意料之外地，在这苦闷时期反而较之从前多写了几篇，几乎有比去年还更"多产"之势。同时我要写长篇的决心也更强，到了最近，终于用了一个短短时期把它逼出来了。

虽然没有十分把握，但还敢冒昧动笔者，当然一部份也是因为在这几年来不断学习中渐渐增加起来的一点自信。这里，我应该热烈地记起 F 兄。他在我创作过程中，细心地看了我的每篇原稿，而加以批评和纠正的有力的赞助者。他的赞助，不但是关于怎样把握题材和怎样创造人物，甚至连句法也都谈到。不管我到现在写得成功或失败，都应该感激他的。

还有C，自从我开始写作以来，几乎是合作似的帮助了我，而尤其是对于这个长篇的帮助更大。我每写完一章，总逼着C看一章。看了后，就不客气的给我指出那里面的某些人物的不够或缺点，而且提供一些很好的意见。我很多地方都照那意见修改了的。到写完了改了又改之后，C还不满足，还在指出某些人物的缺点，可是一因为时间的关系，二因为我实在太疲倦，并且我的手腕只不过如此，终于无力再改，只好让它去。等以后再说了。

周文 一九三六年十月五日夜记于上海。

（按）我在十月五日写好的这篇"后记"原文上，我们的伟大先行者鲁迅先生之名，本来也以F来代的。那时曾经想连小说一起送去请他指教。但因为先生刚在大病之后，实在不应该拿这样一篇长文去麻烦他。所以我就一直送到书店去了。希望出版后才送给他。谁知，才隔了十四天，先生竟以用完了他最后的一滴精力与爱护他的大众永别了！在这校完的时候，心里感到非常的沉重。现在就索性把先生的名字改正写出，算是以此来永远纪念先生。

一九三六年十二月二十一日补记。

选自周文：《烟苗季》，文化生活出版社，1937年

中、短篇小说

艾 芜

都市的忧郁

"卖油娘子水梳头"，这是一句极其流行的俗话。意思是说，卖油人的娘子，舍不得用油梳头，只拿点水来润润头发。也就是说，一些小本生意的人以及一般下苦的，总是拿好的去供给别人，坏的留给自己享用。这并不是自己俭省，想要储蓄起来，而是现代社会生活的法则，逼着人不得不这样虐待自己，不然的话，就不能生活下去。

袁长生是个挑水的苦力，自然也得服从这个生活的法则，他每天从早上七点钟起，到下午四点钟止，不断地到自来水站买水，一挑挑地担到每个有钱人的厨房里，而他自己的吃水缸中，却是装的不大干净的井水。

井在贫民区域里面，井离他家约有百十来步路，周围茅屋人家都各自己提着水桶去汲取，水桶底下的泥污，却全留在井里。井口上又没砌有石栏，地面上的污水，难免不漫了进去。水里常有细小的虫子产生，就是打来放在缸里的时候，也可以看见那些小小的东西，在一屈一伸地浮沉，充满了活跃的生命。

但袁长生以及周围的茅屋人家，并不在意这些啥子小东西的。他们只觉得这是不要钱的，而又能解决他们的需要，就算顶顶好了。井变成他们日常生活上的不可离的东西，且和他们发生了感情：天久不落雨，水汲得来现出井底的时候，便可以听见人在井边唉声叹气，愁眉苦脸提着小半桶混水，走回家去。天一落了大雨，井水涨来伸手可以汲到，每个人却带着欣喜的脸色，提着满桶的水轻快地走着。袁长生尤其感到方便，他用不着另外拿个吊桶了，只消弯下腰干，拿挑水的大桶去瓦就得。他觉得井在这些时候，仿佛一个很够人情的朋友。而他微微发黑的脸子，一向带着认真做事的严肃神情，也显得柔和的多了。但他却和贫民区内的人一样，一点也不知道就是这座井，每年会给他们带来可怕的霍乱。

他的妈妈袁大娘，是洗衣的。每天一早到高房子里去领脏污的衣裳，下午便一叠一叠地送了转去。在他们茅屋外边，除了下雨的日子，永远用索子挂着一串串的衣裳，雪白的西装衬衫，淡蓝的绿绸旗袍，粉红的女内衣，……一切全显得色彩鲜明，美丽悦目。袁大娘更是服从现代生活的法则，在那些随风飘动的美丽而又非常洁净衣衫之下，总出现着她那身补疤衣裳，并且泥污和肥皂泡沫的痕迹，永远沾在上面，仿佛成为衣上不可少的点缀品一样。她并不是不想把自己弄洁净一点，只是她忙不过来，她的时间全拿跟别人的衣裳占去了。而且她也不主张多洗自己的衣裳，她认为次数洗多了，会拿跟搓衣板子糟蹋了的。这个年辰哪敢新买衣裳，到不如少洗为妙。然后这套理论，只留给自己使用，对于别人则希望他们天天洗换。她洗别人的衣裳，洗的很是干净，因此每天领到的衣裳，也就特别多。同时水也用得不少，她怕耽误儿子挑水卖钱的工夫，便拐着那双放过的足自己提桶去打井水。袁长生回家息气吃烟的时候，看不过意，便挑起大桶去挑，她总是加以阻拦："你不想息一下，你就赶快去跟人家挑呀！"

"忙啥子！"

袁长生唧着烟袋漫声回答着，一壁就把放在门前那挑水湿的空桶，放上肩去。

"你咱个想起的？你该想想撒！你跟我挑一担井水，你就少卖一担自来水呀！这个忙，你没帮到的。"

袁大娘在布满皱纹的脸上，现出精明的神色，而在搓衣板上的白色泡沫，也飞溅到盆子外边去了。在平时她不肯让它溅出去的，她觉得那里面仍有肥皂，应该留下再洗衣衫，一直到脏得不再脏了，才肯倒去。她见儿子真的挑了井水来，便生气地把洗着的衣裳一摔。"这件衣裳就等于白洗了嘛！"望了儿子一会，又教导地说，"你该搬着指头算一算哪！你给人家少挑一担自来水。""打这个算盘做啥子。"袁长生把短烟袋歪在嘴角边上，缓悠悠地提起水桶，倒进水缸去，一面抵塞地说。他是个不大讲话的人，加以工作也使他习于沉默，必要说的时候，也只不过句把两句而已。

袁大娘觉得挑一担井水，事情虽小，到是这一句话，使她真发火起来，望着儿子挑着空桶走去的背影，责斥地说："你有了几七几八了，你不打这个算盘？眼见你也发不起来的！"

儿子已经走来不见了。她还在一壁搓一壁咕咕噜噜地抱怨。

有时袁长生也会抵塞两句："看你累病了咱个办，你不花钱吃药么？"

"我不会病的！"

"那咱个谙得到！"（谙，料的意思。）

"就是病了我也不吃药的！"

袁大妈就有这么狠，这么固执！她一切都全在打算上头，不肯随便抛撒一点小钱。她不但要自己打水洗衣，她还在挨晚边的时候，到那些人家去倒马桶，只不过为了小小的一点报酬罢了，但她仍是尽力多找马桶来倒。起初她也会为那些人类脏腑里面出来的污物秽气，弄的发恶心，吃不下晚饭，但也硬着心子，勉强做去，看不惯的要看，闻不惯的要闻。她觉得生活就是这样子，得尽力去做那些不愿意做的事情，不做，便是饥饿和死亡！

袁大娘在八九年前，原是住在乡下的，从小就闻惯了菜花胡豆花的香味，足板也踩惯了柔嫩的青草和润湿的泥土。到现在她仍想积攒起钱，回到那有着松山的家乡，靠着一弯的门流，租几亩田种。同着丈夫一道挖地的晴美日子，披起蓑衣在田里扯草的落雨天，趁着月光纺着棉花的深更半夜，带着小孩走到河边上去唤鸭子的黄昏，全都亲切地保留在她的记忆里面。她爱乡里，她爱乡里嫩绿的野草，她爱乡里红白的小花。她本不愿意离开乡间的，只因丈夫抽去抗日打仗，留下她和一个十二三岁的小孩，孤单没有照应，租的几亩田地，也为人手不够，连年欠收，又被田主收回，只好跑到大城市里，嫁跟一个挑水的汉子，变做贫民区内的穷苦居民，专门替那些高门大房里面的有钱人，做些服侍效劳的工作。从此再不能看见那有着青青垂柳，芦草丛生，水光净洁的小河了，流过屋边边上的，只是臭气扑鼻的浊水，带着制牛皮厂里的残渣，和附近清洗马桶的污物。终天看见的，全是一片篾席竹棚的草张盖的茅屋，以及旁边比草房还要高大的垃圾堆呀。那长满油菜花的田野，那铺着青青麦草的山地，全都变成了依稀的梦境了。她在乡下的草房，虽不能说得上好，但那坚实的土墙，厚厚盖着的稻草，可不怕什么风吹雨淋。在这大都市的贫民区内，她的房屋简直变成了可笑的存在，四根竹子柱头，是歪斜的。壁头则挂着垃圾堆上捡来的竹棚和席子。顶上盖的稻草，已经大半腐烂，长上小草了，月光常常漏了进去。在这样一间窄小的房间里，她还保存着乡下带来的风习，养几只鸡，喂一条猪。她的挑水的丈夫，后来不久，拿跟日本人的炸弹，轻轻收拾走了。她一把眼泪，一把汗水，终于盘大了儿子，继承后父之业，看见了胜利。但她要带儿子，荣归乡里的梦，总是一天一天，变得遥远起来。起初她以为卖了猪，可以净剩三万元，回去租地买犁头，打算再积一点，买他一条耕牛。哪晓得隔不好久，物价飞涨，存下的钱，只够两娘母回家的路费了，希望变成一股青烟，好梦化成一抹白雾。更不幸的，到后来，连这可作回乡路费的储蓄，也全拿来买米，装进了两娘母的肚皮。想买几把稻草来塞一塞房屋漏洞，都没法为力了，一切努力只合了一句俗话——磨骨头养肠子。然而还得要事事精明，样样打算哩。买高笋，她就只买头子叶子，买豆芽，她就只买发绿带有叶子的，买小白菜，她就只买黄而起虫的，买韭菜她就只买老的。买米呢，她也从来不要雪白的，粗糙而有稗子的，她才肯要。因为这样，才能价钱方面讨得便宜。

她还怕儿子不懂得这些利害，常常设法教导他。睡觉的时候，她要他脱下身上的衬衣，免得背上那一片布拿跟席子擦烂。挑水的时候，她要他褪下一只袖子，免得肩膀那一踏布拿跟扁担磨穿。口干了，叫他不必回家来吃，只消就着挑的自来水捧几捧来喝就是。生病了，也不必吃药，只消饿两顿饭，倒在床上躺躺就是。

她每天一早就爬了起来，催儿子快去挑水，随即把门上了锁，手上挽个污黑的木桶，到人家领衣裳来洗，并顺便把灶房里的残汤剩水，提回家来喂猪。接着便开始了洗衣的日常工作，袖子拉到手腕上头，双手则泡在白色的泡沫里面。有专门挑便宜小菜到贫民区来卖的小贩（其实他们就是住在贫民区内的，深为懂得这个区域的需要），嚷着叫着打她洗衣盆子侧边走过，她就伸起滴着泡沫的手趁便刁选一点，还站在小贩的身边睁大眼睛看秤，有时还不放心地接过秤来，自己检定她的重量。遇着熟人，就会讥嘲地说："袁大娘，我们熟人，哪会占你便宜！"

袁大娘见小贩走了，才一面洗衣，一面鼻子哼了一声："熟人！"

那意思是说，就因为默倒是熟人，可以不要看秤，他才好蒙混你的眼睛哩。其实她能够用眼睛看一看，或是用手拈一拈，就会知道小菜够不够的，但她仍然要用秤过过，才放得下心。别个喂猪，多半买些焦黄腐败的菜叶来做猪草，她却能想些不要钱的办法，把贫民区域生长的一些构树叶子，摘来切碎，煮成猪食子。

在这个贫民区内，大家都知道袁大娘是个顶厉害的人，不好惹得，也不敢占她的便宜，要同她家打交道，总是私下先去同她儿子商量。袁长生在都市生活了八九年，一切都看的开阔一些。他起初同贫民区的孩子，各人提个提兜，终天在垃圾堆上寻找煤渣子，有时也到一些修房子的地方，去捡木屑和刨花。他们往往在工作的时候，互相说着笑话，打趣，以至嘲骂，打架起来。而共同合作，弟兄似的和气，也是常常有的。比如捡到一块破铜烂铁了，又恰好有收荒货的人走过，那收荒货的人知道可以烂便宜的，从孩子们手里买到，便拿出花花绿绿的票子，一晃一晃地引诱："卖不卖？卖了，敲麻糖吃哪！"

这一来，大家就都怂恿起来，生意做成之后，各人便能嘴上尝到甜蜜，脏污的脸子，也描上了愉快的笑容。同时也领略到了能把好处分跟伙伴享受，实是一件无上的快乐。再则想使伙伴特别和自己要好，也变成了日常生活上不可缺少的需要。比如到一个生地方去捡木屑刨花，一受到别个野孩子的欺侮，立刻就有十几个嘴巴，帮着骂架起来，那一边看看势头不好，只好退了开去。于是，这些小东西些，就渐次更加合得拢了。早上天一见亮，就大家此呼彼应的，合在一道，向垃圾堆出发，或是什么新的建筑地方走去。

到现在袁长生放下捡煤炭的箕子，拿起挑水扁担了，那些儿时的伴侣，也各自改了业，有的做削牛皮的伙计，有的当卖菜的小贩，有的跑去拖黄包车，很少能在一道了，但早晚还是要在贫民区内碰头，和和气气地招呼，或者高兴地打趣两句。尤其黄昏之际，在屋门前吃饭，又碰着有烧酒吃的时候，老朋友走过，总得一个举起筷子招呼，一个便向那脚盆翻过来做桌子的地方，挨着坐了下去。大家虽然各自奋起手臂，向社会抢饭吃，而且用肩膀扛起家庭的担负在尝人世生活的艰辛了，但幼年之日的慷慨，爱交朋友的好心情，还是仍然留有几分的。

袁长生跟老朋友买小菜，总是不大看秤的，随便接在手里就是了。这很使袁大娘生气，常常骂他不晓得打算。又自从积在手边打算回乡租地的钱，随物价的高涨，化为乌有的时候起，袁长生更不再赞成母亲只管攒钱的打算了。同时贫民区中的伙伴们，彼此蹲在土坡上摆龙门阵，或在吃晚饭喝酒的脚盆跟前闲谈，一扯到积攒银子钱的话，便都露出鄙夷的神色。一个摇摇头说："留起钱没祥的！今天还可以买升米，明天就只够买半升了！"（没祥，没有好处。）

另一个就忿忿地接嘴："顶好赶快花掉，他妈的一切都不要管！"

因此，袁长生一听他母亲的教训和指责，总是闷声闷气的抵塞："还攒啥子嘛？放过几天，就等于拿跟贼偷了一样！"，他渐次主张买菜买米，都买好的。割猪肉，也不要价钱便宜的猪头和项圈。而且吃饭的时候，还拿着空碗去买点酒回来喝。但做母亲的仍然非常反对，她过不惯吃完今天不管明天的日子，再则她回乡租地的梦想，还没有全部放弃，她更希望物价忽然一天大大跌落，一分钱一角钱也可以买到许多东西。到那时候，手边留有十万八万，不是很好的么？不仅可以租地，还可以买田哩！她在责骂儿子教训儿子的时候，便把这个梦想，一而再，再而三的讲了出来。袁长生喝着酒，若是有点醉，便也觉得母亲的话，似乎有点道理，就点头说："好、好，从明天起，连这酒也不吃了！"

但到第二天，同一些收荒货的老朋友，谈起这个事情，便得来一顿大大的嘲弄和讥笑。熟主顾笑了之后，就算了，老朋友却朝他的背上，倒疼不痒的捶下："你怕霉得不醒了！还在说这些傻话！"

袁长生的人生见解，一向是从朋友方面得来的，而且也以为朋友些地方走的多，见识广大，能够懂得母亲都不知道的事情。所以他仍然不想戒酒，对母亲那些满含希望的话，便这么的非难："老讲这些空话做啥子。"

"空话！你默例是空话么？你不是亲眼看见那回子火炮一放，不是样样价钱都跌了么？"

"跌了？哼，你看现在涨成样子！等几天，怕连饭都吃不起了。"

"那是他们龟儿子又要打嘛！死挨刀的东西些，连子子孙孙都不会好的！他们这样害人！"

想起她抽去打仗就渺无音信的第一个丈夫，想起她拿跟日本人炸死，尸体都捱不全的第二个丈夫，和现在物价高涨活活要逼死人的日子，加在一道，心里真像有滚油在煎一般，怪不得她要发出一连串的诅咒和责骂了。

袁长生看见母亲息下手来，不想洗衣，还拿沾满泡沫的手，捶打胸口，就像在劝慰，又在自言自语："管他妈的，有一天，活一天，想那末远做啥子？"

他的一些老伙伴，原都是抱这样的意见的。但袁大娘在这阵气头上，却很是憎恨这种说法，平日倒是作为耳边风，吹过就算了。她便偏着头责问："你就想挑挑水算了么？你不打算打算？看你老了，挑不动了，咱个办？"

袁长生挑起水桶走着，没有回答，可在心上却结起一个疙瘩——当真挑挑水，这一辈子就算了么？老了坐在马路边上去要钱吗？不是拿跟警察像赶狗一样地赶开么？……真是有点妈妈的！……唔，也许到那时候，有个儿子来接着扁担。这是怪好的！可是老婆都没有，又咱个会有儿子呢？蔡老太太家那个煮饭的张大姐，脸貌还不错，穿的还可以，阴丹士林的旗袍，围上一件雪白的围腰，真够上说是漂亮，可是她眼睛生在额头顶上，正眼也不望你一下。只有李长贵家煮饭的王三嫂，倒是有说有笑的，然而她的岁数，已经大的够做自己的妈，何况脸子又还很麻呢？他原是圆圆的黑黄脸子，神情无思无虑的，这一来，倒慢慢显得有些忧郁不安起来。向来很少说话的，也渐渐来得更加沉默了。只是有时会突然向对方问道："你就打算卖一辈子的小菜么？""想不想只收一辈子的荒货？"

老伙计都很诧异他这样的询问，斜起眼睛看他一眼，但也随即表示出他们的心意，确是有点厌恶现在的职业，并反问一句："谁不想做点能够赚大钱的生意呢？"然而收尾都叹息起来，"目前没有法子的！"但也有一个人不爱答的，只是骂一句："想这些做啥子嘛！有好事情，去干就是了！"说这样话的人，他知道他就是一年改过几次职业，卖小菜，收荒货，拉黄包车，他都来过，现在则变成一个卖报的了。袁长生对于他说的话，以及屡次的改业，一时很感兴趣，问他现在做的职业，是否很是合意。那人却高兴的说："说不上啥子合意，只不过比挑水拉黄包车，轻松就是了！碰到好的事情，我还是要改行的！"

于是袁长生也渐渐起了心，想改行了。他觉得他目前顶熟悉的事情，无过于挑起两个篮子叫卖小菜。下午到江边船上买高笋韭菜什么的，挑回家来，选好，洗干净，该捆成把子的就捆成把子，好的放在上面，坏的包在中间，洒上井里汲来的清水，明天一大早挑出去卖，不到正午就卖得一干二净的。今天四千元的本钱，说不定明天就会变成七八千元了。再下一天不就是一万多了吗？他先不把这个意思告诉他的母亲，却去问询那些在卖小菜的老伙伴。他们向来认为卖菜做小生意总比下力挑水高明一些，脸上言语上，都有这样的意思，但一听见袁长生想跟他们要秤杆子吃饭了，便竭力诉苦地说："吃这个饭，伤脑筋的很，说一声卖得不好，怕裤子不跟你蚀掉！你还没有看见警察赶呢，一个不对，连人连小菜，都带进局子里去！"

有的人还叹气地说："我要是有你那把力气，我倒愿意去挑水，他妈每天进账有一定的，还不安闲自在？"

这一番话，倒的确使他有些懊丧，可在回家的路上，他又想买秤买篮子来试一试了。他觉得他们狡猾，那样说说，一定是怕人家抢去他们的生意。正如他挑水的时候，生怕有人抢了他的买主一样。于是回家来，把他的打算告诉他的母亲，还把他可能赚到的钱，夸大地增多一两倍。

袁大娘收着索子上挂的衣服，偏起头瞟了儿子两眼，然后一面收衣服，一面小声的说："好咱个不好！就怕你做不来啰！"

袁长生把嘴巴朝左边一掉，逞能似的说："好了不起的事情！你让我去卖卖看！"

袁大娘息下手，侧过半个身子，责斥似地问道："你不会打算，你咱个能卖菜嘛！我问你，你会不会哄人家的眼睛，十五两就秤成一斤。你会不会一百五十元一斤的菜，开口喊他四五百？你会不会假装赌神发咒，说你蚀了本？这你都不会的！你咱个能赚钱嘛？碰见那些狠人，女人家学的，偏要你添点，你有啥法子不给他？你不能做小生意的，我还不晓得，你不会争小狠小，太大方了！"

袁长生走进屋里，坐在竹床上，一面用足擦着猪的背，一面低头想想，那样小哩小气做生意，自己的确不易做到。然而转一念想想，人家都能做的，我为啥子不能呢？于是一足蹬开猪，站了起来，他决心改一改行。在吃晚饭的时候，他对他妈说："我想明天就试一试！"

他见母亲没有答理他，只现出一脸不赞成的神气。嘴向在一边只是嚼她的，在这种神色之下，他的心意又禁不住有些摇摆起来。他吃了一阵饭，又说："我想卖个担把菜再说吧，搞不好，我就再来挑水！"

袁大娘这才一下掉过嘴来，向前一撇，大声责斥道："你才想得好哩！你默倒你息下手，还有水跟你挑么？好多肩挑正等着你哩！"等下才温和小声地说，"你还是稳稳当当挑下去的好。我跟他们洗衣，他们总会叫你挑的。要想找别的事情，等到好的，稳当一点的，你再去干吧！我呢，比你还要不安呢？老早就不想洗衣了，老早就不想倒马桶了，只是我忍着，没有对你说。我们只想吃吃实饭，我不整人家，人家也不要整我。这个地方住不得的，我们还是回到土生土长的地方去，租几亩田种，好好修他一间房子，别的不想，只消……这死猪，就又饿了！"她回手过去，用筷子敲下猪的头，猪正拿鼻子，呼呼地触她的背，"这像啥房子嘛，我只想一间，牢牢实实的，厚厚的土墙，厚厚的盖起稻草！再有一张结结实实的板桌就行了。唉，在乡下，人家再穷，也没有像我们这样，把脚盆翻过来当桌子的！这城里，唉唉，不提这些了，提起来，饭都吃不下！……"

袁长生大部分的意见虽是从朋友那方面得到的，但母亲那种有决断的脸色，几句有斤两的言语，也颇能影响他，使他的决心发生变动。这次母亲的谈话，不免使他有点踌躇起来，但最后听见赞成乡里的话，就驳道："如今乡下也没啥子好处，到处都在抓壮丁，前天李老福的老表，还跑进城躲哩！"

袁大娘吃了两口饭，就吞不下了，便用手捶捶胸口，哽噎一会，才说出话来："就是这个事情叫人急心！提起，叫人饭都吃不下！"

随即把吃剩的大半碗饭，全倒进瓦钵子里，让猪去吃。猪一下子就吃完了，还回过头来望她。她向猪责备地说："鬼东西，就是你好！只晓得吃！"到晚上，天落雨起来，袁大娘看见床上也在滴下雨水，便恨恨地说："天老爷，你只顾这样下雨，你咱个不管管打仗的事情？"

袁大娘去领衣送衣，不像先前一样，弄清楚就走，总爱多站一会，向那些认得字的太太，或是教书的女先生，问她们有没有看见过报，战争停了没有。

"你也要问这些么？袁大娘！"

被问的人带着好奇而讥嘲似的眼光，微笑地反问。

"咱个不问呢？不打大家都好哪！像洗衣裳常常涨价，连我都涨的不好意思哪，大家都是熟人，开口添钱，怪难为情的，你不涨呢，肥皂就贵得买不起，太太，有啥法子呢？"

她洗衣洗得很干净，涨价的时候，也比别人涨的少些。有时送衣来，提马桶来，碰着人家有事，叫她临时买点东西，她也还肯做肯动，颇能使人喜欢。她们听了她这番话，觉得她忠厚，富有良心，便也想尽力帮她点忙。即使不能实际帮忙，说点安慰话也是好的，她们常常把报上看来的和平消息，甚至一些社会人士在努力和平运动的情形，都多多少少告诉她一点，有时竟会用一种确信的口气告诉她，说是停战大有希望哩，使她脸上抹上欢喜。在这种情形之下，袁大娘洗起衣来，也格外出力些，主人接到衣裳的时候，也感衣裳分外的干净，折得来比从前都要整齐。但等了好几天的结果，送衣的和接衣的，都以黯然的神色，结束了满腔的热望，袁大娘尤其是唉声叹气地走了出去。回到自己的破屋里，不是骂猪在屋里乱屙猪屎，就是狠声扮气唤鸡，怪它们跑的太远。而同儿子言语上的抵触，也更多些。

物价不断飞涨下去，洗衣挑水，自然也得涨价。袁大娘仍旧像往次一样带着歉然的神情，一面送衣，一面微笑说："太太，肥皂又涨了，这回小的件数要一百元，大的件数要二百元，铺盖两千，帐子三千，唉，真实没法子的事情！"

被叫做太太的，怔了一下，只有沉默地数钱，沉默地把递钱给袁大娘。袁大娘本想接了钱，又赶快到别家去交衣裳的，但又觉得有些不好意思，勉强搭讪几句："太太，到底啥时候，才不打了？"

虽然竭力在脸上打起皱纹，做出忧愁的样子，但已没有前些日子那样的热情了。因她每回的希望，都遭受到了失意，觉得再问也是白问的。

但那被叫做太太的，却不像往回一样，纯为安慰对方而在说话，这次却是沉重地叹气了，仿佛早拿跟忧郁压坏了似的。

袁长生挑水给人家，也把涨的事情，讲了出来："水牌子又涨了，自来水加到二百五一担。下次得要五百五！"

他说的时候，也是有点不好意思，但没有她母亲那样的微笑，只是脸红红的。

水和洗衣的涨价，同别的油盐柴米猪肉小菜布匹之类一比，在一个家庭的开销上，说不上占怎样重要的位置，但一个不能请女工男工的小家庭，它的收入是有限的，甚至是入不敷出的。物价一涨再涨，当然只有竭力节省开支。做主妇的最熟悉一个家庭的开支，在家庭中也是一个最担忧生活的人，她首先能做到的，便是由她自己卷起两只袖子，把手放在肥皂泡沫里去。洗一次衣裳，至少得出一两千，那在当地肉价算来，顶少可以买一斤多肉了。做主妇的咱个又不想节省下来，留给家庭打牙祭呢？

这一来，袁大娘领来洗的衣服，便随物价的高涨，一次又一次的减少起来。甚至后来些日子，在她的破屋外面，简直没一件红绿衣裳，挂在索上随风飞舞了。而她那补着破席的屋子，也就更加显得荒凉冷落。袁大娘白天无事可做，只有挨晚边才冷拖拖去给人家倒马桶，脸上抹着忧愁。走进人家的大门，望一望人家屋檐下或是天井里挂着的衣衫，心里禁不住十分难过起来，那些白日的府绸衬衫，那些轻软软的绸质旗袍，那些印着蓝花的枕头帕子，那些长拖拖的丝光袜子，……都会经好多次地由她粗糙的老手，亲切地擦过肥皂，又小心翼翼地烫好折好叠好过来的，真仿佛对待一些小孩子一样，抱着一付爱护的心情。但如今它们却像一些忘恩负义的人似的，全都冷冷地，不招呼她，不理睬她，只是带着漠然的陌生的神情望着罢了。起初的时候，她低头提着马桶走出人家的大门，朝贫民区的公共厕所走去，简直禁不住有点眼睛湿湿起来。她一个马桶，倒一个月，才涨到两千元，每天倒一次算来，还不到七十元。她先前因为衣裳洗得多，只倒十多家人的马桶，现在到巴不得倒他二三十家人的，但如今哪里还找得到呢？倒马桶的老太婆，因为物价高涨，生活不了，个个都想多倒几个，哪个还能让跟人家呢？想到这些，她悄悄地坐在家里流眼泪。

袁长生的挑水生意，倒特别好了起来，因为做主妇的在家自己洗衣，当然水就比平日用得多了。但主妇们并不是愚蠢的，仍然有她们很精明的打算，她们要袁长生挑井水来洗衣，只出一份挑力钱。起初袁长生还觉得好，不管钱多少，总之算是一份收入。但不久贫民区的水井，常常汲得现底起来，惹得周围团转的居民，很是忿怒，认为他不该把井水挑跟那些有钱人家，他们是洗得起自来水的，为什么还要来帮着同他们争井水呢？

大家看见的时候，多半气狠狠地望下他的水桶，又望下他的脸子。有的还大声说气话："水只准挑来洗哈，卖不行的！"

甚至还有人远远骂了起来："哪个挑来卖，我们就打烂他的水桶！"

袁长生也就轮眉鼓眼地只顾挑起水走，一面气狠狠地自言自语："我就看哪个来打嘛！"

虽然冲突并没有发生，但这尽够袁长生心下感到苦痛了。觉得赚到这种让人憎恶的钱，真是不如不赚的好。同时也在一批熟人方面，听到了旁敲侧击的讽刺话："一个人太想钱了，总不好的!"

这使他最为难受了，因他的本心并不是为了想弄钱，才去跟人家挑井水的。于是，他只好把这种为难地方，告诉那些自行洗衣的太太，收尾并说："井水我不挑了!"

"你不能到别处井水挑么?"

"太太，没有熟人挑不到的!"

"那我洗衣咋个办呢?"

"呃……那你请别人挑罢!"

人家请别人挑井水，别人也就要求连自来水，也得由他挑才成。这样一来，好在有些人家洗衣也肯用自来水，这才得使他的工作不致完全失掉，但收入却的的确确减少了。要做小生意也缺少了本钱，只得勉勉强强挑了下去。

母子两人都感到了糊口的困难，不能完全吃米了，便买些麦子来，连皮和水，磨成粉子，做成粗糙的粑粑，拿来添补顿把两顿的饭食。小菜尽量少吃，肉则看都不看了。

母子两人都渐渐瘦了，脸上笼着忧愁和抑郁。做儿子的还有时跑到熟人那里去坐坐，虽不搭嘴，听听人家摆龙门阵，他还能解去心里的烦闷。但做母亲的，一向是以苦做苦作来过日子的，却没有东家走走西家谈谈的习惯，于今闲着无事的时候，也只是坐在屋子里打盹，或者回忆先前在家乡种地的那些好日子，有时会一个人在屋子里自言自语，"芭茅不要拿跟牛吃了，好留来盖房子"，"点豆子的窝窝，要挖的深"。说这吩咐儿子的话。有时她又在向猪讲："你痒吗? 乖乖，不要把壁头擦倒了，来，我跟你抓抓!"

"睡倒，睡倒，多睡睡，才会胖的!"

有时又忽然把毛飞飞的头，伸出门来，带着惊慌的神情，大声地唤鸡，仿佛鸡正拿跟什么人在偷走似的。

晚上也不大睡得好，常常坐了起来，咬紧牙齿地在诅咒人："不得好死的，不得好死的，你们打嘛，连子子孙孙都不得好死的！"

她现在再不问人什么时候才不打仗了，也不渴望哪天炮火才能停了下来，她只把中国自古相传下来的，最可怕的诅咒：雷打，火烧，瘟疫，下地狱，五牛分尸，万劫不复人身，以及八年抗战以来所最熟悉的杀人炸弹，一股脑儿全送给那些逼人打仗以至叫人活不下去的人们。她的脸上更多了皱纹，眼睛里含着憎恨的有毒的光芒。邻居些避免同她讲话，怕一开口，就会受她的责骂。孩子们也胆怯怯地望着她，不敢在她的屋子附近玩耍。

她自己的体力，也一天天地不行了，给人家倒马桶，提起走的时候，渐渐觉得颇为吃力，总要走一节路，停下休息一会，才能走到目的地。有些时候，倒的多了，头上会冒出点虚汗。心里空，发慌，眼睛花，像要晕倒似的。

别的人看不过意了，便劝告她："袁大娘，你少倒几家嘛，身体要紧！"

她却恨恨地回答："你不如叫我饿死的好！"

于是，谁也不敢劝她了，只远远地望着她摇头："看样子，回老家怕快了！"

有一天晚上，儿子听见她在大声地呻吟，便问她："妈，你哪里不好过？"

"我肚子有点痛，不要紧的！"

虽是这么说，但母亲的回答，却是带着竭力忍受痛苦的声音。袁长生不安地坐了起来。

"妈，我跟你买点药去！"

"不，不……"

母亲在床上动着，又似翻身，又似在挣扎一样。

"妈，这个算盘，不要打！"

袁长生决心把家里唯一剩下的一点钱，全拿去买药，他翻爬下竹床。

"你……买药……明天……吃啥呀！"

袁大娘带着痛苦的声音，颤抖地说着，一面也爬下了床。

袁长生衣裳也来不及扣纽子，便赶忙去扶住她，一面惊慌地问："妈，你下来做啥子？"

袁大娘没有回答，急不迫待地，三步两步，就摸到马桶上，立刻泄了起来，接着又哇的一声吐了。

"这怕是霍乱呀！"

袁长生恐怖地记了起来。他在这个繁华的城市，住了将近十年，每年霍乱都要袭击这个吃井水的贫民区域，他早已认识了这个症候的厉害和凶险了。他不管他母亲的阻止。立即抓着钱，拉开篾笆子的门，走了出去。

外面一片的草屋，稀疏的构树，以及小坡似的垃圾堆，都掩映在月光底下。远处坡头的洋房树荫，却都浸在雾里。一切静悄悄的，毫没声息。圆月挂在天空，正是半夜十分。袁长生慌忙地走出贫民区，就遇见港口站岗的警长，大声责问过来："做啥子的？"

"是我，挑水的！"

袁长生全认得附近派出所的警察，而且见面的时候，彼此都有招呼，故他能够毫不畏惧地回答。

警察认出他来了，便带着一种放心了的声音，责备似地说："你真胆大，这深夜，还出来做啥子？"

袁长生便把他妈生病买药的事情告诉他，说完赶忙就走。警察立即拉着他，带着维护的声音，小声地叮咛："你不要去，碰上犯不着。"

"啥子事情？"

袁长生焦燥地问。

"唔……这不能……告诉你的!"

警察小声严厉地说,退在一边站着去了。仿佛忽然记起他不该多嘴,要避开似的。

袁长生只朝通到街市的小巷瞧去,路灯稀少,两旁树影森森,看不见一个人,这在白天是走的熟不得熟的地方,就是在半年前的晚上也是独个人坦然无畏地走过的,现经警察这么一讲,就当真觉得有一点可怕,然而,为了母亲的病,如果真是霍乱,那咱个不赶快去卖药来救急呢?而且到底前面可怕的是些什么,也还没有弄个明白,也许警察是故意恫吓人的,也说不定,便把心一横,骂什么人似的,嚷了一句:"管他妈的!"

立即朝巷里跑去。警察在后面偕喊了一声,他听也不听地,就更加跑得快了起来。一路都没遇见什么,也没看见什么,只是铺石的巷道上,洒满了一地的月光和树影。两旁园林里面,有虫声在嚷嚷唧唧的叫着。另外便是自己走得急促的足声。

他走到市区边沿上的小街道了,家家铺子都紧紧闭门着的,没有灯光漏射出来,屋檐下显得很是阴暗,只街心的石板铺道上,抹着月光。街上也没什么人影,更看不出有什么可怕的东西。他想警察硬是在开他的玩笑,便不禁有些想笑起来。然而,这笑容,又立刻收敛着了,他没有忘记他是出来买药的,母亲痛苦的呻唤声音,又继续响在他的耳边。他晓得,再走一条小市,便可找到一个药铺。但一转拐,便看见离面前两三丈远的地方,有几个人影像扭着在打架,从月光照着的街心,扭到黑暗阴森的屋檐下边,接着又扭着街心来。同时又看见两个警察站在很近的地方,只是站着观看,一点也不加以干涉。他想怪了,这是什么人打架呢?刚才巷口那个警察说的可怕事情,难道是指这些打架的人么?正打算赶快从他们旁边走开,一个人立刻蹿到他的面前,手电筒的光向他的脸子一照，接着手枪抵着他的胸口，声音低沉地喝道："站着，不要动！"

接着另外一个人，拿索子很快地绑着他的手腕，使他双手动弹不得。他看清他们都是穿制服的，便吓坏似的说道："我……我，好人，出来买药的！"

人们不理睬他，只是拉着就走，直朝警察身边走过，他惊慌恐怖中，忽然想到救急法子似的，连忙向警察喊："请你们救救我呀，我是袁长生，挑水的！"

两个拖着他走的人，立刻朝他背上打了一拳，一面压低嗓子地骂："再嚷，揍死你！"

他没法抵抗地被推着走，只好小声呻吟似地说："我是好人，他们警察先生就认识……"

还没说完，背上就又挨了一拳。于是他就只好不再分辩了，悲愤地堵着嘴巴。接着听见一片足声跟在后面，又有人在低声发恨地骂："妈的，走到这里了，还要跑！"

同时，还传来拳头打背的声音，袁长生觉得遭到活天冤枉的，还并不只是他一个人，心里好像又宽了一点。可是他又立即记起他母亲害的险症了，而且走不到几间铺面，就晓得有一家药铺可以叫门买药，他便不顾危险，挣扎起来哀声请求："老总，让我买点药！我妈害霍乱，病得要死了！"

没有人回答，只是被人更用劲地架着走去，于是，他又带着商量的口气哀求："让我买药送回去，再跟你们走好不好？"

仍然没有人回答，只是双足不由己地朝前动着。他禁不住十分难过起来，带着哭声哭气地说："让我回去看一眼呀！就是拉去砍头，我都甘心的！"

"嗓你这个娘啰！你啰皂些啥子！"

随着骂声，就是两三只拳头，一齐打在他的背上。

小街道湾上坡道，要转在大马路的时候，他瞧见下面贫民区中，那一片月光笼罩，抹着轻雾的草屋了，便忍不住挣扎开去，一面发怒地吼道："就是打死，我都要回去看看的！"

立刻一个金属的东西，打在他的头上，他便昏了去了。醒来的时候，他发觉他自己是躺在卡车上，卡车正在颤动着，轰轰隆隆地响着。别的人都坐两旁，衣服破烂，手腕绑起，有的眼睛肿了，有的鼻上凝着血迹，都一脸忿怒的样子。车尾上坐有两个穿竹绿制服的人，手里拿着手枪。他恐怖地看了一会，才问身边坐的一个被绑的人："这押我们去做啥子？"

被绑的人没有一个回答，只在忿怒的脸上，更加现得忿怒了。而对对发红的眼睛，好像就要燃烧，喷出火来一样。

但车尾一个拿枪的人，却特别和善地笑了起来，带着认真的神情，安慰地说："不要紧，以后你们有官做的！"

袁长生猜不透他的态度和他的回答，只是奇异地想，这样五花大绑，倒霉极了，为啥子还有官做呢？开玩笑么？又一点也不像。但他为啥子要讲这些话？……看样子多和气，为啥子昨夜晚又……

卡车驰到不平的地方，将他一震，头又昏过去了。

一九四七年六月三日于重庆

选自 1947 年《文艺春秋（上海 1944）》第 5 卷第 1 期

回家后

回到家里，恰如自己一路所想象的，大家接着，都很欢喜。挨边六十岁的老母亲，虽然还在抱怨，为什么不早点回来呢，但一面却还是高兴得流出眼泪。父亲早就不做什么事了，可还去帮着提个小提箱进来。茶不晓得哪个端上手的，足边滚热，几么时已放上火笼了。

半年来警报惊慌的城市生活，七八天等车候船坐轿的讨厌日子都从此完结了，以后将是愉快的幸福的了。看今天光景吧，一点也没有猜错？

前几天，坐在轿子里，通过一望篁竹杉树的摇山地带，会想着家中的一间小房间，石灰应该粉得非常洁白，提着箱里这次带回去的名人字画。当窗安置一间枣红色的书桌，黑色的可不喜欢。精致的朱色纸洗，和一个挺着大佛肚子的水壶，都放上去。房间门得常常关着，不准兄弟嫂那些孩子进来，自己便能称心如意地看看书。倦了的时候，可以推开窗子，看着那些皎秀的石砠。空气不消说，新鲜得很。

轿子经过故乡县城的时候，顺便就买好了书桌，同时又买了一张漂亮的红漆木床。这为什么不该早预备呢？离开家已经十年，其中回来住的时间，强半因为父亲母亲的大生日，马马虎虎同母亲挤个半月光景，便忽忽地走了。如今辞去外员职务回来长住了，哪还能再去挤母亲老人家？何况她老人家早晚是有个把孙儿孙女同睡的呢。床买好之后，看看太好了，想起母亲老人家那张老床，漆已脱落，又起着虫蛀，实在寒酸得很，自己睡好的。未免有些不过意。率性再买一张吧。可是不行，父亲老人家一定要说闲话，他自与母亲吵架分床各睡以来，就对儿女怀着轻微的敌意，哪可对母亲偏厚一点呢？算了吧，有的是钱，多买一张，又有什么关系？

一切想周到了，回到家里来，受到这一份热情的接待，正是件十分应当的事情。饭后走到自己的小房间去，第三一个弟弟，正忙着把里面的农具搬出来，扬起的尘灰则钻人的鼻子，先前对山峰的窗，记得安有玻璃的，如今却蒙着发黄的报纸，因此一来，屋里便显得很是乌黑。她拿手巾蒙着鼻孔，进去把报纸撕掉，屋里立即明亮了，但墙壁的丑陋地方，却充分显露出来。屋角上的蜘蛛，刚才是吃惊着人的足声的，现在便简直弃网而逃了。她急促得很，想着吩咐弟弟一些该做的事情，便赶忙出去。

第一夜仍旧同母亲老人家挤在一块，但半夜后，就为侄儿漏在床上的尿，臭醒了。幸好母亲也是兴奋来睡不着的，便趁此两母女亲亲热热地谈着家常，直到天亮。其中最不愉快的话语，是父亲脾气一年比一年坏了，动不动就辱骂人。有时候还把"讨小"的意思，生气地暗示出来。例如说：没一个称心如意的东西，还得另养几个才好。而且更可怕的，一个年轻寡妇的地方，竟有他，暗去闲谈的确有发生。

"老不要脸的。"她在被窝里面，面红着脸这么骂了一句，便把打算存给他老人家的钱，决定取消了。让自己保存在身上。

第二天因为人手不够，单抬回来了三间床。父亲很不高兴，咕噜着，说这年程兵荒马乱的，买这些做什么，真是钱没地方放了。显然他老人家想要的是钱，不过不愿意讲了出来。

她很难受。至于屋子，虽然弟弟已照她的吩咐，打扫干净了，但石灰还要等几天村子上才有人烧出。床安进去，跟一切都不配合，而且估得地位太多，假使再把书桌搬回来，便再也放不下别的了。然而除了小巧的书桌而外，另外的桌子，就简直容纳不下。实在讨厌！这些人为什么不一齐抬回来，添一张书桌，就抬不动？你看么，今夜连放桐油灯盏的地方也没有，真是要命！

可是，谢谢天，总算自己可以关在一片天地内了，父亲老人家，也许在气头上，做儿女的，让他骂几句，有什么要紧，隔不几天，就会自自然然好起来的。到那时候，还可以向他讲个明白：爸，这份钱，女儿是留来做零用，和出去的路费的。我绝不能丢掉我的职务，战争一平息我就马上要到省里去。他老人家就再糊涂，断不会连这样的好意，都不容许。

门的下半部有小手在抓，并且掀嚷着，像要争先站在前头。她紧紧皱一下眉毛，晓得那些侄儿侄女，又来向姑姑要糖果了。不必理睬得，率性倒在刚铺好的床上。第二的兄弟嫂，太不成了，只会屙那们多，衣服不替他们换勤点，个个鼻子拖那们长，脸都像是滚屎鸭蛋。这还要磨折母亲老人家！挨过六十岁的人了，夜夜还要闻尿臭。不知那一个小孩子，突然大哭起来。只好站起来，马上开门去领着。"不哭！不哭！——瑞生挤倒的？——你才不好喃。"一面说着，一面把哭着的那个小儿，抱了起来。咦，怎么裤子通是湿的！呵呀！尿哩！摸了一手，只好放下地去，牵起走。一路地上有着糖鸡屎的点子，哼，你们这些人，怎么不扫扫地哪！

"不要抬进来！我要它做什么？……我又不讨亲！"这是父亲老人家骂的声音，显然连她买给他的床，也真个拒绝了，于是把孩子交给走来的兄弟嫂，便回到自己的小房间内，偷偷流起眼泪来。等会儿摸洗脸帕，来揩眼泪时，才觉出手上粘过尿，就生气，连洗脸帕也丢在地上。

"为好不好，反而烦恼！……我为什么不同政府机关逃到沅陵去呢？"她很失悔，不该辞职，回到家里来受气。

母亲老人家在房门过道那边，不晓得同什么人，在抱抱怨怨地说："这真叫做人心不足，蛇吞象哪！……要是说个姑丈的话，有你的！"

她以为母亲老人家要进来安慰她了。赶忙拿手背擦一擦眼泪，但一直没有足步走来的声音，反而这时很静寂。窗外的山峰，转成了忧郁的深蓝，落日的余光，也快要收尽了。夜寒在侵袭人的肌肤，使人禁不住瑟瑟缩缩的。

一个温暖的小家庭，便在孤寂的心境上出现了，这是此次归家的途中，在本县城里面看见的。女主人是先前的女子师范的同学，已做着两个孩子的妈妈，终天不是坐在火炉边愉快地打着绒线衣裳，便是和许多客人一块嘻嘻哈哈的搓麻将。男主人是个温驯的男子，对他妻子很有礼貌，即使说笑话的时候，也不伤到对方的感情。

从前他对女主人的结婚，曾经加以十二分蔑视，认为第一是违背了学校时代，大家不结婚的誓言，第二是终于向男子伸出了投降的手，未免有些丢脸。然而现在才觉得自己一个人，又有什么意思呢？

母亲老人家又在过道那边讲着话了。

"听奶奶的话哪！……天一黑，巷子里去不得的！人家牵起牛走过，会踏死你哩！"接着声音又变成恼怒的了。"你们简直不管一管他！这样晚，还让他跑出去！叫我着急了好半天！"

她想着：母亲老人家简直管不到我们这一代了。她老人家的爱已经给很多人分去了。心里不禁引起了难以名言的怅惘。

山那边邻近的一个村落，住有旧日的一位好同学。听见她已从省城回来，便派人提起马灯来接她，务必要她今晚就去，还说那边有两个客人想见她，也是她学校时代的好朋友，母亲老人家起初还替她推辞，后来见她执意要去，便也不加阻止了。她此刻是满想看看她那些亲爱的友人的！

这条越过那村的山路，儿童时代是走得最熟悉的，于今也没多大变动，只是两旁的枫树，砍得越发少了，茅草在冷风中嗖嗖响着，使人不免感到有些荒凉。

三位朋友，都是昔日不嫁的同志，尤其是内中两位客人，毕业后只见过几次。都是有说有笑和学校时代的天真可爱，全没两样。如今这一回的会见，差不多一下子认不出来了。才六七年没见面哪，为什么就变成得这么瘦？这么不年青！脸黄白，缺少红润。手指争一点便和鸡爪一般。

彼此年青时代的热情，完全消失了，谈话拘谨，笑也十分勉强。尤其是笑的时候，对方眼角边上微微聚起的皱纹，竟现在一般脸上，使她可怖地感到，老已经在迫赶他们这一代人了。

幸好做主人的同学，收去茶点碟子之后，便把麻将牌撬了出来，于是一切的回忆，惋惜，感慨，都一下消失了，整个的心便全忙着，对付那些牙骨上雕刻的花纹和数目。

这样一连玩了三天，回家去的时候，看见母亲老人家的脸上，现得有些阴暗，便问道：

"妈，你老人家有些不好过吧！"

"我吗？我总是这样的，哪有好过的日子呢？"

母亲老人家说得悲悲切切的。女儿便略带一点撒娇的样子，想逗老人家欢喜那样似的笑着说："你天天担心着我，现在我回来了，你老人家应该快乐一点子哪！"

"回不回来还不是一样？——说是春一点粑粑给你吃，你才是一连三天都不回来。"

女儿不待她说完，赶紧抢着说：

"呵呀，妈妈，她们拼死拼命地留呀！——真留得我发急呵。今天还不放我走哩！"

其实留她的，到不全是她的朋友们，反而是那些使她忘记一切的花纹和数目。但为了解除老人家的不快，便把过错全推在朋友们身上。

老人家这才欢喜起来，拿手摸一摸女儿的衣裳，柔和地说："冷不冷？才穿这一点点！——呵，我还给你留一点粑粑。"

说着就一面站起身来。

"妈，我不吃，我还一点都不饿。——你老人家还是息一息好，终天老是儿呀女的累着。"

"只要儿女肯在我面前，我倒是喜欢动手动足的。"

女儿听见老人家这么说，便不再言语了，只好随着她走进火落里去。母亲在碗橱里摸了好一阵，女儿也从旁帮着寻，但是总找不出粑粑来。这时媳妇抱着一些脏衣服进来，问清她们在找什么，便笑着说：

"那边有什么呀，今早上招福哭，你老人家不是全给他了么。"

"呵呀，这样的么？我真是老头东了。"

母亲向着女儿怄怄地说。

"我反正吃得很饱的，就有，这阵也吃不下！——招福有病疾，让他多吃点好！"

女儿不以为意地笑了。但想到童年时候，自己与姐弟专有的母爱，已经再不能恢复了，便有些闷然起来。

二媳妇抱着脏衣服不动，向母亲老人家望了一会，才说道：

"妈，你老人家向姐姐提过没。招福他爸爸那件事情。"

"呵，二兄弟有什么事情？"

"姐姐，就是挟着了，要他去当兵！"（此地征兵及轮壮丁都须挟纸团）

"我真老糊涂了！想起来，又把它忘记，你不晓得，这三天内，我天天望你回来，替幸元想个办法。不管别的，只要留在县里，不开起走就好。"

"哦。"

女儿这么一声之后，息了一会，才决定到县里去，找个求情的路子。把这意思向母亲和二弟媳说了又和父亲商量一下，便要动身到县城去。即使找不着轿夫，可以请个嫂子作伴，用足步行。自从到省里的政府机关做科员以来，差不多七八年没有走这么远的长路了。但如今不知怎的，却觉得宁愿立即动身，还是一件最愉快的事情。

嫂子没请着，恰好有一个堂兄弟要进城里去，便同他一路起身。也是省城一个机关上做书记的，飞机第一次轰炸的时候便辞职回来，现在想到县城里面去找点事做。她一路走，一路问她堂弟道：

"你家里又不缺少饭吃，何必又到县里去争个小位置呢？"

"家里久住下去就太闷人了，——你是才回来，当然还感不到这一点！"

堂兄弟神情颓唐。头发留得很深，乡场上没有会剪西式头的，这次进城还得顺便去理一理发。

"唔。"

她不置可否，走了好一会，才劝他堂弟道：

"耐着性子住住好了，谁又不是仗火一平，就出去的呢？"

"出去自然要出去，就是不晓得要打多少年。——就是打平息了，我怕也不容易从职。"

"说那里话？——我想只要一连做过五六年的老职员总不会不要的。"

"怕很难了！——最近接到朋友的信，说是政府对这批战时辞去职务的很不满意哩！"

"哦，——不过有些人是因事请长假的，——例如说家里母亲病重——难道也一样认为怕轰炸么？"

"这一点，他们断不会相信的！其实你不知道，你去查一查看，没有一个请长假的，辞职的，不是有家里有事的几封急电报，——不然的话，上司便不准假。"

"哦？"

她觉得走着走着，有些脚软无力了，便一路走，一路休息，平常别人只消小半天就能走了的，她和她的堂兄弟却走到了天黑。堂兄弟到一个熟人的铺子里去息，她便把自己同时安顿在一个女朋友家里，这次从省里回来的时候，她就在这朋友处住过一夜的。这位女朋友，是一位交际最广，顶爱管闲事的太太，而且打起麻将来，真可说是所向无敌。首先便把客人来拜托的事情，即是兄弟暂缓兵役，交给正做县政府科员的丈夫去办，其次便把县立女校的内部纷争，在吃晚饭的桌上讲了一大阵，并低声嘱咐道："听说那位饭桶校长，还想请你帮忙哩，下个学期去清她的账。我告诉你，你在省里办过多少年的事，除了校长，是不能做别的。——要是我有你那资格，我就一点也不客气，……好的，我来帮你的忙，……哼，照照镜子看，到底你的面子有多大呀！"

她觉得女主人说的话，很合意，禁不住多喝几口酒，而且十分开心地笑着说道："你为什么同她搞得这么不好哪！"女主人扁一下嘴，鄙夷地说："我不喜欢她！"

一面跟她的小孩子挟一点肉在饭上，然后才回头来补充道："你不晓得，她做人太阴险了，人家要来我这里打牌，她却邀约到别处去，背后还说我打牌厉害哪！又这样那样哪！"

随即拿筷子指一下自己的丈夫。"你问他，我打麻将是不是最不行的！"丈夫没有说话，只是笑着端起杯来喝酒。晚饭后，女主人像要急于在朋友面前证实她的麻将是最不行似的，便立即把隔壁住的邻居叫来凑了一局，而这走了一天长路的客人，因为太高兴的原故，便也欣然就座。

第二天下午，女校长来了，女主人却招待得极其殷勤，连麻将也暂时休止，真看不出她们两人之间，会有什么大不了的隔阂。但慢慢谈到请下她帮忙教书的时候。女主人便频频示着眼色，使曾经在省城教育机关上做过科员的她，不得不委婉地表示了谢绝，且申明她这次回家，一则想长期养息一下身体，二则想朝夕伴年太老了的母亲。

一般学校恰在这时候放了寒假，女校长便趁间空，也常来走动，并且不待人家的敦劝，就高高兴兴地坐在桌子侧边，摸起牌来。女主人起初还对她的朋友暗里说笑，"你看她多厉害哪，要拉你这位大人物撑腰，连我这里也肯光顾了！……可是，我要收拾她的。"

但打到三五天以后，女校长输的钱，相当可观了，女主人便再不提起先前不满的话来，随后，女校长又带一位年青的阔太太来凑角，介绍说是才从省里回来的，就越发使女主人眯着眼睛笑了。

来城的第六天下午，堂兄弟叩门进来了，她便一面打麻将，一面把他介绍给女主人，然后问他找到事情没有。他立刻红起脸来，样子很是狼狈，只说他打算再到长沙去。于是她知趣地不问了，接着谈一下家里的事情，便约定明天一早回去，堂兄弟走了的时候，主人便说："你们伯爷不是还过得去吗？一定要儿子……"话没说完，又注意她刚刚翻出的牌。

"过是过得去，……你晓得，我那堂兄弟，一向省里做事的，回在家里简直住不惯！"

年青的阔太太满意地看一下她面前列着的牌，接口说道："真是啰！我还是住县城哩！第一天就讨厌起来，不说你们住在乡下的。"

女主人便笑着向她的朋友说："我劝你明天还是不要走吧！……你回去，我敢说你不到十天就会讨厌的。"

她没有回答了，只低下头去，装作在看牌。夜深牌散人去了，女主人又对她说："没有好好耍一天，你又要走了，我真难过！"

她勉强笑着回答："这不比从前在省里做事情，以后可以常常来县里了。"

"那不是一句话，这么远的路，你没事，你会辛辛苦苦走来耍么？最好还是在县里做点事，……别的不说，你在家里一年半载，住得安么？"

"是倒是啰！真是想都怕想的。"

"那好了！她现在又这样巴结你！……老实说，做校长苦得很，各方面都要去讨好，一个不小心，到处有人说闲话！……还是做教员的，自由自在的，你要打麻将，就打麻将！……听我劝吧！这事由我一手来办。明早上就回你话。……你快快快乐乐地回去过个年再来县里，这好不好！"

她想一想堂兄弟找事不着的苦恼，便只好默默地点一点头。

于是女主人，欢喜得什么似的还拿手拍一拍她的肩膀，再三叮咛地说："莫要翻悔哪！不要明天早上起来，又说不干了！……这回的事，算是我领你的情！"

她也为对方的快乐所染传了，想起头天那番叫她不要帮忙的话，禁不住笑了起来，打趣女主人说："你真算得个萧何！成也由你，败也由你！"女主人很是得意，并朝门外努一努嘴，小声地笑着说："你不要看错我哩，就是他外面有些事情，还要向我领教哪！"

第二天，早饭后，女主人接到了女校长的回条，刚一过目，便撕成两半节，生气地骂道："混蛋，混蛋！这明明是欺负人！哪有这么凑巧的事情。"

男主人刚好接燃烟，准备要出去办公，便诧异起来，问是什么事情。女主人忿忿地回答："真气死人！她说她请了人了！好家伙，开我的玩笑不要紧！连她也扯进去，我不答允的！你想想吧，叫旁人说起来好难听，一从省里回来，就向她要过饭碗。而且还碰一鼻子灰！——这种侮辱，我是万万受不了的。"

男主人一面拾起条子来看，一面吟哦似的说道："前两天就请了——这名字没有听过嘛。"女主人讥诮似的说道："嗨，你还不晓得吗？——就是她天天带来的那个阔人呀！——好不要脸，就像人家没有看见外套一样，什么七十四元，二十块我也不买的。——你看那样装阔的东西，有屁的学问哪！——她都可以上讲台，那这些人又该做什么呢？——你们衙门里头的人也是，这样的饭桶校长，为什么不赶走？我看你们总是终天在打瞌睡！"

男主人感到怪得太突然，太无理了，便嘲弄地说："最好你来上衙门，天地间的事情就一定办来都合你的意思！"

女主人很高兴。但也扁一下嘴说："那不是！……你默倒这些人就上不了衙门么？"

这时堂兄弟走来了，她便勉强同两位主人说点应酬话，就匆匆忙忙赶快走了。

堂兄弟尾在后面，走在街上的时候，才说前天村子上有人来过。带来三婶娘（她的母亲）的口信，要她回去的时候，顺便买一匹蓝布。她摸一摸衣袋子，才记起她带来的四十多块钱，六天内完全输干净了，没有回答什么，依然朝城外走去，堂弟摸不着头脑，只好默默地跟着。

她起初走得很快，仿佛有人从后追赶，又好像要迅速避开一个可怕的地方一般，后来走到一座凉亭里面，靠实走乏了，便赶紧挨着壁头坐了下去。堂兄弟见她现出那样颓丧的神情，便以为她替她二兄弟设法免除兵役的事情，没有弄成功，便慰劝地说："其实这年程当当兵，到不要紧！——总比闷死在家里好些！——六姐，请你千万不要告诉伯娘！——我已写信到长沙去了，只要回信一到。我就马上去参加战地服务！——这小县城找事，真气死人！"

她阴郁着脸子，略带悲愤的神情："要不是我身体弱一点！——我真想同你出去，我现在是一点也不怕死了！"

堂兄弟稍微有些惊讶，看她一会，才迟迟疑疑地说："我还是告诉你吧！——免得回去难过！"她大睁着眼睛，神情激动地问："什么事？"堂兄弟勉强用力地说："前天村子上来人讲，说是害疟疾的招福已经死了。"

"我们一家人怎么都这样不幸呐！"她这样说了一句跟着哭了起来，就像一个母亲在哭她死了的孩子一样。

哭了好一阵之后，她才拭干眼泪，又开始很快地朝前走了，对面呼呼吹来的北风，也像满不在意似的。走了一会，她忽然转回头来嘱咐她的堂兄弟道："请你也不要告诉三叔三婶他们，你信到，我决定同你一块出去！""哦。"堂兄弟弄得莫明其妙，举起手来，搔一搔他那新剪过的短发。

一九三九，三，二十四日桂林。

选自 1939 年《文艺阵地》第 3 卷第 4 期

山峡中

江上横着铁链作成的索桥，巨蟒似的，现出顽强古怪的样子，终于渐渐吞蚀在夜色中了。

桥下凶恶的江水，在黑暗中奔腾着，咆哮着，发怒地冲打岩石，激起吓人的巨响。

两岸蛮野的山峰，好像也在怕着脚下的奔流，无法避开一样，都把头尽量地躲入疏星寥落的空际。

夏天的山中之夜，阴郁、寒冷、怕人。

桥头的神祠，破败而荒凉的，显然已给人类忘记了，遗弃了，孤零零地躺着，只有山风、江流送着它的余年。

我们这几个被世界抛却的人，到晚上的时候，趁着月色星光，就从远山那边的市集里，悄悄地爬了下来，进去和残废的神们，一块儿住着，作为暂时的自由之家。

黄黑斑驳的神龛面前，烧着一堆煮饭的野火，跳起熊熊的红光，就把伸手取暖的阴影鲜明地绘在火堆的周遭。上面金衣剥落的江神，虽也在暗淡的红色光影中，显出一足踏着龙头的悲壮样子，但人一看见那只扬起的握剑的手，是那么地残破，危危欲坠了，谁也要怜惜他这位末路英雄的。锅盖的四围，呼呼地冒出白色的蒸气，咸肉的香味和着松柴的芬芳，一时到处弥漫起来。这是宜于哼小曲、吹口哨的悠闲时候，但大家都是静默地坐着，只在暖暖手。

另一边角落里，燃着一节残缺的蜡烛，摇曳地吐出微黄的光辉，展示出另一个暗淡的世界。没头的土地菩萨侧边，躺着小黑牛，污腻的上身完全裸露出来，正无力地呻唤着，衣和裤上的血迹，有的干了，有的还是湿渍渍的。夜白飞就坐在旁边，给他揉着腰杆，擦着背，一发现重伤的地方，便惊讶地喊：

"呵呀，这一处！"

接着咒骂起来：

"他妈的！这地方的人，真毒！老子走遍天下，也没碰见过这些吃人的东西！……这里的江水也可恶，像今晚要把我们冲走一样！"

夜愈静寂，江水也愈吼得厉害，地和屋宇和神龛都在震颤起来。

"小伙子，我告诉你，这算什么呢？对待我们更要残酷的人，天底下还多哩，……苍蝇一样的多哩！"

这是老头子不高兴的声音，由那薄暗的地方送来，仿佛在责备着："你为什么要大惊小怪哪！"他躺在一张破烂虎皮的毯子上面，样子却望不清楚，只是铁烟管上的旱烟，现出一明一暗的红焰。复又吐出教训的话语：

"我么？人老了，拳头棍棒可就挨得不少。……想想看，吃我们这行饭，不怕挨打就是本钱哪！……没本钱怎么做生意呢？"

在这边烤火的鬼冬哥把手一张，脑袋一仰，就大声插嘴过去，一半是讨老人的好，一半是夸自己的狠。

"是呀，要活下去。我们这批人打断腿倒是常有的事情，……你们看，像那回在鸡街，鼻血打出了，牙齿打脱了，腰杆也差不多伸不起来，我回来的时候，不是还在笑么？……"

"对哪！"老头子高兴地坐了起来，"还有，小黑牛就是太笨了，嘴巴又不会扯谎，有些事情一说就说脱了的。像今天，你说，也掉东西，谁还拉着你哩？……只晓得说'不是我，不是我'，就是这一句，人家怎不搜你身上呢？……不怕挨打，也好嘛？……呻唤，呻唤，尽是呻唤！"

我虽是没有就着火光看书了，但却仍旧把书拿在手里的。鬼冬哥得了老头子的赞许，就动手动足起来，一把抓着我的书喊道：

"看什么？书上的废话，有什么用呢？一个钱也不值，……烧起来还当不得这一根干柴……听，老人家在讲我们的学问哪！"

一面就把一根干柴，送进火里。

老头子在砖上叩去了铁烟管上的余烬，很矜持地说道：

"我们的学问，没有写在纸上，……写来给傻子读么？……第一……一句话，就是不怕和扯谎！……第二……我们的学问，哈哈哈。"

似乎一下子觉出了，我才同他合伙没久的，便用笑声掩饰着更深一层的话了。

"烧了吧，烧了吧，你这本傻子才肯读的书！"

鬼冬哥作势要把书抛进火里去，我忙抢着喊：

"不行！不行！"

侧边的人就叫了起来：

"锅碰倒了！锅碰倒了！"

"同你的书一块去跳江吧！"

鬼冬哥笑着把书丢给了我。

老头子轻徐地向我说道：

"你高兴同我们一道走，还带那些书做什么呢。……那是没用的，小时候我也读过一两本。"

"用处是不大的，不过闲着的时候，看看罢了，像你老人家无事的时候吸烟一样。……"

我不愿同老头子引起争论，因为就有再好的理由也说不服他这顽强的人的，所以便这样客气地答复他。他得意地笑了，笑声在黑暗中散播着。至于说到要同他们一道走，我却没有如何决定，只是一路上给生活压来说气忿话的时候，老头子就误以为我真的要入伙了。今天去干的那一件事，无非由于他们的逼迫，凑凑角色罢了，并不是另一个新生活的开始。我打算趁此向老头子说明，也许不多几天，就要独自走我的，但却给小黑牛突然一阵猛烈的呻唤打断了。

大家皱着眉头沉默着。

在这些时候，不息地打着桥头的江涛，仿佛要冲进庙来，扫荡一切似的。江风也比往天晚上大些，挟着尘沙，一阵阵地滚入，简直要连人连锅连火吹走一样。

残烛熄灭，火堆也闷着烟，全世界的光明，统给风带走了，一切重返于天涯的黑暗。只有小黑牛痛苦的呻吟，还表示出了我们悲惨生活的存在。

野老鸦拨着火堆，尖起嘴巴吹，闪闪的红光，依旧喜悦地跳起，周遭不好看的脸子，重又画出来了。大家吐了一口舒适的气。野老鸦却是流着眼泪了，因为刚才吹的时候，湿烟熏着了他的眼睛，他伸手揉揉之后，独自悠悠然地说：

"今晚的大江，吼得这么大……又凶，……像要吃人的光景哩，该不会出事吧……"

大家仍旧沉默着。外面的山风、江涛，不停地咆哮，不停地怒吼，好像诅咒我们的存在似的。

小黑牛突然大声地呻唤，发出痛苦的呓语：

"哎呀，……哎……害了我了……害了我了，……哎呀……哎呀……我不干了！我不……"

替他擦着伤处的夜白飞，点燃了残烛，用一只手挡着风，照映出小黑牛打坏了的身子——正痉挛地做出要翻身不能翻的痛苦光景，就赶快替他往腰部揉一揉，恨恨地抱怨他：

"你在说什么？你……鬼附着你哪！"

同时掉头回去，恐怖地望望黑暗中的老头子。

小黑牛突地翻过身，嘎声嘶叫：

"你们不得好死的！你们！……菩萨！菩萨呀！"

已经躺下的老头子突然坐了起来，轻声说道。

"这样么？……哦……"

忽又生气了，把铁烟管用力地往砖上叩了一下，说：

"菩萨，菩萨，菩萨也同你一样的倒霉！"

交闪在火光上面的眼光，都你望我我望你地，现出不安的神色。

野老鸦向着黑暗的门外看了一下，仍旧静静地说：

"今晚的江水实在吼得太大了！……我说嘛……"

"你说，……你一开口，就不是吉利的！"

鬼冬哥粗暴地盯了野老鸦一眼，恨恨地诅咒着。

一阵风又从破门框上刮了进来，激起点点红艳的火星，直朝鬼冬哥的身上迸射。他赶快退后几步，向门外黑暗中的风声，扬着拳头骂：

"你进来！你进来……"

神祠后面的小门一开，白色鲜明的玻璃灯光和着一位油黑蛋脸的年轻姑娘，连同笑声，挤进我们这个暗淡的世界里来了。黑暗、沉闷和忧郁，都悄悄地躲去。

"喂，懒人们！饭煮得怎样了……孩子都要饿哭了哩！"

一手提灯，一手抱着一块木头人儿，亲昵地偎在怀里，作出母亲那样高兴的神情。

蹲着暖手的鬼冬哥把头一仰，手一张，高声哗笑起来：

"哈呀，野猫子，……一大半天，我说你在后面做什么？……你原来是在生孩子哪！……"

"呸，我在生你！"

接着啵的响了一声。野猫子生气了，鼓起原来就是很大的乌黑眼睛，把木人儿打在鬼冬哥的身旁；一下子冲到火堆边上，放下了灯，揭开锅盖，用筷子查看锅里翻腾滚沸的咸肉。白蒙蒙的蒸气，便在雪亮的灯光中，袅袅地上升着。

鬼冬哥拾起木人儿，装模作样地喊道：

"呵呀，……尿都跌出来了！……好狠毒的妈妈！"

野猫子不说话，只把嘴巴一尖，头颈一伸，向他作个顽皮的鬼脸，就撕着一大块油腻腻的肉，有味地嚼她的。

小骡子用手肘碰碰我，斜起眼睛打趣说：

"今天不是还在替孩子买衣料么？"

接着大笑起来。

"嘿嘿，……酒鬼……嘿嘿，酒鬼。"

鬼冬哥也突地记起了，哗笑着，向我喊：

"该你抱！该你抱！"

就把木人儿递在我的面前。

野猫子将锅盖骤然一盖，抓着木人儿，抓着灯，像风一样蓦地卷开了。

小骡子的眼珠跟着她的身子溜，点点头说：

"活像哪，活像哪，一条野猫子！"

她把灯、木人儿和她自己，一同蹲在老头子的面前。撒娇地说：

"爷爷，你抱抱！娃儿哭哩！"

老头子正生气地坐着，虎着脸，耳根下的刀痕，绽出红涨的痕迹。不答理他的女儿。女儿却不怕爸爸的，就把木人儿的蓝色小光头，伸向短短的络腮胡上，顽皮地乱闯着，一面呶起小嘴巴，娇声娇气地说：

"抱，嗯，抱，一定要抱！"

"不！"

老头子的牙齿缝里挤出这么一声。

"抱，一定要抱，一定要，一定！"

老头子在各方面，都很顽强的，但对女儿却每一次总是无可如何地屈服了。接着木人儿，对在鼻子尖上，鼓大眼睛，粗声粗气地打趣道：

"你是哪个的孩子？……喊声外公吧！喊，蠢东西！"

"不给你玩！拿来，拿来！"

野猫子一把抓去了，气得翘起了嘴巴。

老头子却粗暴地哗笑起来。大家都感到了异常的轻松，因为残留在这个小世界里的怒气，这一下子也已完全冰消了。

我只把眼光放在书上，心里却另外浮起了今天那一件新鲜而有趣的事情。

早上，他们叫我装作农家小子，拿着一根长烟袋，野猫子扮成农家小媳妇，提着一只小竹篮，同到远山那边的市集里，假作去买东西。他们呢，两个三个地远远尾在我们的后面，也装作忙忙赶街的样子。往日我只是留着守东西，从不曾伙他们去干的，今天机会一到，便逼着扮演一位不重要的角色，可笑而好玩地登台了。

山中的市集，也很热闹的，拥挤着许多远地来的庄稼人。野猫子同我走到一家布摊子的面前，她就把竹篮子套在手腕上，乱翻起摊子上的布来，选着条纹花的说不好，选着棋盘格的也说不好，惹得老板也感到烦厌了。最后她扯出一匹蓝底白花的印花布，喜孜孜地叫道：

"呵呀，这才好看哪!"

随即掉转身来，仰起乌溜溜的眼睛，对我说：

"爸爸，……买一件给阿狗穿!"

我简直想笑起来——天呀，她怎么装得这样像! 幸好始终板起了面孔，立刻记起了他们教我的话。

"不行，太贵了! ……我没那样多的钱花!"

"酒鬼，我晓得! 你的钱，是要喝马尿水的!"

同时在我的鼻子尖上，竖起一根示威的指头，点了两点。说完就一下子转过身去，气狠狠地把布丢在摊子上。

于是，两个人就小小地吵起嘴来了。

满以为狡猾的老板总要看我们这幕滑稽剧的，哪知道他才是见惯不惊了，眼睛始终照顾着他的摊子。

野猫子最后赌气说：

"不买了，什么也不买了!"

一面却向对面街边上的货摊子望去。突然作出吃惊的样子，低声地向我也是向着老板喊：

"呀! 看，小偷在摸东西哪!"

我一望去，简直吓灰了脸，怎么野猫子会来这一着? 在那边干的人不正是夜白飞、小黑牛他们么!

然而，正因为这一着，事情却得手了。后来，小骡子在路上告诉我，就是在这个时候，狡猾的老板始把时时刻刻都在提防的眼光引向远去，他才趁势偷去一匹上好的细布的。当时我却不知道，只听得老板幸灾乐祸地袖着手说：

"好呀! 好呀! 王老三，你也倒霉了!"

我还呆着看，野猫子便揪了我一把，喊着：

"酒鬼，死了么?"

我便跟着她赶快走开，却听着老板在后面冷冷地笑着，说风凉话哩。

"年纪轻轻，就这样的泼辣! 咳!"

野猫子掉回头去啐了一口。

"看进去了! 看进去了!"

鬼冬哥一面端开炖肉的锅，一面打趣着我。

于是，我的回味，便同山风刮着的火烟，一道儿溜走了。

中夜，纷乱的足声和嘈杂的低语，惊醒了我; 我没有翻爬起来，只是静静地睡着。像是野猫子吧? 走到我所睡的地方，站了一会，小声说道：

"睡熟了，睡熟了。"

我知道一定有什么瞒我的事在发生着了，心里禁不住惊跳起来，但却不敢翻动，只是尖起耳朵凝神地听着，忽然听见夜白飞哀求的声音，在暗黑中颤抖地说着：

"这太残酷了，太，太残酷了……魏大爷，可怜他是……"

尾声低小下去，听着的只是夜深打岸的江涛。

接着老头子发出钢铁一样的高声，叱责着：

"天底下的人，谁可怜过我们? ……小伙子，个个都对我们捏着拳头哪! 要是心肠软一点，还活得到今天么? 你……哼，你! 小伙子，在这里，懦弱的人是不配活的。……他，又知道我们的……咳，那么多! 怎好白白放走呢?"

那边角落里躺着的小黑牛，似乎被人抬了起来，一路带着痛苦的呻唤和着杂色的足步，流向神祠的外面去。一时屋里静悄悄的了，简直空洞得十分怕人。

我轻轻地抬起头，朝破壁缝中望去，外面一片清朗的月色，已把山峰的姿影、岩石的面部和林木的参差，或浓或淡地画了出来，更显着峡壁的阴森和凄郁，比黄昏时候看起来还要怕人些。山脚底，汹涌着一片蓝色的奔流，碰着江中的石礁，不断地在月光中溅跃起、喷射起银白的水花。白天，尤其黄昏时候，看起来像是顽强古怪的铁索桥呢，这时却在皎洁的月下，露出妩媚的修影了。

老头子和野猫子站在桥头。影子投在地上。江风掠飞着他们的衣裳。

另外抬着东西的几个阴影，走到索桥的中部，便停了下来。蓦地一个人那么样的形体，很快地丢下江去。原先就是怒吼着的江涛，却并没有因此激起一点另外的声息，只是一霎时在落下处，跳起了丈多高亮晶晶的水珠，然而也就马上消灭了。

我明白了，小黑牛已经在这世界上凭借着一只残酷的巨手，完结了他的悲惨的命运了。但他往天那样老实而苦恼的农民样子，却还遗留在我的心里，搅得我一时无法安睡。

他们回来了。大家都是默无一语地悄然睡下，显见得这件事的结局是不得已的，谁也不高兴做的。

在黑暗中，野老鸦翻了一个身，自言自语地低声说道：

"江水实在吼得太大了！"

没有谁答一句话，只有庙外的江涛和山风，鼓噪地应和着。

我回忆起小黑牛坐在坡上歇气时，常常爱说的那一句话了："那多好呀！……那样的山地！……还有那小牛！"

随着他那忧郁的眼睛了望去，一定会在晴明的远山上面，看出点点灰色的茅屋和正在缕缕升起的蓝色轻烟的。同伙们也知道，他是被那远处人家的景色，勾引起深沉的怀乡病了，但却没有谁来安慰他，只是一阵地瞎打趣。

小骡子每次都爱接着他的话说：

"还有那白白胖胖的女人罗！"

另一人插嘴道：

"正在张太爷家里享福哪，吃好穿好的。"

小黑牛呆住了，默默地低下了头。

"鬼东西，总爱提这些！……我们打几盘再走吧，牌嗬？牌嗬？……谁抢着？"

夜白飞始终袒护着小黑牛；众人知道小黑牛的悲惨故事，也是由他的嘴巴传达出来的。

"又是在想，又是在想！你要回去死在张太爷的拳头下才好的！……同你的山地牛儿一块去死吧！"

鬼冬哥在小黑牛的鼻子尖上示威似地摇一摇拳头，就抽身到树荫下打纸牌去了。

小黑牛在那个世界里躲开了张太爷的拳击，掉过身来在这个世界里，却仍然又免不了江流的吞食。我不禁就由这想起，难道穷苦人的生活本身，便原是悲痛而残酷的么？也许地球上还有另外的光明留给我们的吧？明天我准备要走了。

次晨醒来，只有野猫子和我留着。

破败凋残的神祠，尘灰满积的神龛，吊挂蛛网的屋角，俱如我枯燥的心地一样，是灰色的、暗淡的。

除却时时刻刻都在震人心房的江涛声而外，在这里简直可以说没有一样东西使人感到兴奋了。

野猫子先我起来，穿着青花布的短衣，大脚统的黑绸裤，独自生着火，炖着开水，悠悠闲闲地坐在火旁边唱着：

> 江水呵，
> 慢慢流，
> 流呀流，
> 流到东边大海头，

我一面爬起来扣着衣纽，听着这样的歌声，越发感到岑寂了。便没精打采地问（其实自己也是知道的）：

"野猫子，他们哪里去了?"

"发财去了!"

接着又唱她的：

> 那儿呀，没有忧!
> 那儿呀，没有愁!

她见我不时朝昨夜小黑牛睡的地方了望，便打探似地说道：

"小黑牛昨夜可真叫得凶，大家都吵来睡不着。"

一面闪着她乌黑的狡猾的眼睛。

"我没听见。"

打算听她再捏造些什么话，便故意这样地回答。

她便继续说：

"一早就抬他去医伤去了! ……他真是个该死的家伙，不是爸爸估着①他，说着好话，他还不去呢!"

她比着手势，很出色地形容着，好像真有那么一回事一样。

刚在火堆边坐着的我，简直感到忿怒了，便低下头去，用干树枝拨着火，冷冷地说：

"你的爸爸，太好了，太好了! ……可惜我却不能多跟他老人家几天了。"

"你要走了么?"她吃了一惊，随即生气地骂道，"你也想学小黑牛了!"

"也许……不过……"

---

① 估着：即逼着。——原编者注

我一面用干枝画着灰，一面犹豫地说。

"不过什么？不过！……爸爸说的好，懦弱的人，一辈子只有给人踏着过日子的。……伸起腰杆吧！抬起头吧！……羞不羞哪，像小黑牛那样子！"

"你的爸爸，说的话，是对的，做的事，却错了！"

"为什么？"

"你说为什么？……并且昨夜的事情，我通通看见了！"

我说着，冷冷的眼光浮了起来。看见她突然变了脸色，但又一下子恢复了原状，而且狡猾地说着："嘿嘿，就是为了这才要走么？你这不中用的！"

马上揭开开水罐子看，气冲冲地骂：

"还不开！还不开！"

蓦地像风一样卷到神殿后面去，一会儿，抱了一抱干柴出来。一面拨大火，一面柔和地说：

"害怕么？要活下去，怕是不行的。昨夜的事，多着哩，久了就会见惯了的。……是么？规规矩矩地跟我们吧，……你这阿狗的爹，哈哈哈。"

她狂笑起来，随即抓着昨夜丢下了的木人儿，顽皮地命令我道：

"木头，抱，抱，他哭哩！"

我笑了起来，但却仍然去整理我的衣衫和书。

"真的要走么？来来来，到后面去！"

她的两条眉峰一竖，眼睛露出恶毒的光芒，看起来，却是又美丽又可怕的。

她比我矮一个头，身子虽是结实，但却总是小小的，一种好奇的冲动捉弄着我，于是无意识地笑了一下，便尾着她到后面去了。

她从柴草中抓出一把雪亮的刀来，半张不理地递给我，斜瞬着狡猾的眼睛，命令道：

"试试看，你砍这棵树！"

我由她摆布，接着刀，照着面前的黄桷树，用力砍去，结果只砍了半寸多深。因为使刀的本事，我原是不行的。

"让我来！"

她突地活跃了起来，夺去了刀，作出一个侧面骑马的姿势，很结实地一挥，喳的一刀，便没入树身三四寸的光景，又毫不费力地拔了出来，依旧放在柴草里面，然后气昂昂地走来我的面前，两手叉在腰上，微微地噘起嘴巴，笑嘻嘻地嘲弄我：

"你怎么走得脱呢？……你怎么走得脱呢？"

于是，在这无人的山中，我给这位比我小块的野女子窘住了。正还打算这样地回答她：

"你的爸爸会让我走的！"

但她却忽然抽身跑开了，一面高声唱着，仿佛奏着凯旋一样。

　　　　这儿呀，也没有忧，

　　　　这儿呀，也没有愁，

　　　　……

我漫步走到江边去，无可奈何地徘徊着。

峰尖浸着粉红的朝阳。山半腰，抹着一两条淡淡的白雾。崖头苍翠的树丛，如同洗后一样的鲜绿。峡里面，到处都流溢着清新的晨光。江水仍旧发着吼声，但却没有夜来那样的怕人。清亮的波涛，碰在嶙峋的石上，溅起万朵灿然的银花，宛若江在笑着一样。谁能猜到这样美好的地方，曾经发生过夜来那样可怕的事情呢？

午后，在江流的澎湃中，迸裂出马铃子连击的声响，渐渐强大起来。野猫子和我都感到非常的诧异，赶快跑出去看。久无人行的索桥那面，从崖上转下来一小队人，正由桥上走了过来。为首的一个胖家伙，骑着马，十多个灰衣的小兵，尾在后面。还有两三个行李挑子，和一架坐着女人的滑竿。

"糟了！我们的对头呀！"

野猫子恐慌起来，我却故意喜欢地说道：

"那么，是我的救星了！"

野猫子恨恨地看了我一眼，把嘴唇紧紧地闭着，两只嘴角朝下一弯，傲然地说：

"我还怕么？……爸爸说的，我们原是在刀上过日子哪！迟早总有那么一天的。"

他们一行人来到庙前，便歇了下来。老爷和太太坐在石阶上，互相温存地问询着。勤务兵似的孩子，赶忙在挑子里面，找寻着温水瓶和毛巾，抬滑竿的夫子，满头都是汗，走下江边去喝江水。兵士们把枪横在地上，从耳上取下香烟缓缓地点燃，吸着。另一个班长似的灰衣汉子，军帽挂在脑后，毛巾缠在颈上，走到我们的面前。枪兜子抵在我的足边，眼睛盯着野猫子，盘问我们是做什么的，从什么地方来，到什么地方去。

野猫子咬着嘴唇，不作声。

我就从容地回答他，说我们是山那边的人，今天从丈母家回来，在此歇歇气的。同时催促野猫子说：

"我们走吧！——阿狗怕在家里哭哩！"

"是呀，我很担心的。……唉，我的足怪疼哩！"

野猫子作出焦眉愁眼的样子，一面就摸着她的足，叹气。

"那就再歇一会吧。"

我们便开始讲起山那边家中的牛马和鸡鸭，竭力作出一对庄稼人的应有的风度。

他们歇了一会，就忙着赶路走了。

野猫子欢喜得直是跳，抓着我喊：

"你怎么不叫他们抓我呢？怎么不呢？怎么不呢？"

她静下来叹一口气，说：

"我倒打算杀你哩；唉，我以为你是恨我们的。……我还想杀了你，好在他们面前显显本事。……先前，我还不曾单独杀过一个人哩。"

我静静地笑着说：

"那么，现在还可以杀哩。"

"不，我现在为什么要杀你呢？……"

"那么，规规矩矩地让我走吧！"

"不！你得让爸爸好好地教导一下子！……往后再吃几个人血馒头就好了！"

她坚决地吐出这话之后，就重又唱着她那常常在哼的歌曲，我的话，我的祈求，全不理睬了。

于是，我只好抑郁地等着黄昏的到来。

晚上，他们回来了，带着那么多的"财喜"，看情形，显然是完全胜利，而且不像昨天那样小干了。老头子喝得泥醉，由鬼冬哥的背上放下，便呼呼地睡着。原来大家因为今天事事得手，就都在半路上的山家酒店里，喝过庆贺的酒了。

夜深都睡得很熟，神殿上交响着鼻息的鼾声。我却不能安睡下去，便在江流激湍中，思索着明天怎样对付老头子的话语，同时也打算趁此夜深人静，悄悄地离开此地。但一想到山中不熟悉的路径，和夜间出游的野物，便又只好等待天明了。

大约将近天明的时候，我才昏昏地沉入梦中。醒来时，已快近午，发现出同伴们都已不见了，空空洞洞的破残神祠里，只我一人独自留着。江涛仍旧热心地打着岩石，不过比往天却显得单调些、寂寞些了。

我想着，这大概是我昨晚独自儿在这里过夜，作了一场荒诞不经的梦，今朝从梦中醒来，才有点感觉异样吧。

但看见躺在砖地上的灰堆，灰堆旁边的木人儿，与乎留在我书里的三块银元时，烟霭也似的遐思和怅惘，便在我岑寂的心上缕缕地升起来了。

1933 年冬，上海。

选自 1934 年《青年界》第 5 卷第 3 期

突围后

枪声已经听不见了，天也渐渐亮了，围在四周的，是静寂的山，是浓重的雾。团长林杰武回头来看自己的兄弟，似乎不很多，心立即沉了下去，但也许给雾遮着了吧，他只有这么自慰的想，立即叫挨近身边的卫兵跟他数一数。

这卫兵是个满有精力的家伙，别人三天三夜没有吃饭没有睡觉，已经疲乏不堪了，但他还能不打一下哈欠，答应起话来，也照样虎虎有生气。他是林团长的本家，叫林庆福，老太爷特别选他来招呼儿子的。临走的时候，老太爷还凑近他的耳门，小心叮咛："你要紧跟他呀，要是团长受伤了，你就背着他走。饷不会少你的，营里给你一份，我家里也给你一份。"他喜欢讲话，好吹牛皮，但做起事来，也极其能负责。自从老太爷这么吩咐过，他真的寸步也不离开团长。现在他听了团长的吩咐，他就行个礼，没入雾中去了。等会儿又从雾中钻了出来。仍然先行个举手礼，然后正正经经地报告：

"报告团长，我数过了，连我在内，一共还有十三个人。"

"胡说，你眼睛瞎了，怎么才十三个。"

"团长，的的确确是十三个，我一个一个数过的。"

"混蛋，你再去数一数！快点，你站着做什么？看我揍你。"

"呵哟，团长……我去，我去。你看？他们不是都来了吗？"

的确，他们都走拢来了，虽然只看清近边几张怪瘦的脸子，但蒙在雾里的后面几个黑影，也约略有些分明。团长林杰武倒抽了一口冷气，仍然默默地朝前走着，他想：一切都完了，数年来苦心训练的队伍像给洪水冲光了的一样。没有自己训练的队伍，还能做一个有实力的军官吗？唉，三天以前，会是这样的么？站在空坪上，黑压压一大群；绕在山岭头，活像长长的一条蛇；走在大路上，连尘灰都像遭了狂风吹卷似的，直向天空飞了起来，这些人紧跟着自己，顶少也有两三个年头。平日他们在草坪上操演，一看见自己出现，就立即精神抖擞起来，跑步会自然而然地跑得很整齐。尤其在训话的时候，问声"听到没有？""听到了！"那种立即应声而来的回答，简直可以说是"呼声雷动"。前夜在敌人机关枪的弹雨下，快要崩溃下来了，自己才跳起来，大声地喊："兄弟们，冲过去！"大家便一窝蜂似的跟着冲了上去，竟把敌人的火网突破。这些单纯而勇敢的人们，到底是给谁一下子断送的啊！不是一个该死的笨伯，不顾上级长官的命令，只管朝前猛冲的人吗？这样的人还配带兵吗？真该抓来一枪打死呀！他是个脾气暴躁的人，一动了气，就要动手的。在中学的时候，只要有打架的事情发生，学校的管理人就会生气的说，这一定又是林杰武那个东西了。现在对待勤务兵也是骂声和拳头一齐来的。他这样的走在山坡上，一面恨恨地想，一面便摸出手枪来，像对待别一个人似的，就给自己的脑袋一枪，同时口里还咬紧牙齿地咒骂：

"你这狗养的！"

尾随在后的林庆福，马上跳起来抓他的手枪，然而也已来不及了，他业已很快地拉下手枪的机柄。可是结果，却像几个笨手笨脚的人，在演戏一样的，前台扮自杀的演员，已经放了空枪了，而后台应该同时做出的枪声，却没有弄响。林杰武惊诧地看，原来昨夜突围而出的时候，已经打完最后一颗子弹了。

"混蛋！"

他一壁这么骂，一壁就把手枪丢在地上，仿佛脚打烂了的轿夫把破草鞋丢开一般。接着他又马上来抓林庆福的手枪，看见也是空的，就愤愤地骂：

"糊涂蛋，你为什么不留一颗？"

林庆福好像忘记枪是空的，只是惊慌失色地来抢，一面哀求似的喊：

"团长，你在干什么，你发疯哪……"

团长仿佛没有听见他讲一样，只恼怒地又把林庆福的手枪丢在地上，一面朝另外的兵士看去，想从他们的身上，找到武器，一颗子弹。然而，这更使他冒火了。十二个人全是两手空空的，有的人是为了太冷的原因，还把手塞在裤袋里面，看那样子，两只肩膀耸起，可怜而又可厌。他不知哪里来的力气，（可怜他三天以来，就没有吃东西了）还能跳起来大骂：

"狗婆养的！你们像什么兵呀，全是一些叫花子！回头来，我要一个二个枪毙你们的，杂种！你们的枪支丢在哪里去了？"

前头站的几个兵士，倒现得有些惶恐，还不失挨骂的人的本色，站立在后面的几个，却一直给瞌睡赶上了，竟站着就呼呼地打起鼾来。

林庆福捡起了地上丢的两支手枪，讨饶地说：

"团长，大家都是死里逃生出来的，还骂他们做什么呢？……还是快些赶路吧，再给敌人追上，大家就完了！"

"这样活出来倒不如死了的好！"

团长虽然这么愤愤骂着，但也朝前走了。他的头脑有些发昏发热，可也明白给敌人抓着去打去杀，总是一件惨事情。一路上，也碰见吊在树上的藤萝，现在山下的深壑，只消把颈子往上一挂，或者身朝下一倾，就能——如愿的，但他只动一下念头，丝毫没有去实行的意思，这就是他傲然地觉得，一个做军人的应该像一个军人似的体面死去，即是自己用手枪来打太阳穴，犯不着老百姓一样去投什么岩吊什么颈。

林庆福却一路央告：

"团长求求你，不要把我们丢了。没有你，人家会把我们当逃兵对待的。有了你来撑腰子，我们就不怕了，人家问，你们的官长，是哪一个？……你瞎了眼睛，站在你面前的都不认识吗？"

"混蛋，你又在多嘴做什么？……对着你那张嘴！"

团长虽是在这样骂他，但心里却禁不住有些担忧起来。心想这样下去，会是什么结果呀！军法官的审判，擅自进兵的罪名，枪毙杀头的刑罚，正在不远的地方等待着的！他怕的不是死，倒是怕死的时候，死得不名誉。他明白，他这回犯了轻敌深入的罪名，然而在他自己本身，不把打败的敌人穷追下去，一鼓歼灭，无论如何是办不到的。正如叫他喝酒，只许喝了几口，而不痛痛快快醉他一场一样。他喜欢痛快！他在学校踢脚球，跟人抢的时候，不但只是伸起脚去，而且还连整个身体也飞了起来，碰在对方身上。对手晓得他这种毛病，总趁他来碰的时候，便闪电似的躲开，叫他结结实实地跌落在地上。有时候连背脊手肘都擦破皮了，他飞跳起来去抢球的习惯，却从来没有改过。他总是喜欢痛快！他这回作战之前，听见上级军官的命令，不得孤军深入，穷追敌人，他先就皱紧了眉头。他也何尝不知道军人以服从为第一，军令不可违犯。但到了火线上的时候，同着敌人做着很剧烈的拉锯战，结果对方终于支持不住了，纷纷溃走，哪还禁得住收兵不打呢？而且年来扎在后方，每日看见报纸，说日本杀死中国人民，强奸中国妇女，就恨不得生擒几个日本兵来，一刀刀地割死！他为了一己的憎恶，为了民族的仇恨，为了杀贼的痛快，他哪里还管得到什么军令不军令。他在情感热烈的场合，他会忘记一切的。他在学校读书，一逢礼拜天，生怕日场开演的电影，错过了时间，便常常气喘吁吁地跑去买票。而回来的时候，总是发现钥匙锁在房里，忘记带出了，结果只有爬窗子进去，而且还要找一大半天，才能从窗眼递出钥匙来，叫邻室的同学跟他把锁开开。其实临走之前，心里也曾经格外注意过："这回不要再大意了。"并把钥匙好好地找了出来。但是为了陡然发现的鞋上的泥点子，须要马上刷去，或者觉得钱怕带得不够，还想再朝抽屉里找出几个铜板来添数，于是，拿在手上的钥匙，就又不晓得放到哪里去了。

刚才天亮的时候，他只是憎恶自己，痛恨自己，伤心实力的丧失，想给自己一下重重的惩罚。现在雾在散去，山岭也在露出脸的时候，却觉得自己之不应该活下去，是不成问题，因为千把人的性命，数年来培养成的实力，都是由他一手送掉的。只是目前应设法的，是要把自己的死，弄成一件绝不是不光荣的事情，他明白他虽然不高兴上级长官那种不准孤军深入的命令，但也不是有意要去违犯，因此要自行碰到军事法庭所张的网罗上去，他是不甘心的。他觉得，他这次的失败，纯粹出于一片好心——爱国，可是，管军事的人，他哪会理你什么好心不好心呢？他具是板起铁青的面孔，照着军法，一条一条的判的。

他在这么一面走一面思索的时候，卫兵林庆福渐渐又多起话来：

"团长，你实在要丢我们，我们也没法子想，作算天罚我们！可是，家里的老太爷，老太太，你可不能丢他们啊，日后他说你是自己放倒你自己的，他们会十足恨你一辈子的。还有团长太太，……咳，连我都不忍说了！团长你……"

"闭着你的臭嘴，你提这些做什么？"

真的，这些不提的好，提起来林杰武连足步都难移了。从前中学一毕业，就去报考军校，不是为了讨父亲老人家的欢喜么？礼拜天一回家去，就听见他老人家酸溜溜地说：人家五叔的儿子真了不起啊，已在军界出了头，做起连长了。考起军校的时候，母亲老人家虽然不大高兴，但后来一升到排长，不是又很开心地说，只要是玉皇大帝派下来的，做武官也是一件体面的事情吗？如今升到团长，却给他两老这么一下打击，那不是会比天塌下来还利害？这得写一封信去告诉他们，不然他们真会给这闪雷打死的。至于才讨一年多的太太，唉……

家信主要的措辞，应该是这样的：我早以身许国了，不成功即当成仁。然而不仔细解释清楚，是不行的。可是头脑昏痛得很，详细的话，应该休息之后，再来想想。并且司令长官、军长、师长都得每人写一封信去，说明这次作战的经过。还有一个在报馆里做事的同学，也得更要写封详细的信……

这时候，他需要有个地方来躺一躺，好好养一会神。

林庆福却一路很固执地想把主人说服：

"团长，我晓得，你很难过，你怕别人不叫你再带兵。索性就赌气，回家去住过几年吧。你可以养几条狗，喂一双鸡，像这样天晴的日子，我陪你去打野东西。我如今学会管马了，经常我就替你看马，喜欢到县里去玩一玩，只消一鞭子，就拍得拍得一下跑到了，比你带队伍惬意得多。你喜欢太阳这么高的时候，还躺在床上，也没有谁来问你一声的。在队伍上，一听见低达低达……那就不能睡了……你要带兵，等仗火打平息了，再出来不迟。"

"闭着你的臭嘴，说出这样没教育的话来。"

团长听见后面的话突然回身来拿起拳头打他一下。先前挨了打，林庆福只是默默地站着，现在却带着感伤的声音说：

"团长，你打你骂都好，只要丢去你的念头！你有一高二低，我怎么对得起三伯爷呢，俗话说得好，保得将军去，还要保得将军回。……今年他们寄跟你的腊肉，说不定已打邮包了。"

团长林杰武这回默默地走着了。他情不自禁地想：现在故乡业已过了冬至，家人已经杀了年猪。腊鸡腊鸭吊在厨房里面。庭前橘子柑树子已挂上红红的果子了，只消手一伸就能摘来剥吃。重阳时候新蒸的酒，也已开了封了，每晚吃饭的时候，就要烫热的一锡壶放在桌上，而父亲母亲妹子老婆等人，便会在菜油灯下露出红红的笑脸来。

"唉唉，还想这做什么呢?"

团长林杰武竭力斥退他脑筋里面的遐思，他只盼望快快走到这么一个地方，没有日本军队，也没有中国军队，只希望那里有老百姓给他纸，给他笔，并给他一颗合用的子弹。

正午的时候，大雾完全散尽了，天空映着晴美的阳光，远远的山描出清新的翠蓝。落尽叶子的树林画出迷迷离离的黑影。是尚未落雪的冬天的好时候。可是这一群突围出来的人，却是怎样的难看啊！每人的脸，都瘦了，脏了，腿膛底下，也显得黑黑的。制服满粘泥点血点，且有些地方，撕破了。大家疲乏得很，倘不怕敌人赶来，倘不为了饥饿，看光景就会躺在地上，睡它几天几夜的。林庆福和十二个士兵，他们只感到生还的 * 快，看见山下边竹树丛中，有黑色的瓦屋，雪白的粉墙，为晴朗的阳光照着的时候，大家都格外有精神起来，他们晓得他们就可以从老百姓家要得东西来吃了。

但林杰武看一看村庄，又看一看随在后边稀脏褴褛的人们，不禁越发难受起来。他觉得从这样陡险的山路。走下人烟密集的乡村，而一路却有老百姓息下斧子，放着锄头，停下担子，手遮在额上，好奇地在观看，那自己带的队伍是应该显得十分像样的！至少每个都背着新式的枪支，腰上围着饱满的子弹。刺刀和水壶碰得丁丁地发响。而且还应该一起唱着军歌，发出宏大的声音，像山间冲下的山洪一样，激荡平原的乡村。同时自己是骑在洋马上面，头昂得高高的。

他很害羞起来。做了七八年的军官，从来没有这么落魄过。倘使每个人手上，都拿着棍子，一个破碗，不是更像一群乞食的叫化子吗？他刚才还想急于走到老百姓家里，找到纸，找到笔，找到子弹，现在却觉得这样子出现在老百姓的面前，是多么不体面，多么有失体统啊！这一来足步便无形中弛缓下来了。

林庆福却带着一种忍不住高兴的声音说：

"团长你让我背你走！你身体不好！得快点去息一息！"

"你们要做叫化子，就赶快走，……看着就使我生气了！"

林杰武说着就在路边坐了下来，恼怒地看着随他的人。平日他喜欢他的队伍，是他们操练得整齐，是他们服从的样子，是上级军官检阅之后给他几句赞美的训话。至于跟一个兵士单独会面的时候，却并不感到他是怎样的可爱，只觉得是些愚蠢的没受教育的乡下人而已。因此，这十二个劳顿疲乏的兵士，一个一个出现在他的面前，就只是愈加可鄙可厌！

林庆福向走拢来的十二个人，小声地过来说：

"唉，团长病了，最好我们到村子里去请个医生，叫老百姓来乘轿子！……"

话还没有说完，路两边茅草丛中忽然哗哗地作响，立即钻出二三十个短衣汉子来，手里都拿着带有红缨的长矛，做出刺杀的姿势，并大声凶狠地问：

"做什么的？"

林庆福向后一跳立即举起两支手枪，大声地恫吓：

“不准动手，看我开枪啦，你们做什么的？”

拿矛的汉子些，稍微退开一点，大声理直气壮地说：

“我们是山下边的老百姓，你们做什么的？放下你的枪，不放下我们先把你杀死……老大拿你的枪来！”

林庆福知道是老百姓，就指着林杰武声势虎虎地说：

“不要乱来，我们团长在这里，我们是正式军队，才从敌人那边打过来的。”

持矛的汉子些，带着不相信的样子，看一看林杰武，仍然大声地呼喝：

“管你们什么人，交下你们枪再说！”

林杰武是一直气来话都说不出来了，古话说的：“龙游浅水遭虾戏，虎落平阳被犬欺。”这种莫大的侮辱，今天可以说是深深感到了。

一个拿枪的年轻人跑来了，便接着嘴说：

“你们要真是正式军队，我们会还你们的。”

林杰武看见来人，腰间围了一大圈子手枪子弹，心下却暗自高兴起来，便向林庆福说：

“交给他们！”

林庆福带着不愿意的样子，只看着林杰武慢吞吞地说：

“团长，这怎么好交跟人家哩！”

林杰武立即鼓起眼睛，斥责地骂：

“你不听我的命令么？”

林庆福仿佛受了极大的委屈似的，只好怏怏地交了出去，一面生气地向那持手枪的年青人说：

“如今枪交给你们了，你们赶快去叫乘轿子来，我们的团长，他病了！”

林杰武却立即站了起来，扬一下手，就朝头前走着说：

"走，我去会你们的村长！"

走下山的时候，林庆福带着夸耀的口气，回答那些汉子的问话：

"你们默倒我们害怕把枪丢了么？那笑话，你们去打打大仗火看。打了六天六夜，就是外国来的枪也不经用的！枪筒子却烧红了，你去摸嘛，开头还可以找水来灌一灌，后来连尿都没不了！告诉你，老乡，这要不是我们的团长会打仗，哪个还打得出来？"

"哼，我们算得什么损失？你去看看，日本鬼子死了好多！就把他们的耳朵割下来，也要堆成一座山呀！我们突围，飞机、机关枪都不怕，怕就是怕鬼子的尸首，真是太多了，左一足，右一足，全踏着他妈的鬼子。一不小心，脸就会碰着鬼子的鼻子上，那才厌恶人啰！我们中国人死了都闭着眼睛，他们都大大睁着的，为什么呢？他不甘心呀！我们这边死一个，他们那边不死三十也得二十。你想，一个大大的团长，他们鬼子都不来追尾，就是不敢呀！我们团长两只手，都会打枪，这两支枪就是他老人家使的，左手一枪，右手一枪，左手一枪，右手一枪，哪个鬼子敢拢身？要不是子弹没有了，咳，那不晓得还要打死多少鬼子？"

别的兵士也为了想受到好的招待，也助声助势地说：

"那真是，不晓得要打死多少鬼子去了！"

这些住在乡村的汉子，起初在问话中还用"他"字指着前头走的那个人，现在却也不知不觉地拿"团长"二字来代替了。那个拿着手枪的年青人，还表同情地说：

"真是苦了你们了，六天六夜没有饭吃，没有睡觉。"

林庆福得意他那番添盐搭醋的话生了效了，就非常高兴地说：

"那没什么苦，为了国家，为了老百姓，我们做军人的，是该当苦的！"

林杰武听见林庆福向这些乡下人吹牛，起初还感到讨厌，继而见乡下人竟然有些神往，便也不说话了，只默默地昂头走着，带着悲壮的神情，他想：

"当年拿破仑给英国兵船送上大洋中的孤岛去时，心情和神气，大约也不过如此的吧。"

在军校读书的时候，他最佩服的人，便是拿破仑。听到林庆福为国为民的话语，便不禁心里骂：

"鬼东西，想不到肚皮里还装有这套话哩！"

其实自抗战以来，林庆福把这样的话，已不知听到多少次数了。

他们这一行人，安顿在村中小学校里面。因为敌人打来，学生都散回家去了，只冷冷清清剩了一些桌椅、板凳。那个拿枪的年青人，还很和蔼地向林杰武说：

"团长，你要什么东西，请吩咐好了，不要客气。"

林杰武却冷冷地说：

"你给我一点笔墨纸张，我要写信。"

林庆福便抓着那年青人的手臂，拖在一边小声地说：

"老乡，你赶快给我们找点吃的，算起来怕有七天没有东西落肚了，再则快去找个医生，我们的团长病了。"

那年青人不相信地反问：

"我看他不是好好的么？"

"别的病倒没有，他发神经，路上他差一点，打了自己的脑袋。"

"哦！"

林杰武吃过饭，得到纸笔的时候，就把自己关在教员室里，吩咐林庆福不准别人来打扰他。林庆福看看房内只是一张书桌，一条柜子，一架板床，和一堆点名簿成绩表，就也放心，让他去写他的信。自己就躺在几张学生书桌搭成的床上，呼呼地完全入睡了。

林杰武吃饱了饭，勉强坐在桌前，伸开了纸。

他想：应该先写给上级长官，但提起笔来，却觉得难于下笔。他在学校的时候，对于作文，常常感到头痛，做军官以来，就更少动笔了，一切都是命令书记官来写的。但现在，哪里去找书记官呢？也许这学校的教师可以代笔吧？他开开门想叫林庆福去叫村子里的人。但林庆福已和十二个兵士睡得像死猪一样了，他只好先来写家信。才动笔写起双亲大人的时候，头就感到沉重起来，眼睛看见黑的字块，也不免有些发花。他竭力把胸部挺开，做一下深呼吸，打算把瞌睡赶开，可是写不上两三行的时候，眼睛又花了。笔居然不听指挥起来，竟蓦地一下，在纸上大大画了一笔。他索性把笔放下，拿手撑着头，由他打起盹来。

他看见半年前在家乡修的那些小洋房，挤了不少的人，他们都是远房的本家，嘴里闹嚷嚷的：

"喊老东西拿存款折子来看看，到底还存有多少？"

"恐怕在外县还买有田，文契一定要看一看！你们想一个团长一年要挣多少去了。"

"把省里讨的那个女人，跟他赶出去，那个娃子，怕也不是他的种！"

"该赶，该赶，好过寄我们寿生。"

"不不不，是该我们家的阿金！"

"哪里，哪里？三伯爷喜欢我们家的福和。"

他气极了，掀开众人，赶了进去，只见父亲手里拿个匣子，胡子都气翘了似的说：

"那个敢来我手头抢，我就要和他拼老命！"

母亲则倒在睡椅上，流眼抹泪的，一面拿手捶她的腰杆，连连地呻吟，哎呦，哎呦……

他们两老看见他回来了，立刻又哭又高兴地说：

"幸喜你回来了，那些造谣生事的，都说你……"

父亲又一面跑到门口，大声地骂：

"我儿子回来了，你们来赶我嘛，你们来抢我嘛!"

林杰武回头又看见，几个女人正把他讨的太太，披头散发地抓了出来，他气极了，像猛虎见羊似的，捏紧拳头，猛扑过去。于是他醒了，信纸涂黑一大笔而外，还浸有他睡熟时候的一大片口沫。他恼怒地把信纸揉成一团，投在地上，一面忿忿地想。

"为什么我父亲只生我一个人呢?"

梦中那样的情形，他相信会在家里发生。半年前送女人回家去看落成的新屋时，就听见过许多闲言闲语了。

这时候天已是晚了，有人在外边敲门，他不高兴地问：

"哪一个?"

"林团长，是我，你认识的。"

回答的是一个亲切的声音。但认不出到底是谁。但听说是认识他的，便略为吃惊地去把门拉开。一个四十七八岁的人走了进来，脸上露出一股精明能干的气色，使人不敢随便把他当成乡下佬看待。样子的确有点面熟，但却说不出他的姓名，也记不得曾经在那里会过。到是来人自动地介绍，说他叫徐茂兴，在蚌埠城内开过几间铺子，先前林团长的团部就在他的面粉厂内扎过。今天有事到邻村去了。听娃子说起长官的姓名，才尽快赶了回来。

林杰武才想起先前在这人的号上，连鱼翅燕窝席，都吃过两三次。而且每次都是他亲自三番五次地来请，自己才肯降临的，那时哪里把这生意人看在眼里，现在再行相会，却已仿佛变成阶下囚了，不禁脸子通红，默默地说不出话来。

徐茂兴竭力安慰他说：

"团长宽心一点，胜败乃是兵家的常事，就拿古人来说，刘备也马跳过漕溪，团长，你一定很冷?"

他一生熟悉的历史，就是三国，随口便能引了出来。跟着出去一下，向什么人吩咐了几句，又走了进来。

"就拿曹孟德来说，人那样奸雄，兵又多，将又广，他还要割发撩袍哩。不说别人，就拿我自己来看，也算给鬼子干光了，面粉厂、医院、南货店、当铺，那一样留下来，真是一败涂地，比刘备马跳檀溪还要惨得多！幸好我还有点祖业，留在这里，回到老家来，横顺三六十八村，都给我吹动了。我要爬起来，同他鬼子拼一拼老命，一个人那样就容易给人打倒了？"

先前拿手枪的那个年青人进来了，拿着一件羊皮大衣，徐茂兴介绍他说：

"这是我的侄儿，徐发先，他学校毕业的，……冷得很，快披上。叫他们预备被窝吧，我看团长要睡了，唔，要吃夜饭了吗？叫他们烫起酒！"

年青人出去的时候，徐茂兴看着他的背影叹息地说：

"可惜他只进过文学校，不然的话，那是多好的帮手。"

林杰武穿着老人亲手给他披上的大衣，连心上也感到温暖起来，觉得一味板起面孔不回答老人几句，是有些过意不去的，便问：

"你准备有多少人了？"

"鬼子打来了，二十来岁的小伙子，千把两千个人还凑得出！"

林杰武心下着了一惊，但又随即微笑起来，暗想："你人再多，拿起矛子有什么用呀？"

于是又问：

"新式快枪有没有？"

"多倒不多，新新旧旧八九百支还拿得出来！"

林杰武又大大惊异起来，想不到这里民众还有这么多的武器，随即艳羡地问：

"那末简直可以打一下了!"

徐茂兴抑郁地说:

"万事都已齐备,只欠东风,那就是指挥作战的人!"

林团长忍不住了,站起来大声地说:

"那末让我效劳好了!"

徐茂兴立刻走到林团长的面前,拉着林团长的手,显出感激涕零的样子,几乎要跪下去说:

"团长,这就受你天大的恩德呀!我生怕池小不养鱼,留不住你!"

林杰武这时重新感觉自己好像拿破仑从放逐的海岛,潜行归来,受着法国人民的盛大欢迎一样,同时心里也喜悦地感到:

"好!这下子我可以带罪立功了!"

徐发先在门外听得高兴了,连忙走了进来,把两支手枪,恭恭敬敬交还林杰武,抱歉地说:

"团长,请你们恕我们无知,这个还是还你好了!"

林杰武现得宽宏大量的样子,接着手枪,喜气洋洋地说:

"没相干,只可惜一颗子弹都没有了!"

"团长,你看,这用得么?"

徐发先将腰间的子弹袋解下,双手献跟他。林杰武立即取一颗,试着装进自己的手枪。这时给人叫醒来吃晚饭的林庆福,看见团长在把子弹上进枪膛去,就禁不住大声惊叫起来:

"团长,那来不得呀!"

一面叫,一面飞跑进来,立即把团长拿的手枪夺去。林杰武便又好笑又好气骂道:

"混蛋!你还没有睡醒么?"

选自 1942 年《文艺杂志(桂林)》第 1 卷第 1 期

委　屈

一

在汪家大院子的左边，即是原野的北面，约莫距离半里路光景，那条枯干的河床便带着小沟、泉塘、草坪、树林以及堆满石块的沙地，十分荒野地现了出来。刘老九下午抄完田后，就把水牛骡子和汪二爷新近买的两条黄牛，一起吆到河壩里去吃青草。背后则尾着汪二爷的两个孙子。那时太阳已离地平线不远了，抹着一层粉似的淡蓝天空，已在慢慢地变成深蓝起来。叶子长得绝绿的树林，终天就像含有淡淡的烟霭般的，也在逐渐浓重了。河坝里一块块的青草地上，总有几条黄色黑色的牛，站在那里啃草。小沟边的柳树底下，放牛的孩子，三三两两地，追逐柳絮玩耍。终天在田野里飞着叫着的布谷鸟，这时已躲进树林休息去了。只有黄鹭还在林子里不息地歌唱着，吐出一连串柔和婉转的声音。

牛和骡子看见是朝河里去，用不着刘老九赶，就快快地跑着。嫩绿的草丛里寻着什么的野麻雀，闪着麻褐色的翅子，惊飞开去。快要垂到地上的柳条，一闯过的时候，便把小点小点的白色柳絮，粘在牛和骡子的背上。挨近泉水的地方，苜蓿长得又密又茂盛，黑绿色的叶上，点缀起小朵小朵的金花。这种植物在别一个地方喊做金花叶，是要摘回家去吃的，而在这个丰饶的原野中，却让牛马来饱餐罢了。但骡子对于苜蓿似乎嫌不大够味，它喜欢在干燥的地方，啃吃马鞭梢，这是长有紫色的小梗，包着青色叶鞘的小草，多节，很有韧性，巴在地上生起来的，骡子嚼在嘴里，大约很是感到快意，所以它一面啃，一面总时不时在高兴地喷喷鼻孔。刘老九看见它们吃得很惬意，便也觉得十分快乐，正如一个做母亲的人，叫孩子用功读了一番书，然后再拿好点心跟他们吃的时候感到的愉快一样。

汪二爷的两个孙子，大的十二岁官保，小的九岁军保，是在三清寺读小学，刚刚放学回来的，他们顶喜欢跟到河坝里去放牛。在那里有嫩嫩的青草做垫子，可以随便飞跑打滚，不会弄脏衣服回去吃妈的耳括子。还有刘老九肯替他们摘树上的野花，玩疲倦的时候，也愿意背他们回来。再则，别的放牛孩子些，因见刘老九随时在旁招呼，也不敢随便欺侮他们，玩耍的时候，肯让他们几分。刘老九替他们两个各摘一枝杜鹃花，便叫他们去和那些孩子一道抱蛋，自己便在泉边桤木树下，选块大石头坐着，慢慢地吸叶子烟，眼睛却向孩子们愉快地望着。

一个叫水生的放牛孩子，大约有十三岁光景，他拿四五个鹅卵石，当作鸡蛋，放在草地中间。身子便像牛似的，蹲伏在放石头的地方，做出保护鸡蛋的姿势，若有哪个去偷，他便迅速地拿足去扫。别的几个放牛孩子，连同汪家的官保，军保，就立着围在四周，准备去偷他守着的鸡蛋。去偷的孩子必须手足伶俐，跑跳得快，如果给抱蛋的足扫着了，或者只挨着一点点，都该自己去做抱蛋的，让原来抱蛋的去做抢蛋的人。每一次抢着了蛋，或者单给抱蛋的扫着了，孩子们总要大声欢笑起来。刘老九见他们笑的时候，太阳晒得棕红的脸上，便也禁不住现出天真的笑容。这算是他一天辛苦之后唯一愉快的时候，不像平常总是板起面孔，仿佛对一切都很冷漠似的。

官保常常跑拢去偷蛋，也容易被人扫着去做抱蛋的。军保却不敢拢堂，总随在别个后面跑，因此每次的游戏，他既没有偷着蛋，也没有做过抱蛋的。但别个抱蛋的孩子，要是蛋一下给抢光了，便会尽力追着人，用足扫射。碰着这种情形，他们多半选着军保来追，因他人小跑得不快。军保一被这样追着的时候，就总是一面逃，一面吓得尖叫起来。刘老九便急忙大声喊道："那样扫着不算事的！你不能欺侮他人小呀！"

刘老九在看孩子们抱蛋的时候，忽然听见有人背后在说话，"呵呀，好难找呀，原来在河坝里头。"回头一看，见是邵大嫂，她正微笑的走了过来，脸走得红红的，手里提小半篮苕菜。刘老九取下烟袋，慌忙站起来问："你是找我吗？邵大嫂。"

邵大嫂放下菜篮子，一壁掠着飞在脸边的头发，一壁笑着说："好难找啰！我问着长生哥，才晓得你在这里，路很难走，到处……"

刘老九不待她说完，就赶忙问："邵大哥好些了吧？"

邵大嫂微笑着的脸子立即阴沉下来，皱一皱眉头说："好到好些了，就是走路不方便，真是焦人！这样拖下去，拿啥子来吃嘛！就是喝口稀饭，也要有两颗米来下锅撒！"

刘老九的脸上，也现得有些焦急起来，稍稍踌躇一下，才问："冯七爷来回过话没有？"

邵大嫂撅下嘴巴，现着不满似的神情说："话是回过的！……他也没法子，去给你们东家说过好几天了，一点音信都没有。石头丢下水，还有一点泡子撒，好气人啰！"

抱蛋的水生，因为足扫重了，被扫疼的小猪便同他争吵起来。刘老九怕他们打架，就去排解一番，罚水生再抱一盘蛋，事情才算解决了。刘老九转回来之后，才问邵大嫂道："冯七爷就算了么？他那样要面子的人！"

邵大嫂动一动眉毛，略微生嗔地说："听那口气，那自然是不肯甘休的！……不过这是他们两个人的事了，惨的是我们，你邵大哥一躺就是十多天！俗话说得好，坐吃山崩，拿啥子来塞嘴巴嘛？不比你九哥，单人独马的，息下手来，荷包里还积攒得有。"

刘老九脸色黯然地说:"积攒啥子钱啰!我爹妈的棺材钱,上个月才算还清楚,陈家幺店子还有一笔不少的账……"

邵大嫂嘴角微微一撇,淡淡一笑,刚要说什么,恰巧赵长生闯来了,她便不说话,只朝赵长生看去。赵长生唧着短烟袋,脸上微露笑容,看一下谈着话的两人,便向那个快要吃着芭茅的骡子,打个石头,大声叱骂一句丑话。骡子跑开之后,他才向刘老九责备道:"你看哩啥骡子嘛!吃了芭茅又好惹人家讲话。"

芭茅在高地方一大丛一大丛的长起,到秋天可以长到六七尺高,乡下人拿它盖房子,围菜地,用处不少,因此放牛放骡子的时候,便当心牲畜不要吃它。刘老九没有理赵长生,只向骡子看了一下,才对邵大嫂说道:"上个月的工钱,还没拿着,等我再催一催,还了账,总可以剩下一点给邵老安……"

邵大嫂禁不高兴地微笑一下,拉着身边的柳条,向着一边说道:"我倒不是为了钱来的!"

随即看一下赵长生,好像有些不好出口似的,便不讲了。赵长生望一下她,又望一下刘老九,含意地笑笑,一面说:"回去吧,天不早了。"便去拉骡子。

太阳全已落土了,西方现出一片凄艳的红霞,头上天空越发深蓝。远处的林子,已挂上一抹一抹的白雾。袖头领口,逐渐有些寒意侵进来。刘老九也慢慢去拉他的牛。邵大嫂提着竹篮,尾在后面,小声说:"刘九哥,我不是凑合你,我细细一想,这回我们老安的事情,只有你才做得到!"

刘老九回头来吃惊地说:"我?……你说到哪里去了!"

邵大嫂紧盯着刘老九的眼睛,神色紧张地说:"只有你才做得到!如今汪老二就怕的是你!你先不要向姓赵的讲,他是个颤铃子,事没做出,话早就传出去了。"

刘老九摇一摇头,淡淡笑了一笑:"他都怕我啰!"

邵大嫂现出责备神气说："刘九哥，你好不明白啰！如今春天快要完了！哪一家不忙着抄田？你这样能干的人，他怎么少得？"

　　"我算得啥！"刘老九这么说了一句，仍然现出莫明其妙的神情问，"那我对于你们又有啥子用场呢？"

　　"那用场就大得很啰！"邵大嫂说得兴奋起来，"要是你去说几句，汪老二没有不听的！"

　　刘老九禁不住笑了起来："那说起来，我比冯七爷的本事还大么？"

　　邵大嫂立即严肃地说："不是我偏你！有些时候你是比冯七爷本事大呀！……就怕你不肯那样做。"随即看一下四围，然后窄着嗓子说，"昨晚冯七爷就说过，你东家顶怕你这时候打围，你肯讲，他没有不听的！"

　　在抱蛋玩耍的军保，这时候突然哭起来了。刘老九看出是什么人在哭，便马上跑去。一面大声喊嚷道："哪一个搞的？哪一个搞的？"他替军保拭了眼泪，一面安慰他，一手将他牵了过来，才向邵大嫂说道："这一家人我早就恨透了，不是为了还账，哪个肯老登下去？"

　　邵大嫂高兴地动一下眉毛，接着又拿嘴向军保一递，嘲笑似的说："看你不是很喜欢他的孙子么？"

　　刘老九火红了脸，大声分辩道："那又不同嗬！第一他们都是小孩子……小孩子你肯那样么……不要哭，不要哭，明天九哥跟你买麻糖，你听见叮当叮当地敲来，你就喊我！……他们就是这点好，还没戴上富贵眼镜。大了就难说了！"轻轻叹了一口气，接着就向邵大嫂说，"走我是要走的，就怕不一定对你们有用？"

　　邵大嫂忍着高兴的神情，急忙问道："那又咋个讲起的呢？"

　　刘老九回答邵大嫂道："他会请得着人的，顶多迟个几天罢了！"

　　邵大嫂动一动眉毛，现着精灵透顶的样儿说："那请得啥子人，如今有气力的，哪一个不跑去当兵？就说请得着，正碰打牧田的时候，你不出高价钱，看人家耳起你！"

赵长生拉起骡子走着，一面现出要笑不笑的神情，向刘老九这面喊道："肚皮饿不饿？……快吃夜饭啰！"

邵大嫂连忙看看天色，笑着说道："哎呀，再晚一下，就要摸黑了！"默了一下，才又严肃地说，"九哥，要是不方便的话，你还是不管我们的好。"接着，便提起竹篮，匆匆忙忙地走了。

近处河坝里，已几莫时罩起了雾。远点的林子，也现得黑影森森的。一群群的鸟子，急急忙忙打天空掠过去。隐在树林那边草地上的牛，大约等人去牵了，正在哞哞地叫着。西方的晚霞，就像凋谢了的桃花，只现着淡淡的红色。深蓝色的天空，开始罩上一层朦胧的阴影，使人感到它是在逐渐地低沉起来。赵长生看见邵大嫂走了，便边走边盯着刘老九，笑起骂道："你妈的，你们原来还有这些搞头，怪不得昨晚不去锯子那里。"

刘老九心里正在盘算，假如打了锣，该到哪里去住几天？因他自己早已没有所谓家了。而且，还了陈家店子的账，落下的钱，是不是还够吃两三天呢？这些问题，都使他的心情，禁不住阴沉起来。他尝够了求爹爹告奶奶的苦处，不愿意再去伸手向别人借钱。他原来的打算，是想蹽个把月再走，觉得衣袋里有了点钱之后，就无论找事，出远门，都比较好些。然而，现在这一来，什么计划都完了。所以赵长生更在那样揶揄他，他便忍不住恼怒地骂道："有啥子搞头？你妈的，你不是亲眼看见的么？"

赵长生就笑嘻嘻地说道："不要冒火！我晓得我来错了，不该来打岔你们的好事！"

刘老九越发恼怒起来了："你还要乱说么？惹得我鬼火冒起，看我不揍你！"

赵长生这才搭讪地笑道："我不会跟你讲出去的！你那样气做啥子？"

"闭着你的臭嘴！"

刘老九捏着拳头，这样地骂他。赵长生没有回答，只再回过头来，对他扮个鬼脸，就打下骡子，便迅速地朝前走了。刘老九走了一阵，才觉得官保军保没有尾上来，便回头看看，玩疲倦了的军保，正走得气喘气喘的，在往天他早会喊刘九哥背他，这时却不敢了，只胆怯怯地望着。刘老九便拉住牛，等他走来，然后把他背在背上。

二

吃完晚饭的时候，烧房里的吴伙计，刘老九赵长生都在饭桌子上裹叶子烟。种田人饭后吃烟都搞成习惯了。吴伙计一面裹烟，一面看着刘老九和赵长生两人，微微笑了一下，然后说道："今天下午邵安娃的老婆，啥子事情来找你们？"

赵长生把嘴里往下一拉，半笑半恼地说道："找我？我还没有走桃花运！"接着把烟袋的斗子，朝桌子边上重重敲了一下，抖去先前没有抖完的烟灰，然后把裹好的烟卷捏了上去。

吴伙计做出一本正经的面孔，责备小孩似的说："龟儿子东西，人家问你正经话，你总朝歪处想起去！"顺手拿烟袋指着赵长生的脸子，"可见其你那心子里，终天只在想些坏事情！"

刘老九叭燃烟之后，才微微叹口气地说："还是邵老安可怜！自从这里登打了他，饭没吃，活路又做不得。"接着他望着吴伙计，"他老婆今下午就来讲过这个事情！"这时他觉得要是真能使邵老安得到帮助，自己还是毅然决然去向汪二爷说说好些。即使一个钱都没剩在手头，打锣之后，至少肚子还是有法子塞饱的。

吴伙计带着不相信的神情，笑着说道："其实他可以去求求汪二爷撒！"

刘老九大大喷出一口烟子，他不高兴吴伙计的态度，同时也着实有些恼怒汪二爷，像在骂那么似地说："咱个没求过？托人讲情也讲过了！……他妈的，就像阎王老子手里讨命一样！"

吴伙计稍微带点嘲弄的神情，笑着说道："邵老安家里的事情，你倒满清楚嗬！"

赵长生急忙摘下烟袋，讥笑地说："不清楚！人家还来找他吗？"

刘老九气红了脸，咬着牙巴骂道："你们咱个这样，卑污呵！眼屎那样大的怜悯心，都没有！邵安娃给人家……"

赵长生立即咳嗽一下，还递一下眼色。刘老九补足他的一句话，"一足踢出去。"才回头一看。汪二爷正一脸怒气地来在他的身边，酒的臭味简直醺人的鼻子。刘老九没有再说下去了，只静静吸他的烟，眼睛有着桌上那些还没抹去的饭粒。赵长生和吴伙计都惶惑地望着汪二爷，见他没有走开的意思，就立刻起来让坐。赵长生还赶快拿来抹桌帕把桌面揩抹干净。油壶子的灯光，发亮一点，他心子不住地跳，害怕汪二爷责备昨夜出去的事情。他不吸烟了，把剩下的一节捏熄，装进烟荷包里。

汪二爷坐在吴伙计的对面，敞开皮马褂，看一下刘老九之后，才向赵长生露出冷酷的神情问："沟边上那个田，今天抄出没有？"

赵长生立即放下心了，便赶快回答道："还没动手抄，今天才扯完莕子！"

汪二爷向赵长生和刘老九眼睛一鼓发气地说："为啥子这样慢呢？"

赵长生想不到会从这一方面来责备他们，便禁不住脸红起来，嗫嚅地说："我们，今天，气都没有用息一下！"

汪二爷现出不相信的神气，轻蔑地从鼻子里透出一下气来："哼！"

刘老九摘下烟袋，竭力忍着愤怒地说："这不能怪我们慢嗬，如今是两个人做三个人的活路呵！"

汪二爷恨恨地看他一眼，然后叱责地说："就是请七个八个也没有用场撒！个个人都晚上出去晃荡，白天啥子事情，都会跟你拖起！"跟着偏起头，一脸怒气地问刘老九，"昨天晚上，你们出去做啥子?"掉过头又向吴伙计吩咐,"以后晚上任谁哪一个回来迟了,都不准跟我开门!……听见没有?"

"听见了!"吴伙计赶快答允着,生怕答允慢了,就会挨骂似的。

赵长生不安地看着刘老九。刘老九现出非常平静的样子回答:"我们去看邵老安,他同我们做过伙伴一场,我们总该去看他一回!"

汪二爷带着讥讽的神情,骂道:"说倒说得好听,出去看伙伴!"随即黑下脸来,拿眼睛扫射刘老九赵长生他们一下,"我老实告诉你们,你们不要仗势在我这里做活路,就可以胡作乱为!……就是人家看我的面子,不追究你们,我可不能答应你们的!"

赵长生略微红着脸说:"我们昨天晚上,全是规规矩矩出去,规规矩矩回来的!"

汪二爷立即向赵长生眼睛一鼓,大声骂道:"你啥时候规矩过来!就是你顶不规矩!……你得小心,我这碗饭,不是那样好吃的!"汪二爷自然喜欢人家奉承他,但也高兴人家替他着实做事情,所以他一向看不起赵长生,晓得他做起活路来爱偷懒,因此,一碰到发气的时候,总拿他来开刀,杀鸡吓吓猴子。

赵长生若是单独一个人这样挨骂了,也许会算了的,但在吴伙计和刘老九面前,却觉得未免有些扫脸,因他平日总喜欢对他们夸口称能,如此当场挨骂,怎么受得下去。何况他又认为汪二爷的责骂,完全没有抓着什么把柄,只是乱发脾气,就也脸红筋涨地分辩:"汪二爷,请你老人家说明白一点!到底我哪一点不规矩?赌吗?盗吗?嫖哪?这碗饭不吃都不打紧,你老人家请跟我说个明白!"

"妈哩个×!你还跟我斗嘴哩!"汪二爷朝饭桌子上拍了一巴掌,气虎虎地骂了起来,"我教训不得你哪!明明白白昨晚出去偷人家的树子,还不承认是盗!要咱个才是盗?"

"不要这样活天冤枉人!你没……"赵长生生气地站了起来。吴伙计连忙劝住他:"不要讲了,不要讲了!他老人家说你几句有啥子要紧！"赵长生立即向吴伙计嚷道："还不要紧！说你偷东西，你背得下么？"

刘老九一直默默的叭着烟的，这才摘下烟袋来愤愤不平地说："这样乱栽诬人，太没有道理了！"

赵长生气鼓气账地说："明明是张木匠，却要栽诬我们！"

汪二爷对于刘老九的桀骜不驯，深为痛恨，只以他平素认真做事情，田里缺少不了他，便姑且隐忍一时，打算找着更好的长年，再行换他。一直在吃晚饭以前，都还抱着这样的意见的。但这一来，却也忍无可忍了，因为本想只借赵长生来骂骂的，料不到他反而骂了过来，便又立刻朝桌子上拍了一巴掌，口水爆溅地骂道："你是啥子东西？有你来插嘴的！看你这个样子就是个贼！我平日惯活了你，你倒反而贼腔贼调起来。没天良的东西！"

烧房里的烤酒师傅和助手，闻声赶来看的，立即一个劝刘老九，一个劝汪二爷。烤酒师傅向汪二爷很关切地说："你老人家息气一点，不要气坏了，身子要紧！身子要紧！"

汪二爷不听劝地嚷骂，一面把皮马褂脱下来："我要揍他，这没天良的东西！"

烤酒师傅和助手，两个人都一起来拉住汪二爷。刘老九顺手就把烟袋朝桌子一敲，眼睛鼓起很大地说："我整人害人哪！？我没有天良！"

汪二娘也出来了，连忙骂道："刘老九，你想造反了！吴伙计，赵长生，你们站着做啥子，快把他掀出去！"吴伙计忙去掀刘老九，把他推出屋子外去。

汪二爷挣扎在烤酒师傅和助手的手里，忿激异常地叫嚷："不要拦阻我！让我揍死他！这没天良的东西！今天不看我的面子，人家团上早就抓他去关起了！"烤酒师傅和助手连推带拉地把汪二爷劝进去。汪二爷气喘喘地反过脸来骂："叫他今晚上就跟我滚，不要蹾在我这里!"

汪二娘看见赵长生生气在那里不动,才想起他也挨了骂了,便说道:"长生哥,你一向做人和气,好处我们都记得起的!他老人家的脾气你帮了一年工,还不晓得的么?气头子上,难免不说几句重话,再呢,今晚上又多吃了几杯酒。……你晓得今上午的事么?就为了你们,他同人家斗了一场嘴!平素他从没有把你们看外过,总当成自家人一样的围护!要不是今晚上你们还要使他呕气,那就太使他难受了!"

今天下午汪二爷和汪二娘商量的结果,认为春上正要打牧田,不是赶走工人的时候,主张骂他们一顿了事,所以汪二娘便在这时候尽量劝慰赵长生。赵长生在吵闹的那一刻,已横下心来,决意不再吃这碗饭了,但这阵经汪二娘这么一顿好话,气也就平下许多。同时再一想想,突然失掉了工作,出去也不免感到为难。只是口里还这么说:"白凭无故说人偷东西,这咱个受得住呢?偷树子的事情,哪个不晓得是张木匠干的!"说的时候,现着一脸委屈的神情。

汪二娘知道他的心有些活动了,便又赶忙安慰地说:"呵哟,长生哥,你还不晓得么?他老人家一向在家就是这样的,在气头上的时候他啥子话骂不出来?……他这个人有嘴无心,你刚才没听见他话?为了上午人家栽诬你们,他还同人家大吵一架哩!……你也去劝劝刘老九吧,你说汪二娘说的,事事总得让汪二爷一步,他是主人家撒!就是一言半句说过火一点,也不要呕在肚子里面,总该念在平时的好处上头。想想看,哪一次他待亏过人?我说是不是嘛……去,去,去,你去劝他几句!……以后晚上你们也少出去走走,免得招惹是非!"

赵长生没有开腔,脸上却现出答允了的样子,他把刚才捏熄的烟,重新揸在烟斗子里,在油壶子上接燃,便叼着出去了。

三

　　赵长生从角门绕到关牛牲口的后园去，黑郁郁的竹树梢头，现出的天空，已亮着点点的星光。草堆边的粪料堆上，发出一股气味，越发浓烈起来。拴在槽上的骡子，时而拿一只足，把石板踏着发响。挨在牛圈旁边的睡房，门大打大开的，投出一片黄色的灯光。刘老九正在里面收拾他的换洗衣服，还把壁上挂的草鞋，也取来包在一道。刘老九心里很懊恼，这并不是由于失掉了工作。老实说，离开这里，对于他倒是一件痛快的事情。只是难过的，他这样走了，对于邵老安毫没帮助。他今下午不是决心要替邵老安争一下么？可是事实上却没有帮邵老安说一句话。他恨自己为啥子这么笨？一吵起来，就没法说出自己要说的话！赵长生站了一会，才陪小心似的低声问道："你当真要走么？"

　　刘老九翻过脸来，轻蔑地看着他，责斥地说："你还想留下么?! 哼！"

　　赵长生略微红起脸，分辩地说："我也是决心走的！就是汪二娘嘛，她来讲一阵好话，又不好那个的。"

　　刘老九把晚上洗足才用的一双烂鞋，拿起来看了一看，前头开了口，就像鲳鱼的嘴巴，后头是破折了的，又像鲤鱼的尾子，便立刻把它们丢到门外去，一面冷笑地说："好话！邵安娃赶走的时候，她咱个不说声好话？"

　　赵长生沉默一下，又搔搔头，烦躁地说："走，我倒是要走的，就是这样出去，有些不方便。"

　　"要方便，那就一辈子在这里养老好了！"刘老九这么叱责一句，便带着不理睬的神气，去破席子底下，抓几根稻草出来。赵长生不好意思地回骂道："哪个狗才在这里蹾一辈子！我只是说，忍个几天，把主家找好再走！"

刘老九只是把稻草拿来捆他的破衣裳，觉得还没捆好，就又扯几根来纠它下子。赵长生就走拢一点，搭讪地说："我担心今晚出去没地方住，至迟也该明天走好些！"

"随你的便，明天走也好，等几天走也好，不关我的事！"刘老九胡乱系着草索子，看也不看他地说。赵长生禁不住脸红难过起来，退到他的床上坐着，半晌才叹气地说："我们两伙计，难道这样的事情，都不肯商量句把么？"

刘老九这才停下手，回过脸来，望着赵长生一会，才反激地说："你又不肯听我的话，那有啥子商量头？"

赵长生马上站起来忿忿地说："哪个龟儿子，才不听你的话，不听你的话，我还同你讲啥子？"

刘老九没有开腔，只把破衣卷子，随便拴上第二道草索子。赵长生更走近一步，直向刘老九的脸抑郁地说："看嘛，你又不讲了！"

刘老九向门口望了一下，说声"这咱个还不来！"才带着决然毅然的声音，向赵长生挥下手说：

"那还问啥子呢？决心走，你就跟我走好了！难道我找着地方，还不要你住吗？"

赵长生高兴地骂道：

"妈的，我跟你走好了！哪个龟儿子才不走！等我去跟他算账！"

"长生哥，你才是好人嘛！叫你来劝，你倒反而要走了！"汪二娘忽然现在门口，带着责备的脸色说："刘九哥，看我人大面大的，你留下好不好？"一面走进门坎，但因闻着墙壁发霉，衣衫汗臭的气味，便本能地停住足步，可是马上觉到自己到来的任务，就又不介怀似地走了进来。烧房吴伙计跟在汪二娘后面，手里拿着一些铜板，笑着向刘老九说，"九哥，你还是留下吧，二娘又这样留你！账倒是算了，这莫相干，钱你拿去用用好了！"

刘老九没有回答，只是接下钱来数。赵长生迎接着汪二娘不安地说："唉呀，二娘，这里脏得很！没有地方请你老人家坐。……我去端根板凳来！"

汪二娘阻止他道："用不着端！只要你们肯听我的话，那就站着也比坐着好啰！……刘九哥，你呕汪二爷的气，可不要呕我的气哪！……平素我刻薄过你们没有嘛？我这个人，他吴伙计就晓得的，总肯替人家想想，不会让人家在我这里吃亏！"

吴伙计连忙奉承道："这里就是汪二娘为人好，周围团转都找不着的。"

汪二娘样子矜持地说："你们去看看易老喜吧！那张嘴巴子才凶啰，哪个帮工的，不给他骂走？……你看我平日说过你们半句没有？我待下人，不是我偏一句，总是宽大的！"接着就从怀里摸出七八匹叶子烟来，向刘老九和赵长生说，"来，我给好烟跟你们……这是待上客的哩……你们背着吸，不要给汪二爷看见了，他就是嘴巴子多！"

赵长生看见那油润而带黑褐色的叶子烟，眼睛都红了起来，喜滋滋地来接着。吴伙计也插手来拿了一匹，咂一咂嘴说："让我来尝一袋！"

他们俩马上就把叶子烟热心地裹了起来。刘老九只冷淡地看了一眼，把数好的钱，当五十及一百的铜板，一个一个塞进通袋里去。赵长生就将刘老九放在床上的烟盒子，抓来打开，跟他塞进两匹叶子烟。

汪二娘看见赵长生和吴伙计那样欢喜，就也禁不住高兴地自夸起来："我们汪家一向就是待人厚道的，刻薄人家的事，从来没有做过！"但一转眼瞧见刘老九，便又脸色阴沉了，"刘九哥，你说说看，我错待过你么？你可不要白凭无故生我的气呀！"

刘老九扎好通袋，勉强忍着气说："汪二娘，我哪里敢生你老人家的气啰，只是有一句话，我放在心上好久了，我想同你老人家讲讲！"

"你讲呀，只要你肯同我讲讲，我就顶喜欢了！"汪二娘竭力做出和颜悦色的样子，"我就顶怕你阴在心里了，没有事都像弄成有事一样！"

刘老九稍微咳嗽一下，清一下喉咙才说："我觉得这回待邵老安未免太过分了点！"

"没有呀！"汪二娘赶忙抢着说，"并不是我们赶他回去，是我们觉得他病在这里，怕一时照管不到，回到他家总好些，由他老婆经围，样样方便。就说你们肯招呼他，怕也是心到手不到的。白天要忙着做活路，晚上一落枕，就会睡得吹蒲打鼾了。我想想，率性由他回去好些，你我外人，再招呼得好，也不及他亲人撒！"

刘老九冷冷笑着说道："汪二娘，你老人家替他想是想得周到，只是他一落家就饿起肚皮哪！"

"呵啰，这不能怪我们嗬！"汪二娘大声地说，"账是跟他算得一清二楚的，没少他分文！怪只怪他的老婆，早不早就把工钱跟他用了！讨到那样的老婆，有啥法子呢？又不跟人家打零工，洗衣做饭，又不做点针线活路，贴补家用。那样的东西，我半眼都瞧不起！"

刘老九看着赵长生吴伙计说："我觉得一个做帮工的，一时生病不能做活路了，要是主人家厚道的话，是应该帮补他一点的！"随即向着汪二娘讥刺地说，"要是我今天跌断了足干，汪二娘，你怕不能这样留了吧？"

汪二娘红起脸大声地说："刘九哥，你不能说出这样无情的话来哪！……你万不能怪我们待人不厚道，这只能怪我家务事情多，一时想不周到！……前几天，我就打发四麻子送钱去过，哪知天天晚上落雨，昨晚才去成！"

赵长生很愉快地叭着汪二娘刚才给他的烟，就连忙摘下烟袋，向刘老九笑着说："我说嘛，他咋个会想着去看邵安，那样鬼头鬼的东西!"

汪二娘就赶忙问:"你看见他给钱跟邵老安没有?我还叮咛又叮咛,你要交跟邵老安,不要又给他老婆手上!"

赵长生现出奇妙的笑容说道:"他哪里还给他钱,提都没有提你老人家,只说他自己做人情去看的!"

"这真坏得没有底底哪!"汪二娘恼怒地叫了起来,接着现出失望灰心的样子,向刘老九叹口气说,"唉,刘九哥,你这下子该亲眼看见了吧!是不是我待人不厚道?早晓四麻子这样坏,我该叫你们带去的!唉,这也怪我不周到!"

赵长生把烟袋唧在嘴角边说:"我看还是跟他挑点米去的好,邵安娃现在顶要紧的是塞饱肚皮!"

汪二娘默了一下,才向刘老九说:"只要你们肯挑,明天打早就跟他挑点去,反正是自己田里出的,邵安娃替我们苦了一场,正应该给他一点点……我就是家务事多,一时想不周到,只要你们肯说,我总能照你们说的做去。……刘九哥,这下子你该明白了吧!……看我的好处,你就留下来!"

吴伙计摘下烟袋,吐口唾沫,向刘老九热情地说:"刘九哥,这得了!像汪二娘这些主家,哪里去找嘛?打起灯笼都找不到的!"

赵长生做出讨好的样子,连忙走去把刘老九捆好的破衣捲子,拉开扯断草索子,大声说道:"算了,不要走了!人家汪二娘人情美美的。"

汪二娘见刘老九没说话了,便喜悦地走了开去,到了门口,还回头来说:"米,明天一早挑去好了!"

刘老九觉得为了邵老安还是再蹾下去的好,便叹口气坐在床上,拿皮烟盒子来慢慢地裹烟。

选自 1946 年《文章》第 1 卷第 2 期

巴　波

|作者简介|　　巴波（1916—1996），四川巴县人（今重庆巴南区人），原名曾祥祺，笔名巴波、田丁等，现代作家。巴波1936年参加重庆文化界救国协会，1944年加入中华全国文艺界抗敌协会成都分会。1949年后在《光明日报》任副刊编辑，1961年到黑龙江省从事专业创作。代表作品有中短篇小说《王洪顺进城》《王参议员》《这世道》《奸细》《方县长上任》《黄金百两》《中央派来的》等。

方县长上任

方县长上任了。

据说，方县长是个"革新派"，是个"费边社会主义者"；是今上太子过去在赣南的干部①。一上任就出了张布告，大意是：实行"管制物价"，实行"勤俭运动"，实行"肃清贪污"，等等。士绅们就以此作为研究资料，不是指它的内容，而是指它的文体——"白话"！士绅们肯定着：

---

　　①　今上指蒋介石，太子指蒋经国。——原编者注

"硬是'新派'!"

的确，方县长是"新派"，上任后竟没有拜访士绅们。所以，士绅们也没有举行欢迎会一类的表示，而且大家都睁着眼睛，看这位"新派"是玩的什么路数。不管怎样，方县长总是上任了。

接连几天，方县长便衣小帽，在街上东走西走，像在探访民情。他的鼻子似乎一直皱着。这是士绅们仅仅得来的消息，大家肯定着：

"硬是太子的路数！"

第二天，士绅们又得到一点消息：方县长把卫生院长找了去，谈了两三个钟头。

第三天，士绅们接到方县长的请客券，又是"白话"！而且还有"维他命早餐"字样！士绅们想了半天，也想不出所以然，"维他命？也许比革命好一点吧？"大家又研究一阵，既然有"早餐"，不会是"鸿门宴"吧？好在全县士绅都收到请客券，大家的胆子又壮了一点。到了这天，士绅们陆陆续续去赴"维他命早餐"。

还不等客人到齐，钟点一到，方县长就站起来讲话了，大家看见他与过去的官吏果然不同：穿的是卡叽布中山服。方县长说道：

"……兄弟到贵县来任这个职务，是来作事的，不是来当官的，此其一。其二，兄弟向来的作风，是认事不认人。至于第三，诸位晓得么？共匪的猖獗……我们是在生死关头！还有，兄弟是实干派，希望诸位多多帮忙，假设有败类阻碍县政，兄弟是不怕一切的，决和恶势力奋斗到底！……兄弟一到贵县就察看了几天，很好，很好，朴实不华。不过……"方县长忽然向门口喊道："公差！公差！把早餐摆上来！"然后，他又严肃地说，"总统提倡'勤俭运动'，兄弟又很注重卫生，对于吃的一道，一向讲究营养价值，特别发明了'维他命早餐'，与总统的'勤俭运动'毫不冲突。这'维他命早餐'的配备是……"

公差摆好"维他命早餐",计:豆浆一碗,油条一根,馍馍一个。

方县长搓着手,笑着说:

"请请请,不客气,豆浆是中国的伟大的发明,这是很富有营养价值的。兄弟早就声明过,兄弟是个实干派,很注重提高人民生活水平。现在时当秋令,痢疾疟疾都容易流行,而这些疾病的媒介,就是苍蝇和蚊子。恰巧贵县这两样都太多了!太多了!诸位都晓得苍蝇和蚊子之危害……呃,这个,请卫生院长向大家报告一下……"

卫生院长把"苍蝇与蚊子之危害"讲解了一遍。方县长接着就宣布他的"卫生运动"计划:不论住家铺户,都应购蝇拍五把以上,纱罩两个以上,"DDT"药水两瓶以上。士绅们这才明白"维他命早餐"的附带作用。好在这些于自己没有损失,就没有人提出相反的意见。

"卫生运动"之后,士绅们才吃了一惊:蝇拍、纱罩、"DDT"什么的,都是县府统筹统卖,按户分摊,价钱比市价超过两倍,这是一笔看不出来的惊人的买卖,凑拢来的利润,可买田一百亩。士绅们这才恍然大悟,而故作早就晓得了的意思说:

"不管什么旧派新派,万宝不离宗,当官不离钱!还要他妈的冠冕堂皇的说什么'卫生运动'哩!"

1948 年 9 月

选自巴波:《巴波小说选》,四川人民出版社,1983 年

黄金百两

一

　　王老二是个泥水匠，三十好几了，还是光棍一条，寄住在一家鸡毛店里。不过近几天，却被人尊敬起来：吃茶有人付茶钱，喝酒有人开酒钱……

　　然而王老二还是那付老样子：大热天了，穿的仍是四季不下班的疤上重疤的土布汗衣，肩下背上浸着一块一块汗迹，老远就能闻得到那股臭味。裤子只盖过膝头，一眼看得出小了点，还裂开了线缝。过去除了找他做工，很少有人理他；如今，连小城的面子人物，碰见他都要露出微笑，有的甚至向他点头。开初弄得他莫名其妙，后来才打听出来，原来小城传遍了一个惊人的消息，有的还说省城的报上都登得有：他，王老二捡了十两金子。隔不到一天，有人说他捡到的是十条金子。十条金子，一百两，在小城怎能不轰动呢。

　　王老二弄清楚是这么回事，他不否认，也没有承认。有人探问他，他就含含糊糊地支吾。这么一来，别人相信他捡到金条是事实。他呢，有生以来，第一次受人尊敬，第一次尝到做人的味道，也就乐得领受。

　　有时连他本人也以为自己真的捡了金子，还有意无意地在别人面前问道：

"金价涨了么？"

着！那些怀疑他没有捡金子的，也不得不疑信参半起来。

不过，王老二却有点伤脑筋，既然发了财，就没有人找他做工。一天没有工做，就一天没有饭吃。好在有人尊敬他，何况这是个"锦上添花"的世界，有的请他吃点酒呀，有的请他吃点饭呀……他就这样半饥半饱地混了这几天。另外，有好多干鸡子，都向他伸过手，同住鸡毛店的篾匠，就向他开过口：

"捡了金子，我们吃点喜嘛！借点我做小生意嘛！"

而他，肚子正饿得咕咕叫。他只好倒正经不正经地说：

"捡啥金子呵，你也相信？"

就这样含含混混地应付过去。

二

娱闲茶馆那些茶客们，每天都把王老二作为谈话的中心，无形中分为两派：一派是承认他捡了金子，一派是怀疑他捡了金子。一提起这事，就争论得很激烈，还有那种专门管闲事的，关于王老二生活的一点一滴，都很难漏过他们的眼睛。譬如：某天半晌午，王老二在锅魁铺买锅魁一个；某天王老二从当铺出来；某晚上某某请王老二喝冷单碗……把这些情报凑集拢来，怀疑派更证实王老二没有捡到金子。假设真的这样，岂不令人泄气。于是承认派找出理由来反驳：

"请问，这世道哪个不是大喉咙？小点的，连骨头都要被吃下去，这就叫大鱼吃小鱼。王老二连虾米都不如，当然要装一付穷相……"

怀疑派的却反问着："王老二是鹅石宝滚刺笆林，无碍无挂的光棍，捡了金子，还不远走高飞？"

这道理不能说不对。承认派想了一阵，才从对方的字眼去挑剔："一不是偷，二不是抢，为啥要远走高飞呢？"

当然，这样的场合和争论，十有十回都是不了了之。这一天却给承认派找到最好的事实：

"昨天码头上的赵三哥、郑老幺、周癫毛……那一帮子人，吃王老二的喜哩！单是酒就吃了四斤多！王老二没有捡到金子，何必请人吃喜呢？此其一；王老二没有捡到金子，哪来这样多钱办招待？此其二……"

是的，弄得怀疑派哑口无言。

至于王老二，的确办了招待；开初他以为别人讨好他，才邀约他吃酒。那晓得吃到后来，那一帮子人才说是吃喜。吃喜的意思，就是要王老二会账。王老二想否认没有捡到金子也不行，那帮子人是出了名的滚龙，个个都是掌红吃黑的，王老二怎敢得罪，只求应付过去，把这些瘟神维敬到。酒钱还是第二天才付清楚。

可是，就没有人晓得，付的酒钱是王老二最大的财产——铺盖抵押来的。

三

王老二睡到太阳当顶还没有起床，睡是睡不着，只是肚子饿得难受，躺着要好一点。同时，这两天发生的一些事情，使他念念不忘：

第一件是刮民党党部的书记长找他交朋友，还称呼他是"同志"，还那么客气地向他敬纸烟擦火柴，还请他吃洋点心，还……细节多得很。不过，书记长转弯抹角透露出意思：说现在刮民党处在生死关头，要找他捐献个百把石米，名目叫"以党养党"。书记长还说要呈报总裁嘉奖。

第二件，是参议长找他出点自卫捐拿来抵抗共党。参议长是全县总舵把子，连县长都要让他三分，居然称呼起他"兄台"来。

第三件，王老二想到这里就不高兴，县政府的秘书恫吓他，说啥子金银财宝都是国家之宝，捡到的应该充公。不过，只要王老二献一半，就保证天下太平……

王老二同面子上人物来往，别人还称兄道弟叫他"同志"哩！他在床上翻了一个身，叹了一口气。他没有捡到金子，拿啥子去捐献呢？何况就是有，凭哪点该捐献呢？他吐了一泡口水，在心中骂着：瞧得起，还不是为钱！我肏他祖宗！

鸡毛店的老板娘，那三十多岁的寡妇，一向是瞧不起王老二的。现在，王老二睡了这半天，她就来过几次，一会问他："你病了么？"一会又说，"太阳晒到屁股了，还不起来。"后来甚至坐在王老二的床沿上，絮絮不休地谈起他往后的日子。她替他建议：把金子卖了，买个百把亩田；规规矩矩安一个家。说到这点，老板娘含意很深地向他微笑了一下。王老二一边漫应着，一边在打着主意，肚皮饿得好像贴到了背脊骨似的，他坐了起来，好像在吩咐自己的老婆：

"把钱拿十万来！"

老板娘一下呆住了，王老二补充着：

"饭还没有吃呀！"

老板娘果然借了十万给他。

四

书记长、参议长、秘书等，都不断在催问王老二的捐献。王老二困恼了，他没有料到这样认真起来。他目前才觉得这事情有点严重：再含含糊糊，这县份就不能待下去了。他生长在此地，工作在此地，离开就没法生活，他觉得非否认不可。

于是，王老二首先去找书记长说明没有捡金子这回事，书记长不相信，而且脸色很难看。他又去向参议长解释，甚至赌咒发誓，参议长只在鼻孔内哼着。他又去找秘书，秘书的态度要好一点，只劝他好好考虑。他向熟识的人，挨门挨户去申辩，都没有结果。他难住了，好像把心子挖出来，别人也不会相信。

王老二急得走投无路，跑到娱闲茶馆，他的出现，马上使茶馆那种喧嚣静了下来。他苦着脸子，向熟识的人否认着，他赌死人咒，他喊活天冤枉，他口沫横飞地叫着：

"我吃饭还在金线吊葫芦，捡了啥子金子！"

这像平静的水池，投下一块巨石，茶馆马上喧腾起来，王老二越否认，别人越当真。承认派更纷纷肯定着：

"别人喜都吃过！"

"捡了金子，就是捡了金子嘛！"

"简直是'此地无银三百两'！"

"没有捡到金子，何必这样着急呢？"

"……"

怀疑派却保持沉默，他们只发出疑问：为啥子王老二到现在才否认呢？

参议长觉得王老二太目中无人，一不做，二不休，向镇公所报了案，说他家祖传的金条，埋在猪圈内，现在被人盗掘了。嫌疑最大的是王老二，因为上个月，王老二在他家修补过猪圈的墙脚。

鸡毛店的老板娘晓得了这事情，关心地问着王老二：

"参议长打你的主意，你嘟个办？"

王老二沉吟了一阵，才说："你说呢？"

"依我，"老板娘说，"还是走了的好，有了金子，那个地方都好去。"

王老二只是摇着头。

"省城我有个亲戚，"老板娘说，"要是去，我可以同路。唉，安一个家，这一辈子还愁吃么？"

王老二却越想越有气："我偷他啥金子。拿贼要拿赃，捉奸要捉双。我衣无二件，裤无两条，我怕啥？"

"你鸡蛋碰得过石头么？"

"我捡啥金子？这是那些龟儿子造的谣言！"

老板娘有点失望，失望王老二没有把她当自己人，最后只是那么说一句：

"你要思前顾后想一下，眼睛不要是豆豉，认不得人，我不是害你的！"

王老二只苦笑着，一肚皮的委屈说不出来。

五

就在这天晚上，王老二和老板娘被县政府逮捕了。

娱闲茶馆个个都在谈这件事，有的说：

"党部放出来的话，王老二是个共产党！"

"不见得吧？"怀疑派的人说，"共产党都是有大学问的，连草头将军都四面莫抓拿，眼看就要打拢南京了。王老二配么，一个泥水匠？"

"你晓得！"有人驳斥着，"共产党嘛，就是这些没饭吃的人兴的！"

"说是参议长丢了金子哩！"另一个人提出资料。

"总之，"一个世故的人埋怨着，"王老二太不落教，反正是捡来的横财，把水洒匀净，一处送点，包你风平浪静！"

正在这时来了一个茶客，还没有定坐就报告着："你们晓得么？

王老二搞惨了，连老板娘也陪着遭殃，县府的人说，县长非常注意这抢案。抢案，你们晓得么？是说抢案！老板娘是窝主！去捉的人，连粪缸都抄翻了，连屋基都挖了几尺，还是没有金子！好，县长大发雷霆，王老二连老板娘都坐了'软板凳'，手杆都整断了，还烧过'八筒花'①，背上的肉都烧糊了，还是没有口供……"

茶馆没有那么嘈杂了。大家心里都不自在，没有一个会想到：结尾会是一个悲剧。

选自巴波：《巴波小说选》，四川人民出版社，1983 年

奸　细

一

到了香港，偶然碰到好友老李，说不出的惊异和高兴：在内地曾谣传过他失踪，以为他被捕了，谁会想到他早就溜到了香港。一年多的分别，他还是那付老样子。我问着他怎样来到此地的。他却问着：

"任雪峰先生，我在报馆的同事，你认得么？"

"不熟，"我说，"他被捕了么？"

"到茶楼去慢慢谈，此地茶馆虽不如四川的够风趣，倒可高谈阔论，何况我们谈话，反正别人听不懂……"

---

① 软板凳，八筒花——均系酷刑。——原编者注

在烦嚣的茶楼中，他向我谈了下面有关任雪峰的一些事情——

二

说到任雪峰先生这个人，是一个小个子。面孔瘦削苍白，一头粗硬的黑发，总是乱蓬蓬的，还掉了一绺在额前，你以为他不修边幅么，他的西装又穿得毕挺，他编省市版，工作时间是上半夜。不过经常是我们下半夜上了班，他的工作还未结束。你说他对工作认真么，这又不见得：他往往转载外地报纸的消息，又恰巧这消息是自己报上登过的。而且，他的标题，总是偷懒的让通讯社的态度左右。这些不谈，总之，他该十点钟齐稿的，却要等到一点过，工友站在他桌前等稿子，排字房的领班也不断来催促。他仍不慌不忙的，一手拿笔，一手拿纸烟，不时的喝着茶，或者吃什么。

当我们进编辑室的时候，他就皱起眉头苦笑着说：

"时间太不够分配了！唉唉！"

他的精神却满充足，编完后，不管我们听不听，他的舌头活动起来：抨击着赫尔利的反动，老×的独裁，官僚的腐化……我们只有刷浆糊拿红笔的一刹那，才能够答应一下，"嗯！是是！"他就越说越高兴，一高兴就慷慨激昂起来，甚至向桌上一拳头，好！红墨水溅了出来，茶杯也倾倒了，电稿也就浸得一塌糊涂……

省市版齐稿时间，既然要迟个两三点钟，就影响出报时间。也就是说影响到报纸的销场。报馆方面为这事情，特别召集了一次会议，任雪峰先生首先发言：

"唉！我的时间太不够分配了！……我晓得这责任在我的身上，我有什么办法呢？大学联我要出席，中学联我要指导，文化界联谊会我非去不可。教联我是负责人，妇女协会有许多事情要我帮忙……"他说到此处。无可奈何的耸耸肩膀，"连吃饭都没有时间，为了民主，你们看我的身体。编完报还要写文章！唉唉！总要天亮才能睡。有什么办法呢？为了反法西斯独裁，只有'死而后已'！"他叹息了一下，向大家扫了一眼，苍白的脸上，浮出一圈红晕。他继续说道，"然而，我们的报纸是人民的号角，报纸的工作，才是我主要的任务。我们报馆的经费，又这样收支不能相抵，这事业我们非坚持下去不可。我们要坚持到和平胜利，人民胜利！不过，我们的出报时间太晏了，太晏了！我们的整个工作系统，应该科学的分配，作合理的调整，要成为一个有机体，不使每一分每一秒的时间浪费。不过，不过……唉唉！有什么办法呢？我的时间太，太……唉唉！然而，无论如何，我以我的名誉向同仁保证，我要提早我的齐稿时间！"

"好！"总编辑接着说："很好！不过，我们也晓得你的事情太多，这样好不好，掉换一下工作……"

任雪峰先生抢着说："我以名誉保证，我绝对办到十点半齐稿！"

总编辑笑着说："你考虑到时间够不够没有？"

"试试看嘛！"

经过这次会议后，报纸的确出早了几个钟头，也增加了销数。不过日子一久，像打摆子一样，出报时间又时早时晏起来。任雪峰先生随时都在解释，他太忙了。

三

任雪峰先生是我紧邻，他每天都要到我寝室坐一会。谈锋很健，常识也丰富，他谈文学，谈政治，谈经济，谈哲学……谈到这些，他会说出费尔巴哈生在什么年月，资本论的中译本有好多字数，赫格尔的老婆叫什么名字，般若该怎样发音……可惜我对这些不大注意的，他可不管，一个劲的谈着。要是他谈到文学，会背出一连串大文豪的名字，和一些名著。这是引得我心痒痒的，我爱文学，可是要我用嘴说，却什么也说不出来，然而，我一样高兴，在蒋管区下，碰上倾心见肠的朋友。

任雪峰先生还有个脾气，不管他说忙得不得了，他有本事一天到晚坐在茶馆内，也就一天谈到晚，而且旁若无人的高谈阔论，这常常使我不安，我不得不向他说，"这不是解放区！"他却板起面孔答复我：

"要革命，要民主，怎么能畏首畏尾呢？"

他说后傲岸的昂起头，把椅子向后一扬，恰巧碰翻了一个小孩子端的开水，碗砸破了。烫得小孩子直跳，小孩哭着叫着，要他赔碗，他可瞪圆了眼珠子，从坐位上跳起来叫着：

"你他妈怎样搞起的，眼睛到烧腊馆去是不是？你的开水把我烫到了，你还要我赔碗？"

"算了，算了，"我劝解着。

"老兄，你不晓得，对这些娃娃，要给他点钉子碰，不然……"他没有说下去，用旁的话岔开了。

我虽然爱上茶馆，实在赶不上他的兴趣，他每天总要来约我，遇到我在写什么，他就会把脑袋伸了过来。我只好说：

"对不起，我在写家信！"

他却笑着说："老兄天天都在写家信么？"

"有时写点文章！"

"啊！"他惊诧的看着我，"抱歉之至，一直都不晓得！老兄是用啥笔名呢？唉唉！我从不晓得老兄还是个写手！这无论如何都该拿几篇给我拜读一下……"

"随便写点，没有什么大不了！"

"在啥地方发表呢？唉唉！"他情急的问，"老兄笔名叫啥呢？"

“没有笔名，”我说，“写得不像样，连张恨水还赶不上！”

“老兄，你太不诚恳了，还把我当做外人！”

“真的哩！”

他不相信的望着我，抱在胸前的双手，弹着指头，他想起什么似的叫着：

“有五点了吧？糟糕，简直一谈话就忘记了，中学联请我分析时事，时间是四点，糟糕之至！之至！”

他边说边理了一下大衣领子，就跑了出去。

四

算起日子是前年（四六年）二月吧。这天，天色阴沉沉的，很冷。同事们吃晚饭的时候，失掉往日的活泼。大家都充满着忿怒，谈论着重庆发生的“较场口事件”，任雪峰先生表现得更激烈，像和人吵架似的叫着：

“我一贯主张，只有彻底消灭反动派，中国才能和平民主。你们看，东一‘协商’，西一‘协商’，有啥用处？你庆祝政协成功么？反动派就来大打出手……”

“人民的力量，”有人说，“是打得退的么？”

“当然！当然！”任雪峰先生抢着说，“这是人民的世纪。人民的世纪！正因为是人民的世纪，就用不着对国民党客气。高尔基说得对：‘敌人不投降，就消灭他！’”

总编辑把筷子一扬，止住他的话句，说：“现阶段，老百姓只许和平，不许内战。也就是那句话：政治协商会议，只许成功，不许失败。所要求的是国内团结，争取国民党结束一党专政，我们要和平，要民主，要国民党进步……”

任雪峰先生沉吟了一下说：“我尊重你的意见。不过，我也要保留我的态度，对不？"他征求意见的望了大家一眼。

"我不同意你这态度，"编社会服务版的何明说，"此时此地未免不相宜。而且有点过左！"

"过左？"任雪峰先生局促的笑着，"请你说具体点！"

何明直截了当的答复道："很简单，只有反动份子才怕团结，也就是怕民主，也就是怕人民有自由，不然较场口就不会发生这事情！"

"照你这样说，"任雪峰先生扳着面孔，"我是反动份子？"

何明正想答话，有人却惊骇的望着窗外，叫着：

"快点！快点！"

窗外有一个水池，一个四五岁大的小孩掉在里面，由于穿的棉衣，他没有沉下去。小身躯浮在水面上，手脚乱动着。大家慌乱了：有的叫小工，有的喊拿竹杆，有的嚷着快点救起来，任雪峰先生还在质问着"我是反动份子？"何明却丢下饭碗，两步就抢了出去，连大衣也没有脱，就跳下水池抱起小孩。何明爬起来，冷得直抖，还带来一股熏人的池水的臭味。任雪峰先生微微皱了一下眉头，用手绢蒙住鼻子。

晚上我们上班的时候，任雪峰先生一面编稿子，一面向我们说：

"其实，只要弯弯腰就拿到的，何必跳下去呢？何必跳下去呢？"

我莫名其妙的看着他。

"我说，"他鄙夷的微笑着解释道，"那小孩就在池边，一伸手就抱起来了的，为啥要做个英雄姿态跳下去呢？"

我无言的望着他。

"你还不懂这道理么？"他惋惜的说。

我问："有啥道理呢！"

"老兄，"他耸耸肩头说，"你太老实了，这点事都想不通么？唉唉！"

"不跳下去，怎么救得起来呢？"我问着他。

"就在池边呢！"

"不是有人喊拿竹杆么？"

他还是固执着："我亲眼看见的，就在池边！"

我没有心情去争个输赢，我正看着一篇报导"较场口事件"的稿子。

五

当国民党军队占领张家口，马上召开"国大"的时候，和平绝望了。更绝望的是我们的任雪峰先生，逢人就焦眉愁脸的叹气，他说他需要刺激，把我拉到酒馆内，他大大的喝了一口酒说：

"民主事业的前途，太，太迂回曲折了！张家口这样的重镇都失掉了，这仗伙……唉唉！单是国民党都还好对付，他妈背后还有美国撑腰！你说，民主的前途，共产党的武力是否能够有把握？唉！老兄，请请，这糖醋排骨还不错。"

"打仗不在一城一地的得失，而在于歼灭对方的有生力量！……"

"老兄，"他说，"《新华日报》的立场可以这样解释，然而，我们应该有我们的看法呀！事实是不能抹杀的！"

"我抹杀什么事实呢？真理只有一个！何况，你不是主张'彻底消灭反动派'的么？"

"当然呀！"他端起酒杯，"请点，再喝一杯，无论如何都要再喝一杯！那当然，'敌人不投降，就消灭他'！可是，唉！"他摇着头，嚼着排骨，"老兄没有明白我的意思，假设没有美国援助，没有美国装备的机械化部队，没有美国的军事顾问团……"

我忍耐不住，不让他说完，就激情的叫着：

"就是美国军队来，也照样打垮他！他有日本军人的战斗精神么？他有日本军人能适应中国环境的生活么？然而人民的武装，就是在日本军人的扫荡下，强壮起来的！而且使他的泥足拔不出去，以至于投降！……"

他用手势打断我的话头说：

"吃点菜再说，老兄，别太感情冲动了！我不否认你的意见。然而……唉唉，我们还是不谈这个好。你晓得么？"他压低了嗓子说，"时局非常恶化，党部方面，要查封我们的报馆；而且要……唉唉！我看不得不早作准备！"

这消息传开了，报馆显得很紧张，大家都谈论这事情，也商量不出什么好方法，空气越来越险恶，甚至有一晚警察加了双岗，特务在报馆四周布满了。可是，我们报馆的机器，照样转动着。工作人员仍然守住自己的职务，大家都以殉道者的精神去撑持，只有任雪峰先生不见了，总编辑代了他的职务。

六

我们都以为任雪峰先生遭了毒手，第二天他却回来了，他同总编辑叽叽咕咕的谈了一阵，他又来到我的寝室，脸色神秘而且紧张，他把嘴巴凑在我的耳朵边说：

"你看，糟不糟糕，何明有某种嫌疑！"

"什么嫌疑？"

"还有什么嫌疑，牛字旁的脚色！"

"特务？"

"嗯！"任雪峰先生点点头，耸耸肩皱起眉毛苦笑着。

"真的么？怎样证实的?"

"话只能到此为止。"他支吾着，"警觉应该提高。还有，别把这消息传出去。千万！千万！"

不过，这消息众人都晓得了，也引起众人的不安。日子一天一天的过去，何明却照样工作着，他没有向任何人解释。可是众人的心上，都好像有团阴影，何明在哪儿，阴影就在哪儿。有何明的地方，就没有活泼的谈话，就没有和悦的脸色。我相信何明是痛苦的，因为后来我也尝过这味道；我看出众人脸上的冷漠，也看出一双双憎恨的眼睛。我找不出这理由，忍受不了这闷气，我想找人说明白，可是说什么呢，什么也没有说的。我感觉到不能再在报馆呆下去，那气氛要把我压成肉饼似的。何明看出了我这情绪，他向我说了：

"有人说你是特务哩！"

我睁大了眼睛，我问着："哪个说的?"

何明犹豫着。我猛然意识到了，我说：

"是不是任雪峰先生?"

"你晓得是他?"

"他说你也是哩！"

"对这事情，"何明说，"我研究了一下原因，对他获得进一步的了解，谁工作得卖力，他就在领导人物面前打击谁，要打击，'特务'这帽子最生效。"

"不这样简单吧！"我脑中涌起了任雪峰先生的一切言行。

"他之这样作，好让自己爬上去。"

"这种手段，是比敌人还可怕。何况我的看法，不是这样，这对他太宽容了！"

"应该影响他，教育他不应该打击他。他这缺点，甚至可以说这错误是很严重的。然而，我们应该促成他走正路！"

我越想越不对，我说：

"我们的警觉性太不够了！"

"对自己阵营中的伙伴猜疑是不对的！"

"他正使我们这样！"我固执着。

"看事实吧！"

七

老李谈到此处，停了一停，问我吃不吃点心，他又说此地的规矩，不吃点心，茶价要双开。我却急于问着：

"他到底是不是呢？"

"这还有什么说的，"老李说，"大学联的同学证实了这事情，还派人到报馆来关照。可是迟了，何明失了踪，而我们也探得了消息，是任雪峰出的手。何明够惨的，受了廿几种刑罚，要他承认是共产党，反动派想藉此来中伤我们的报馆，进一步就好查封。何明抵死不承认……"

"任雪峰呢？"

"排字工友用拳头教育了他，要不是我们挡住，会捶死他的。去年'六一'大逮捕的时候，特务进报馆来搜查，对路道非常熟悉，可是我们翻墙跑了。"

老李喝了一大口茶，想了一想说：

"不管他怎样伪装自己，在'为人'的细节上，他会把本性流露出来的。"

接着，老李把话题扯到旁的事情上去了。

选自 1948 年《文艺生活（桂林）》海外版第 6 期

王参议员

　　王参议员起身得特别早，不到九点钟就过足了瘾，捧起一个江西瓷的小茶壶，坐在药铺咳舒痰，还在领略"清水烟"的酸味，偶尔一忘神，就咳出痰来，用舌头卷了几下，又滑溜溜的吞了下去。他认为这是"精气神"三宝的元气，不能随随便便的吐掉。然后喝一口又酽又烫的沱茶，照往常必定是很舒服的打喉头"呃"一声长气。今天却没有，他的眼光死死盯在退光漆金字的"遵古泡制"，那上面蒙了一层灰，退光漆显出一付失色的败落像。坐在柜台里边的徒弟，一看见他的神情，心子都紧了。自从王参议员这两年做黑白生意亏了本以来，脾气就毛躁了：一点小事情，也会叽叽咕咕念半天。他是不打人的——怕伤了他的精神，常用的惩罚，就是让徒弟娃饿一顿饭。没有出乎惯例，王参议员唠唠叨叨的开始了。

　　"饭是好吃的吗？享现成福你还早哇！年轻人都不勤快点，到老来当伸手将军么？早些年辰，天刚发白，当徒弟的就得铺子打扫个干干净净。买主上门，也眼明心快，这是药铺呀，又不是待诏铺！你自己说，你好不好意思，怎样厚的灰尘？一顿饭要吃五六碗，做事情又不这样勤快了。"

　　徒弟娃弄清了题目，赶快用鸡毛帚去挥"遵古泡制"扬起一层的灰尘，王参议员可发火了：

　　"说起风就是雨，搞一屋的灰，又来扫地，又来抹柜台，你是不是找事做？"

　　徒弟娃惶惑的望着他。他喝了一口茶，咳了几声，清一清嗓子说：

"你盯着我做啥子？我说有灰尘，是喊你明早上开铺门的时候打扫呀！哼！你还不高兴？饿你两顿，你就高兴了，晌午要是你吃饭，谨防抖掉牙齿！"

王参议员喝了一口茶，又叹了一口气，才说这点话就有点疲乏：灰白的脸上，沁出一层油汗，胸前不住的起伏。摆子硬是伤神的，他想着。摆子不前不后，在参议会开大会的前两天就找上了他。带岁数的人才搞三天，人就轻了一半，连吃三副药，等于石沉大海，泡都没有冲一个，最后还是听在省上念过书的欧参议员的劝告，叫他太太到狗头太太那里去要几个奎宁丸。而且欧参议员说起奎宁，就像仙丹一样，吃不几粒，就把摆子鬼吓退了。到狗头县长那里去拿奎宁，王参议员却百个不愿意：一来他是开中药铺的，怎好吃西药？二来狗头当县长当了两年多，他就出了两年纰漏：前年山上的"庄稼"，刚花了"桃子"，就是一场大雨，把本钱淋的个一干二净！去年眼看收成好，保安队却发了羊癫疯，硬要铲烟。结果东办交涉西拿言语，送了一百万给保安队打牙祭才算搁手。那晓得烟一上市，遇到刘二哥在省上倾销，这才是祸不单降，烟价只见往下跌；幸好出手得快，没有把老本赔进去。就说是这"乌金"生意出了意外，这两年药铺的生意就该赚大钱呀。这县城只有四个城门，勉强凑成四条街，烟火不到四百家。况且横顺周围五十里，就只有他一家中药铺。这独门冲生意，无论如何都该捆到赚钱，要一千不敢拿九百九十九。加之接连两年，几乎家家都在闹摆子，照说王参议员的生意该旺盛了，殊不知才不然：五十里以内虽然只有他一家中药店，然而全省一百三十几县，就是他这个县城才有摆子神！摆子再闹得厉害，可是穷人太多，吃不起贵药，只好去求摆子神的庇佑。连有钱人家，很多都是双管齐下，又吃药，又求神。到底有钱人太少了，吃得起药的，全城数得清只有那么十来个。第一年闹摆子，他就尝到了这个滋味：摆子神的香钱，愈来愈旺盛，单是摆子神嘴上还愿的鸦片烟，就括得下好几两，他的药铺呢，徒弟娃只有抱着脑壳打瞌睡，他把算盘一敲，摆子神抢他的生意，起码在五十万以上。

为了这数字的损失，他靠着烟盘想了两夜。上次参议会开大会前，他曾经以码头上大爷的身份，请全体参议员吃了一顿油。结果，他的提案得了全体通过。这提案的主要目的就是"取消摆子神"，理由是这县城，是佛教圣地，岂容旁门左道存在。然而狗头县长躲他的眼皮，摆子神仍然健在，摆子神的香火仍然旺盛。他的生意呢，除了几个老咳嗽病来抓药以外，就很少有临时买主上门。他的脾气就愈加毛躁了，徒弟娃也就时常饿个一两顿。

王参议员认定这倒霉的事情，都是狗头捣的鬼。不是吗，还从省上带来奎宁，安心把他整垮。为这些事，只要他一进茶馆，三言两语之后，就把话题转到狗头县长的身上去，列数着狗头的劣迹。甚至于狗头挨了狗头太太一耳光，也是他攻击的资料。然而狗头也向议长透过一点意思，说他——王参议员山上的"庄稼"，连省上都派人来查过。狗头还说为这事，他背死人过河，阴倒赔了几十万。王参议员得了这个消息，气得几天都没有说一句话，一靠上烟盘就打主意。他明白这是狗头放话威吓他：他也就派兄弟伙暗中搜集狗头抬包袱的证据。而且准备在这一次参议会大会上发动攻势，拿点颜色给狗头看。那晓得一开会，他就打摆子，两天都没有出席。摆子一打过，就想起这件事，闷得他的脾气更大了，单是饭碗就拌坏好几个。王太太看见猫儿抓鱼，跌在水缸里，只那么微微笑了一下，就挨他一顿臭骂。如今，还要他去向狗头要奎宁，这万万做不到。然而摆子的味道，实在不好受，今天一大早上太太上狗头太太家去要奎宁，他就没有阻挡。反正不是他向狗头要呀，是他太太出面，这个人情与他无关，他就心安理得了。

他仰起脖子，喝着最后的苦涩的酽茶，这是他每天起床后必作的事，照往常要到街上漫步一阵，好像表示世间上还有他的存在。今天他却想进卧房再抽几口，准备抱病出席参议会，向狗头挑战。突地，他的财宝娃却跳了进来，一眼盯住他爸爸，就一脸的笑。王参议员却把脸一板，做出一副庄严的面孔说：

"你看你，十三岁了，还以为小么？走路还是乱蹦乱跳的，一点都不稳重！还像一个世家出身的后人么，唔？一天只晓得伙着张三李麻子操飞机，多读几本书在肚皮头，未必然把我害倒了么？老子这样一大把年纪，同旁人勾心斗角，还不是为了你的……"

"爸！"儿子等得不耐烦了，抢着说，"我们学校要要……要……"

"要啥子？"王参议员已经明白了来意，"要钱，是不是？"

"恩！"儿子埋着头说，"要五千！"

"哼！又是啥子名堂？"

"募捐！"

"募捐？还赌账，是不是？哼！你个杂种！"

王参议员说是这么说，还是拿出了五千。儿子一接过去就回头想跑。王参议员却威严的放高了嗓子：

"跑啥子？"

儿子一震。才想起什么似的回过身，恭恭敬敬的鞠了一个躬，然后就斯斯文文的走了。王参议员到现在才露出来了点笑容，就是这一鞠躬，他都得了很大的安慰；钱拿得再多，他也不在手。他把他的希望完全寄托在儿子的前途上，他这样冒险做"庄稼"，在血盆头抓钱，还不是为了财宝娃。满想赚几个，再买四十亩田凑足三百的整数。好让儿子有钱出国留学。回国起码的官总比县长大，要是万一财宝娃不争气，读书不用功；自己有了三百亩，不做事也不愁穿不愁吃了。哪晓得狗头一上任，他就倒霉，连天老爷都跟他为难。前年那一场倒霉的大雨，眼鼓鼓的把梦淋得精大光。四十亩田没有买成不说；还拉了一屁股的账，何况加上摆子神，他把一股怨气集中在狗头身上，好像由于狗头，才使他的希望，到现在还没有实现。他咳出一口痰，夹着忿恨的吐了出去，好像很扎实地吐在狗头的脸上。虽然他盯了黄中透绿的浓痰一眼，脸上却没有对这精气神三宝的元气的丧失而可惜。

他正站起身，欧参议员却大摇大摆的走过来。他一看见心里就不好受，自从欧参议员包了屠宰税之后，才这样阔起来。何况在参议会上，欧参议员从不说狗头县长一个不好，这更使他瞧不起。而且恶毒的给欧参议员起了一个绰号：汪精卫！然而欧参议员一看见他，就是一副和颜悦色的笑，王参议员也早就不甘落后的露出笑容，好像很亲密的朋友似的迎了出来。欧参议员第一句就问他去拿奎宁没有，他含糊其辞的支吾着：

"承关心，我的病好了，两副中药就好了！"

欧参议员没有走的意思，王参议员就把他让到卧房里，左右靠在床上，王参议员眯着眼睛，在灯上搅烟泡，冒出一缕缕青烟，飘起一股香味。同时，他无休止地叽咕着：

"今天是狗头的施政报告？"

"唔！"欧参议员却说，"我看老兄还是多将养几天，身子要紧！"

"身体算啥，公事才要紧，既然代表了三十万县民，凭着还有一口气，也要为三十万县民谋福利！"

"老兄这种为桑梓服务的精神，令人钦佩……钦佩之至！"

"过于夸奖，过于夸奖。请一口，提提神！"

"老兄请，老兄请，我是吃了要的。"

"我还是混时间的，唔！"王参议员的话还没有说完，就衔着烟枪吃起来。"虎虎虎"的响一阵之后，口鼻都没有漏出一点烟子：

赶忙嘴对嘴的喝了一口酽茶，又故意地咳了几下；才舒服的"咳"了一声，吐出一点点，只有一点点烟子了。

"本来，"王参议员烧着第二口烟说，"今天是不想出席的。有诸位撑持着这个场面，用不着我这个废人插嘴……"

"老兄太客气了！"欧参议员抢着说。

"不过，"他不管欧参议员的客套，"既然代表了三十万县民，开会起码要到一下，也才对得起老百姓。何况今天是狗头施政报告……"他故意停了一下，欧参议员却毫没有反应，他咳了两声，把痰吞下去说，"我们苦口婆心费神费力的议案，像老兄的'以农代工，修建公园望月亭案'，还有我的'取消摆子神案'……举不胜举，起码有三百件，看他实行了一件没有？"

"是的，是的。"欧参议员附和着，"这是应该注意的问题。"

"说句老实话，这个议员当不当没有什么关系，我们总得把事情弄好，何况这次大会，要通过县府全年预算，事关桑梓建设，就是害病，也得出席。才对得起三十万本县的父老昆仲。"

"当然，当然。"

"两年来，狗头的事情，姓王的从没有扯怪教。老兄晓得的，上一任的撤职查办，我只做了三张呈纸！"

"是的，是的。"欧参议员望着帐顶说，"老兄急公好义的精神，我兄弟在省上混饭吃的时候，就久仰得很。"

"然而，"王参议员一口气吃完一口烟，才哑着嗓子说，"也许这是别人造谣：狗头说我的'庄稼'，全靠他维护，其实我兄弟出了一百万的草鞋费，当了皱皱，也是事实，至于说到参议员这行道不能做现在官吏，请你算一算，场面上的叫鸡子，都是明有肥缺，暗有油水，像我们这些人，素来就奉公守法，也不想在狗头嘴巴下捡骨头。你哥子莫多心，你包的屠宰税，当然与法令没有抵触！"

"这个，这个。"欧参议员想皱眉头，结果是一脸不自然的笑。

"说这番话，并不是叫狗头把雨洒匀尽。你老兄晓得的，我手下的兄弟伙，一不抢人，二不偷人，天不生，地不长；摆摆场火，碰着这乱世道，吃饭都成问题，一场又抽得了好多头？人是张口货，天一亮就要烟饭两开；莫办法只有找拜兄，单是这笔花费，要凭这个烂药铺，早就吃垮了。好在大家还相信得过，东拉西借的愈瓮愈深，再说人情好，借钱总得还呀！所以，承各路兄弟瞧得起，做生意借借路过，多少都要表示一下，好让弟兄伙多穿几双草鞋。不过，一年又有好几回呢？任人皆知，这些事我没有吃独食嘛！总是照规矩三一三十一的分摊，从狗头起，秘书，科长，警察中队长……都是上山打鸟，见者有份。"

"当然，当然，老兄做事向来是落教的。"

"落教？这样落教，只有抄起手打秋风。这世道么，很难说，像我们这样处世，还得不到好报：上一次北路的李大脚板李大爷，发了快转来，就送了五十万。我看见了一角钱，都死我财宝娃!"

王参议员停止了话头，望了欧参议员一眼，又"虎虎虎"的吃起来。

欧参议员还是望着帐顶，尽脑力思索想掉换这场面的空气。可是，王参议员的嘴一离烟枪，又说了起来。

"弟兄伙都晓得这一笔款子，还以为我喉咙大想独吞。不是小事，我拿啥子话去交待？"

"这个。这个。……"

"狗头硬是不愧这个雅号，真像母狗屄，奉进不奉出!"接着王参议员就是几个哈哈，好像在同狗头开玩笑。

欧参议员也附和着干笑几声，然后很惊讶的问：

"这样说起来，是狗头吃了独食子？"

"这些不管他，好在李大脚板有信来，袍哥人家不会说谎话，信上还附有一张狗头太太出的收条，表示他出钱是实，其实狗头精灵过人，唯独他太太这收条出得糟。本来官绅不分，关倒城门就是一家人，狗头却没有把我们这些人放在心上，别人想帮忙也无从帮起了。说句老实话，自己吃自己的饭，何必一定要巴结人。然而，我王某，承桑梓间父老昆仲瞧得起，硬把我拖出来当参议员，说不得了，只有替桑梓服务。第一个我的提案'取消摆子神'，狗头就没有理。这次大会开会前几天，我起码给二十多位参议员交换意见，他们都异口同声的说：狗头完全没有给地方上作点公益事。大家都希望我出面……"王参议员把话头吞了半截，停了一下，拐个弯叮咛着：

"你我知己，那里说话那里丢？"

"笑话，老兄放心，人活三十几，这些事非大非小，还是晓得轻重！"

"你哥子多不得心，不要见外，并不是怕你哥子过话；我做事从来就是个把细人，我一向就是先小人而后君子。因为……因为走了风，事就不好办了。所以，我今天精神再不佳，也只好抱病出席，说不得了嘛，为了地方上三十万父老昆仲！"

"当然。当然。"欧参议员答应着，看了一下手表，"正好九点五十分。我兄弟还有点事要耽搁，先走一步，会场上见。"

王参议员也没有客套，把欧参议员送出了药铺。打瞌睡的徒弟娃受惊似的睁大了眼睛，王参议员没有注意他，先望着欧参议员向县府的那条路上走去。他的脸上掠过一丝笑容，兴致冲冲的走进卧房，戴上博士帽，提起手棍。

王参议员的精神虽然因病欠佳，走在街上却矜持的摆出架子，走着八字脚。向熟人打招呼，仅微微的点一点头。参议员的证章别在左胸上，他感觉到了在闪光。不是政府要"民主"，怎么会有这样的权力来质问县长呢？"汪精卫"准定是到县府去，源源本本把这一席话，说给狗头听。狗头再不识相，就决定搞开，大不了撕破脸。狗头不丢官；也得花费几挑孙总理，王参议员望了左右一眼，然后打鼻孔哼了一下，在心底说：恶龙难斗地头蛇，看你狗头有好大的本事。正在他想得出神的时候，拦腰闪出一条大花狗，倒吓了他一大跳。他却不动声色的赏了大花狗一手棍，大花狗夹起尾巴跑了，气都没有哼一声。王参议员的心情又舒畅了一点：好像这大花狗就是狗头。今天就要赏他一手棍，还不是像大花狗一样，只有夹起尾巴跑掉。他觉得这是好预兆，不知不觉的步子快了起来。

他一跨进参议会，会场内只有几个职员，走过来向他打招呼，问候他的病况。他敷衍了几句，就坐在自己的席位上：工友端来一碗盖碗茶，他拿出一包沱茶，又喊工友重新泡过。然后不在意的向两边粉墙上一望：一边是"发扬民主精神"；一边是"协助政府建国"。字有斗那么大，一眼望去就知道是参议长的手笔。他望着会场上的挂钟，才九点半！他诧异了，赶忙从怀中取出金表一看，时针正指十点半，这把他糊住了，到底是他的表快了呢，还是这钟慢了？他一下记起了，"汪精卫"临走时，不是说九点五十分么，于是他把手向钟一指，问着：

"瘾没有过足么？怎么才九点半？"

"王大爷，"一个职员答复着，"这个钟是'聋子的耳朵'，装装摆设。一阵子快一阵子慢，没有定准。"

"对咯！"王参议员又看了他金表一眼，"我还以为我的金表有了毛病。"他翘起的二郎脚，一摇一摇的。随又站了起来，拉着手棍。望了四周空坐位一眼，心中愈想愈不耐烦：今天这样重要的会议，大家还是老毛病，十点钟开会总要十二点才到。

"中国人做事，哼！"

他自言自语的埋怨着，决定向大会正式提出，他拟着腹稿："集会务必按时出席，以期节约时间，为民表率，而挽此颓风……"他端起茶碗，揭开茶碗盖，搅动了一下茶叶，他定睛一看，还有几匹茶叶是浮起的。马上他灌起鼻音喊道：

"工友！"

"啥子事？"工友以为他有啥吩咐，不转眼的望着他。

"啥子事？你看！"王参议员把碗一推，"水不开就掺茶，得了病算那个？"

"这开水疲了。"工友解释着。

"我看你的皮子才疲了。要打一下才过得，是不是？什么规矩都不懂，参议员向你说话，一说你就一个顶，你是天王老子？"

一位职员赶忙走过来叱开了工友，向王参议员道着歉，申明这工友是才请来的，乡下人还没有学会规矩。王参议员虽然骂了人，并没有动真气，只觉得参议员应该具备这些派气。他一心还是想着狗头和取消摆子神，还有那笔没有分账的五十万；也许"汪精卫"这时同狗头在商量。嗯，要是摆子神取销了，单是今年，就有点数算，再加秋痢一流行，一副药起码要两千，十副两万，百副，千副……起码买上十亩。再做一个生，三百亩整数就凑齐了。到时节再打还账的主意。王参议员想呀想的，灰白色的脸上，浮出了光彩，隐隐一点红晕，又大大的喝了一口茶，很舒畅的靠着椅子闭目瞑思儿子的前途：留美呢，留法？嗯，美国人太轻浮，法国婆子太妖精，受了影响可全功尽弃。日本呢？太容易。英国倒好，只是不吃香。苏俄呢？想起这个国家，他横身上下打了一个冷噤，当官当不成不说；回国还有砍掉脑壳的危险。还是只有美国对，美国烟，美国货，美国人不正是走运的时候？嗯，他冲口而出的说了一句：

"美国对！"

"对啥子？"有人站在他旁边问。

这使他吃了一大惊，从凝思中回过神来，才看清楚，参议员们来了一大帮，大家都询问着他的病体，他也寒喧着。他在心中怀疑起来，就开玩笑似问着：

"怎么的，吃了油大么？钟点早过了，害得我坐半天冷板凳！"

"你的病才好，就想吃油大么？"一个虾胡须的趁话答话的同他开玩笑。于是，大家轰笑着。他却一板正经的，像发现一个秘密似的：

"听说，地方上有人检举狗头呵，公事到了省，听说省主席很注意这个案子。"

大家都糊住了。有人随又很机警的插上嘴，于是乎七嘴八舌的发表了意见：

"是的，有这个消息。"第一个说。

"哦前几天就听到了一点风声！"第二个说。

第三个说："消息是早晓得了。不晓得是不是真的？"

"老兄，"第四个说，"当然是真的。"

"唔，"第五个紧接着，"我省上的亲戚来信：检举狗头的公事一到，他就晓得了。"

"这是应该注意的！"第六个话中有话。

"应该，应该注意。"第七个敏感的，"我们参议员代表民意的，连这件事都不明白底细，岂不有失职责！"

"我们最好旁敲侧击……"虾胡须刚说出这几个字，王参议员虽然在鉴赏他这一策略的成功，听见这句话说着他的心病就一震，又那么不经意的看了虾胡须一眼。虾胡须望着大家，见众人都在等他的下文，他的脑袋向前一伸，说："我们不必管他的案子，只对准他的预算考纲！"

"呃！"王参议员点了一下脑袋，手指头得意的敲着大腿。

"同时，在质询上届议案的执行时，拿点腊给他坐，也好让省上知道我们对他不满。"

"依愚下的意见，"一个自以为很世故的说，"别操之过急，看看狗头的态度如何。"

"狗头之所以为'狗'，"虾胡须脑袋绕了一个圆圈，"就正是这些地方。他一定不动声色的向省府活动。"

欧参议员匆匆的跑了进来，向着众人打招呼，连声告罪他的迟到——其实还有一半多参议员没有来。他一屁股坐在王参议员前面，扣转身，伸长腹腰，望着大家。王参议员绕弯的说：

"我看这件事，不晓得是那个搞的？"

"什么？"欧参议员纳闷的问。

"没有什么，"王参议员回答，"一点小事情！"

"哦！"欧参议员摸不清头脑，只好端起茶来喝。

"就这样开刀！"虾胡须望着王参议员这么说了一句：就回到他的坐位上了。

评论员们陆陆续续的到得差不多了，议长也来了，然而狗头还没有来。大家交头接耳的议论着，就像暴风雨前满天的乌云。欧参议员一方面与人闲谈，一方面又用眼光扫着大家，注意着大家的表情。王参议员这时在闭目养神，好像是满有把握的样子。

当参议员的主任秘书走进来，交了一封信给议长。议长看了之后走上主席台宣布：

"今天县长得了急病，不能出席报告！"

全场轰然了。王参议员正要站起来，议长又开腔了：

"议程因而有了变动，由县府民政科报告。"

王参议员在心中想，也对：今天杀狗给主看。而欧参议员离开坐位，附着王参议员耳朵说：

"兄弟有话商量，在一品香候驾。"

欧参议员说后就走了。王参议员的心情颇为激动，今天的预兆不错，样样事情都合符计划：还没有把棒棒打出去，狗头就得了急病；刚才的一个场面，汪精卫起码领会到与狗头有关。这就对了，他愈想愈高兴，翘起的二郎腿得意的抖动着，抖呀抖的全身有点现寒冷。他失悔抖得当了真，意识到摆子又起势了。他赶忙站起来，提着手棍走了。

走在半路上，王参议员的腿就软得不能支持了。那里还有精力到一品香。他挣扎到了药铺，一进门就倒在椅子上。全家人都骚乱了。把他扶上床，用了三床被窝盖着，还在喊冷得很。他抖着。呻吟着。他想起了欧参议员的仙丹，就急忙的问：

"奎宁呢？"

太太这才想起，掏出一个纸包，拿出两粒丸子。他一接过去就啣在口里，有点甜味，他心安得多了。虽然还是在抖，吃下去就灵了么？忽然他皱紧了眉尖，大声的喊：

"水！水！"

太太慌了手脚，递过来茶壶。他大口大口的喝着，一些茶水漏在颈子上，他呛咳了一下，太太才拿开茶壶。他长长的叹了一口气，抱怨着：

"龟儿西药比黄连还苦死人！"

一家人都绕在他的床前，望着等他的病好；他也等着这西药效验。殊不知愈来愈抖得厉害，他感觉到没有一丝好转的情况。他声音发抖的说：

"龟儿西药是骗人的！呵，欧参议员，喊徒弟娃到一品香找欧参议员，说我的病发了。"

"找他还是莫法呀。"太太说，"摆子神都靠不住！"

"你妇人家多嘴啥子？"王参议员说一句就要呻吟一下，"找他有正经事！"

太太吩咐徒弟娃去了传来。王参议员着急的叽咕着：

"这是紧要关头呀，这该死的毛病！唉唉，你去找摆子神看，这是紧要……唉！"

"早就许了五钱烟的愿咯，你的病还是不见好。都怪你要取销他嘛!"

"嗯!"王参议员无可奈何的哼了一声,蒙着头呻吟起来。

欧参议员一跨进王参议员的卧室,就连呼着:"抱歉。抱歉。想不到老兄的贵恙又翻了!"

王参议员把头伸出来,欧参议员一屁股坐在床沿上,弯下身子压低了嗓子说:

"我正准备告诉你一个消息。"

"唔?"王参议员抖着嗓音。

"狗头已经走了五天了!"

"什么?"王参议员脑袋上挨了一棒似的,想挣起身来,可是没有力量又倒下去了,"这是真的么?"

"当然是真的。刚才听到狗头太太说,怕已经到省了。"

"嗯!"王参议员脸上泛出了红晕,"这样就躲得过施政报告么?躲得过初一,未必还躲得过十五?"同时又不相信的,"不见得走了罢,怎么一点风声都不晓得?"

"他怕这股账……"欧参议员比着两根指头,"收拾他呀,抢他倒是小事。所以走得很秘密。"

"就不转来了么?"

"转来做啥子,新任快要来了,自然有秘书办交代。"

"……"王参议员的脑袋加晕了。

"狗头是能干哟!"欧参议员称赞着,"调升了专员呀!"

"什么,升了专员!"王参议员眼球都突出来了。随又毫无表情的说,"算他运气好!"

他的胸膛起伏得更加厉害了。战抖的呻吟着。脑袋要破裂似的晕转,全身支解了似的躺在床上,连呼吸也有点困难似的。他感到从没有感到的失望,四十亩田又成了一个影子。总距离着他。他想咬紧牙齿,牙齿却更加战抖。他狠狠的呻吟着说:

"走得没有这样容易，那张收条专员也会跨杆！"

"是的。是的。"欧参议员从怀中拿出一张县银行的支票，"那件事，狗头完全不知道，是他太太干的。妇人家不懂手续，刚才经我说了一番收这种钱的规矩，她才明白过来，给你老兄送一二百万。又听说老兄欠安，因为是坤道人家，不好亲自来，特地请我代表问候；而具递送老兄十万的医药费。一并都在这张支票上。她一再申明，希望老兄不要见怪她的不明白手续；也不要见怪送这点钱的寒微。"

"这个钱，"王参议员摇了一下头，"这个钱我绝对不收，收了就小气了；还说不够交情，趁狗头走了来拿捏她！"

"话不能这样说，也不是拿捏那个，与狗头的走更莫关系，还是你应得的钱财。至于那十万，是表示两年来彼此间的处得非常之融洽。"

"经你哥子这一说，暂且收下，作算我名下借的好了。"

王参议员接过支票，迷迷糊糊的望了一眼，就丢在枕头旁。欧参议员很为难的笑着说：

"妇人家做事，就是拖泥带水的，专门使中间人为难：她务必希望老兄原谅她；同时希望老兄卖我一个面子，那张收条……"

"收条么？"

"是的！是的！"

"那没有什么了不起，何必这样看重它。"

"是的。妇人家就是这样。既然她这样说，我就不得不向老兄说清楚了。"

王参议员想了一下，向太太呶呶嘴：

"把收条拿来。"

欧参议员在心中松了一口气；拿着收条，又应付几句客套；就站起来告辞。走在房门口又转过头来说：

"狗头走的消息揭开了,我看地方上有表示的!"

"嗯!"王参议员呻吟着,"不管登报也好,立德政碑也好,我都出一个名字,照钱分摊就是。"

欧参议员点了一下头,就轻快的走了。

王参议员的寒冷,慢慢转成发烧了。取掉两床被子还是喊热。汗水湿透了汗小衣,脸烧得更红了。他一半抱怨一半求救的叮咛着太太:

"再去许个愿嘛,五钱加成一两!这摆子要打死我的!"

他喘息着,两眼无力的望着那张支票。发烧发得他的神智都迷糊了。除了呻吟以外,偶尔含混的呓语着。

选自 1947 年《人世间》第 2 卷第 2—3 期

王洪顺进城

一

天色很暗淡。院落、树林、溪水、休息着的土地、褐黄色的公路……都蒙上一层寒霜,都冻结在天亮前的严寒里。

公路上,两个人沉默的挑着鸡蛋,一前一后的走着。步子沉重而快速,踢起的尘土飞扬到腿际。一只手配合着脚步的摆动,另一只手稳住肩上的扁担。走在后面的中年人,不时的用手擤着鼻涕,随就揩在深黄色的长衫的衣襟上。这件衫子要逢年过节时才穿。

这次可例外：因为是第一次上省。又早就听说过：省上房子高齐天，点灯不用油，大人小娃都阔气得很，吃的全是白米干饭。要是穿不好了，会叫人瞧不起。他才特别穿上这件黄布衫，包头的白布也洗得干干净净的。

为了上省，前两天他就连觉也睡不着了。隔省上虽然只有百来里，上省却实在不容易：小的时候要割草放牛，大人不准上省城。年轻力壮的时候，又春耕秋收的忙得一塌糊涂。只好自己哄自己，总是上年推下年的。国仗一爆发，他也当了家，能够上省又不敢上省了：沿途拉壮丁，还有日本鬼子的飞机空袭，闹得人翻马乱的。这么一混就是八九年，三十几了还是第一次上省城。

就是这次上省，还全靠走在他前面的张三哥。张三哥是个蛋贩子。一年四季卜省多的不说，少也得有二三十趟。对于省上太熟悉了，连省里的人也麻不倒他。不是张三哥，他想上省也没那点胆子。听说在省城里，连信都不晓得一个，身上的钱就会不见了。还有玩家在街上尽是拉人。听说这些玩家比绅粮的女儿还漂亮，遭了钱不说，还要得一身病。不过诱惑他的，是省上的蛋卖得起价。他们这一县的蛋十有八九全都运上省去，他卖了石多米，收了一挑鸡蛋，决定想，在年前同张三哥去一趟。赚了钱好过一个热闹年。

天气虽然冷，挑起东西走路要暖和得多。只是他的滴鼻涕老爱流出来。开初他还尽可能的拟想着省上的繁华。想不出所以然后，就假设着鸡蛋能够赚的价，一五一十的加起来。想一阵，脑筋疲乏了，兴致也就索然寡味了。他东盯西瞧的，看见自己穿的黄布衫，才猛然感到扁担在肩上的重压和摩擦，会磨坏它。他只用手托住扁担，减轻重压。这却支持不了好久，手膀子就酸疼了，他耐性的忍受着。他有点失悔不该穿上这件好衣服，又不是送亲吃喜酒，反正是卖蛋的，还怕别人瞧不起么？

幸好张三哥在一家幺店子面前歇下来。他一放下扁担，就摸着肩头，而且别过脸去查看，有无磨损的迹象。张三哥坐在一根石条上，裹着叶子烟，看了他一眼说道：

"你枉做庄稼人，走这点路就来不起么？"

他不好意思的支吾着："哪的，哪的！"

幺店子没有开铺门。路上零零落落的有赶早路的，张三哥把吃了半节的叶子烟，使劲的喝了一口，烟杆嘴上粘着起丝的口涎，用手掌擦了一下就递过去。他正出神的看着店子盖的谷草，想起啥子名堂似的摇了一摇头，擤了一把鼻涕揩在草鞋后跟上，就走到店子后面，轻轻的扯着房上的谷草。店主人发觉了似的，在床上翻着身，干哑着嗓子含混混的叫着：

"哪一个狗养的在扯谷草？"

"哪个舅子扯你的谷草？"他一边说，一边把扯下的谷草塞在怀里，"路过挨到一下就不得了啦！是豆腐做的么？"

"叫唤啥子？"张三哥搭白了，"大天白亮的还在睡呀！"

"哪个？"店主人又翻着身，咳了一声，"啊，嗯，张三哥是你哟！我还以为是龟儿吃露水钱的。见不亮就上路，安心把钱找完么？"

"够缴就好了！"张三哥感慨的答应着。

他走出店前。张三哥盯了他一眼，就挑起鸡蛋向店主人告别。

店主人在床上应酬着。"喝杯茶去嘛！"随就是一连串吃力的咳嗽声。痰好像死死粘在气管上，不愿意被咳出来。

他摸出谷草，捆成一把，垫在肩头上。然后挑起鸡蛋，跟在张三哥后面，他才放心的吐了一口气。步子轻快起来。手合着脚步，规律而有力的挥动着。挑子有节拍的叫着"格叽格叽"的声音。

"王洪顺，"张三哥问着，"你在搞啥子名堂？"

他，就是王洪顺，擤了一把鼻涕："这一挑，说重不重总是一百好几，我的衣服……"

"我是问你刚才搞啥子?"

"没有啥子,拿点谷草垫肩头。"

"出门人别乱伸手呵!"张三哥关照着。

"好稀奇!"王洪顺不屑于的咕噜了,"随便一个田角角的也要盖他一间房子!就是糟蹋的也不止这点呀!"

"你做庄稼当然不稀奇。别人开店子哪来谷草?挑这点东西都要垫肩头,你变成秀气奴家么?"

"我穿的是好衫子呀!"

张三哥笑了。"你这人真老实,脱了衫子进城穿要不得么?"

"老实的!"王洪顺高兴得叫了起来,埋怨着自己,"一下就迷了窍,简直转不过弯来哩!个狗养的!"

二

王洪顺把脱下的长衫拴在腰带上,露出疤上重疤的棉袍,棉花是硬邦邦的。敞开着衣领,还在流汗。清鼻涕流得更多。偶尔还要咳几下。像包谷须须的胡子上,粘着一些翻白的唾沫珠子。双下巴高颧骨。深黄色的脸皮。浓黑的眉毛压在眼皮上。泛着棕色的眼珠子,闪着怀疑,犹豫,畏缩。他盯咕眼的注视着公路上的乱石子。一不下细,这些乱石子,就会伤着脚板,走起路来就麻烦了。

他不时的向张三哥打听,城里的栈房好多钱一天?吃饭要好多钱一顿?啥子东西相因?大戏在那的唱?……诸如此类的问题,他接二连三的提出来。张三哥很乐意的答复着,一方面表示他在城里不是砍子石,一方面走长路不说话也太寂寞。说到后来一滑了嘴,不等王洪顺问,他就绘声绘色的把省城形容起来。把他对于省城所熟悉的,甚至于那条街帽儿头大,那条街的官毛司修得如何好都说了。王洪顺却提出了他一直怀疑着的事情:

"三哥，说听省上的女人在街上拉人呀？"

"多得很，这有啥稀奇？"

"呸！"王洪顺吐了一口唾沫，"这么没得廉耻么？"

"要找钱吃饭呀！"张三哥把扁担换了一个肩。

王洪顺把眼珠子一翻，用着轻蔑的语气："啧啧，啥子生意不好做，为啥一定要卖屄呢？"

"我晓得个球，你去问玩家嘛！"

王洪顺发表着他的见解："决定是好吃懒做，又安逸，又有钱使。别人都说省上的人好福气。我看要脸的少得很！三哥，你说，是不是？"

"王洪顺！"张三哥警告着，"说话不要铺众呵！墙有缝，人有耳，省上的人听见了喊你还价钱，看你哪个做？袍哥人家兴乱出言语么？不说别的，一个吐你一泡口水，莫说你一个王洪顺，就是一百个也要淹死你！"

王洪顺打了一个冷噤。心想龟儿省上的人这么凶么，干他妈哟！

张三哥满意着他的警告，顺便表示他的见多识广，像山洪发似的，一气说下去。"玩家地方，不说别的，单是花街，就走过二十多家。耍的姑娘总是好几十。你别以为她穿得花花绿绿的，胭脂水粉涂得红都红都粉都粉都的；其实吃的是烂菜饭，没得客，院妈娘就用板子对付。你默倒安逸么？一开房子屁股那么大，白天夜晚都是黑摸摸的，比猪圈不如。你还说别个图安逸。天下的事情要眼见为实，耳听为虚。"

"个舅子，"王洪顺醒了一把鼻涕，"省上还是有穷人么？"

这问话把张三哥逗笑了，可没有笑出声。"请问：没得穷人，又哪来发财人？没得主人家有佃客么？省上你看见就晓得了，但是叫花子就比乡下多得多。还不提扒手……"

"说起来，"王洪顺满意的说着，"还是我们乡下要好些么？"

"好个球！"张三哥给王洪顺弄得莫办法，说又说不清，像遇着个毫不懂事的小娃儿一样。发气带发牢骚的忿懑的叫着，"一个皇帝管的天下，还分得出个好坏么？你是粮户，你当然过得！"

王洪顺一听说道自己身上，就想起这几年的生活，心情就黯淡下来。张三哥继续说下去：

"我当然赶不上你，年头尾岁的跑省城，为了做官？为了发财？把肚儿箍的圆就好了！"

王洪顺很不了然：才打平伙吃了一顿早饭，三一三十一一算，自己就吃亏五十元。五十元虽然要不了半个鸡蛋，一顿五十，十顿五百，就要敷算了。何况张三哥这个人，刁鼻梁，突额头，寡骨脸，驼起一个背背；遇事都好像自己要聪明一些，弄得他更不舒服了。王洪顺盯了张三哥的驼背一眼，心里起了一阵战悚。一上省，不管好歹死活，一切都得依靠张三哥。要是张三哥是个黑心肺，把自己打来吃起，又哪个办？王洪顺越想越不对劲，好像张三哥会一回头给他一闷棒似的。他很不想上省了。走了这样一大早晨，不说别的，就是捡狗屎也可以合一挑灰。然而，不上省哪个好开口呢，王洪顺可难住了。步子沉重的缓了下来。

张三哥走得正上劲，挑子就是那么"格叽格叽"的起劲的响着。他发觉王洪顺掉在后面了，就半开玩笑半正经的说：

"这碗饭是不好吃哟！还有八十里，一天不走拢就多一天缴用。利就薄了。"

是的，"一天不走拢就多一天缴用。利就薄了"。王洪顺想着这句话，脚步只好快起来。

田里的麦子长了三寸多长，淡绿淡绿的。苕菜田里在泡水，菜子的苗子看起来小春有点旺。小春好，菜籽就卖不起价；小春不好也糟糕，真是左右做人难。王洪顺叹了一口气，向苕菜田里吐了一泡口水。他的两眼盯住了：淹进田里的水，很泰然的浸着。苕菜绿油油的泡在水里显得更有生气。王洪顺却担心起来：他怕婆娘偷懒，不监督长工做活路，又怕长工偷他的东西。他又有点失悔不该上省了。这一些事情，想得他脑壳都有点闷了。一个不留心，脚尖踢在一个半露出地面的石头上，身子朝前一倾斜，差点撞着张三哥。他的鸡蛋挑子也晃了几下，幸好桩子稳，才没有出纰漏。不过，也吓得他出了一身冷汗。

张三哥像叮咛小孩子似的叮咛他："看到路上走呀，鸡蛋不比洋芋疙瘩！打烂了连本钱都捡不起来的呀！"

"嘿嘿！"王洪顺傻笑着，"龟儿把脚尖都振麻了！"

"脚步起快点，摸黑不是好耍的哟！"

"不得不得！尽你的气力走，百来里倒还容易！"王洪顺说后，就盯鼓眼注视着道路，在心里骂着："龟儿一出门连石头也欺侮人呀！"

走了一阵，王洪顺的眼睛盯得疲乏了。他抬起头看着远方：在远远的躺着的路边，站着一个小小的土地庙。旁边伴着一根直伸伸的杉树。他的眼光又埋下去了。脸上严肃起来，在心底虔诚的祷告着：愿土地公公好好生生保佑他：一路清吉平安，生意如意，洋布料相因，还有张三哥不整他害他，回来时决定买香蜡纸烛还愿。渐渐的走近了土地庙。他看了一眼，土地公公跟土地婆婆在向他笑哩。他的心境平静了，脚步又轻快起来，挑子"格叽格叽"的声音更响了。前后挥动的手也有力得多。

三

到了晌午时分，在一个场上，他们歇下来吃午饭。王洪顺只吃得下两个帽儿头的，结果多吃了一大碗半。早饭他吃亏了五十元，这一顿就吃转来。张三哥没有理会这些，算了账就吃起叶子烟来。这一带，饭馆，酒店，茶铺，栈房，他都有熟人。他很优闲的吃着饭后烟，和一些熟人摆龙门阵。他的交游广，处处反衬出王洪顺是出笼的毛子。王洪顺有点惭愧，也有点嫉妒。只有坐在一旁打饱嗝。多加这一大碗半，总有一合多米，照饭铺的价是三百元。早上吃亏的五十元赚来不说，还多了二百五。王洪顺很满意。只是独自胀得不好受，连裤带也要绷断了似的。而且肚皮有点胀气。虽然吃饭的时候，张三哥招呼过他：吃得太饱了不好走路。他却不相信，以为是张三哥故意这样说让他少吃点。如今却不好意思开口说肚皮疼。只好愁眉苦脸的吞咽着苦楚。一直忍到好像连出气都困难了，他才捧着肚皮，跑在公路旁边的野地拉出来。

拉出一大堆黄屎，王洪顺轻松了许多。他擤了一把鼻涕，才闻着热屎的臭味，他有点可惜这堆屎没有拉在屋里头。同时，使得他想起他的家，和他的婆娘来。他出神地望着公路。心想要是不上省，这时也许坐在屋里编篾筐。或者在柴烟弥漫中，同老婆在煮饭。他眼前却出现了三个丘大八，他收回眼睛定睛细看，公路上硬是走着三个丘大八。那草绿色的军装，使他胆怯起来。像离开鸡婆的鸡子，碰上了鸡子，蹲着的两只脚有点打闪。丘大八越来越近了，好像鸡子收着翅杀下来一样。王洪顺心里有点发慌，一个意念迅速的闪了出来：是捉土匪么？他失悔不该离开张三哥。他恨不得飞到张三哥的身旁去。然而，丘大八走得更近了，面孔也看清晰了。还闪着狡黠的眼光看着他哩。王洪顺慌得屁股也没有搋，提起裤子就跑。丘大八一看见他跑，也就追了起来，一面命令着：

"不准跑！不准跑！"

王洪顺吓得更厉害。跑也跑得更厉害了。丘大八扳着枪柄，恐吓着：

"再跑，老子开枪了！"

王洪顺没有听清楚，也没有理会。他只想跑进场就好了，跑到张三哥身旁就安全了。丘大八却开了一枪，子弹发出尖锐的啸声，在空气中"嗯"的一声穿了过去。王洪顺脚一软就倒下了。

丘大八追了过去，把王洪顺提了起来。蓄痣胡的丘大八左右开弓的给他两个耳光。王洪顺的脑壳震得昏昏的，脸热辣辣的浮起几块红潮。

丘大八叫骂着。"狗肏的跑，跑就跑得脱么？"

"龟儿是干啥子的？"内中有一个在问。

蓄痣胡的丘大八不满意的盯了问话的人一眼，随就责备着："自己队上的逃犯，你都认不清楚了！"

王洪顺没有管这些。他惊恐的眼光检查着全身：没有洞也没有血，他才放下心来。丘大八们抓住他的领子，向前推着，打着。打得王洪顺的眼前红一阵黑一阵。脑壳更加昏沉沉的。连耳朵也呜呜的响起来。清鼻涕流过他的嘴唇，他喘着气的，喉咙嘶哑的叫起来：

"救命啊！"

"狗肏的！"蓄痣胡的又在背壳上打了他一锤，"再叫喊，老子打死你，你龟儿开小差嘛！跑嘛！"

丘大八们把王洪顺拥进了场上。王洪顺还在叫着。人们尾随在后面看热闹。丘大八们叱喝着：

"走开，走开，没有看头，拉逃犯有啥好看嘛！"

王洪顺求援的用眼光搜索着人们，他希冀发现张三哥。却听着张三哥的声音，在他背后受惊似的叫着：

"打不得啊，都是熟人啊！"

蓄痣胡的看见张三哥就呆住了。强打着笑询问着："是你的朋友么？"

"你哪个搞起的嘛？"张三哥着急的责备这王洪顺，随又向丘大八们打招呼："茶馆坐！茶馆坐！"

大家在茶馆坐定。看热闹的人围满了茶馆的门前。一个丘大八对他们叫着："没有事，没有事，围拢来做啥子？唧个的嘛？袍哥怕办交涉，空子怕挨枪诀，挨枪诀才安登逸么？"

看热闹的大人们散了，一些小孩还围绕着。丘大八举起了枪，做一个瞄准放的姿势，小孩们才吓得轰的一下跑开了。

张三哥清清嗓子站起来，弯着腰，双手放在桌下，看大家一眼说道："兄弟来指示一下！"众人也同样的姿势站着弯着脊背。张三哥用嘴向着蓄痣胡的一努介绍道：

"大手旁是龙凤社的罗三哥，挨身一位……"

挨着蓄痣胡的丘大八马上接过去自我介绍。"兄弟刘海山，小码头荣盛场，叉字出面旗！"

蓄痣胡的紧接着介绍另外一位丘大八："这是敝社黄荣贵黄老幺！"

张三哥把嘴向着王洪顺介绍着：

"这是人和场人和社王洪顺王老幺。"

王洪顺畏缩的把手向左边一拱，大家也一揖之后才坐下。张三哥马上喊道："拿盒小大英来！"随又向丘大八告着罪。"王老幺初次出山，言语未周，礼节未到，冒犯了几位老仁兄，望多多的海涵海涵！"

"好说好说！"蓄痣胡的赶紧接过去，"三哥，你这么说就见外了。还望多不得心，在不得意。刚才看见王哥一跑，我们就误会了。真是梁山泊的好汉不打不亲热。手重的地方，倒要包涵一二。"蓄痣胡沉吟了一下，又说下去，"就看王哥掉了东西没有？刚才人多手杂的！"

丘大八们望着王洪顺，等他的回答。他嘴唇蠕动了一阵，吸了一下鼻涕，摸了一下热辣辣的脸，两眼畏缩的盯住茶碗盖，含含糊糊的说道：

"就是那一枪吓了我一跳！"

听的人都想笑，然而都忍住了。张三哥递着小大英。丘大八们也含含糊糊的表示着歉意。瞎聊着一些应酬话。

四

出了场口，张三哥埋怨起王洪顺来：说出门人要大方一点，缩手缩脚的只有吃亏。而且丙丙子又不是吃人的老虎，怕他做啥子？看见就跑，别人啷个不误会你做贼心虚嘛！何况你还是一驾袍哥，袍哥都不好走路，未必然空子还吃得开么？一席话说得王洪顺哑口无言。隔了一阵王洪顺才叹了一口气，自怨自艾的鬼念着：

"狗肏昨晚梦没有做好，又失财又挨打！"

"失财免灾！"张三哥劝慰着，"只要人不吃亏就好了。幸好这一泼丙丙子我还有点交道。要不把二尺五的鬼皮给你一条，不打死也要磨死！"

张三哥虽然这样安慰王洪顺，王洪顺的心里还是打起一个疙瘩，不管啷个解都解不开。他有生以来第一次挨这样毒打，连娘老子还没这样打过哩。还有又挨打又输理，五碗茶一盒小大英，就是一千好几。蛋都要卖十个。王洪顺打鼻孔里"嗯"的一声叹了一口长气。脸上热还是退了，却起了一个包，还有点疼。背壳子上腰杆上也有点隐痛。他别转手去探摸，才发觉腰带上是空荡荡的，别着的长衫不见了！他的手指战抖的慌乱的在腰带上摸寻。布衫硬是不见了！他赶忙把挑子撂下，只招呼了张三哥一句："我的挑子。请你看倒！"说后他就飞跑了。

张三哥放下挑子，急忙的问："啥子事，啥子事？"

王洪顺连路跑连路答应着："衫子，我的衫子！"

张三哥皱紧了额头，搔着后脑壳。莫可奈何的看着王洪顺的背影。

王洪顺上身不动的小跑着。他情急的用眼睛搜索着行人。他很想逢人就问一声。哪位大善士捡到他的衫子发个善心还给他。又怕一问反转惹得大家注意起来，捡到他衫子的就藏住了。他一直跑到场上，还是没有看见他的衫子。他跑进茶馆，在起先吃茶的桌子上下寻找，连一点衫子的影子都没有。他眼看绝望了。最后才鼓起胆子问着茶堂倌："你看到我的衫子没有？"

茶堂倌用不了然的口吻答复着。"哪个看到你的衫子？就是客伙的金子掉在这里，也没有人要！"

王洪顺四下看了一眼，着急得额上冒出一层微汗，虎虎的吸着鼻涕。他绝望的垂着双手走出茶馆，腿子沉重得抬不起来似的那么移着脚步。他一眼瞧见蓄痣胡的丘大八，全身打通过电流的一般。他想避开眼光，蓄痣胡的丘大八却向他打招呼：

"王哥，啷个又转来了呀？"

"呃呃……"王洪顺想不起这丘大八的姓名。只有含含糊糊的支吾着。同时他想起来着丘大八曾经问过他掉了啥子东西没有。他茫乱的眼光又扫了那丘大八一眼：丘大八背着手挪开两只脚，那么不怀好意的闪着眼珠子望着他。就像猫儿对着耗子准备扑过去一样。他打了一个寒战，怕这丘大八又下他的黄手。他慌乱的打了一个招呼，就急急忙忙的走了。他巴不得一下就躲开这丘大八，可是他不敢跑，只好把步子拉长走快。走了两三丈远，他一直担心着丘大八是不是跟着他。他假装着什么似的车过脑壳望一眼，他的心才放下了：丘大八没有追来，而且向着相反的方向走着。他想回过头，他却看见了什么似的定睛一看，他的两眼张大了，丘大八的腋下挟了一块深蓝色的长衫。对于这件衫子他太熟悉了，就是烧成灰，他也认得出是他的。他追了两步，想索取他的东西。丘大八要回头似的。王洪顺却怕人发现他见不得天的秘密一样，赶忙掉转身急急的走着。他的心情烦乱极了，像小孩受了侮辱要哭出来一样。他恨着自己的莫用。也恨着那丘大八把他打来吃起。他把布价一算，把卖蛋能够赚的钱一算，他的心就打起一个解不开的大疙瘩。又空荡荡的像连心子都失掉了一样。他的脸色像大雨前的阴暗，很想痛快的哭出来或者放开喉咙大叫几声。然而他只紧闭了嘴皮，失魂落魄的走着。他感觉到上省卖蛋又没啥子兴趣了。因为蛋是全卖了还要赔一点老本。

张三哥焦眉烧眼的站在挑子面前等他。他走过去一语不发的挑起挑子。张三哥眼看他的衫子掉了还是这样的问着："衫子掉了?"

"狗贪运气嘛!"王洪顺发着自己的脾气，大声的嚷着，"该背时倒灶，还躲得脱么?"

王洪顺醒了一把鼻涕，腮帮子上的肌肉难过的扭动了几下。两眼失神的沉入幻想的境界里：土地公公和土地婆婆的笑容，飘忽在他的眼前。他想着种种理由来解释这场祸事，都解不开心中的疙瘩。他想着，要不是他向土地许了愿，也许这场祸事还不会这么松活。这么一想，他的心境就开朗一点。而且到后来甚至庆幸着，全靠他早许了愿，不然还能逢凶化吉么? 最后他只剩下一点惋惜。责备着自己，要是长衫不带出来呢? 他一下想通了，自言自语的说着：

"管他的，上一回当，讨一回乖!"

张三哥点脑壳凑合着："遇事往宽处想就对了!"

快进城的时候，已经打麻点子了。光头光脑的树桠杈，荒凉而寂寞的镶在铅黑色天幕上。乌鸦蒙着夜影飞向树林。晚风凄厉的呜咽。天地是混混沌沌的，只有公路剩下一根白线。王洪顺他们简直在开小跑。扁担一闪一闪的"格叽格叽"的响得更清楚而着急，踢起的尘土，扑进鼻子眼睛，王洪顺除了擤鼻涕以外，还要咳个一两声。汗水打湿了背心，在额上横流。王洪顺完全进入到一个陌生的世界，显得失掉了依靠。好像树子失掉了根根，而且让水流冲刷着。前边有礁石没有？有浅滩没有？有漩水没有？都是一张白纸。他只有一点信心，就是张三哥是一个老内行。然而人心隔肚皮，张三哥要是害他呢？他盯了张三哥黑麻麻的背影一眼，摸黑走路他有点担忧了，不安的问着："要走拢了吗"

"嗯！"鼓着劲的张三哥像猪尿泡漏了气，从鼻孔里长长的嗯了一声。随又喘着气的补充一句。"快到了！"

五

一大清早，王洪顺同张三哥挑着鸡蛋到蛋市区了。卖蛋的人多，买蛋的人少，王洪顺呆了半天，还没有讲成一笔生意，他盯鼓眼的望着行人。

一个胖胖的矮个子，摇晃着臃肿的身体踱过来了。王洪顺吃惊的看着他，灰色的博士帽，歪歪的压在眉毛上。全身的衣领，从汗衣皮袍到面衫都敞开着。长过指尖的袖子挽了一转过来，露出一张宽大肥厚的手掌。用食指和中指夹着一个树胶烟嘴子。两只手摇摆着，挺着一个肚皮走了过去。胸前残留着一些油渍。脸色黑沉沉的，表皮上起着一丝一丝的皱纹。血丝丝浸透了白眼仁，就像生了火巴眼一样。他一眼看见王洪顺张三哥，就咧开嘴巴，露出黑焦焦的门牙，眼角牵着鱼尾的笑了。王洪顺马上站起来，手脚都没有放处似的招呼着：

"呵！何五哥！"

"你也上省来了？"

"呃呃！"王洪顺干笑着，"同张三哥一路！"

何五哥同张三哥寒暄了几句，就随便的交谈着：

"难得！难得！你居然也上省来了！有空打个素堆，你我兄弟一晌来很难得在一起！"

"呃呃！"王洪顺找不出话来应酬，只有在喉头上含混的漫应着。

何五哥吸了一口烟，又用力一吹，吹脱了烟屁股，把烟嘴子放进衣袋内，用他肥厚的手掌揉揉鼻子。又像普通客套又像诚恳的约着王洪顺：

"点灯的时候，在顺城街拐拐上的茶馆会。"

"呃呃！"王洪顺看了张三哥一眼，张三哥像没有听见似的整理着他的鸡蛋。

"张三哥有空么？"何五哥不得不客气的问着。

张三哥抬起头来说："我还要出西门一趟，来得及当然要陪你何哥子！"

"一定等你们！"

何五哥说完就摇晃着身体走了。张三哥望着何五哥走入人流，好像一颗石子淹进水里，一直望到连影子都看不见的时候。他想说什么，却一时找不出适当的语句。他是袍哥，袍哥说话就要负责任，尤其是涉及别人的。一不留心，别人喊还价钱，就垮台了。他想了半天，只好这样说着，暗示着王洪顺：

"听说他在省城操飞机耍滚龙……"

王洪顺莫名其妙的。"嗯？"

"我说的是胖子！"

"啊！"

"听说他很吃得开！本来也是，一不是绅二不是粮，能在省上打天下，是不是一个人还行么？"

"哪一个说的，记不起了，说他在省上当了啥子？"王洪顺说不出来，顺势搌了一把鼻涕，惊叹的说道，"人都长胖多了！"

"长的是烟膘！"张三哥解释着。

"呃呃！"

"我总不同吃烟的人打堆。十有九个都会打滥条，缠不过他。"

王洪顺不言语了。盯着张三哥。张三哥还想说什么的，却止住了。招呼着第一个买主。

六

电灯的光亮还很微弱，天色掉进灰濛濛里。张三哥同王洪顺分手时，叮咛着王洪顺会了何五哥早点转来。王洪顺本来想不去会何五哥吃茶的。他想着张三哥的谈话，他也晓得吃烟人是难打整的。不去么，袍哥人家说一是一，吐出来的口水，没有吃转去的道理。何况何五哥还是他加入社会的引见，想来也不会哪个害他的。反正自己身上没有好多钱，随便他编方打条也没有啥油水。于是，他问着街道的名称，一路东张西望的走着。觉得省上硬是不同，只要有钱，要啥有啥。好多东西，他连名字都不晓得哩。他走了一条街又一条街。转弯抹角的，他已经弄不清方向了。他在心中赞叹着省上的广大，每一条街都比乡下的场上热闹，都比场上繁华。有的店还在唱戏，声音又响又亮。他站着看了半天，看不出唱戏的人来，他奇怪着，闪着狐疑的眼光在心底纳罕着。

王洪顺很费了一些劲问了顺城街。顺城街很有几个拐拐，很有几个茶馆。每一家茶馆都闹哄哄的。都拥挤着很多吃茶的。他始终不敢走进去，只怯生生的站在门边望，他要看着了何五哥才进去。吃茶的人太多了，他看着，迷迷茫茫的。他一家一家的张望着，都没有何五哥。他想会不着也好，总表示他来过，别人就不会说闲话了。

在这些生疏的街道上，虽然有很多的人，有着震耳的骚音，王洪顺还是感到孤独。这些不是他熟悉的，这些都与他有着差别，穿着，脸色，说话的声调，不管啥子都与他有着差别。他转了这么久，就得了这么个结论。他非常不安的慌慌张张的走着。

车子流着。人也流着。王洪顺像失掉舵的小船，在无边无底的海中荡着。他走了一条街又一条街，他找不出适当的人去问他住的栈房的街道。他诧异着来时哪个有胆子去问，而现在却胆怯了。他只凭着来时的印象走着。走了好久他还没有走个名堂出来，他越加慌张了，情急的乱撞着。连鼻涕流出来也忘记撂，只下意识的呼噜一声吸进去。接着又流出来又吸进去。

他的耳朵只响着烦躁的骚音，脑壳都要胀破似的。他只想土地公公跟土地婆婆显圣，引他回栈房去就好了。他又想起他像戏文上的陆逊困进了八阵图，可是没有白胡子老汉来指点。他慨叹着自己像离开了门坊的狗，只有夹起尾巴让别人咬。要是在乡下么，王洪顺傲岸的看了周围一眼，就是月黑头，那里有一个树桩桩，那里有一个石坎坎，都记得清清楚楚的，摸夜不会踢脚板。可是，眼前是在省上，到处是一样的街，一样的铺面，一样的电光灯，一样的流不断的车子，走不完的人。

他在街上乱蹿了半天，竭力思索有栈房的那条街道的形式和特点，他始终想不出来。终于他鼓着勇气，问着一个车夫：

"恭喜发财！请问一声，北门朝那里走？"

"还远得很哩，这是南门边了！"

"啊！"王洪顺吃惊了，他走了一个穿城，"要哪个走？"

车夫把手一指说："顺城街抵拢倒左拐！"

他的全身松懈下来。叹了一口气，急急的走着。街上的行人渐渐稀少了。由远而近的更锣响了两下。夜风刮在脸上很冷，鼻涕流得更勤快了，他的背心已经浸出微汗，虱子痒舒舒的在爬着。他使劲抓了几下，才把痒止住了。走了一阵，他是看清楚了，他又来到

顺城街，他才晓得他在这里走错了方向。拐拐上的茶馆已经静下来
了。零零落落的只剩下极少的茶客。他听见似乎有人在喊他，他回
过头四下张望，才听清楚了硬是有人在喊他。他看见何五哥摇晃着
过来，在电灯光下，脸色橘青，而且不好看。王洪顺赶紧追上去申
明着，他在这里转来转去转了好几趟，都没有看见何五哥，以后又
迷了路。他连路说连路道歉，何五哥却做出一付毫不介意的样子，
而且笑着说：

"才进城是要当广广，幸好我们兄弟有缘，还是碰着了。现在
时间却晏了，好，这样；打个素堆，吃杯把冷单碗。太白村的酒还
到地，过去一条街就是！"

"呃呃！"王洪顺踌躇了，"太晏了，怕栈房关门哩！"

"这有啥子关系？"何五哥用着教导的口吻，"出门人那里黑那
里歇，我住的旅馆就在前边不远，钱福明钱三哥，陆老幺陆海廷，
同我住一堆，都是本场上的锅头煮娃娃。你这阵回去，走拢要打三
更了，冬防期间，莫说你人生面不熟，就是我们走夜路也不方便！"

"我的蛋……"

"笑话！"何五哥把肚皮一挺，"就是失了也归得到队。"

"呃……"王洪顺还拿不定主意。

"算了，算了！"何五哥不满意的说，"你不去就叫人笑话了，
我这袍哥还操个啥子？不知道的还以为本码头的兄弟伙来了，我何
某装疯不表示。知道者又说我约都约不来，不是何某不落教是
啥子？"

"五哥！"王洪顺着急的申辩着，"不是这个意思，你哥子不晓
得，我才学剃头匠就遇闹腮胡哩！"

"你尽管说好了，帮得到忙的当然帮忙！"

"我的蛋，"王洪顺醒了一把鼻涕，"照今天形式看起来，卖到
三十夜还卖不完哩！"

"啊！"何五哥若有所悟的把肚皮一挺，"这有啥稀奇，随便一个兄弟伙给你卖了就是，走哟，吃两杯再说！"

王洪顺跟着何五哥走着。他有点不相信何五哥卖蛋这样容易，他不好说出口，只半信半疑的试探着：

"一千大千啊，一下就卖得完么？"

"你这个人真是，"何五哥不耐烦的，"还有你几十个一千大千，也不愁没有买主嘛！不说我人面子宽，就凭着在省上混了这些年，就是叫花子也有几个打滥仗的朋友嘛！"

王洪顺觉得很牢靠了，呵呵的傻笑着。上省虽然遇到一些不如意的事情，大概是先苦后甜。土地公公跟土地婆婆决定在暗中保佑，他今天一天的焦心，到这时总算解开了。人的精神也好了许多。他也考虑过，何五哥虽然不好惹，好在是袍哥人家，是同一公口的，他总不会卖了码头打来吃起。何况又不是见不得天的黑货，横顺脚不离货，货不离脚，就不会有意外了。

太白村在省上是一个不大不小的酒店，在王洪顺看起来比场上第一等酒店还要高尚，板凳桌子都是退光漆，四壁挂了一些壁画。炊具都是一色的江西瓷，一色的乌木筷。连堂倌都比王洪顺穿得整齐漂亮。相形之下，王洪顺的破棉袄就显得不自在了。何五哥却大摇大摆的幌着身体走了进去。这时酒客正上劲，有的海阔天空的谈论，有的口沫横飞的在划拳。堂倌也尖着嗓子在叫。整个酒店像蜂子闹王。王洪顺浑身上下给捆紧了似的，坐在板凳上也落不下全身的重量，非常自卑的吊着半边屁股。

两个冷盘，二两花生，八两地窖，三碗炸酱面，吃得王洪顺脑壳昏沉沉的，打着酒嗝，脸上冒汗，全身热烘烘。他的鼻子也通了窍，闻着酒香，他非常满足。他两眼迷糊的，四肢懒洋洋的，要不是何五哥在面前，他很想靠在桌上睡了。在家过年也没有这样尽兴哩，要喊他自己出钱吃这样好，打死他也不敢的。他觉得何五哥是不同，硬是海得开。在席间何五哥还重重的托他，想在场上买百把亩水田。托他回去之后留意留意，有合适的就带个信来。并且一再叮咛王洪顺不要说是他，免得别人同他找麻烦。其实，他不关照，王洪顺也不会说出去，百把亩田的中人钱，就很够一个数月。王洪顺连路吃酒连路在算这笔账，他的心情越来越高兴，连吃酒超过往常的量他也不觉得。就这样王洪顺吃得有八分醉意。

王洪顺在何五哥面前，一举一动都有点夹手夹脚的，譬如：在路上并排走，他都要离开一点，落后一点。何五哥过烟斟酒，他总要欠起身弯着腰，双手伸出去接受，口中还要连声的说着："得罪！得罪！"如今他晓得何五哥这么肥，使得他说话也拘拘束束的。再加以酒精烧得他舌头硬僵僵的，说话就更含混不清了。在路上走着的时候，他就掉在何五哥的屁股后面，使人看见，像两个身份悬殊的人，一贵一贱的这么走着。何五哥以为他吃醉得走不动了，把步子缓下来，甚至等着他，可是隔不了好久，王洪顺又保持了这个距离的走着。

七

在旅馆内，二十支烛的电灯昏昏濛濛的照着。石灰翻黄的墙壁，使得屋子光线更暗淡了。屋内有一间两人床，靠壁安两把椅子一个茶几。窗下有一个写字台，乱放着茶壶茶杯，吃剩的橘子壳，和空纸烟盒等等，中间有一张麻将桌子，和四个方凳。电灯就吊在桌子的中央，这虽然是一个二不价廉的小旅馆，比起王洪顺的栈房，要明朗和阔气得多。王洪顺寄身在这样的场合中，还是有生以来第一次。

房内除了何五哥，钱寿明钱三哥，陆海廷陆老幺等王洪顺的熟人以外；还有几个经介绍过而又被王洪顺忘掉姓名的人。不过，王洪顺晓得这些都是袍哥。大家吃着纸烟，东拉西扯的谈论着。整个旅馆从白天冷静中复活转来，客人在喊茶房，小贩在叫卖，胡琴在凄凉的呜咽，歌女哑着嗓子在唱，冲壳子的在高谈阔论，歪人在扯把子，酒醉汉在自言自语，有旅客在寂寞的哼戏文……这些声音混合着，冲激着，搅成一阵乱哄哄的噪音。吵得王洪顺定不下心来；思想理不出一个头绪；只闷着呆在那里，张着嘴，醉眼迷糊的望着谈话的人。他只想睡瞌睡，眼皮要闭不闭的。偶尔冲上一个酒嗝，他又张大了眼睛。他竭力的支持着他的不打瞌睡，可是隔不了好久，他的眼皮又要合拢了，清鼻涕也掉了半寸出来。

陆老幺从胯下取出一个布口袋；把疙瘩解开，向桌子一倒；竹片敲着桌面，响着清脆的声音，惊得王洪顺张大了眼睛。何五哥望着他说：

"睡觉还早，来推几溜！"

王洪顺看清楚了那是牌九，听着何五哥的邀请，想皱眉毛却不好皱眉毛。他也想摇头表示不来，看了何五哥一眼，他又不好摇头了。他只狐疑的望着何五哥，何五哥用肥厚的手掌揉了几下鼻子说：

"没有关系，都是自己人，输赢不大，混混时间，不然坐冷板凳，实在莫味得很！"

大家围到桌子前面，场伙就这样开始了。

一开头，王洪顺就祷告着土地公公跟土地婆婆在暗中保佑他，赢了钱决定买个大红鸡公还愿。起势还有输有赢；一到后来，就一连输下去。身上的本钱输个干干净净，输了七千多。还是"钱到赌场，人到杀场"，一直输完，王洪顺才心疼起来。他的脑筋也清醒了许多。很难为情的红着脸皮，表示他没有钱了。何五哥有点不相信的盯着他；他简直窘得要哭出来一样，申明他的鸡蛋没有卖，哪有好多钱嘛。何五哥才同钱三哥互相望了一眼，失望的干笑了一下。牌九散乱的堆在桌子上也没有砌。何五哥揉着他的鼻子。钱三哥抱歉的望着钞票说：

"今天把客输了！"

王洪顺正想答复没有关系，何五哥却拍了他一下肩头说：

"我借钱给你翻梢！"

王洪顺给这好意弄呆住了。输了钱，七千多，要卖六十来个鸡蛋，他实在不甘心。借钱翻梢么，喊声又输了呢？王洪顺拿不定主意犹豫起来。

"怕啥啊？有我！"何五哥鼓励着，"你放开胆子赌，输了算我的，赢了你拿起走！"

王洪顺对于何五哥的过份热忱，有点怀疑起来。既后一想，何五哥也许是真的关心他，别人还托他买田地，未必然还整他么？何况，要点子比点子才吃得到铜。三贫三富不到老，说不定自己是个先苦后甜的命。他正想答应下来，钱三哥却提议打麻将了。大家觉得换换口味更对。王洪顺也就不推辞了。

对于十三张，王洪顺的手脚显得很生硬。何五哥没有入局，偶尔替王洪顺抱抱膀子。王洪顺一面打着，一面抱怨自己。心想这是锄头就好了，在座没有一个比得上他。然而这是牛骨头和竹子爿爿；仅仅只有十三张，却搅得他理不出一个头绪来。

时间在五个手指间滑了过去。钞票也在五个手指间输了出去。输得王洪顺更清醒了，没有醉意，也没有睡意。脑壳却有点晕胀。他已经没有心情去计算输了许多钱，等于好多蛋。全副精神都贯注在十三张上。他祷告着土地保佑他，给他降下奇迹，连和两个满贯好捞梢。不过到后来想和一个起码和也不可能，牌刚一逗拢，别人就和了。总是这么的差点运气。四圈牌没有打完，就输了两三万。

八

何五哥等人连同王洪顺在内，一清早就在吃早茶。王洪顺的脑壳是昏沉沉的。眼角粘着眼屎。白眼仁牵着红丝丝。昨晚上的熬夜打牌，这是他平生第一次。他的眼前还晃荡着红中白板；两颗骰子在滚；对手倒下牌，一个满贯；他的钞票在飞；何五哥在数钞票给他……他心中闷得着急，看着飞的不是钞票，是无数的鸡蛋。好像连心子也飞掉似的，他一发慌，才抬起头看清楚他前面是茶桌。他的口水，牵起一根丝丝挂在胸前。他发觉自己在打瞌睡，咽了一口口水；把椅子移动一下，脚使劲的伸着舒展了一下。何五哥正在揉鼻子。陆老幺尖起手指在吃油糕。钱三哥的脸色更不好看了，像一张死人的脸子：一下一下的点着脑壳，也在打瞌睡。何五哥不断的吸着纸烟；呢帽推得高高的挂在后脑壳上。他扫了王洪顺一眼，打了一个呵欠；又揉两下鼻子说道：

"王洪顺，鸡蛋托陆老幺帮你卖就是了！"

"呃呃！"王洪顺指了一下嘴角的口水；用力睁开眼皮，毫无反应的望着陆老幺。

陆老幺把胸膛一拍；嚼着油糕的嘴巴，含含糊糊的说道："这点小事，跑腿算我的！"

"当然！"何五哥俨然以主人自居，不等王洪顺表示意见就吩咐着：

"趁早走一趟，早点办完，早点好耍。也免得张三哥担心，你昨晚上没有回去！"

王洪顺眼睛睁得更大了，瞌睡也没有了。心想这才糟糕：鸡蛋完了，输了六万多；就是何五哥不扣账，也不好意思不还呀，他犹豫着在想方法应付。何五哥望了他一眼，眉毛就皱起来了。这是一踩九头翘的脚色，王洪顺肚皮内的蛔虫当然是瞒不过他。他却笑着说：

"没有关系，没有关系，你不卖也没有关系！"

钱三哥虽然在打瞌睡，神智并没有迷糊；抬起眼皮望着王洪顺。然后端着茶喝了两口。

"王洪顺，"钱三哥说，"不是当哥子的教训你，何五哥好心好意的帮你的忙，你却在肚儿内打屙屎主意；你怕何五哥扣账是不是？"钱三哥单刀直入的说到此处一停，眯着眼睛看着王洪顺的反应。王洪顺想避开这刺人的眼光，两眼惶惑的乱闭着。脸皮也热了一股，他窘得想分辨，却找不出话来说。钱三哥不管他这些，接着说下去："何五哥是少这几个钱用的人？你枉做是一驾袍哥！你称二两棉花纺一纺，随便在那一个角角去打听打听！帮你的忙是瞧得起你！那晓得你才是狗坐冕兜，不服抬举！"

"钱三哥，"何五哥拢了几下头，满脸不高兴的神气，"算了，算了！说这些做啥子？我没得啷个背时，找些虱子在脑壳上爬。随他啷个办就啷个办好了！"

陆老幺吃完了油糕，用草纸擦着指头；插进嘴来说道："何五哥，话不能这样说：这样说就见外了。王洪顺，你说，你是老实人，决不是那样想法，是不是？"

"呃呃！"王洪顺正在左右为难，陆老幺这么一说就过了难关，赶忙答应着。而且点了一点脑壳。

"我说么，"陆老幺满脸得意的看了何五哥一眼，又盯着王洪顺道，"你跟何五哥认个不是，我们就去。我兄弟素来讲义气为朋友；别说跑腿，就是要命也有一条！"

王洪顺无话可说，狠狠的把那一碗茶喝完之后，就同陆老幺一起走了。

在路上，陆老幺向王洪顺闲谈着。口气中表示出何五哥占二分半公事。南北两路哥弟出了纰漏，都要仰仗他维持。不说别的，拿起他一张名片，横顺走几百里，吃住不说，别人还要送盘缠。而且陆老幺劝着他，趁这机会，跟何五哥打堆，闯闯世界。王洪顺虽然点着头答应着；心子却像冰冻住了，又紧又冷。为了上省，长衫掉了，横一顿打，拉一屁股的账，鸡蛋成了别人的了。而且只有两天工夫，省城是个啥样子，还摸门不懂。再住下去，连那十来亩田也会耍进去。王洪顺考虑了半天才决了心：鸡蛋卖了还了何五哥的账，剩几个做盘缠，向草鞋鼻子作个揖溜回家去，安安心心的过日子。再不要财神菩萨夺勾子，想上省城了。失这点财，命上带，有啥办法呢？等于害了一场大病，害病，钱吃亏，人也吃亏；只要人好，本钱在，留得青山在哪怕没柴烧。他这么一想，心头要舒服得多。不过他有点失悔，在上省以前，没有在场上赵半仙哪里去测个字。本来他是想去测字的，测字要一百元，他就没有干。为小失大，王洪顺叹了一口气，他晓得他这毛病吃了很多亏，却改不转来。时常把自己比拟着曹操：是过后方知。

他在叹气的时候，陆老幺看了他一眼。他也看了陆老幺一眼。这下才清楚陆老幺打扮，简直是个满天飞的滚龙哩：草盖瓦的羔儿皮，罩了一件阴丹蓝的长衫；大腰，大袖，宽摆，矮领。穿了一双浅口织贡呢的薄底鞋。青缎子的裤儿，紧紧裤脚系了一个蝴蝶结。挽了一个龙抬头的袖子，亮出刷白的白市布汗衫。照往常，王洪顺看见这样打扮的人，就要躲着去路。他认为，这些人，无事也要找事；上了门，连灰也要抓一把走。如今，还同桌子耍钱，简直是在上宰房。王洪顺庆幸着他明了了这些。再不识相，越瓮越深，连家屋也要振垮掉。他觉得上一回当讨一回乖。他瞟了老幺一眼。

从蛋市上过，在昨天卖蛋的地方，他看见了张三哥。张三哥一看见他，好像担着的心事放了下来。笑着说：

"我还以为你走失了，害得我等你到三更。别的不说，简直把我冷惨了!"

王洪顺抱歉的申明着:"何五哥估倒留我嘛!"

"你的蛋还在栈房里,去挑起来,今天……"

"蛋有人买啰!"

"嗯?"张三哥不相信的盯着王洪顺,顺便看了陆老幺一眼。

陆老幺赶忙接过去说:"一个机关上买了!"

张三哥不好开腔追问。王洪顺说道:"我想明天就回去了!"

"舍不得你婆娘么?"张三哥开着玩笑。

王洪顺无可奈何的笑了一下,就同张三哥告别了。

九

一混又是两天,王洪顺没有去成;还担了一份心事:蛋卖了钱可没有收着。他只要稍微表示一下,陆老幺就很不安逸,说他小贱;说他没有见过世面;说他差何五哥的钱;何五哥还没有着急哩!王洪顺不以为然的说出他的忧虑:

"那是部队嘛!"

"部队总不会把球咬了嘛!"陆老幺像吵架似的声调。"欠账总得还钱,何况是我的朋友。我不信生得有一副吃雷的胆子!缓得了你的日子,未必然还缓得了你的钱?你怕个球呀?未必然我帮忙帮错了?"

王洪顺不开腔了,只轮着眼睛看着陆老幺。他的忧虑,并没有因陆老幺这样说就解开了。从那天他担起鸡蛋,陆老幺引他到那个部队时起,他的心里就沉重了。他本来不愿担进去的;可是找不出理由,只好硬着头皮担了进去。一个现钱没有拿到,说是没有关饷;说是等两天就送来。结果没有出于预料,钱一直没有拿来。他失望极了,连睡觉也睡不安稳。账没有还,鸡蛋也完了。他问陆老幺表示过：他不愿久等，莫说吃饭，连火号钱也没有。何五哥却仁至钱尽的安慰他，钱一天收不到，就跟吃跟缴一天。结果王洪顺就同何五哥他们住在旅馆内。这样一来，反转叫王洪顺莫话说了。好像他是个无挨无挂的人，被何五哥他们收留一样。王洪顺也横了心，反正一天收不到钱，就吃一天，要要滚龙大家就要滚龙。大小场伙横顺不沾手，就是有人想整他，也无从下手了。说不定还要捡点便宜转来。他也想过，既然何五哥绷他有钱，绷他要买田地，不如车落一下，把蛋钱除了扣账以外的垫给他；账就由何五哥收。这样就好早点回家了。然而王洪顺始终不好把这意思说出来。

到了下午，王洪顺一个人上街了。旅馆里实在闷得慌，除了吃饭就是睡瞌睡，睡得骨头都有点酸疼了。要起这日子，比做事还难过得多。何五哥却有他们的要法：打牌，吃酒，烧烟，压马路，逛堂子，不然就叫个女的来唱小调。对于这些事情，王洪顺又陌生又没有心肠，连那点好奇心也给回家的心思消减了。他只盘算着，如何在何五哥处占点便宜转来。他想着各式各样的方法，总觉得不妥当。最后打算问何五哥借一件衫子来穿穿，这是好理由。然而何五哥不得空，他也就无法说出来。他打定主意，上街走走，混混时间。顺便去找找张三哥，看张三哥有没啥子办法。

他问了好半天的路，才问到蛋市上。张三哥看到他吓了一跳，诧异的问着：

"你还没去？"

王洪顺同张三哥伙坐在一根矮板凳上。张三哥递叶子烟给他，他也不想吃。他把这两天的经过，一齐说出来；问着张三哥嘟个办？张三哥只沉下脸子，皱着眉头，为难得打不出主意；就是那么使劲的嘟吧着叶子烟。这件事情，张三哥却不好插脚，何五哥这等人实在不好惹。就是想点醒王洪顺，他也找不出适当的句子。万一不留心，伤服了何五哥这等人，喊声被他们晓得了，他就背时了。

想不管么，王洪顺又是跟他一路上省的，良心上实在说不过去。他吃着叶子烟想了半天，叹了一口去说道：

"你的意想也对，早点回去要好一些。眼看还有三四天就过年了。你不比我们，我一个人，年不年没有来头！"

"当然想早点回去，就是钱还没有收着！"

张三哥又借吃叶子烟的时候，考虑着说话的句子。吃了几口才说："钱么，生不带来，死不带去！默倒哪个紧做啥子？"

"真是背他妈的乌龟时，"王洪顺叫了，"挑起蛋来送给别个，狗肏连谢都不道一声；吃下去连喉咙也不鲠一下。硬是鬼迷了雾：人牵起不走，鬼一牵就走了！"

张三哥敲脱了叶子烟锅巴，劝解着王洪顺："着一阵急，有屎的个用处？早点打主意回去才是对的！"

"人无钱不行，鸟无翅不飞，我个钱没得，你叫我哪个走嘛？"

"你不好叫他们拿点钱么？"

"再说：我输了的该还钱，也要不了一挑蛋呀！"

"不管哪个，我觉得你走了好一些。"

"我都是这样打的主意哩！"

王洪顺看张三哥也出不了主意；也没有意思借钱给他，只好失望的走了。他眼光低垂的走着，行人挤他也不管，黄包车撞他也不管，他埋着头乱走着。偶尔撋一下鼻涕。走投无路的情况，使得他想哭出来。

十

警察兵在肃清街面上的摊贩，在逮捕着告花子。街面上也就推测着是某大人要来了。王洪顺没有理会这些，他陷进了失望的深坑里，毫无目的的走着。突然一只大手抓住他的领口，他受惊的抬起头来；两个背枪的警察站在他的面前。他们的后面拴了六七个小告花子。王洪顺狐疑的问着：

"嘟个？"

"嘟个，到老地方去！"警察说着拴着他的手臂。

"我又没有犯法！"

"有碍市容，懂不懂？"

王洪顺遭遇着一连串的不如意，烦躁的心情激得他反抗起来，他拒绝拴他的绳子。警察就给他一辣耳，打得他火星子溅。他就顺势一倒，跌在地上叫嚷起来："打死人啊！打死人啊！"

不管王洪顺怎样，结果还是被带进警察局。从下午到第二天早晨，没有人管，也没有人问。没有人拿东西给他吃，也没有人拿铺盖给他盖。他又冷又饿的关了一个晚上。整夜都是刚一睡着，就冷得抖醒了，牙齿打着战。天一亮，只要看见一个人过，他就抓着木柱子叫着。

"我又没犯法！我又没犯法！关起我做啥子？关起我做啥子？"

别人没有理他，最多只望他一眼。有的还咕噜着骂他，问他闹啥子。太阳都要当顶了，才来两个警察把他提了出去。带着他到了审讯的地方。王洪顺把来龙去脉说清后，审讯的人不相信也莫办法；只好叫一个警察跟他一路回旅馆。旅馆内何五哥他们正在赌牌九。警察进去，一眼望见何五哥他们就打着招呼。何五哥脸色很难看的盯着王洪顺。陆老幺莽里莽撞跳过去，指着王洪顺骂道：

"你把他搬来就把我们吓到了嘛！"

警察反转弄得糊里糊涂的呆着看大家。有的招呼他坐。有的又在倒茶拿烟。陆老幺还在吵着，同时向着警察打招呼：

"黄哥你动步了！"

王洪顺急了半天才把事情说出来。陆老幺抓了一抓后脑壳说：

"是说嘛，你是老实人！"

虽说警察同大家是熟人；公事却有公事的手续，王洪顺取了一个保，由何五哥盖章，证明他是卖蛋的才算完事。

王洪顺这下才感到非常疲乏，倒在床上就想睡。陆老幺却在嘲笑着说：

"也算运气好，要不是熟人，就把我们的粮户，当告花子一样的弄进习艺所去了！那碗现成饭，不吃得半死不活，才算一家好汉！"

王洪顺迷迷糊糊的听着，叹了一口长气。本来很疲倦的却睡不着了，他意识到他遭遇的事情很危险。幸好逢凶化吉，决定是土地公公跟土地婆婆救了他的难，他这么想着。睁着两眼望着天花板，想着哪个借口跟何五哥借衣服。还没有想出个名堂来就睡了过去。

十一

王洪顺一直睡到晚上才醒过来。牌九赌得更热闹。他爬了起来，肚子饿得发慌，却莫有办法解决。他只好挤在伙场的外面看着。陆老幺一眼望见他，就随随便便的喊着："王老幺，倒杯茶来！"王洪顺心里面很不了然，正要发作，何五哥也看了他一眼喊道："顺便点个火来！"王洪顺无可如何的只有照办了。他虽然不高兴也莫办法，自己是老幺，只好被使唤。何况吃人嘴软，自己腰无半文，来在矮檐下只好低头了。想起前后境遇，他晓得了一点道理：有钱当老子，无钱是儿子。

牌九突然停了，一伙人走出旅馆，天色黑尽了。大家前前后后的走着，何五哥同张三哥低低的谈论着。张三哥点点头，就独自一个人走了。大家进了一个饭店，菜比往常喊得多。菜还没有上齐，张三哥就转来了，同来了一位车夫模样的人。由何五哥与大家介绍一番后，就吃起来。王洪顺第一次吃着这样美好的菜；因为饿得凶，直顾吞口水。他很想吃饭，又不好意思吃，大家还在吃酒哩！出乎王洪顺意料，大家喝了一两杯，就吃起饭来了。王洪顺觉得奇怪，照往常何五哥不吃个醉是不停杯的。而且在座的还有几位客呀。王洪顺想了一下就不管了，只顾吃着饭，一车就是一碗，一车又是一碗。他很少吃菜，这是他过去节省的习惯。何五哥却喊他不要夹脚夹爪的，放开肚皮吃个够。王洪顺不开喔，点着脑壳。他就放开架子，专心一意的捡肥的挑。吃得他嘴角流油，脸上冒汗。

吃完饭，大家就散了。只剩下何五哥和王洪顺。何五哥带着王洪顺专检一些冷静的街道走。同时低沉的嗓子告诉王洪顺：

"跟我两个一路，去收一笔钱，你也好用几个！"

王洪顺一听有钱用，他的精神振奋起来。他想这一下就对了，拿了钱明天就回家。他却没有把这意思说出来，做出很感激的笑声，答应着，随后他却担了心，怕会不着人；怕会着人又收不到钱，这就空欢喜。何五哥却想起什么似的，训着他：

"在社会上闯，不要笨手笨脚的。遇事多想一下就对了。不管啷个说，精灵人总比傻子要好混一些。譬如：遇到一件事情来了，要眼快心快手快，才不会吃亏……"

王洪顺一面听着，一面打饱嗝。顺便把早想说的话，吞吞吐吐的说出来。

"五哥，我的面衫掉了，在城里实在不像话，想把你哥子的借一件来穿两天！"

"要得要得！"何五哥一连声答应下去，"不过，你穿起怕又短又大罢？"

"总比我这烂袄子好得多！"

"你硬是俭省的衣服都舍不得穿，把钱存啷个多做啥子？"

"嘿嘿！"王洪顺不自然的笑着。否认着，"哪里有好多钱啊，不饿饭就好了！"

"王洪顺，你洋花椒只麻得倒外国人，你默倒我不晓得，你在放敲敲利，放给那些人，放的好多钱，哪一个不清楚。"

"怪了，"王洪顺着急起来，"是哪个舅子吊起嘴巴乱造我的谣言，有点钱也不多嘛！还赶不到别人的零头。"

"你不现像也就算了，我又不想找你借几个！"

"笑话！何五哥，真人面前烧不得假香，我何必瞒你哩！"

街上响起了二更。偶尔起一阵风，冷得很，行人比较稀少了。何五哥拉长了步子，身体更加摇晃了。王洪顺冷得把手笼在袖子内，瑟瑟缩缩的跟在后面，直响着清鼻涕。

这是省城的住宅区，街面窄，街的两旁，栽着槐树，残留的枯萎的叶子，给风吹得洒洒的响。有时又飘下几片来。街灯泛白的照着，阴森森的，显得更加冷了，家家关门闭户的。静得来听得见呼吸的声音。当何五哥他们走进一条小巷时，同钱三哥陆老幺还有那几位客人会合了。

他们骗开了一家的大门，声称检查鸦片烟。吓得一个女人惊叫了一声，这一叫反转把王洪顺吓得抖起来。何五哥横了他一眼，着急的骂着：

"饭桶，怕个球呀！还不进去搞啥子？"

王洪顺手无足措的，糊里糊涂的走了进去。他惊异的看着室内堂皇的摆设。他的脚底下感到软软的，屋内又暖和又有一股香气。他看见何五哥他们随意的翻着箱子柜子，随意的捡着贵重的金银首饰往身上放。连钞票也不客气的拿了。他意识到这是一回啥子事了。他战栗起来。然而都来了，他只好把心一横，暗中向土地菩萨告着罪，他只搞这一回就不搞。他也想着，别人把让他的衫子打来吃起，把他的鸡蛋打来吃起。现在，他也该打点东西来吃起了；而且失掉的东西也起坎了。他也开着柜子翻着东西。不过手脚总是有点抖，他想抑制也抑制不住，激动得说不出的慌张，连呼吸也不如意。他摸着每一样东西，那华贵的衣服，那细致的江西瓷，那朱砂的花瓶，那挑纱的蚊帐，那铺在床上的被褥子，那锦缎铺盖……他这样摸一下，那样也摸一下，都想拿，都拿不完。他困恼了，有点埋怨何五哥不早说一声，把鸡蛋挑子挑起来就好了。最后，他抱起了铺盖，他想这东西起码能够抵偿他失掉的东西了。他粗糙的手掌，在平滑的被面上，却扯扯绊绊的挂碍着。他抱着铺盖跟在何五哥的屁股后头转，顺手还拿起朱砂花瓶，梳妆台上摆着一个金色盒子，在灯光下发亮，王洪顺一看见，眼睛也亮了起来。在他们的知识上，知道金子是最贵重的，最容易卖得起价的。他想放下铺盖去拿金盒子，何五哥却责备着他：

"你拿这样大的东西做啥？还不放倒要唧个？你把这间房背起走嘛！"

"我是想不要的！"王洪顺申明着，放下手中的东西。

"走走！"何五哥命令着。

大家一阵忙乱，陆陆续续的溜了出去，陆老幺把这一家人倒锁在屋内，然后藏起枪走了。王洪顺的脑中一直闪着金盒子，眼看着的肥肉吃不着，心里比输了鸡蛋还要空虚和困恼，他走到大门旁才决了心，一转身就跑回去。金盒子还纹风不动的摆着。他的心子狂跳了，血液翻腾着，一下冲上了脑壳，全身就热哄了。他拿起金盒子，手战抖着。狂喜袭击得他要闭气似的。他简直不敢相信这是真实，比茶杯还大的金盒子在他的手中了。像擒住了幸福，像快死的人获得了健康，像冻僵的人得到了温暖。他三步两跳的跑出大门，何五哥他们连影子也不见了。他才感到处境的孤单，他不知该走哪一方才能回到旅馆。他只好认定一个方向跑着。他心里发慌得拼命的跑起来。一跑出巷口，却有六个丘大八守在那里。王洪顺吓住了；丘大八也吓住了。丘大们看清楚他手上没有武器，才壮起了胆子，一面打了几枪示威。一面围了过去。

王洪顺被擒住了。

丘大八从王洪顺身上搜出金盒子，就打开盖子看，白粉撒了一地；还扬起一股香味。丘大八笑了，用着最下流的话骂着。王洪顺看着这情况，脑筋给糊住了。他只惋惜着，煮在锅里头的兔子都跑了！

昨晚的抢案，第二天就传遍了省城。各报也登载着一式一样的消息。消息的要点是这样的：

失主的损失；

失主的车夫作的引线；

军匪激战；

官军奋勇追击；

惯匪王洪顺被擒；

西大街，陕西街，桂花巷，打铜锣等的抢案，都是王洪顺的主谋；

政府发言人称："王洪顺落马，省城治安遂安枕无忧云云。"

茶馆酒店，也被抢案搅动了。一传十，十传百的谈论着，整天无事闲聊的茶客们增加了新鲜的资料，逢人就滔滔不绝的讲述着。谈到这次能捉到王洪顺，全靠女人那一声叫：男主人警觉了，才翻墙跑出去报信，无巧不巧碰着巡逻队。巡逻队只有六个人，都是一式的长枪，只好堵着巷子一面的口子。在审讯口供时，王洪顺朴实的答复，和土音很重的声调，被摆龙门阵的人模仿着，引得听者的哈哈大笑。有的甚至揣测着，在这年关时节，为了杀鸡给狗看，说不走就是这两天处决。

到了中午时分，也就是省城最热闹的时候。王洪顺带着脚镣，跪在军法官面前。军法官戴着一副黑眼镜，用着没有情感的声调，在重问着昨晚的口供：

"你姓啥子？叫啥子名字？"

"我叫王洪顺!"

"那里人?"

"人和场的!"

"好多岁?"

"三十六!"

"你的同党呢?"

"走了!"

"他们叫啥子名字?是那里人?"

王洪顺闪着昏迷的眼珠,看了左右的人一眼:"我昨晚就说了嘛!"

"我问你,他们住在那点?"军法官狠狠的说着,"你不说就枪毙你!"

王洪顺的脸色苍白了,打着颤。军法官不等他开口,就和颜悦色的劝着。"你说了就减轻你的罪!"

王洪顺没有答复。军法官又进一步的劝着。"你何必替他们背案子。你说你是粮重,你说你还有婆娘,你想一下嘛,你死了划不划得过嘛!你跟我说,你的同党住在那里?"

"他们……"王洪顺踌躇着,"就是我说的旅馆里。"

"我是问你,他们还有落脚的地方没有?"

"不晓得!"

"哼!"军法官停了一下又问,"你说你跟张三哥一路进的城,是吗?"

"唔!"

"张三哥住在哪里?"

王洪顺抬起头来看了军法官一眼。"他是清水袍哥,是好人!"

"他住在哪里吗?"

"北门上,啥子地方我不记得了!"

"胡说!"军法官叫着，忿忿然的，"我晓得你刁狡，你做的案子都承认了嘛?"

"啥子案子?"

"抢案。"

"唔!"王洪顺直起腰来，"大老爷，我冤枉呀!我下次不了嘛!只说上省卖了蛋好回家过年，哪晓得要弄来守法哩!狗肏的运气，唉!"

"算你运气不好，碰在点子上，冬防期间，又是年关时节。我也没有办法替你上诉。你有啥子话说没有?"

王洪顺想了半天才说道:"我想带个信给我屋的，说我在守法，喊她拿点钱来。没有钱，坐监都要受气嘛!"

军法官听得不耐烦的，抓起笔划了几下，把笔向桌上一丢，就起身走了。过来两个丘大八，手法敏捷的，提着王洪顺的衣领，向下一撕。王洪顺叫了:

"把我的袄子撕烂了，把我的袄子撕烂了!"

丘大八没有理他，有一个只这么说一句: "值价点，袍哥人家!"

很费力的才把棉袄脱下来。王洪顺才意识到是这样一回事。神经像受了电击一样，脸色乌了过去，嘴皮也翻白了。清鼻涕流了出来，像两行眼泪挂着，流过了嘴巴。他的脑筋不能再思索了，眼珠子迷茫的什么也看不清楚了。丘大八一边一个提着他的手膀子。也许是他鼓着最后的力量，想抬起脑壳来看看这世界，脑壳只那么一扬，脊柱骨被断折似的，脑壳就无力的垂挂在胸前。像一个酒醉后那么瘫软，任随丘大八摆布着，把他拖上了刑车。

选自 1948 年《文艺春秋（上海 1944）》第 6 卷第 3 期

这世道！

　　中国西部的平原，这一九四八年被誉为粮食仓库的地方，每一寸泥土都显示出它的丰沃；每一寸泥土都有着劳动的痕迹：那油绿绿的麦田，那青悠悠的苕菜，那像绒毯一样的秧针，那黄沉沉的菜花……一块连着一块，一片连着一片，安详地躺在温和的阳光下，飘散出一股股甜蜜蜜的气息。泥蜂、马蜂、蜜蜂，在花枝间嗡嗡地飞绕。画眉的歌喉正是出色的时候，旋律变化着；每一音节都充满了生命与喜悦。只有蝉声是单调的烦躁的。还有杜鹃，一听到她的声音，就会令人想起诗人的诗句，和"蜀帝王"的民间传说。人人都说杜鹃是啼着。是的，是啼着，尤其是在那漫长的深夜，她老是凄厉地啼着，啼着……

　　就是这样的世界。这样的日子。在连接城市上乡村的公路上，堆集着米袋的板车，被压得吱吱发响。板车夫吃力地疲乏地哼着，板车在坎坷不平的路上，像酒醉汉的步伐，也像蠢笨的甲壳虫，摇摇晃晃地爬行着。城市张着永远吃不饱的嘴巴，一车一车地食米，从四面八方向他输送着。有着护送的兵丁；还有在公路上巡逻的部队。这是军粮么？是民食么？是政府征集的？是做生意的？没有人去关心。不过，这景象不是平时的，在春天却漾着紧张和肃杀的气氛。

　　是的，物价一天变一个价钱，像寒暑表的水银柱；却有升无降，超过了沸点，一下就爆炸起来。这样，好多地方——就是这丰沃的土地，这一九四八年被誉为粮食仓库的地方，陆陆续续发生了抢米事件。从此，公路上就点缀了大兵，守护着秩序。

　　然而，就在公路旁边，在爬行着米车的公路旁边，那些开绽着紫色花瓣的苕菜田里，蠕动着褴褛的人群。好像一窝蜂的蝗虫，（蝗虫有着"洒洒"的声音，他们却沉默着）。他们走过的地方，苕菜只剩下最老的；而且田里踩躏得零落不堪。他们不是种苕菜的主人。主人只有站在一边沉着脸子，只有在心里担忧："苕菜被人掏完了，牲口将没有吃的。"可是每一个聪明的主人都不去阻挡。人要吃，要活。谁敢阻挡呢？谁敢阻挡那些饥饿的含着怨气的人们呢？只好让他们掏着，掏着，掏着那牲口的粮食。

这不像一群人，个个的眼光都是衰弱的，可又闪着"凶狠"，你能说是"凶狠"么？他们掏着，抢着掏着，年轻力壮的掏得多。你能说是"自私"么？每一个人在生活上，只有原始的要求：要想方设法地活下去。掏别人的，抢别人，不为什么，只是为了饿。你能说他们"懒惰"么？他们没有田地，什么都没有，还是从朝到夜辛勤的操作。牛马操作后，有草吃；他们锅里没有米，没有人吃的粮食。这是悲哀的，这是人间最大的悲剧。这是"粮食仓库"地方的生活。

那苕菜田里的人群；那尖尖脚，头发花白的老太婆；那十几岁的姑娘，两颊陷了下去；那妇人，破衣服遮盖不了奶子；那年轻人，衣服是一些条条和片片；还有：那女人——背着一个岁多的婴孩，她困难地弯着腰掏着。不时把苕菜塞在怀兜里。婴孩的脸子贴在她的背上（随着母亲的身体摆动而摆动），深陷的眼眶，有气无力地张着眼皮。在他小小的脸上，是一层干黄憔悴的皮肤。他哭着，恰当地说，他哼着，声音细微得像一根线；而且这线快要绷断似的。母亲没有理他，只埋着头掏着，直等到背脊弯酸了，才立起腰身，出一口长气。每次这样，她的脑袋都要涌起一阵昏晕。眼前旋转着，那么亮的阳光，却是灰暗，浑浊，以至变成漆黑。心子快要跳出口腔似的。肚内咕咕地鸣着。她的身体摇晃着，好像天地在动荡旋转。她尽力支撑着平衡，脸上的皮肤，痛苦地抽搐着，直等到眼睛看得清事物，才又弯下身子，检视着苕菜尖的掏着。她只在腹内呻吟着，饥饿把她剥削得虚弱了。那些日子，她抵得上一条牛的操作，现在连她自己也怀疑着："那就是自己么？"她在鼻孔内叹息了一下，用手托托婴孩的屁股，婴孩又哼了两声，那微弱的声音，像一把锋利的锯子，在割裂着她的神经。婴孩没有奶吃，也没有米或麦子来做"糊糊"。她很想把掏来的苕菜，去换一合白米，一合米却要五斤苕菜的价钱，她掏不了这么多。而且，她和另外两个女孩，就靠着这点苕菜过日子。婴孩也只有跟着吃苕菜，他吃不下去，他不晓得大人的艰难，常常把吃进嘴里的又吐了出来。

在母亲前面不远的，是大女孩，叫金娃子。有十一二岁，头发枯黄得像苞谷须须。她掏菜的敏捷不下于母亲；她甚至同别的大人抢着掏，发生争执，或者叽叽咕咕地吵几句。生活磨折得她像一个成年人的机警，和有不示弱的精神。世界上她好像什么都不怕，只怕饿，只怕没有吃的。所以，她虽然人小，却固执地不让人侵犯她的"利益"，这就成了同别人争吵的根由。母亲的背后，是四五岁的银娃子，没有穿裤子，光着两腿。她也在掏苕菜。她能掏好多呢？一来她不会掏；二来她把苕菜吃伤了，屙出来的大便都是稀的带着青色。何况苕菜田里，一个蜜蜂，一朵蒲公英，一朵紫云英，在她小小的心灵中，都有她的世界，都有她的趣味。不过，当肚子叫着的时候，她就皱着小眉头，嗒几下干渴的嘴唇。她也会不灵便地掏下苕菜尖；或者喊着：

"妈！"

妈回过头看她的时候，她想哭起来说她饿，嘴才一瘪，妈就掉过头去了。结果她"嘤嘤"地哼了两声，她晓得就是哭也是无用的。她想着还是爸爸好，爸爸在家的时候，还有白米饭吃哩。她本来是爱妈妈的，现在却非常爱起爸爸来了。只是爸爸呢？银娃子问着：

"妈，爸爸呢？"

妈好像没有听见。

"爸爸啷个还不回来呢？"银娃子又问了一句。

妈是听清楚的，却没有答复。爸爸在去年就卖了壮丁。那正是青黄不接的时候；也是吃大户闹得正上劲，到处在抢米，到处在打死人。她一家人也饿着，爸只有卖壮丁，得了三十万，可买米两石，爸被送走了，三十万块钱，保长扣点手续费；还了一点债；剩下的放利钱，支持了母女们几个月的生活。到了年底，那点钱，连本带利买不了一斗米。是的，米卖到十六万一斗。如今翻了年才三个多月，就涨到五十多万。妈叹了一口气，直起身来，胸腔闷得发呕，眼前一黑，心跳得更厉害了。她支撑不住，腿一软就跌坐在苕菜田里，呼吸迫促地喘着气。婴孩受惊地在背上叫了起来，银娃子喊着：

"妈，妈，你嘟了个？"

妈的呼吸平静后，才恢复了意识。她发觉左右的人起了骚动。她爬起来才看清楚人群涌向公路。有的已经围着一辆米车，割破了口袋。人们拥挤着没有一个人呼叫，大家都沉默着；只争先恐后地抢着白米，就像抢夺世界上最宝贵的东西。板车夫退在一旁，不敢阻拦。米老板是一个五十多岁的老头子。他张着手，急得跺脚。同时绝望地求告着：

"好了嘛！好了嘛！跟我留点嘛！我还有一大家人，就靠着我的生意……你们拿完了，就是要我一家人的命呀！……."

妈跑了过去，可是怕挤坏了婴孩，她只有着急地望着，羡慕着抢到了米的。她渴望地想着："只要一合米，不，一把米就好了，熬点稀饭给奶娃吊命……"

金娃子从拥挤的人群当中蹿了出来：衣服挤破了，头发挤得乱糟糟地；她的脸色却累得泛起红潮。她看见了妈，兴奋地跑了过去，边跑边叫着：

"妈！快快！我还要去！你把弟娃放倒嘛！"她边说边把衣兜的米，倒在妈的衣兜里，又回身跑了去，在大人的腿缝里挤着。

妈激动得战栗着，爱怜地看着金娃子，她想关照什么，嘴唇战抖着什么也没有说出来。她把米兜得好好地，用手护卫着，生怕被人抢去似的。突地，几声枪响，人群像鸟儿一样，给惊散了，各自飞奔着。妈着急起来，她想跑，然而她没有看见金娃子。她简直吓慌了，紧抓着银娃子的小手，同时呼唤着：

"金娃子！金娃子！"

一阵迅急的脚步声，兵士已经跑拢了。妈掉头去看，兵士已经冲到她面前，用枪逼住了她。后面跑着的连长，又向田野开了几枪，像冲锋陷阵似的铁青着脸子，他气喘吁吁地问着：

"只捉到一个么？"

"只有一个！"兵士答复着。

"我没有抢米呀！"妈在申辩。

连长看了她一眼，下着命令："跟我搜！"

妈的衣兜被扯开了，米泻了一地。银娃子鼓圆了眼睛看着兵士，抱紧妈妈的腿子，她在腹中咒骂着。

米老板像一个得救的病人，额上冒着微汗，激情地向连长说着感谢的话句：

"多谢官长！多谢官长！真是救命菩萨，再慢一步，我这五石米就完了！这是我一辈子做米生意的本钱……"。

连长没有理他，使劲赏了妈一巴掌。妈却那么脆弱，一个趔趄就跌了下去。婴孩尖锐地叫了一声，像是拼了最后的力量叫了一声，随就喘息地断续地哼着。银娃子也随着妈的腿子栽了一个跟斗，她哭着叫：

"妈呀！嗯嗯……"

连长的军帽挂在脑后，沉着脸子，两手插在腰杆上。他骂着："一不注意，你们就抢，安心跟我捣蛋是不？不晓得要枪毙么？真是他妈的天生的坏人，不服好的东西！"

"呃，该好生惩治一下，"米老板看了几个空口袋一眼，心疼地狠狠地说，"该好生惩治一下，简直无法无天了，唉，这世道……"

妈在地上挣扎着，头有点晕，她可怜地说："官长老爷，我有三个娃儿，我有一个多月没见着一颗米，老爷，你看，"（她把背掉了过来，）"疲的不像人了，我的男人也是当兵的！……"

她说不下去了，哽咽地哭了起来。

"你不晓得要枪毙么？"连长平平淡淡地重复着，"而且早就贴了告示的，这怪不得我！"

"唵？"米老板的脸上，牵起惊愕的皱纹，不相信地问着，"要枪毙么？"

连长点点头，向一个兵士命令着："王班长，你执行！"

王班长没有动，妈吓极了地张大了眼睛，抖索着一下就跪了下去。

连长逼视着王班长：

"你不服从命令么？"

王班长为难地苦笑着，他在搜索劝解的句子。米老板看了一眼跪在地上的妈，和爬在地上的银娃子，他转圜着说：

"官长，处罚她就是，处罚她就是！本来不成话。不过，何必枪毙呢？何必枪毙呢？看在娃娃的面上，处罚她几下也对，她拿那点米还不到一升，是不是，官长？处罚她几下就是！"

连长不耐烦地叫着，喷出一些唾沫点子。"上面的命令，现值战乱期间，抢米者就地正法！……"

"啥子事都可以通融的，"米老板抢着说，"一点点米也犯不了死罪。"他又气愤地责备着妈，"你这婆娘才是，跟官长老爷磕头嘛，向官长求情嘛，说你下次不了……"

板车夫们也七嘴八舌的劝着：

"算了，算了，让她去，一个妇人家……"

"五十多万一斗米，不抢米只有饿死！"

"一个人都难活，还拖起两个娃娃……"

"……"

"关你们什么事？"连长板着脸子，大声武气地叫着，"报案你们又去了，省府追县府，县府推我们，不搞一个示众，你们还做得成生意么？"

"我一石多米蚀得起，"米老板央求着，"我不报案，你做个好事放了她算了！"

连长冒火了，疯狂地叫着：

"上面说之再三，就地正法！就地正法！又没有枪毙你们，关你们屁事呀！王班长，你不动么？你还配当军人么？"

他跳了过去，给王班长一个耳光。同时连长把枪上了红槽，米老板扑通一声跪了下去，嗓音发抖地哀求道：

"官长，我五十几岁了，我跟你磕头，我跟你要求，你做做好事，我一石米蚀得起……"

妈还伏在地上，她想说什么；然而头发晕，眼发黑，心子要跳出来似的，她什么也没有说出来。只痛苦地扭动着脸皮，头叩在地上，她快要晕了过去，快要失掉知觉似的。枪声却响了，像什么东西重重地击在她的身上，她的身子震动了一下，毫无反抗地朝前扑了下去。脑袋给打破了半边，血和脑髓，红的和白的溅了一地。背上的婴孩哭着，无力地挣着。银娃子吓呆了，眼泪水在眼角滚着，她张着小嘴抽噎着，终于她扑了过去，用牙齿咬着。连长疼得骂起来："个狗禽的！"随就一脚把银娃子踢了开去。银娃子这才大声地哭着，在地上滚着。

米老板从地上爬了起来，脚杆战栗着。他的脸色灰白了，看了连长一眼，就赶忙避开眼光。他拖着沉着的腿子，蹒跚地走到板车面前，双手撑住车轮。他的嘴唇痉挛着，喉头战抖者，鲠塞着，费了很大力量，他才低沉地悲怆地说了出来：

"这～～世～～道！……"

同时，他的泪水滴流了下来。

远处，杜鹃在啼着。

当公路上只剩下妈的尸体，银娃子的嗓音已哭嘶哑了，那些褴褛的人群聚集了拢来，围着妈沉默着，大家紧扣了嘴唇。忿恨的伏流，却贯通着每一个人的心，在每一个人的心中冲击着、泛滥着、奔腾着，像排山倒海的巨浪。震撼着心灵……

金娃子从人群中挤了进去，一下子就哭了起来。那幼稚的尖锐的哭声，撕裂着听者的灵魂，大家像被惊醒似的战栗着。随就鼓噪起来，把心儿奔腾的伏流宣泄出来，叫着、闹着、骂着……

一个老婆婆厉声地说：

"怕就不要来呀！"

这像一个春雷，在头上炸裂开来，滚动着、轰鸣着。接着就有人狂叫地答复：

"怕个球哇，这世道！"

于是人群晃动起来，像赴庙会一样的严肃的心情，他们把妈的尸首抬着，迈开了众多的壮阔的脚步。

一九四八，四月写。

选自 1948《人世间》年第 2 卷第 5—6 期

中央派来的

照往常，何县长爱的是十三张，不打到五更不睡觉。至于上办公室，只是去望一望。反正有杨秘书代他划行，职员们的迟到早退，从来就不过问。他知道一过问，大家就以待遇太低为理由，会向他请长假。近几天来，可不同了：何县长起床得特别早，上办公室，很难得错过钟点。全个县衙门的职员，也很少有迟到的。这新气象，全靠杨秘书在烟盘旁边想了一整夜，毕竟没有白费苦心，想出了一条妙计：当一个报馆记者来采访新闻时，杨秘书是确实不确实的说了一条消息：什么省府准备提高省县级公教人员待遇，务期与中央公务员同酬；而且一俟省务会议通过就实施云云。果不其然，第二天标着"公教人员福音"的新闻出来了，职员们骚动了，议论着，有些甚至在心底松了一口气。何县长就趁势宣布要整顿风气：什么"按时到退"呀，什么"案无留牍"呀这些。职员们为了那个黄金希望，像注射了吗啡针似的，办公时的精神好多了，也很少有迟到的。这情况，使何县长非常满意，逢人就骄傲的称道：这是他以身作则的效果。

同时，何县长对于赌，也没有那么深的兴趣，最多最多只陪着太太们搓八圈。变得更厉害的是何县长的脾气：照往常，何县长不仅用鼻音打官腔，而且黑眼珠从来是向上的，你谈话，他最多只"嗯"个一两声。不管大小事情都用推脱方法来对付，"你去找杨秘书商量商量"！或者是"你写个签呈给科长转上来"！至于公差之类挨臭骂，更是家常便饭。谈到职员要借支，那就很困难了；也得由科长或会计主任负责，必得按月从薪水中扣还的。如今，何县长对职员却非常客气起来，那怕是小录事犯了过错，何县长都没有发过脾气。不仅此也，在街上或什么地方碰见了，何县长都是笑容满面的打招呼，多少还得攀谈几句，譬如对方是个老夫子，他就问"这个这个近来有这个佳么？别藏起来呀，这个拿出来让这个大家拜读拜读"！要是碰上酒鬼呢，他决定会称赞"巷子深酒楼"的绍兴是如何的美妙。万一对方无一嗜好，他也会说"今天是这个阴天呀"。但是，从不谈到物价，生活，吃饭，薪水……这一类有关法币的询问。

就是有人提起，只要你一开口，他就会把话头接过去，述说他的苦况。最后用非常同情的声调，说明他很明白你的清苦的，还要给予一番安慰。最难得的是职员们只要一写借支签呈，没有二句话，准是批的"照借"二字。

不仅何县长的态度改变了，连县衙门的大门和墙壁也粉刷一新。而且特别花钱请广告公司写了一些图案字标语：什么"建国""万岁"之类。衙门里面所有过道的柱头上，也贴上整齐划一的石印纸标语，连厕所也沾了光，只要你蹲下去一抬头，就看见什么"建国""万岁"之类。还有一样新鲜事情，阴湿的厕所内，洒了很多石灰。

关于何县长态度的改变，职员们始终摸不清是什么门路。有一天科秘以上召开了一个紧急会议之后，才透露出一点风声：说是中央派大员来慰问和赈济！职员们心目中，却认为不是这么简单：这县城是接收过来的所谓光复区。何县长曾经表现过接收手法。而且，会同以"地下工作者"免罪的士绅，办理了很多汉奸案子，单是查封四乡的粮食，就有两千多石。杨秘书当然是计划策谋之一。从此，杨秘书烧鸦片烟的工具，增加了一枝龙须枪，和一枝象牙枪；烟膏由川土变成南土；两钱瘾也变成一两瘾了。照这个情形看来，接收的成绩必然很满意。何县长的十八个天井两个花园的大公馆，就是"地下工作者"馈赠的。现在中央的大员要来了，说不定与"接收"有关，不是么，报纸上就时常攻击"接收"为"劫搜"。有的职员这样肯定着。

在科秘以上召开紧急会议的第二天，何县长集合了全府的职员开会。照往常，何县长穿的是长袍马褂。今天可不同了，一身颇为宽大的中山服。圆脸上是油光水滑的，上唇浓浓的黑胡子，修剪得很整齐；戴着一顶深灰色呢帽，只有眼镜没有换，还是那一副玳瑁圆框框，脚上是圆头黑得发亮的皮鞋。这样一来，就显得更矮更胖了，浑身上下给人以圆的印象。当职员们到齐后，何县长以稳重的步子走到主席台，从裤袋内摸出一方又大又白的手巾，蒙着大鼻子，唏哩呼噜的擤了一下，然后干咳两声，带着鼻音很宏亮的说了，每句话尾的一个词儿，却发出特别刺耳的尖音，据说这是官话：

"今天这个这个，召集这个这个开会，是有很这个深刻的意义！中央这个这个特派了一个这个特派使，到本省来慰问这个民心；还要表达这个中央的这个这个德意，就是说这个还要放赈的这个意思。所以，这个意义非常之这个深刻。这是本县光复这个后，中央大员第一次的这个这个这个降临。所以，因此，这个意义更加这个非常之这个深刻！省方的朋友打电报来说，这个中央大员已经起程这个这个了！因此，我们推断这个，说不定这个明后天就会这个降临了！本府应如何这个的欢迎这个，还望大家来作这个研究！现在请这个杨秘书发表这个高见！"

何县长说完之后，脸上已经出了一层微汗，掏出手巾蒙着大鼻子，唏哩呼噜的醒了一下，才走下主席台。杨秘书站起来，瘦脸上没有什么表情，一副特出的又瘦又尖的鼻子，灰濛濛的眼睛，环视了大家一眼。然后把头低下来，看着茶碗，一边说手指一边蘸着茶水在桌子上画圆圈圈。他的声音正好同何县长成个对比：沙哑，低微，像口中极干渴时的发音，职员们背地都称他为鸦片烟嗓子。鸦片烟嗓子一开腔，往往就是代表县长的命令；要说是开会，这就是决议案。科长们都从来不发一言的，因为早就商量定了，只是由他来宣布。今天，没有例外，杨秘书把何县长的话重复一遍之后，就开始谈到欢迎中央大员的办法了，职员们听没有听，可很难说。杨秘书的话句一接触到大家的时候，大家才紧张起来。

"衣服，"杨秘书抬起头又环视了大家一眼，然后埋下头说，"应该整齐清洁！目前现制可来不及了，昨天县长问各位科长主任大家商量出一个通融办法：县长觉得大家都辛苦了，特别从接收的物资中拨出一部份衣服，男同事一个送一套。"他停了一下，又望了大家一眼，然后继续说下去，"由县长设法向当局报销；万一不成，就由县长掏腰包垫出来。至于女同事，没有现成衣服可送，照蓝布的市价折发代金。不过欢迎那一天，希望女同事一律穿蓝布旗袍，不要涂胭脂抹口红，只要稍微搽一点粉就行了！"

职员们发出了笑声，杨秘书的头抬起来，灰蒙蒙的眼睛只是睁大了一点，脸上还是毫无表情的望着大家，大家的笑声，不约而同的一下止住了。他才费劲的提高他沙哑的嗓子说：

"总之，县长送各位一套衣服，会议完毕后。请各位持章到出纳那里领取！不过，还有一件事情，为了整齐划一，鞋子一律要穿黑色。没有的想办法借。还有各位的头发，必须理一理。不要你们花钱，在县长办公费项下开支。"杨秘书把头抬起来，向座中搜寻着，"刘事务，请你马上到中央理发厅喊两三个理发师来，要手艺好的，喊他们马上来！"

会议就这样告了结束。

何县长坐在县长办公室内翻看着表册，看着统计数字。这几天来，何县长都在看这些东西，在心里默诵着，死死的记牢一些数字，准备着应付中央大员询问。同时，他又不时的打电话到区公所乡公所，询问着有无中央大员过境的消息。然而，所有的回答都使他失望。这使何县长纳闷了，省府打来的电报，明明是起程了，却没有一点音讯。正好杨秘书走来，何县长锁着眉头问：

"我看这个，怎么会没有这个消息呢？"

"是呀！"杨秘书一嘴接过去，"算路程，再迟也不会过后天，这事情……"

杨秘书沉吟了。

"这个不简单！"何县长搓着肥厚的手掌说，"一定不这个简单！"

"嗯！"杨秘书更提出理由，"麻雀飞过也有影子，何况中央大员！"

"这个对对！"何县长托了一下眼镜，"决定有花样！决定不这个简单！"

"说不定是个老宦场！"杨秘书推测着。

"这就糟透了!"何县长着急起来,"好容易弄到这样一个缺空!"

"真是老宦场,倒没有关系,有办法对付!"

杨秘书摸出纸烟盒,取出一只骆驼,何县长盯鼓眼的望着他,急切的想听他的办法。杨秘书却慢条斯理的点燃烟,深深的抽了一口,连吐烟子带说话的把头一点。

"不管做得好凶:微服查访也好,放大炮也好,不作应酬也好,一切过场,还不是万宝不离宗,只要有钱!有了钱,风不平浪不静,我不吃官场这行饭了!说我杨某人只晓得吹牛皮!"

"难说,难说,"何县长焦眉愁眼的,"他是另外一个系统呀!"

"管他什么系统,靠山吃山,靠水吃水,当官为了什么?何况是十年难有一回的出外勤,岂肯轻易放过么?要当真,水都会闹死人,那个还来作官?"

"要不是这个老宦场呢?"

"更没有关系,"杨秘书满不在乎的,"就更好对付,几台油火,几场麻将……"

"万一这个是不懂人情世故的初出茅庐的小伙子呢?"何县长不等杨秘书说完,又提出问题了。

"这更请放心,初出茅庐的还当得了中央大员么?"

"这个,这个……"

何县长还要问什么,门外突然响起了一声"报告",何县长受惊的望着门外:一个公差笔直的站在那儿。何县长打着鼻音问道:

"什么事?"

"报告县长,中央派来的!"

何县长同杨秘书像触动了弹簧,一下跳了起来。杨秘书急忙的问:

"在哪里?"

"大门外!"

"什么?"何县长着急起来,"这个这个岂有此理!怎么不招待这个到会客室这个呢?"

"是!"公差想掉转身。

"不忙走!"杨秘书又问了,"几个人?"

"一个人!"

"穿的什么衣服?"

"穿的西装,拿一根手棍,一个皮包,说话像是外省人,听不大清楚!"

"现在,"杨秘书命令着,"马上到各科室去说,中央大员来了,马上集合!快!跑快点!别耽误了!说县长在这里等!"

"是!"

公差飞跑走了,杨秘书向着何县长说:

"我们只有全体出迎,这些人真该死,却让中央大员在大门外站着!"

"真是这个岂有此理!岂有此理这个!"何县长的额上又沁出了汗水,他急躁的用手巾擦着。

职员们聚齐了,何县长皱着眉摇了一摇头:发的衣服,都还没有换上,目前又来不及了。而且头发一个也没有理,既不整齐也不划一。女职员十有九个的嘴脸,涂得一个比一个红,还有大红大紫的旗袍,和各式各样的高跟鞋半高跟鞋。何县长在心底叹了一口气,往常一看见就很顺眼的打扮,现在却别扭得使他多担一份心事。一切都没有照原定计划实现。迫不及待领着职员们迎了出去。

大门外站着一个高高身材的中年人,果不其然:西装,手棍,皮包,而且头发搽得亮亮的。看起来不像刚到此地的样子,何县长的心中就打了一个疙瘩。他本来想苦着脸皱着眉头。然而,那中年人张大两眼的望着他,他只好微笑着,抢步上前迎了过去,伸出肥手;中年人愣了一刹那,赶忙也伸出手来,彼此握着抖了几抖。何县长的心中更不安了:握手时,他表示得很亲热,而对方却没有反应。何县长只好连声的说道：

"辛苦了！这个辛苦了！"

杨秘书走拢去伸出双手接皮包，中年人犹豫了一下，杨秘书就拿了过来。

中年人是一口上海音，边走边说：

"刚才卫兵……"

"是是，"何县长道着歉，"这个这个请原谅，使您久等！"

"我说是中央派来的，他听勿懂！"

"是是，"何县长又赔着不是，"这个疏慢之处，务请这个这个原谅！"

"无啥关系，无啥关系。"

一到客厅，何县长就奉上一只双金狮，杨秘书赶忙擦燃火柴递了过去。中年人吸着，两眼惶惑的望着何县长，嘴唇蠕动着，想说什么又止住了。何县长还在寒暄，中年人看了两次手表，终于说了：

"这两天忙得很哩！你们……"

"是是，这个，"何县长着急的，"辛苦了！这个辛苦了！"

杨秘书插进嘴来，说着县份给敌人撤退时，破坏得一塌糊涂，老百姓实在无法生活……然而，中年人不耐的盯了茶几上的花瓶一眼。杨秘书马上介绍了：

"这是康熙瓷！"

"很好！很好！"中年人称赞着："不容易！不容易！"

"是是，"何县长说，"这个这个家祖父从政京门时道个留下来的！要是不见笑，这个作为奉赠。所谓'好剑配英雄'这个，就是这个意思。很难得，很难得这个遇着知音这个。不过，就是寒微得点！"

"呃……"中年人给糊住了。

"没有关系，"杨秘书赶忙凑上来，"县长有两个，送一个还有一个！"

何县长又递过一根纸烟，并擦燃火柴，中年人伸出手去接，何县长却让了一下说：

"就这样抽吧！"

何县长替中年人点燃纸烟，撮起嘴唇吹熄了火柴。然后端起点心，拿在中年人面前说道：

"请用点！这个是敝内这个亲手做的！味道虽然不好，却很干净！"

中年人点点头。杨秘书以聊天的方式，述说接收的故事，埋怨着汉奸们把物资都搬走了许多，简直无法亲查。中年人却望着墙上的字画，两眼盯牢赵子昂的八骏图。何县长发觉了，眉头皱了一下，赶忙又舒展开，笑着脸。杨秘书却有点担心：这幅画是接收品之一，他疑心有什么毛病，聚精会神的望着对方的表情，同时敷衍着：

"这张画，是赝品！"

"嗯，嗯！"

中年人漫应着，又看了一下手表，不耐烦的说了：

"我很忙呀！刚刚不是有人来说，县府要理发么？"

"什么？"

何县长一震，同杨秘书两人对看了一眼。中年人补充着：

"不是理发么？今天忙得很，全中央理发厅只有我是上海技师，所以特别派我来……"

何县长的肥脸，由白变红，充满了怒气。杨秘书却毫无表情的说：

"走走！现在该理发了！"

何县长全身紧张的神经，松弛了下来，瘫软的靠在椅背上，压低了嗓子直叫：

"他妈的这个王八蛋，这个岂有此理！这个这个，这个简直岂有此理！"

选自 1947 年《文艺春秋（上海 1944）》第 4 卷第 4 期

巴　金

从南京回上海（存目）

发的故事

五年前在玛伦河畔一个小城市的理发店里，我看见了我的第一根白发，这是那个老年的理发师给我拔下来的。他那时很惊讶地对我说："怎么就有了白头发，你还是这么年青呢！"

我没有话好回答，只是微微一笑。我仿佛记得那时候心里有一种异样的感觉，但现在却形容不出来了。五年是一个长的时期，我已经忘了许多事情。

昨天我翻开一本旧书，在那里面发现几根白头发，不觉想起了金的事情。一年多不看见他了，前些时候他忽然来看我。这一次看见他，最先映入我眼帘来的就是他那一头白发。单说是白发，也许不恰当，那颜色是灰白的；在灰白色中间偶尔显露了几根青丝，这要经过仔细的注视才看得清楚。这使我想到一年前留在那个头上的表现着青春与活力的颜色。的确在一年前我和他分别的时候，他还有着那么丰富的浓黑的头发，脸上也充满着血色，想不到在这短的期间他会有了这奇异的改变。倘使我们是在街上遇见，我一定不会认识他了。

他坐在我的对面，望着我苦涩地淡淡笑了笑，抑制着感情般的低声说："一年了。"

"一年了。"我单调地应着，我考察般地看他的头发，看他的脸，看他的眼睛，这一切都不是我一年前看见的那样子。我很奇怪，这一年来他究竟干了些什么事情，使他在这样的年纪就有了白头发。

"你还没有什么改变。"他又淡漠地说了一句，他在躲避我的眼光，大概是我的眼光使他感到困窘了。

"是。"我也淡淡地应一句，声音的单调我自己也觉得。我们这会见似乎是不愉快的，我们好像是在彼此敷衍，其实，并不是。别了这许久，我知道他跑了好些地方，我很想再见着他，我有许多话要和他说，可是如今看见他意外地成了这相貌，我不由得起了一些古怪的，或者是不愉快的思想，这把我预备好要对他说的那些话都赶到远处去了。我一时没法找回他们来。

"你似乎不愿意见我。"他依旧冷静地说，丝毫不动感情。

"不，不是，这一年来我常常打听你的消息，我是很关心你的。"我连忙分辩说，我现出为难的神气，我怕他误会了我的意思，但看见他没有动气，我又渐渐地静下心来。

"那么你为什么不说话？为什么不笑？"他好像故意在追逼我似的，他说这话，不笑，也不动气，脸色不变红，也不变青，面容却是很严肃的。

这种情形我从没有遇见过。他以前完全不是这样古怪的人。这时候我有些惊慌了，我不知道说什么话才能够使他高兴。他愣着眼看我，他那异样的眼光使我觉得浑身都在发痒，很不舒服，我不禁糊里糊涂地指着他的头发说了半句："你那头发——"

他的眼光马上变温和了，变得这样快，好像是受到了魔术手指的一触，立刻产生出了奇迹一般。他的淡漠和冷静有些动摇了，我清清楚楚地听见他叹了一口气。他的叹息声泄露了复杂的感情，这声音毫无隐瞒地告诉了他这一年中的生活，但可惜，我不能够完全了解。

我们两个对望着，我等他说话，他等我说话，过了一刻沉寂的时候，他开口了："铭死了。"

他只说了这三个字。铭是他的妻子，我见过好几次，是一个健康的年青女人。她病死的消息我早就听见说过。虽然我想不到她会死得这么早，但在这个年头死掉一个人，也并不是什么稀罕的事情，所以我也就忘记了。现在经他提说，我才记忆起来。

"嗯。"我应道，我觉得我完全明白了，他的这改变一定是铭的死给他带来的。我对他起了更深的同情。我想找几句话安慰他。

"是我杀了她的，你不知道，是我害了她的。"他的嘴动了几下，像要说什么，又怕说出来。脸上的肌肉在抽动，他忽然忘了自己似的说出这样的话。

"不要提那事情了。人死犹如灯灭，一切都过去了。你还想她做什么？"我看见他渐渐地激动起来，怕那过去的事情使他过于伤感，怕引起他的更痛苦的回忆，便说了上面的话，想一下子就关住他的回忆之门，使他不要再谈那些不愉快的事情。

他微微笑了。这样的笑我从来没有见过。从这笑容里透露出来的似乎是一些无穷的怨愤，无穷的苦恼。他脸上的皱纹非常明显地映入我的眼睛。他那黄瘦的三角脸上起了一阵痛楚的痉挛。他的这表情使我感到了一种威胁，他好像要把他这时所感受到的一切都传染给我。

我也渐渐地激动起来，我觉得不安，我觉得一些不愉快的思想威压地袭来了。我极力想挣扎，想抵抗，我要保持我自己的心境。然而一切努力都没有用，我开始失掉控制自己的力量了。

　　"她住在一个朋友家里，在一个小村庄，她身体很坏，时常生病，我不能够去看她。我只能够偶尔和她通一点信息。她快生小孩了。我去看她，在半山里碰着了那些矮鬼，我躲到一个白杨林里，和他们打了半天，到晚上才逃了出来。以后我不敢再去。过几天朋友们就给我带来消息说，她和那出生的婴儿一起死了。死了，就这样渺小地死了。"他说到这里就仰起头对着天花板发出一声长叹，他似乎要看天，但天被屋顶遮住了。他的叹声不能够冲破屋顶，又折了回来，怨愤地在房里四处飘荡。他的眼睛是干燥的，眼角有些血丝，而且眼眶陷落了进去。他咬着他那厚的嘴唇皮。

　　他的这番话是我不会料到的，但现在听来却又不使我惊讶。我知道他们那种人的生活和我们的不同，他们的思想，感情和我们的也有些差别，在他们什么事情都是可能的。说几种语言，带几种武器，跑几国的土地，这在他们更是很平常的事情。他以前虽说好像是一个和平的人，但他究竟是那种人中间的一个，他当然会走他们的路，我虽然知道这个，但是他的话却渐渐的把我的心海里的波涛激起来了。我默默地望着他，想从他的脸上看见他那时候所经历的一切。

　　"你还记得罢，六年前在北京某某公寓里面我们几个人闲谈，我那时正和铭恋爱，你劝我结婚，朴却表示反对。他说我和铭是两种人，我们在一起生活不会有好处。你当时还责备他不该有国家的观念。我后来不顾他的劝告和铭结了婚。但现在我才知道朴是对的。"他又发出一声叹息，就站起来，走到窗前，站在那里，眺望下面的街景。

　　我的心被回忆苦恼着。我记起了六年前的事情，那是在夏天，我到北京还不久，住在一个公寓里，这地方很静，只住了三五个客人，院子里有一株大槐树。白天很热，我除了热以外还感到寂寞。夜里金和朴常常来谈，我是由朴的介绍才认识金的，我们很快地就成了熟识的朋友。在八月的夜晚，明月高挂在天空，微风吹动着槐树的枝子，我们坐在天井里静听着朴激动地滔滔不绝地叙述那些白杨林里和积雪的山顶上的故事。朴是个亲身经历过这一切的人，所以他的故事里有血有肉，而变成了活的东西。朴是我所敬爱的友人中的一个。我去法国的前一日，他深夜跑到我家里来看我，我们差不多谈了一个整夜。但我从法国回来时，朴已经离开了这个世界。听说他是在积雪的山上遇害的。他和三个同伴被五十个人赶着，围困在山顶上，过了一晚。第二天一大早他带着两支手枪冲下山去，他打死了六七个人，但后来也死在乱枪下面。我料不到身材瘦小的朴会做出这样的事情来。这故事是金亲口对我说的，金那时候很感动，但他并没有亲眼看见那事情，金虽然也是朴的同乡，可是他并不曾参加过朴的活动。然而现在我们分别了一年以后，金却在我面前说起"朴是对的"这种话了。我的眼睛里晃动着朴的很平凡的面貌，我苦痛地想起我们的过去的友情。但是立刻金的堆满着皱纹的脸就给我遮住了一切。我忽然惊恐的发觉他的颧骨是特别地高，脸色是特别地黑了。

金站在我的面前，伸手把他的灰白色的浓发抚摸了一下，然后把两手插在裤袋里，直立着，一面用低沉的声音继续说："铭和我同居了几年，她没有一天不替我耽心。她没有一天忘记我们是两个不同的国度的人。她的强健的身体就是被这种耽心毁坏了的，虽然我也很愿意做一个和铭，和你们一样的人，我也不去做朴他们做的事，我也会讲你们的语言，然而这些都没有用。我和铭，和你们的感情是不会相同的。我们的思想，我们的感觉好像和别人的完全两样。我们从小就被夹在钳子里，夹的那么紧，好像把我们身体的构造都给改变过了。甚至和你们在一起生活的时候，我还觉得这身子被捆缚着一般。他说到这里，就伸出一只手来，把他的乱发搔了几下，在房里踱了两步，然后走到他先前坐过的那椅子前面坐下去，把他的锋利的眼光在我的脸盘旋一会，又说："我忍受了一切，我胆颤心惊地忍受了一切，我只想和铭过些幸福的日子。但是人家还不放过我，时常来麻烦我。而且在你们这里我也受着轻蔑和歧视的。我有时只想做个和你们一样的人，也不能够。连你们的人也看不起我，讨厌我，好像我们这种人就不是人一般。……铭从没有对我表示过她后悔嫁给我的意思。我知道她决没有那样的心思。但是她心里的忧虑我却看得出来。我想尤其使她难堪的就是甚至在这样的环境里我们两个人依旧是各有各的心思，对于任何一件事情，我们两人的看法都是两样，她始终爱我，然而她不能了解为什么我不会有着和你们的同样的感情，为什么我不能像你们那样安静地过日子。……她的身体一天天地变瘦变弱，而且时常生病，这变化我看得很清楚，我也知道这全是因了我的缘故。……我渐渐地明白我和她结婚是做错了事情。然而我还极力想法来补救，我极力忍耐，我还绝望地努力使她和我都过得幸福。于是在故乡里忽然起了骚动。这使得我们在外面的人虽是很安分的，也过不着宁静的日子。骚动自然很快地被压止了。但是人家要把我押送回故乡去，只因为我从前和朴有过来往，这样我才不得不离开你们，逃到那边去。我本来想把铭留在这里的。但是她一定要跟我走，她说她的身体虽然坏，她却愿意跟我去吃苦。"

他停了停，把眼睛掉开，茫然地看了一下天花板，又埋下头来沉默地望着那积满了黑色尘垢的地板。我注意地看他，他的脸颊的肌肉抽动得很厉害，好像他在和一些惨痛的景象挣扎。过了一会，他依旧低着头一面接着说："她已经有了孕，到了那边不到两个月她就病了。她不能够跟我过漂流的生活，所以我把她留在一个做农夫的朋友家里，后来因为那地方不安全，我又把她搬了一个地方。她就死在那里。"他的声音改变了，似乎带了一点抽泣。他突然抬起头来看我。他的眼睛完全是干燥的，干燥得好像马上就要冒出火来，连他的脸也似乎被那内部的火烧焦了。那脸上仿佛就从没有黏过一滴眼泪。他这人果如他自己所说，他的感情和我们的也不是一样。这个思想突然来照亮了我的心，使我明白一些新的事情，但我的心却因此而得到了更多的苦恼。我不能够接口说一句话，我不知道他还有什么话要告诉我，我想他也许还有更可怕的叙述，然而我只得怀着一颗颤栗的心听下去。

　　他又一次搔他的头发，忽然用力拔了几根下来，他默默地玩弄它们，过后又憎厌地把它们掷在地上。他自语似的说："这事情是我料到的，我知道迟早总有这一天。有时候我甚至想她死了也好，对于我的行动也许更方便一点。她的死并不会使我感到大的悲痛。我的头发并不是那时候变颜色的。这只是两个月以前的事情。有一天晚上我们在一个农家开会，那地方被围着了。我们不知道来的人有多少，我们的人却只有五个。我们和他们打了一个晚上。天亮的时候，就剩了我一个人，子弹也没有了。我翻过墙逃出去。有三四个人跟着追我。我跑了里多路，后来就躲在高粱林里面。外面时时有枪响和人声。他们在到处搜索我。我听得见他们的呐喊声。我不敢动一下。我不吃一点东西，连一口水也不喝，我也不觉得饥渴了。我整整躺了两天两夜，后来知道他们去远了，我才带爬带走地出来，慢慢的走到一个相熟的农家里住了一天。那家的主人已经认不出我来了。我的头发就是在那两天里面变白了的，我的脸，我的眼睛都是在那两天改变的。许多人都不再认识我了。这意外的改变却救了我的性命。倘使没有它，我现在也不会活着到你们这里来了。"

　　他站起来，微微一笑，这笑里依旧没有欢悦，但却使他的干枯似的脸庞显得有生气了。他的眼光突然明亮地在我的脸上掠过，就像电光一闪，然而过后依旧是那一对深沉的黑眼珠，但却不像先前那样地干燥了。我忽然有了一种奇异的感觉，我想他现在是变得很年青了。

"我走了。"他简短地说了这句话，就伸出手来和我握手，他紧紧地握着，他的粗糙的手是那么有力，把我的手捏得发痛了。

"你还会再来罢。"我惋惜地而且有点惶惑地说，我本来有许多话要对他说，现在都说不出来了。

"不，我明天就要走了。"他摇着头用决断的声音来回答。

"你为什么不多住些时候？你既然来了这里。"

"我还有事情。在这里多留一天也没有什么好处。我对你说不明白。我们的感情和你们那许多人的不会是一样的。你们可以安静地生活下去。我们不能够。我们和你们好像不是活在一个世界里面的人。……也许我没有机会再来了。你们的人轻视我，憎厌我，你却和我做朋友，所以我来看你一次，让你知道我一年来过着什么样的生活，让你知道我这时候心里所想的一切，我想你是能够了解的。我不再搅扰你了。"他说罢，又微微一笑，就大步走出了房门，等我走下楼出去追他时，已经失了他的踪迹，一部电车刚刚开走，他也许就在那里面。

我在人行道上痴呆地站了片刻，然后沮丧地漫步走回家去。我充满了无可奈何的情绪，低着头在房里踱了一会，忽然看见了他先前拔下来丢在地板上的那几根头发，就俯下身去拾了起来，把它们看了半响，然后珍重地夹在一本书里面。

金以后果然不会再来，他一定是回到那边去了。我最近还没有得到他的消息。

今天我在外面理发回来，无意间在自己的头上发见了好几根白发。这一次是我自己把它们拔了下来。我也把它们捏在手里玩弄了一会。我又把昨天翻阅过的旧书打开，把金的头发取出来，和我的放在一起比较。头发完全是一样的，连我自己也看不出这两股头发的差别。但是我知道人却是完全不同的两种人。这认识倒使我觉得很难堪了。我就绝望地把两股头发混在一起，并成了一股。心里想这样总分不出好歹了罢。但过后我的心宁静了一点，又有点后悔，我又想把我的头发和金的分开，然而任我怎样费力，也做不到了。

五月二日

选自 1936 年《作家》第 9 期

父　子

一件实事

"爸爸，怎么人家不到我们这边来呢？"孩子疑惑地，带了点失望地问他的父亲，他站在父亲的身边，面前是两个箩筐，里面装了好几颗白菜和一堆番茄，每一样稀稀的装不满半个箩筐。

"你不要性急咧！慢慢儿，人家就会来了。"父亲带笑地回答说，把手在孩子的头上拍了一下，他的笑有些儿勉强。他不知不觉地把眼光去看那箩筐，几棵枯萎的虫蛀过的白菜躺在那里面。他又看那番茄，番茄也不行，有两三个开始在坏了。这一看就把他的希望打消了不少，他的心马上就阴沉起来了。

他等待着。他默默地望着那过往的人。他看见一个人走近来，就连忙做一个笑脸来欢迎他或她。但没有用处。那人终于做了别人的主顾。没有谁肯走过来在他的箩筐里翻弄翻弄。

他也有些着急了。人家看不上他的菜，这样的东西，人家完全看不上眼。人家甚至不肯走过来，向他问价钱。但是他今天把这些菜卖不出去又怎么办？他真正着急起来。他看见人，就高声叫嚷着，他这用了不自然的声音向人夸示他的菜是怎么好，怎么好。

"爸爸，我们几时回家去呢？"孩子又在旁边问了。孩子抬起那一张黑瘦的脸，用那一对黑眼睛看他。孩子似乎不懂得他们两个为什么应该在这个街角白白地站这许久。孩子只盼望着能够早些回家去。

"小宝不要心焦，卖完了菜我们就回去！"父亲望着孩子忧伤地笑了。不过孩子似乎还分辨不出这和别的笑有什么大分别。他就蹲下，把手伸在篮里弄着一个番茄玩。父亲看着孩子这样做并不干涉，父亲的心在别处。他在想另外的事情。

"几时才卖得完呢？"孩子想到这个，又抬起头追问了。他只想能够马上就伴着父亲回去。

父亲这一次回答不出来，他自己也想找一个人来问问看，找一个人来回答他。

父亲的菜依旧平静地躺在篮筐里，父亲的心却在家里和街角两处跑，跑得很匆忙，因此就使得他的额上滴下了汗珠。

孩子完全不觉得，他也不再问什么了。他站起来离开父亲，跑到前面人群中去了。父亲不说话，只是用眼睛跟着他，过后就把手不住地在短衣上面擦，这短衣是破烂的，上面黏了不少的尘垢。

一个年青的女子走来，在他的箩筐里摸索了一番，问了价钱。他快活地想希望来了。但是她并不还价，把一个番茄拿起来又掷进了篮筐里，口里咕噜着就径自走开了，他想说话挽留她，但他却只是痴呆似的望着她的背影。

这时孩子跑了回来，眼睛发了光，他热烈地说："爸爸，我肚饿。我要吃——"

孩子一定是看见别人在吃什么东西，他也想吃，就跑回来向父亲讨钱去买。但是父亲却把孩子的话打插了，他说："小孩子这样容易肚饿是不行的。大人都没有东西吃，小孩子也应该忍耐一下。"

父亲说到这里，却说不下去了。他的肚皮开始在发痛，而且叫喊起来了。他知道那东西在作怪。他要忍耐也不容易，何况那孩子。没办法，他只有把两只手用力在胸膛上擦。脸色有些儿不好看。

"爸爸，你干什么？"孩子拉着父亲的衣角惊讶地问道。

"肚子痛，我昨天吃多了东西。所以小孩子要学会忍饿才行。多吃东西就要肚皮痛！"父亲装出一种严肃的声音说，"吃饱了，肚皮就要痛。"

孩子有点儿不相信父亲的话。他明明记忆着昨天一天他们一家人就只喝了两碗白粥。他从来就没有吃饱过，昨天半天，父亲喝一碗粥，母亲喝一碗，祖母喝一碗，他喝一碗不够，粥就光了。下午也是这样，他惊讶地望着父亲，他不明白父亲几时多吃了东西。

"小宝，你难道想肚皮痛吗？"父亲故意做出严肃的样子看孩子，再问了这一句话。

"爸爸，我不吃东西了。"孩子忽然这样大声说。过后他掉头想了想，又自语似的加了一句，"奇怪，不吃东西饿起来肚皮也会痛。"

"胡说！"父亲摆出庄严的面孔责斥了孩子。

孩子不再缠父亲了。父亲在旁边看见这样子却默默地流下眼泪来。

"爸爸，主顾来了。"孩子忽然欢喜地拉着父亲的衣角说。

一个娘姨母模样的女人提了一个菜篮走来。她在箩筐前面站住了，她弯着身子伸手去拣白菜。一面问："多钱一斤，这样坏的白菜!"

父亲用颤抖的声音回答了。他要的价是极便宜的，他只怕多要钱就会把主顾赶走。他连忙地解说菜是怎样怎样地好。

那女人随便还了一个价，比他讨得价低了好一些。他只得请她再加一点。他想这一笔生意大概可以做成功了。他的眼睛只是在女人的脸上和箩筐里打转。孩子暗暗在拉他的衣服。

"喂，你又来了!"一个粗暴的声音在旁边响了起来。那个三角脸的警察又在他的面前出现了。他们是彼此认识的。他前天曾挨过一下那警察的警棒。

"先生，对不起，我马上就走，做了这回生意就走。"他连忙赔笑说，声音抖得很厉害。孩子躲在他的背后。

"滚，马上就滚!"警察把脸色一变，就粗声骂起来，一只脚踢那箩筐。

"我马上就走，只做了这回生意，请你开恩……"他胆怯哀求说。

"不行! 不行! ……"警察不听他说话，只顾自己一连说了许多个不行。

"请你饶我这一次，只做了这一回生意。以后我再不敢犯法。我们一家四口人就指着这个吃饭。先生，你要开恩……"他差不多要跪了下去。

那女人走了。最后的希望断绝了。警察却用力一踢，就踢翻了一个箩筐。番茄滚在污地上，有的开始碎了。

"每天五角钱! 你完全不纳捐! 我不把你抓进公安局罚钱，已经算是很开恩! 你还不快滚! 哈哈，你有生意? 谁肯要你的坏东西?"警察得意地笑起来。

父子两个一齐俯着身子去拾那些散在污地上的番茄。父亲分辩着，声音含糊，里面还有眼泪。

"给我滚!"警察把警棒在那弯曲的背上敲打着,又用脚踢,然后把另一个箩筐也踢翻在地上。

这两父子和警察争吵了一会儿,只得拾起了破碎的番茄和白菜,放回在篮筐里。

父亲终于挑着篮筐默默地走了。孩子跟着他。父亲脸色发青,愤怒和悲痛压着他。好几对眼睛跟在他们后面。

"爸爸,回家去?"孩子畏怯地问父亲。

父亲不答话,他挑着担子往海边走,孩子也不敢再问。

父亲忽然回过头生气似的问:"小宝你为什么不生在有钱人家?"

父亲的脸色不好看,声音不好听,问话意思不好懂,孩子不敢回答。

父亲又向前面走,不再说话。一步,一步,脚步是很沉重的。孩子在后面跟着,默默地,甚至带了恐惧的。

到了海边,放下担子,父亲叹口气,换了温和的声音对孩子说:"小宝,你生在别的人家,现在也该进学堂读书了。"

父亲拍了拍孩子的肩头。眼泪忽然落下来,落了一滴在孩子的脸上。

孩子惊讶地看着父亲。他不明白父亲为什么要这样说话,这样做。他只是叫了一声"爸爸",他的声音也是悲痛的。他想到方才的事情,也伤心。

他们站在沙滩上。地下全是黄沙。前面是海。风吹着水时时打击沙滩。一股一股的白浪。浪声很大。沙滩上没有别的人。

孩子不知道父亲为什么要到这个地方来,更不知道父亲为什么要俯身去拾那沙粒。父亲从身边摸出一块布,把沙粒拾起来包了一大包。

"小宝你快点跑回家,把这个交给妈妈去!"父亲命令似的说。

孩子有些迟疑，他奇怪这包沙粒拿回家去有什么用处。他不伸手去接那沙包，只顾用惊疑的眼光看父亲的拘谨的脸，过了半响他才问道："爸爸，你呢？"

父亲又拍了拍孩子的肩头。勉强用温和的声音安慰那孩子："不要怕，我还要去买点东西。你一个人先回去。我马上就回来。妈妈在家里等着你。快点去！你快跑回去。这包东西是妈妈要的。"

孩子接过了沙包，起初还不肯走。但父亲在催促，继续地催迫着。孩子终于捧了沙包跑步走了，他的脚印还留在沙上。

父亲望着去了的孩子的背影，眼里不觉畅快地流下了眼泪。

他想：要是生在有钱人家，孩子这时候一定好好地在学堂里读书了。他又想：孩子一定会活下去。这可爱的孩子会活下去。而且不会弄到像他现在的这样子。

于是他掉过身子，向着那白浪一步一步地走去。

这时候孩子正捧了那一包沙粒在街上跑。

选自 1932 年《创化》第 1 卷第 2 期

狗

（一）

我不知道自己的姓名，不知道自己的年纪。我像一块小石子似的给掷到这世界上来，于是我便生存了。我不知道谁是我的父亲，谁是我的母亲，我只是一件被遗失了的东西。

我有黄的皮肤，黑的头发，黑的眼瞳，低的鼻子，短小的身材。我是那千百万人中间的一个，而且是命定了要在那些人中间生活下去的。

每个人都有他的童年。我也有我的童年。我的童年却与其他的人的不同。我不知道暖热，我不知道饱满，我也不知道什么叫做爱。我所深知道的只是寒冷与饥饿。

有一天，一个瘦长的满脸皱纹的老年人站在我的面前说："在你这样的年纪应该进学校去读书。求学是人生的第一件要事。"他的样子很庄重，他的声音很温柔。

于是我去了。我忘记了自己的饥饿，忘记了自己的寒冷。我四处找寻，我发现了堂皇的建筑物，我也发现了简单的房屋，据说这都是被称为学校一类的东西。我昂然走了进去，因为我记住求学是人生的第一件要事。

"去！这里是你不配进来的！"无论在堂皇的建筑物或者简单的房屋，无论在门口遇见的是凶恶的面孔或和善的面孔，我总会听见这一句同样的话。这一句话像皮鞭一样地打着我的全身。我觉得全身都在发痛。我低下头去了。从里面送出来孩子们的笑语，长久地在我的耳边荡漾。我第一次开始疑惑起来，我是否是一个人了。

我的疑惑一天一天地增加起来。我要不想这问题，可是在我的耳边似乎时常有一个声音在问："你究竟算不算是一个人呢？"

破庙里有一座神像。神是无所不知、无所不能的，我这样想。神龛里没有帷幔，神的庄严的相貌全露出来。虽然身上的金已经脱落了，甚至一只手也断了，但神究竟是神呵。我跪倒在破烂的供桌前祷告着："神呵，请指示给我，我究竟是不是可以算做一个人呢？"

神的口永远闭着，甚至在梦里他也不肯给我一点指示。可是我自己终于解决了这个问题。我说："像这样怎么能够算做一个人呢？

这岂不是太污辱了这个神圣的字吗?"于是我明白我并不是一个人。

我断定我的生活是很合理的,我乞讨残汤剩饭犹如狗之向人讨骨头。我并不是一个人,不过是狗一类的东西。

我又想:既然是东西当然可以出卖。我便决心把自己出卖了。我插了一根草标在背上,我走过热闹的与不热闹的街市。我抬起头慢慢地走,为的是把自己展览给人们看,以便找得一个主顾。我不要代价,只要人收留我,给我一点骨头啃,我就可以像狗一样地忠心服侍他。

可是从太阳出来的时候起一直走到太阳落下山去,我没有遇见一个人走来向我问一句话。到处都是狞笑的歪脸。只有一两个孩子走到我身边玩弄我背上插的草标。

我疲倦了,我又饿。然而我不得不回到破庙里去。在路旁,我拾起了半块带着尘土的馒头,虽然是又硬又黑,但我终于咽下去了。我很高兴,因为我的胃居然和狗的胃差不多。

破庙里没有人声。我想,连作为东西,我也卖不出去了。我不但不是人,而且也是人间完全不需要的东西。我便痛哭起来,因为人的泪固然是很宝贵的,而一件不需要的东西根本就不值一钱。

我伏在供桌前痛哭。我想哭个够,因为我现在还有眼泪,而且只有眼泪。我不仅在破庙里哭,我甚至跑到有钱人的公馆门前去哭了。

我躲在一家大公馆门前的墙角里,我冷,我饿。我哭了,因为我可以吞我的眼泪,听我的哭声,免得听见饥饿在我的肚里叫。

一个穿漂亮西装的青年出来了,他并不看我一眼;一个穿漂亮长袍的中年人进去了,他也不看我一眼;许多的人走过了,没有一个人注意到我,好像我没有站在这里一样。

最后,一个身材高大的汉子从里面走了出来。他注意到我了。他走到我面前,骂道:"去,这里不是你哭的地方!"

他的话跟雷声一样响亮，我的整个脑子都被震昏了。他踢着我的身子，像踢着狗一样。我止了哭声，捧着头走开了。我不说一句话，因为我没有话可说了。

回到破庙里，我躺下来，因为我没有力气了。我躺在地上叫号，就像一只受伤的狗。神的庄严的眼睛看下来，这双眼睛抚着我的疼痛的全身。

我的眼泪没有了。我爬起来，我充满了感激地跪在供桌前祷告：

"虽然不是一个人，但是既然命定了应该活在世界上，那么就活下去吧。生下来就没有父母，没有亲人，像一件被遗失了的东西，那么就请你大公无私的神作为我的父亲罢，因为我不是人，在人间是得不着谁的抚爱的。"

神的口永远闭着，他并没有说一句反对的话。

于是我有父亲了，那神，那断了一只手的大公无私的神呵。

（二）

我虽然跟平常一样每天出去向人们讨一点骨头，但是只要有了一点东西塞住我的饥饿以后，我便回来了，因为我也跟别的人一样，家里有一个父亲。虽然这个家就是破庙，父亲就是神，而且他的口永远闭着，不说一句安慰我的话，但是在这个世界上不肯离开我的就只有他。他是我的唯一的亲人。

虽然是在寒冷和饥饿中，日子也过得很快，我是一天一天地长大了。

一种奇怪的东西也渐渐地在我的身体内生长起来。

我自己明白我并不是人，而且常常拿这样的话提醒自己。可是人的欲望渐渐地在我的身体内生长起来了。

我渴望跟别的人一样：有好的饮食，大的房屋，漂亮的衣服和温暖的被窝。

"这是人的欲望了。你不是人，怎么能够得到那些东西呢？"我发现自己有了奇怪的思想以后，就这样地提醒自己。

然而话是没有用的，人的欲望毕竟在狗一类的身体里生长起来了。虽然明知道这是危险的事，自己也没法阻止它。

于是大街上商店里的种种货物在我的眼前就变得非常引诱人了。尤其使我动心的就是那一双时常在街中走着的腿。那一双粉红色的腿，肉色的腿，多么细致，多么柔嫩，多么浑圆，真是找不出一点边际，好像是由一块红玉凿成的。但世间有没有那样大的红玉，而且红玉又不会有那样的软。这双腿有时在人行道上走着，不，不是在走，是在微微地跳舞。它们常常遮住我的视线，好像是两只大的圆柱。有时候它们被放在黄包车上面，一只压着另一只，斜斜地靠在车座上。

我每次远远地望见那双腿就朝着它们走过去，可是等到我的眼光逼近那双腿的时候，一个念头便开始咬我的脑子："小心，你不是人呢！"于是我的勇气消失了。

有一天，我却看见那双腿的旁边躺着一条白毛小狗，它的脸紧偎着那双腿，而且它还沿着腿跳到上面去。我想："这不一定是人才可以呢！小狗也可以的。"这样想着，我就向着那双可爱的腿跑过去，还没有跑到，不知从什么地方来了一只手抓住我往地上一推。

"你瞎了眼睛！"我只听见这句话，便觉得头昏脑涨，眼睛里有好多金星在跳。我睡倒在地上。

我爬起来，四面都是笑脸，腿已经看不见了。奇怪的笑声割痛我的耳朵。我蒙住两耳逃走了。

现在我才明白了。我得意地以为自己是一条狗，或者狗一类的东西。现在我才知道我连做一条狗也不配。

我带着沉重的心回到破庙里。我坐在供桌下面，默默地想着，想着。我仿佛看见了那条白毛小狗怎样亲热地偎着那双好看的腿；我仿佛又看见它怎样舒服地住在大公馆里，有好的饮食，有热的被窝，有亲切的爱抚。妒嫉像蛇一样咬着我的心。于是我趴在地上，我用双手双脚爬行。我摇着头，摆着屁股，汪汪地叫着。我想看我做得像不像一条狗。

我汪汪地叫着，我觉得声音跟狗叫差不多。我想，我这时候总可以算做一条狗了。我满意，我快活。我不住地在地上爬。

然而我的两只脚终于要站直起来，两只手也不能够再在地上爬了。失望锁住了我的心。"连狗也没有福气做啊。"我又躺在地上绝望地哭起来。

我含着眼泪跪在供桌前祷告：

"神啊，作为我的父亲的神啊，请你使我变做狗吧，就跟那条白毛小狗一模一样。"

神的口永远闭着。

我每天在地上爬，我汪汪地叫，但是我还没有做狗的福气。

（三）

我有黄的皮肤，黑的头发，黑的眼瞳，低的鼻子，短小的身材。

然而世界上还有白的皮肤，黄的头发，蓝的眼瞳，高的鼻子，高大的身材。

他们，一个、两个、三个在街中大步走着，昂然地抬头四面张望，乱唱、乱叫、乱笑，好像大街中就只有他们三个人。其余的人胆怯地走过他们身边，或者远远地躲开他们。

我有了新的发现了。所谓人原来也是分等级的。在我平常看见的那种人上面，居然还有一种更伟大的人。

戴着白色帽子，穿着蓝边的白色衣裤，领口敞开，露出长了毛的皮肤，两个、三个、四个。自从有了那一次的新发现后，我便常常在街上看见这种更伟大的人了。

他们永远笑着、唱着、叫着，或是拿着酒瓶打人，或是摸女人的脸。有时候，我还看见他们坐在黄包车上，膝上还坐着那双可爱的粉红色的腿。他们嘴里说着我不懂的话。

人们恭敬地避开他们，我更不敢挨近他们身边，因为他们太伟大了。

我只是远远地望着他们，我暗中崇拜他们，祝福他们。我的饥饿被欣喜满足了。我为世界上有这样的伟人而庆幸着，我甚至丁因此而忘掉了自己的痛苦。

我暗中崇拜他们，祝福他们。我时时提醒自己：不要挨近他们身边，免得亵渎了他们。可是有一次我终于挨近他们了。

有一个傍晚，我又饿又倦，走不动了，便坐在路旁墙边，抚着我的涂着血和泥的赤脚。饥饿刺痛我的心。我的眼睛花了，看不清楚四周的一切，连那个伟大的人走过来我也没有看见，等到我最后看见了要起来避开，已经太迟了。

一只异常锋利的脚向我的左臂踢来，好像这只手臂被刀砍断了一样，我痛得倒在地上乱滚。

"狗！"我清清楚楚地听见这个字从伟大的人的口里吐出来。

我的手揉着伤痕，我的口里反复地念着这个"狗"字。

我终于回到了破庙里。我忘掉了痛苦的伤痕，在地上爬着。我摇着头，我摆着屁股，我汪汪地叫。我觉得我是一条狗。

我心里很快活。我明白我现在真正是一条狗了。

我带着感激跪在供桌前祷告：

"神啊。作为我父亲的神啊！我不知道应该怎样感谢你。因为我现在是一条狗了，那伟大的人，那人上的人，居然叫我做'狗'了。"

神的口永远闭着。

我不停地在地上爬，我汪汪地叫。因为我是一条狗。

（四）

我又在街上遇见那双粉红的腿了，它们慢慢地向我走来，像两只圆柱。

我几乎不能忍耐地等它们走过来。我的心里充满了快乐，因为我现在是一条狗了。

皮鞋的声音近了，我急急地向着那一双腿扑过去，我爬着，我紧紧抱着那一双我渴望了许久的粉红色的腿。我把脸紧紧偎着它们，我又去舔，它们异样的味道送进我的鼻，我渐渐陶醉了。

我的耳边响着各种的声音，重的东西压在我的身上，许多双手在拖我，可是我紧紧抱住那一双腿死也不放。

（五）

等到我恢复知觉的时候，我是在一个黑暗的洞里。没有人声，空气很沉重，我的呼吸快要闭塞了。我不知道这是什么地方，但是我知道这决不是狗窝。我还想在地上爬，还想汪汪地叫。可是我的全身痛得厉害，连动也不能够动一下。

我又想，在那个破庙里，断了一只手的大公无私的神，依旧冷清清地坐在神龛里。可是我再也不能够跪在供桌前祷告了。

选自 1931 年《小说月报》第 22 卷第 9 期

利　娜

前　记

这是根据六十年前一个俄国女子写给她的女友的信函重写的，里面所述大半是当时实事。原信本有二十六封，经我删改合并，成了现在的十九封。

我很喜欢这个作品，因为这里面话说得非常痛快。但这不是我的成绩。

引　子

这是一个俄国贵族少女名叫利娜的，在狱中写给她的波兰女友亚丽恩娜的十九封信。

第一封信

（第一封信系报告入狱，与全书少关联，故全信摘去。自第二封信起，即因何而入狱的全部故事的起点。）

第二封信

亚丽恩娜姊姊：

爱友，是我！你好吗？我的亚丽恩娜。

我那次在你叔父的别墅里和你过了几个星期之后，我便回旧都，我母亲在那里唤我回去。

在旧都我很光荣地走进交际社会里面了，亲爱的，你还记得我的骄傲的态度，我的顽皮的笑么？那半闭着眼睛把头向左肩略偏斜的姿势？

而且我又聪明，又有学问。我学过法文，德文，意大利文，最后还学一点俄文。

爱友，你想想看，这样的教育，再加上你所认识的我这娇小可爱的面貌，难道在交际场中不会成功么？

现在我来对你说说我的情人，呵，不对，这不能说是情人。波利司亚并没有爱我的心思，也不曾向我求过爱。他年纪很轻，态度却很严肃，很庄重，而且差不多很忧郁的。他对服装完全不注意。他有着一对很美丽很深沉的眼睛，看起人来总是那么悲哀的。

我注意他，大概就为了他的悲哀。他说话不多，而且决不肯说法国话。他很少笑过，也不爱玩，又不肯跳舞，总之他好像个野蛮人。

有一个晚上，我打扮得很美丽地在一个跳舞会里。R联队长来请我和他跳舞。然而我把他拒绝了，因为我看见波利司穿过厅子向花园走去，他的脸色比往常更阴暗。

我偷偷走开，也到花园里去。

波利司站在露台上，身子靠着栏杆。

我走近他，看见他在流泪，我很惊讶，也很感动：

"呵，你为什么这样伤心？"

他吃了一惊。显然他不曾看见我走近来。

他看了我许久，并不回答。后来他到底说了：

"你想知道我为什么悲哀？"

"是的。"

"你听着我来告诉你。"

他的声音非常激动，我不由得想道："呵！你看罢，他一定会说出他爱我的话！"

然而不，他爱的并不是我……

第三封信

亚丽恩娜：

呵！爱友！你想不到他对我作了一番多么大的演说！

"倘使我真受着苦，倘使我真在哭，这全是由于那个痛苦的俄罗斯。一个不快活的白痴给那些懦夫捧上台做了他们的主子，管理着八千万人！少数人吃喝得酒醉肉饱，而无数人却只有吃他们自己的饥饿，饮他们自己的干渴。在圣彼得堡一年中有五百人饿死在大街上。把你的眼光转到田地上去罢，你且看这个农人，一个自由的人，因为农奴已经解放了。这个人躬着腰在做什么？你想他一定在播种罢。你再看清楚些！那么他在做什么呢？他在吞食土块。人家给了他这块田，但他没有耒耙和锄锹，牛马，肥料和种子。他只得拿土块来充饥。倘使他在土块里挖到树根，他还要留下带回家去给他们的妻儿们吃。你要打官司吗？我给你一个忠告：你应该先去见你的裁判官。你不要提起你的事情；只要当你临走的时候，偷偷递一张五百卢布票子给他。你的官司就赢了。倘使没有五百卢布，三百也好；三百没有，二百也好；二百没有，至少有个老婆；倘使老婆死了，女儿也好；假如女儿不漂亮，那就不要打官司！不错，饥饿统治着俄罗斯；亚历山大是沙皇，饥饿就是皇后。而且祷告也是不自由的。一个人经过礼拜堂不按礼跪拜就会放流到西伯利亚去。沙皇说：'只有我一个人是对的。'沙皇不仅是肉体的主人，同时还是灵魂的主宰。俄国礼拜堂把亚历山大当作耶稣来奉祀，那个地方就是良心的监牢。"

呵，爱友，我的亲爱的小皇后，你应该想象到我是多么害怕！他说的真可怕！我真有点失悔不该拒绝 R 联队长。我好几次偷眼去望跳舞厅。

第四封信

我的小鸽儿，我的小皇后。

爱友，他说的声音真响！我有点害怕跳舞厅里面的人听见。我做手势叫他把声音放轻一点，然而没有用。

他现在说德国人的坏话了。

"俄罗斯有一条大蛇。它缠在我们身上，吸我们的血，压我们，吞我们。这不是别个，就是德国人。他们是一小群一小群来的，使人不注意。他们住下后，便开始辛苦地经营着，劳动着。他们能干聪明，有出色的办事能力。背后又有很大的靠山。他们能干地管理工厂，铁路，做工程师。他们又带进来一种新学说，新文学。帮助我们设立学校，医院。这样取得了我们的信仰。他们终于做了我们的主人。商业在他们手里，土地被他们收买，政治受他们牵制，军队也归他们操纵。俄罗斯是外国人的，不是俄国人自己的！亚历山大也只是外国人的工具而已！"

呵，我的亚丽恩娜，这太过火了。他竟然骂起我们的沙皇来，那是我们的父亲，我们的上帝呢！我战抖得像片树叶，我正想避开这过于胆大的年青人，这时候跳舞厅里又奏起希特劳斯的瓦尔兹调子。但波利司却对我说出更奇怪的事情来。

第五封信

爱友：

你万想不到，这位年轻的先生放肆到什么程度。他竟然说到女人身上来了。

"俄罗斯还生了一个毒疮，这就是女人。贵族的女人琐碎而淫佚；中等人家的女人愚蠢而贪心；贫家的女人，就活活是一口猪。贵妇人毁掉她的丈夫，只管说：'笑呵！玩呵！'商人妇愚弄她丈夫，只会说：'拿钱来，还要钱！'贫妇女就使她的丈夫变猪，她只是说：'来，喝酒！'在我们国里，一个大地主有了妻子后，每年花的钱总要比他的收入超出两倍！为什么法官要出卖他的良心？因为他的妻子要一副碧绿的首饰。为什么总督要没收一个富商的财产呢？因为他的妻子要改修家里的马房。俄罗斯的光荣成了那般温柔优雅的贵妇人谈吐间的玩具了。"

呵，爱友，我的小鸽儿，我不能够再忍下去了！他简直不明白自己在说些什么。

但是他突然带了一种温柔的态度望着我，他用了一种极爱怜的声音对我说："俄国女人还能够挽救她所毁掉的俄罗斯——只要你来给她们一个例子。"我给他窘住了，又像有些害羞。我轻轻拉起我的晚礼服的领边，因为它渐渐地落下肩头来了。

第六封信

我亲爱的亚丽恩娜！花园里露台上，夜渐渐地冷起来了，我很害怕着凉，可是波利司还继续不断地在讲话，不让我离开。我很担心，明天还要到慈善游艺会去和 R 联队长合唱。在那跳舞厅里，是多么明亮，多么温暖！音乐奏得多么诱人，这瓦尔兹调子，我想连石像听见也会跳舞起来的！

你猜他现在说什么：

"我们还有一个怪物：教士。这有二种，卑鄙的白教士，淫荡的黑教士。白教士就是普通的教士，他们都是教士家庭的弟子。在俄罗斯，教职和某些病症一样，也是遗传的。他们年幼时就被送进修道院去。在那里很自由，吃喝嫖都可以做，而且都是白昼里做，因为晚上他们睡得很早。在俄罗斯共有三万六千个教士，每年有三千六百万卢布的开支预算。然而这笔款并不拿出来分发。教士会议把它留着做特别费用，所谓特别费用，把夏季来圣彼得堡演剧的巴黎女伶的津贴包括在内。不管这些，教士有他自己的办法。他还可以收结婚费和受洗费。在复活节他的教区里的教民会送他各种礼物和金钱。并且还可以挨着户去募化，说是装饰礼拜堂，说是装修神像，说是到莫斯科去买祭品。倘使有一个假造钞票，无恶不作的坏蛋，他可以到教士那里去弄一张德行奖状。索价是十个卢布，但有五个也就够了。这样他又可以去做官或做生意。他们把公开不信正教的人送到西伯利亚去，但是只要给他们钱，他们就会不来麻烦你了。他们威迫异教徒说：'买下我罢，不然我就会把你卖掉。'于是人家把它买下了……"

亚丽恩娜，我突然战抖起来。我相信我看到R联队长站在跳舞厅的玻璃门窗后面！他在侦探波利司的行动吗？那么……呵，不会的，我一定看错了。这时候R联队长一定跳舞得很起劲！

第七封信

我的小皇后：

波利司又残酷地继续说下去了。

"全俄国共有七千个尼姑，九千个修士，分住在八百个修道院里。这种就通称为黑教士。他们是富足的淫逸的，有势力的，同时又是不名誉的。他们有两个目的：发财和得势。他们有三个方法：说谎，告密，讨饭。你看他们怎样讨饭！有一次在阿德沙，有一个很时髦的法国女伶，得了威司科夫亲王送她的五千卢布。两天后就有两个女教士向她去募化，要她分给一半，否则要到王妃那里去告密，说是和亲王有关系，把她逐出国境。那个女伶害怕起来，便顺从她们。告发的方法更是卑贱了。一个人生了病。家里的人就请了一位修士来照料病人。这个修士就做了这家的主人。他终日喝酒吃肉，抱着女仆亲嘴。他夜里时时醒来唤起病人，逼着病人忏悔。病人把一生秘密告诉了他。他第二天就偷偷跑到警察局去告发。于是病人给捉了去，放逐到西伯利亚。他得了很大的酬报。再看他们说谎。——呵，小父亲，这个符咒可以医治一切的病痛。呵，小母亲，你晚上点了这蜡烛，你就可以梦见你出征的儿子。呵，小姑娘，你佩了这圣尼古拉骨，你受着你情人的爱抚时，就不会再害怕了。于是钱就到了修士们的袋里。倘使这还不够，可以弄了一个神像从土里挖起来，说是灵异的奇迹。于是病人，瞎子，聋子，瘫子都来了，金钱像流水一般进了修士们的袋里。靠了这种讨，抢，偷，骗的手段，修道院的钱柜很快地满了。修士们得以整日酒醉饭饱；每夜每夜修士们抱着相好的尼姑放肆地亲嘴！"

"呸！呸！你看你说些什么话？"爱友，我禁不住对他这样叫了。我的脸红了起来，爱友，你知道，我的脸一红，我就显得更美丽了。

第八封信

呵，我的小猫儿：

他还不肯闭嘴。教士之后又轮到军队了。呵，我的小鸽儿，你看，他敢骂我们的年青漂亮的 R 联队长。

"闪烁着红、蓝、绿、黄的颜色，辉耀着钢、铜的光彩，织金线，绣银丝，穿羽毛，佩勋章，俄国的军队是世界上最雄伟的。然而你再看看，这不过是一群被盗贼剥削受傻瓜指挥的可怜的畜生罢了。长官是傻瓜，他们都是贵族的子弟。他进陆军学校是手续。成绩好的十五岁就可做下级军官。升迁自然很快，二十岁便可做副联队长，二十五岁便做联队长。还有那些将军因年纪太轻，不得不装假须以表示威武。至于下级军官因为是苦差使，有时候找不到够多的人来干，那么便只得招些丹麦，普鲁士，奥地利等国的退伍军人来补充，还有曾在多瑙河做过盗匪的流氓。你想沙皇会用这种军队来征服世界吗？那无数的兵士更不用说了，饷银被上级扣去，有的是困苦，饥寒，惩役，军棍。在战争的时候，他们以为是去屠场。"

爱友，他后面的话还说得更凶，更粗呢！可是我已经无心去注意那些话了。

呵，亚丽恩娜！这次我看清楚了，R 联队长的确躲在玻璃门后面偷听波利司说话。我不觉得着急地叫了起来："闭嘴！闭嘴！"我很害怕，身子抖得很厉害，因此波利司便紧紧地依偎着我。我再回头看去，天幸 R 联队长已经走开了。

第九封信

我的亲爱的亚丽恩娜，他又开始说话了。

"在那种的下面，是憔悴呻吟的七千万的男男女女！你且走进一个所谓村庄去看看罢。那种污秽的茅舍，连牲畜都不愿去住。他们吃些什么呢？白菜，玉蜀黍粉。至于牛奶，鸡蛋，他们做梦也吃不到。在房内，没有床，没有箱子。只有一片污秽潮湿的土地。夏天，他们睡在土堆上，冬天睡在炉灶上，父母子女挤在一堆睡，大家抱着，缠着，就像几根肥蛇睡在一起！然而在那屋角里，却有一个小小神龛，点着一盏小灯，里面供了一尊圣佛像，手腕上戴着玻璃手镯，耳上垂着金耳环。他们只有一个要求：平静地休息一天；他们只有一个愿望：喝一杯烧酒；他们只有一个快乐：到礼拜堂去祷告死后可以进天堂！"

呵，好友，我的漂亮的朋友，我忍不住来插嘴了！他说的不是真话。我便反驳道："农奴已经解放了。人家还把土地给了他们，又为他们设学校。他们现在决不会像你所形容的这样悲惨。"

他听了这话，就发出一声苦笑，然后嘲笑地叫了起来："解放！土地！学校！呵，你听我说罢！"

第十封信

我的美丽的小鸽儿。

他继续苦笑着：

"解放，不错，人家果真把农奴解放了。我给你说一个解放故事罢。一个人有一只狗。他用它来守屋，用它来拉小车，用它来做种种事情。他不高兴的时候还要打它。有一天那个人把狗叫来对它说：'你去吧，你现在自由了。''我到什么地方去呢？'狗问。你现在是自由了。我以后干什么呢？你现在是自由了。我吃什么呢？你现在是自由了。现在我又饿又渴！我告诉你：你现在自由了。这只狗只得离开它的主人，瘦得只剩着骨头，一颠一跛到处徘徊着。饿得要咬自己的舌头，然而人家却说它是自由了。以后呢，不是到处咬人，便是慢慢死去。呵，不错。人家的确把土地分给了农民。他们拿这土地来做什么呢？耕种，他们没有农具，肥料，种子。这些他也可以向犹太人那里买来，不过却得拿下次的收获去偿还。他又得纳租金给地主。这样，每年辛苦了一场，到头来自己依旧免不掉要挨饿。人家又会说：还有公社呢！不错，这种公社叫'米尔'。但他要领到土地时，要付给政府一笔大款，还要给旧地主一笔赔款。这就要向外借款。要买农具了，又得借款，于是放重利的人发财的机会来了。农民辛苦一年后，一笔一笔的债项，利息，租税，就把他们血汗换来的东西全部拿走了。那些村长用种种方法骗到农民的信仰后，他们就开始来掠夺农民。他们放款来重利盘剥。于是从前做了地主的奴隶，现在负了一身债，永远不能翻身。"

我的亚丽恩娜，你愿意我告诉你吗？我现在有点不安了。这些农民真可怜！我从来不曾听见人说起这些事情。我的周围居然有这么许多不幸，我戴着钻石耳环，手指上戴着一只红宝石戒指，这是巴黎最有名最精良的珠宝商的珍品。

第十一封信

我的鸽儿：

我望着我的红宝石，我觉得眼泪出来了。然而波利司好像没有看见一般，依旧说他的话：

"这就是我们阴暗的俄罗斯了。在上面一个人统治着，他站得高高的。他对于哭泣的人，对于哀诉的人，对于要申冤的人，他都冷淡地回答道：'不。'然而他现在却不安起来了。他觉得下面情形有些不对了。大概有人喊出了不满的声音。这不安就变成了害怕。他怀疑一切人。吃饭喝酒时他怕人下毒药。旅行时他让御车空着，自己却躲在后面车厢里。人民说一句话，处死！带着一份查禁的刊物，处死！写一张标语，处死！到后来笑一声也处死！哭一声也处死！……"

呵，好友，我失声叫起来了！我这时才知道他原来是一个革命党，就是大家所谓虚无主义者。小皇后，你想我多么害怕！他最后说："……我是多么羡慕后代的人呵！我们完成了这个艰苦工作以后，他们就该来做温和的工作了。将来的社会是和平的，亲爱的，但是我们却不能够看见。我们没有这权利，我们只应该在惨痛的境遇里继续做我们的艰苦工作。我们是为着我们的同胞我们的后代谋幸福的……"

是的，姊姊，他说得真美丽，他还说那时候不仅我们得到了自由和幸福，便是你们也一样会得着自由和幸福的。

但是这时候，我的保姆，那位唐·吉珂忒夫人仓惶地跑来了。

"兄弟，快逃走！人家来捉你了！"

"太晚了，你看。"波利司说。

那边有四个宪兵由一个军官领着向我这旁跑过来，很快地把波利司捉住了。

波利司很平静，脸上还露着笑容。他暗地对我做了个记号，就从容地由宪兵押着去了。

我痴呆在露台上。忽然听见一个人的声音："利娜·伊凡洛夫娜。现在跳最后一个瓦尔兹了。你肯赐给我这荣幸吗？"

我掉转身子，便见 R 联队长站在我身边。就是他，他把宪兵带进来的！

我走到他面前，微笑着，轻蔑地看他一眼，不理他，我转身走了。

第十二封信

我的美丽的小皇后：

那时候我真想吐一口痰在他脸上打他一二记耳光呢！但是我又怕这样会失掉我的身份，引起人家的非议。你记着我是一位小姐，又还是在别人家里做客呢。

唐·吉珂忒默默地陪我回家，我自己的头脑也昏乱了。

进了我自己的房间。愤怒和焦虑在我心里升了起来。他们为什么要捉波利司呢？他不过在一个跳舞会里的露台上和一个年青的姑娘谈了一些话。难道现在连私人的谈话自由也不存在？这样看来，波利司果真说的不错。

我焦急地在房里踱来踱去，我的保姆在望着。

她突然对我说："利娜·伊凡洛夫娜，很好，我知道你这时候心里在想什么，然而你不必为波利司担心，他是一个殉道者，决不会抱怨他的命运。"

"呵，人家会怎样对付他呢？"

"他们会把他送到西伯利亚去，不必经过审判：这还是优待。否则他们就会把它关在堡垒里，用一阵乱棒打死他。"

"呵！这些魔鬼！有方法救他吗？"

"没有。我们只有让他去牺牲，而且也预备着将来牺牲自己。"

爱友，我简直形容不出我这时的心情。我好似吃醉了酒一般。我只想着我那可怜的波利司。

过些时候我又责备自己了：我为什么要管这些事情呢？我是一个年青的小姐，那些虚无主义，那些革命又和我有什么关系呢？我只该注意那些流行的杂志，那些法国小说，巴黎新装。

我想了许久，我终于决定了。我不再去想波利司的事情。

我恢复了常态，又骑了我的英国名马，或是坐了我的法国马车，出去游玩。我又参加各种跳舞会，赴各处宴会。这四五天内我非常快活，我从没有这样快活过。

然而我的保姆有一天晚上跑来告诉我："波利司受着拷打了！"

拷打？为什么呢？他究竟犯了什么大罪？天呀！这多么可怕！

"利娜·伊凡洛夫娜，听我说下去。他们把波利司关在一个狭小的监房里面。这监房是十分阴暗的。第二天上午第三科的首领走了进来。你知道第三科就是密探部。他对波利司说：'你是虚无主义者。'

波利司不回答。

'你图谋反对政府。'

波利司连牙齿也不松开。

'你有同谋的人。'

波利司依旧不作声。

'把他们的姓名说出来！'

于是波利司笑了。"

这些话使我惊奇，我不能相信：

"你怎么知道得这么详细呢？"

"我们的朋友到处都有。连第三科里也有我们的朋友！"

"那么以后的事情怎样？"

"过了一天他又来了，依旧得不着回答。再过一天，他带了两个禁卒拿着皮鞭进来。但是威吓也不中用。他于是做个手势，那两个人就捉住波利司，把他着实打了一顿。打完了，波利司不曾哭过一声。他永远沉默着带着轻蔑的微笑，安静地看着那个刽子手。"

我听到这里禁不住叫了起来："波利司，我的勇敢的波利司！……"

"那个人看见这样，便又想出别的方法：

'你不肯说吗？好，那么我要你给我写出来。这里有笔，有纸，有墨水。你写好就把纸条从门缝里递出来。我担保再没有人来搅扰。否则把你活活饿死！'

"那个人走了，波利司一个人躺在床上，又痛又饿。这样地他过了两天一晚。禁卒们等了两三天不见名单递出来。忽然他们闻到了什么烧焦的臭味。他们连忙跑进监房里去看，原来床上烧起来了。波利司的头发已经着了火！……”

“呵！他一定死了！”我失声哭了起来。

“你不要伤心。他们马上灭了火，把他拖了出来，我想他大概不会死。”

“这事情是怎样发生的呢？”

“波利司害怕他以后饿得忍不住时，会做出他自己不愿做的事来。他宁肯马上死去！”

第十三封信

亚丽恩娜姊姊：

呵，我哭了，可怜我那波利司。我仿佛觉得他的伤痕就在我的心上发痛了。为什么呢？我真爱他么？我爱这个漂亮的殉道者么？好友，你看这是一个多么奇怪的思想呵！我哭我是在怜悯他。这决不是爱情，决不！

我一个人在房内，忽然门上起了轻叩声。

门开了，那个常常来听我忏悔的教士进来了。

他看见我很忧愁，安慰我说，圣母和圣徒们可以帮助我。他又从袋里摸出了一个圣尼古拉的神像，他劝我当着圣像诉说我的心事。

这些话把我的心说动了。我跪在地上，眼睛虔诚地望着神像，把我的烦恼完全倾吐了出来。把我波利司的关系及露台上的谈话我全都带哭地说了。

呵！宗教真是人的真正的安慰呵！我这时候心里平静了。我那慈祥的教士对我说圣母已经宽恕了我。

他又答应我替波利司祷告。我送了他二十个卢布，他又将圣尼古拉像留给我，又要了五十卢布，并不贵。

第二天晚上，我的保姆瓦尔华娜突然气咻咻地跑进我的房来：

"你这傻姑娘，你把他告发了！"

"他，波利司？出了什么事情？"

"一切都弄好了，等着波利司出狱。如今一切都完了。他们找不着证据，R联队长也说他大概听错了话。而波利司的自尊和勇敢的态度把那班人都感动了。他们打算放他出来医伤。然而昨晚上一个教士跑了去告密，就是你信任的那个教士。这一来一切都改变了。他在两天以内就要被送到西伯利亚去了。"

呵，我几乎晕了过去！

第十四封信

我的好亚丽恩娜：

你一定猜得出那晚上我多么难过。那个教士骗了我！倘使那教士这时候还站在我的面前，我一定要打他的耳光。

然而我已下了决心：我既然害了波利司，我就该舍身去救他，我要去见总督给他讲情。我就说教士的话全不可靠；我先预备好了许多话。

我一早起来稍微打扮一下，就坐了一部马车到都督府。走进接待室，那里只有一个小胡子的副官坐在一张写字台的后面。我对他说明来意。他威严地看我一眼，说：

"不行。"

"总督出去了吗？"

"没有。"

"有人在和他谈话吗？"

"没有。"

"那么，我可以去见他了。"

"不行。"

"为什么呢？"

"就因为这不行！刚才有一位大官送了我五个卢布，要我引他去见大人，我却拒绝了。"

"呵，那么我给你二十个卢布罢。"

"呵，这又不同了。好，小姐请走罢。"

他客气地微笑了，给我行了个礼。

他把我引进一间客厅，不久出来一个人，那不是总督，是秘书，年纪也不小，打扮得却似年青人，他给我行了一个漂亮的礼，我对他说明了来意。

"可惜做不到。总督大人昨晚忙了一个整夜。现在不能见客。很对不起。"

我这时记起了那副官的事，低声说：

"一百卢布，够了吗？"

"那么小姐，请随我来吧。"

真想不到他引我进了一间非常精致的闺房。

我见到了总督夫人。她和我见过几面。

"利娜·伊凡洛夫娜，你要见我的丈夫吗？真不凑巧。我真傻！我昨天把他拉去赴跳舞会。他今天非常疲倦……。"

我想她也许会同情，我向她解释，但她不听我的话，指着我的耳环说：

"呵，你这副耳环真漂亮！你可不可以取下来给我看一看？呀！真不坏！我亲爱的，倘使你把这副耳环送给人家，人家一定情愿帮你忙的。"

亚丽恩娜姊姊，我真正替她害羞呢：

"拿去罢，拿去罢！"

我到底看见那位总督了。我把事前预备好的话都说了。

他带了微笑注意地听着。我说完了，他就拿起我的手温柔地抚摩着。最后他站起来温和地唤我："跟我来。"

我跟着他。我想他一定引我到办公室里去签署一张释放波利司的命令。我心里非常高兴。

然而他却把我引进了一间小小的密室，是那样精致华丽的房间。墙壁上挂着一些奇怪的图画。

我突然叫了起来。

他抱着我的腰，狂热地吻着我的嘴唇。

呵，爱友，我又是羞，又是恨，又是急。我努力挣脱了他的手，便急急地逃走。

第十五封信

我至爱的亚丽恩娜：

我回到家里，一进房就锁上门。我不愿意看见一个人！呵，波利司告诉我的话全都证实了！

晚上我的保姆来对我说：

"明天不等天亮，他们就要动身了。"

夜晚是很寒冷的。

我站在堡垒对面的广场上。保姆紧紧握住我的手。在我们周围还有许多用手蒙住脸哭的女人。

那两扇大门开了，走出一队荷枪的哥萨克兵。过后是颈上戴着刑具的女人。女人过后就轮着男人了。我挤上去找寻波利司，但哥萨克兵把我阻拦住了，他们一个一个地走了，我却看不见我的波利司。

但是突然间一辆马车从堡垒里开了出来。车上的灯火使我看见波利司的面容。是的，波利司躺在那些患重病不能步行的犯人中间，我不忍细看他的面容，我晕倒了。

第十六封信

我的小姊姊：

我的保姆对我说：

"你愿跟他去吗？"

"直到我力尽为止，任是天涯海角，我也要跟他去。"

于是我们急急往前走了。

赶上了马车，我伸出手向着那车子叫着波利司这个名字，然而一个哥萨克兵抓住我的肩头用力把我一推，我马上跌倒在冰冻的地上。

瓦尔华娜把我扶起。我的嘴唇出了血。

"勇敢些！我们到礼拜堂就会看见他"。

我们又开始向前走了。

天渐渐亮起来，不久到了一个村镇，那队伍就停驻在一所礼拜堂门前了。

哥萨克兵把囚犯带进礼拜堂去。我远远看见两个哥萨克兵挟着波利司走上石阶，跨进门去了。

囚犯们坐下，囚犯的家属们跪在离大门不远的地方。那个老教士用温柔的声音讲话了。对犯人说忏悔，说服从，说沙皇的仁慈。

"打倒沙皇！"

呵，这是波利司！是他的声音。

我看见那个教士举起一支大烛台用力地往波利司的头上打去。

我哀叫一声，晕倒了……

我醒来正躺在一家茅舍的灶上。我的保姆紧握着我的双手。

"他死了！是吗？"

"他们把他抬走了，头上滴着鲜血，也许会死……"

从窗前看去，那队伍正蜿蜒地进行着，已经走得太远，追不上了。

第十七封信

亚丽恩娜，我的好姊姊：

于是我便回到家里。一个思想特别来围绕我：波利司以身殉道的那个理想绝不能够是邪说谬论。他的目标是远大的，他不会错。

爱友，你想不到罢，我这时候居然把波利司的理想当自己的理想。

我的保姆，瓦尔华娜，就是那位唐·吉珂忒夫人，她是波利司的同志，她看见我快要敲她们的门了。想不到我的保姆竟然是一个大演说家！她一连对我演说了三天。她先从屠格涅夫的小说《父与子》说起，说到赫德岑，巴枯宁，奈其亚杰夫，再说到索洛维耶夫，加拉考佐夫……她给我解释他们的主张，他们那有名的土地与自由社的运动和纲领。她的话比波利司还多！

忽然一个可怕的新闻传到我的耳朵里。据说那一队去西伯利亚的囚犯要和那里的一部分政治犯一起坐船到日本附近的萨迦邻岛去。

爱友，萨迦邻岛比西伯利亚如地狱的矿坑还不如，那是热病的传染地。人一到那里，休想活着离开。

某天早晨，瓦尔华娜仓皇跑来说：

"他们死了。"

"谁？波利司吗？"

"还有别的人。他们七百人被赶到一只破旧的小船里。船里本来只有一两百人的位子。这样他们开船了。三天后，船上就发生瘟疫。等到一个水手高叫'陆地'时，船中只剩两百七十几个犯人了。"

我不作声，心里痛得很厉害。

忽然我下了一个决心说：

"瓦尔华娜，让我跟着你罢。我也要做一个土地与自由社的社员，我愿意和你们一起奋斗。"

然而不过两个月光景我就被捕了。为什么呢？因为我和一个女同伴名叫薇娜在乡间办了一所小学校。

我做教员她做医生。这就是我们的罪名。

薇娜在一月中医好了七八百病人。

我有三十多个学生来读书。学校与医院都是免费的。

我们在晚间有时到农家去，和农民夫妇谈话。

爱友，你万想不到这种生活是多么幸福呵！它有一种迷人的美，甚至连我那勇敢的波利司也没有看见。波利司还没有认识农民。他说的关于这方面的话就不免有好些错误。农民虽然生活在污秽里，只要有人来给他们一点希望，他们会相信光明就在眼前！

然而不久有人告发了我们，我二人被捕了。

薇娜又被牵连在另一个政治案件里，被押解到圣彼得堡去了。

我不能够再写下去了，爱友，我要哭了，……但是我是没有一点悔恨的，你不要怜悯我，我是没有一点悔恨的。

第十八封信

我的金发的小皇后：

我好久没写信给你了。我现在已被押到西伯利亚东部的矿坑内来了。我不知道这封信能不能够到你的手里。那个到矿坑内卖东西的犹太人，虽然答应给我偷递信件，但不一定靠得住。他要的报酬又是那么大。

矿坑！矿坑！这就是人间地狱！没有阳光，没有新鲜空气。我们几个柔弱女子，在哥萨克兵监视下，拿起锄头去挖石壁，找出铜和水银来。倘使我们里面有人掉一掉头，或是支持不住锄锹落在地上，那么哥萨克兵的皮鞭马上就会打在那个不幸的女人身上！我们几个新来的还可勉强支持，那些早来的女人个个都失了形。在这般不幸的女人中间有的是完全无辜的女人，有的还是崇高的女杰！

呵，爱友，我写不下去了。我们从早到晚没有间断地劳苦工作着，夜晚又不能睡得安静，常被哥萨克兵的鼾声扰醒。我们整天埋在地下，一年里只有二天可以像牛马一般从洞里爬到地面上去休息，呼吸着新鲜空气。这两天是圣诞节与复活节。

第十九封信

我至爱的亚丽恩娜姊姊：

我工作不久就病了。在做工时我竟倒在地上，哥萨克兵的皮鞭已失了效用，我的精力完全竭尽。他们不让我死，把我抬到地面上来……

当我重新睁开眼睛时，给自由的风一吹，新的空气直往我鼻里送，我觉得人马上清醒了。这时候是五月，西伯利亚也有花开，我闻到一股新春香气。

但是这幸福很快就过去了。他们把我抬进一宽大的茅舍里，那地方又脏又臭，有好些病人在呻吟，叫号，或者吐最后一口气。

我发热很厉害，完全失了知觉。

我的病渐渐好起来。他们居然允许我出去在村庄的附近去散步。也不派人监视，知道我逃不掉的。

呵，爱友，你想象我第一次出来散步，是多么快活！在我眼里一切都是新的，可爱的。

忽然我看见一个人影，我不觉停了脚步，失声叫了起来。在那大路上劈石头的犯人中，有一个和波利司面貌相像的人。我叫他的名字。我跑过去。

他听见了。他往我这边看，他答应着。一定是他！爱友，你想我应该是多么快活啊！

我看清楚他了！没有错！他活着！他就在我面前！他向我伸出手来！我扑过去，让他把我抱在怀里。

我哭着，我笑着，原来他因那次受了伤，不能够到萨迦邻岛去。他们派他做修路工作。他完全不知道矿坑里的可怕的情形！接着我便把我的经过告诉他。他一面听一面带了无限的温柔望着我。他感动，爱怜地紧紧抱着我。他还跪了下来抱着我的脚，又拉了我的满是伤痕的小手不住地吻着，一面说着一些亲密的话语，这时候我的心因爱情的陶醉而微微地颤抖了！

爱友，我的好姊姊，你为我们祝福罢，我如今是他的妻子，他的情人。不管每日的劳苦工作，我们心里是很快活的。每天傍晚工作完毕后，我们两人手牵着手，我的头靠着他的肩，我的眼光射入他的眼睛，我们走上一块斜坡，那上面长满了软草，就像一张毯子，我们择了有树木的地方坐下来互相抱吻一会儿。然后我们站在斜坡上，望着我们不幸的俄罗斯母亲。虽然看不见什么，但是我们始终坚决地相信着，一个新的美丽的景象。在我们的耳里永远响着那'土地和自由'的声音。这声音是一天比一天地更响了！

选自 1940 年《世界杰作精华》第 8 期

某夫妇

三年前和我同路去汉口，而且在那里遇见的温的朋友，忽然寄信来向我打听温和他太太的消息。这封意外的信使我放下工作想了一个整天。我想的是我回到四川以后听见看见的和那对夫妇有关的事。

我是去年十月底到重庆的，那时我住在西郊某友人的家。我到重庆后的第二天，温和他太太便来看我，他们不是一道来，温太太来得较晚，大约有半点钟光景，却是一路回去的。

在重庆看见温，在我的确是一个意外。我离贵阳前就听见朋友说温到甘肃去。他和几个熟人一起到那边做事，说是抱了非过完五年十年不回来的决心去的，还带了太太孩子同去。直到和温见面，我才知道前些时在贵阳听见的，大半是朋友间的推测或误传。

"明方不同我去，她还要回江津教书。"温说，他的稍长而略显苍白色的脸上仍带着他常有的温和的微笑。

这笑容和我在汉口看见的没有两样。但是脸颊却较那时的都略瘦，脸色也比较暗淡一点，而且唇边一圈黑印的短髭使他显得老了好几岁，只有那双手和我的手相握时还是十分有力。

"你要当心身体呀，说不定你过不惯西北的气候。"我忽然担心地提醒他说。

"不要紧，我身体相当结实。"他毫不在意地甚至自负地答道。

我不相信他这句话，他的身体一点也不结实。近一两年来，朋友们常常谈起他的"神经衰弱"，现在我又见到他的缺少血色的脸。

这不是单单用一点勇气便可以抹煞的。但我也不能在他动身的前一天，晓晓不休地向他谈扫兴的话，使他承认自己身体的不行，所以我只是关心地再叮嘱一句："不过无论如何当心一点，总没有坏处。"

"这个我也晓得。"他点点头，他笑笑。他又说："一个人多吃点苦也好，我以前太没有吃苦了，其实到那边也不见得就吃苦。"

于是他兴奋地向我提起他的抱负来。我这时才知道他和朋友们同去甘肃，他的目的却是另一个县份，他们到一个军校的政治部做事，他则去帮忙一个做县长的朋友。那个县份离军校政治部的所在地不远，县长年纪不大，是一个愿意苦干的热诚的人，我和他也曾见过一两面。这友人做县长有半年多了，据说还得着当地百姓的爱戴。温可以同这友人合作，而且我相信他可以帮忙这友人做出一点成绩来。

"说不定会有人骂我做官了。"温忽然自语似地说，他把眉头略微一皱，但马上一个微笑，又使他的双眉开展了。

我不注意这句话，便也没有答他，我却问道："听说你抱了非过完五年十年不回来的决心，真的吗？"

他笑笑，稍微带点不好意思的样子说："那是他们在同我开玩笑。不过我的意思是这样，既然到了那边，总得住个三五年才不算白跑一趟。说实话，我年纪也不小了，也应该做出一点事情才好。"他说得慢，但语调相当有力，态度也诚恳，这证明他的确是抱了决心，而且他对这件事情多少有点把握。

我为他高兴。一个人找到了做事的机会是应该高兴的。

"这很好，这很好，"我表示赞成。我也笑笑。

我这话似乎使他很高兴，他站起来，在房里踱了几步，忽然含笑望着我，嗫嚅地说："要是我做得有成绩，你将来可以来看我吗？"

"一定的，一定的。"我不加思索地答道。

他的脸上现着满意的表情，他又说："明方明年暑假要带孩子来，你要是能和她一道来，那是好极了。"

就在这时候明方来了。几年前，我叫她做明方，现在我开玩笑地称她做"温太太"，胖胖的，高高的，眼珠黑黑的，眼睛圆圆的，永远穿着布衣服。

"你到底来了，就好像你和他被安排着要在重庆见一面似的。"她和我握了手，望着我笑道，"他听说你来了，真是高兴的很。"她的眼光转到温的脸上，"我们都这样想，恐怕今年不能够在重庆等到你了。"

"但是我来了，我当初也料不到，还会在这里看见你们的。"我感动地说。

"不过他明天就要走了。"她放低声音感触似地说了这一句，忽然转过头去。

房里宁静片刻。还是我开口："孩子呢？怎么不把孩子带来？"

她已经调回头来，脸上仍还留着微笑，好像她并不曾有过什么忧虑似的。她答道："孩子在他外祖母那里，我们今天走了几个地方，怕他吵，并没有带出来。"

孩子只有八个月，我没有见过，听说很可爱，平时不爱哭。

"其实我们应该把小明带出来给你看看才对。"温接下去说，"我们起先原有这个意思，后来因为明方要去看两个同学，怕在路上不方便，才把他留下来的。"小明便是孩子的名字。

"不要紧，横竖你太太还要下重庆来，下次我们还可以碰见。"我说。他已经告诉我，他太太把他送走后，第二早晨便搭船上江津去。他们两个都不会有功夫再到我这里来。

我们不再提这件事，却夹七杂八地谈了不少别的话，谈到我，谈到他们夫妇，谈到许多我们共同的朋友。我们三个人谈得非常高兴。

天色开始阴暗。他们说是有着别的约会，必须告辞走了。我的挽留使他们仅仅多呆个十几分钟。

"现在一别，又不知道要什么时候才能够再见了。"他紧紧握着我的手，恋恋不舍地说。

"你怎么就忘记了，他刚才还答应明年同我一道去西北的，那时我们一定要他至少住一年。"他太太好像故意说这话来安慰他，同时也像安慰她自己似的。她仍在微笑，眼光温柔的爱抚着她的脸，不过我看见她一双细眉略略一皱，鼻梁上现出一点皱纹，但马上又成为平坦了。

"是的，你一定要来，我希望有一点成绩给你看。"他说着，脸上现出一点喜色，从他的眼里射出来的是带着自信的眼光。"那时孩子开始讲话了，你们家里一定很热闹的。"我顺口说道。

"是呵，那时小明会乱蹦乱跳，吵得人不安的。"明方声音清朗地笑道，她的眼睛带着喜悦发光了。

做了父亲的温的脸上也带着同样的表情。他溺爱地说："小明完全像我，脾气就同我一样，而且恐怕比我的还大。"

"这都是你娇养出来的。"明方含笑地抱怨一句。

温笑了，他解嘲似地对我说："这是没有办法的。看见一个小生命慢慢的长起来，他会笑，会动，会看你，不由得你不心疼他。其实不只我一个人，还有你。"他掉向他太太，"你和你母亲也是一样娇养他。"

明方没有话讲了。他们走的时候还恳切地嘱咐我不要去给他们送行，因为我向他们打听汽车和轮船出发的时刻与地点。温坐车走，明方搭船去。她迟一天走，我至少来得及送她。

但是两个人我都没有送，这天晚上我就因为旅途劳顿的关系病倒了，发烧，头痛，胃口不好，四肢无力，我连下楼也觉得麻烦，更不敢想到去汽车站和江边了。

不过我的思想还能够跟随他们，躺在床上我睡梦模糊中仿佛望见了汽车开动，轮船起锚，清醒时我暗暗祷祝他们旅途平安。

两个月以后，温寄来一封短信，说他在那边过得很好，但也很忙，因此没有时间给我写信，希望我暑假践约去看他。又说他太太也许会提早行期，甚至最近就动身也说不定。

读到这信，我不觉微笑了。温从来就不喜欢写信，即使有时间，即使朋友们写了长信给他，他也不高兴拿起笔写几句回答的话。这是一个出名的怕写信的人。朋友们知道他的这脾气，朋友们也原谅他的脾气。

信到后第六天的傍晚，明方忽然来了。她第一句便说："我来向你告别。"

"怎么，你真的就要到那里去?"我惊问道，我想起了温的信。

"当然真的。"她笑着点点头，"我亲戚帮我买到一张飞机票，刚才来通知，说明早晨起飞。"她脸红红的，精神焕发，带着很兴奋的样子。

"为什么这样快?"

"我也想不到，我还是昨天上午到重庆的，所以我现在很匆忙，也不能和你多谈谈。"她匆匆忙忙地说，刚在一把椅子上坐下，又站起来。

"那么你明天便可以看见他了。"我鼓舞地说一句。

她立刻了解我指的是谁，便答道："明天还不可以，至早也要后天，还要坐一段汽车。"

"后天也是很快的。"我说，又问一句，"小明也带着去吗?"

"带去的。"她答道，过后又笑着解释道，"他挂念小明挂念得不得了，每封信都问到小明这样小明那样。要是不把小明带去，他一定不依我的。"我从她的笑容里看出了一个母亲的慈爱。

"其实我看你也舍不得离开小明。"我笑道。她也笑笑。这么该是一种满意的笑。过后她问我道："你要给他带什么信吗？"

我想了一想。我有许多话要对温说，我应该写信的，可是来不及了，而且我不想在这时候拿笔，一时恐怕也写不出什么。我便放弃地回答她："没有。请你替我问他好。"我又加一句："我希望他在努力做事之外，还要好好地保养身体。"

这后一句话在她听来应该是多余的。然而她却带着诚恳的感谢接受了它。她伸出手来和我握手告别。感动地说："我一定把你的话转达的。"她又叮嘱道："你暑假一定要来呵，我们等着你。"

我爽快地答应着，一面把她送下楼去。我看着她进了黄包车，又望着车夫飞跑地把车子拉走了。

她去后一直没有信来。过了一个月我到了成都，某一天听见一个朋友讲起，温太太也在这里，我觉得很奇怪，详细一问，才知道那班飞机机件发生了障碍，在成都停下来便没有再飞。乘客们有的搭下一班的和以后的飞机走了，有的则被留在成都等候空位；明方便是被留下来的客人中的一个。

我第二天去看明方。她住在一个旧同学的家里，（那同学夫妇都是某银行的行员）正抱着孩子在客厅里玩。她热诚地欢迎我，我的来使她感到惊喜。

"想不到我还会在这里看见你。"我笑着说。

"连我自己也想不到，会在这里等这么久的。"她笑答道。

"他常有信来吗？"

"常有信来，他很着急呢。"

"他身体还好吧，工作怎样？"

"身体不大好，工作倒还不怎么困难。"

我们继续谈了几句关于温的话。白白的圆圆脸的小明睁他那对滚圆滚圆的黑眼睛望着我，忽然"嘿嘿"地笑起来。

"你在笑什么？小明，你认得黎伯伯吗？你喊黎伯伯，喊呀！"

明方逗弄小明道，她把自己的脸颊偎近小明的，两个人的脸颊都是红红的。

"我还是第一次看见小明，他会讲话吗？"我指着小明问道。

"还不会哩，不过会喊爸爸妈妈了。"她答道，又对小明讲，"小明喊声爸爸呀，喊爸爸。"孩子用劲似地唤了一声，相当清楚。

"他爸爸要是听见，一定很高兴的。"她得意地说，一张脸因为笑容显得十分明亮，"呵，小明，喊伯伯，黎伯伯。"

"是的，这孩子真乖。他爸爸看见他去，一定很高兴。"我接下去说，我想起温去甘肃的前一天对我说的关于孩子的一段话。

她问起一些关于我的事情。然后我问她："那你什么时候可以再飞？"

"大约就在这两三天，航空公司的人说下一班飞机一定有空，他们会来通知的，我昨天才去问过。"她声音平静地说，没有一点焦急，显然她对搭下一班飞机去兰州的事情很有把握。

我答应过一两天再来看她，隔了一天早晨我再到她那里，她出乎我意料之外地告诉我，她要回重庆去了。

"他昨天来了信，叫我不要去，他说他自己也预备回来。"

"为什么要回来？他在那边不是工作得很顺利吗？"我惊讶地问道。我又加上一句："我还打算今年暑假去他那里呢！"

"据说那个做县长的朋友也要离开，还有两个朋友也要走，已经有了一些意外的障碍……"她说着，一对细眉紧紧皱在一起。

"那么他什么时候回来？"我关心地问，我也感到一点失望。

"恐怕还要等两三个月，我打算先回江津教书，等他回来再决定下半年的计划。"她慢声答道。

"也好。"我顺口吐出这两个字，心里却在想别的事情，我的确预备暑假中到温那里去看看，我从没有去过西北，很想趁今年比较闲空的时候走一趟。现在听说温要回来，那么我去西北的计划恐怕只好打消了。"小明呢?"我忽然问道。

"在楼上睡着。"她答道，眼光掉向楼上，眉毛开展了，嘴边浮出一个微笑。过后她好像回答我的"也好"两个字似的，接着说："他回来也好。他最近来信说身体不好，神经衰弱相当厉害。那边事情多又难于应付，回来稍为休息一下也是好的。不过——"

"对，我很赞成，我就担心他身体吃不消。"我猜得到跟在她的"不过"后面的是些什么话，而且我也想过来的：这应该是"他又白跑了一趟"之类，我和她有着同感，我们都不盼望他这时扫兴地回到重庆，我不愿意听她再说下去，便打断她的话头。

"我想还是劝他养息一年，或者在一个中学里稍微担任一点功课，等他身体养好了再出去做事。你看这样好不好?你也可以帮我劝劝他，你的话他倒肯听，就是你们两个平常都不爱写信。"说到这里，她微笑了，在这笑容里闪耀着一线希望之光。我看出来她还是这样深切地爱她的丈夫，我替温感到幸福。

这时她同学家的女佣从外面进来，报告说："有预行了。"又听见隔壁有人在嚷："拿出来了。""那么你等一下，我去把小明喊起来。"她匆匆说着就站起来，往楼梯那边走去。

在这个城市里，发预行警报是用一面旗来表示，旗子上面明白"预行警报"，插在十字路口有警察岗位的地方。因此有人看见旗子就说："拿出来了。"意思就是：发了预行警报。

明方抱了孩子下楼，小明带着瞌睡的样子，眯着眼睛，没有哭，也不笑，头上戴一顶白毛线帽子，身上穿一件白毛线衣服，脸红红的。

"我们小明瞌睡还没有醒，连妈妈也不肯喊，连黎伯伯也不肯喊。"她笑着逗弄孩子道，一只手还提着一个皮箱。

"你把箱子给我，我替你拿。"我伸手把箱子接过来。

"你没有别的事情？"

"没有，我陪你去躲警报。"我答道。

"那么，谢谢你。"明方微微一笑，过后又去同小明讲话，她摇动他的身子，把脸偎着他的脸颊，他的眼睛渐渐睁大，他终于"嘿嘿"地笑起来。

女佣收拾好东西，提了一个布包出来，我们看着她锁了大门。她走得很快，我同明方慢慢地在后面走，明方抱着孩子，我提皮箱。

天空堆着好些灰白云片，但是阳光还不时穿过云堆射在街上。我看不见一线蓝天，便断定道："今天不会有敌机来的。"我这句话还没有说完，报告空袭警报的汽笛又含含糊糊地响了。

少数人惊惶地跑起来，一部分人加快步脚步往前走。明方对我笑道："你说敌机不会来？"孩子在她眉头睁大了眼睛望着我笑。"现在只是空袭，怕什么？"我笑着答道。我们已经走近城墙边，望见那缺口了，人们接连不断地爬上城墙缺口，走下城外菜洼荒冢间去。我们也由这地方出了城。我看明方的鼻头上沁出几颗汗珠，呢大衣沉重地在她身后摆动，便问道："你累吗？"

"不累。"她摇摇头答道，过后她又把鼻尖触小明的脸颊，爱抚地说，"你小眼睛东张西望，究竟在看些什么？"

孩子快乐地"嘿嘿"笑起来。她对我说："人家跑警报，他倒在看热闹。你看他两只眼睛睁得滚圆滚圆的，多半以为这么多的人都在赶会，所以他很高兴。"

"这孩子倒很可爱，他一天老是笑。"我接口说，我们一面讲话，一面走，路窄人多，我们走得慢。后来我们跨过一个干沟，走到一块种着几棵柏树的墓地上去。

土堆似的坟畔蔓草丛生，墓碑全倒下来，有的埋了一半在土里，不肯让人看见一个字。明方捡了一块较光滑的石碑坐下，宽慰地嘘了一口气，我看见她脸的四周冒着热气。孩子活泼地在她的膝上跳跃着。

"有了孩子真磨人，他一天一天地重起来了。"她抱怨似的说，但是看她的脸色，我知道她对这孩子是极满意的，果然她马上添加一句，"不过幸好他还不爱哭。"

"小明的确是一个可爱的孩子。我晓得你们两个都爱他。"我接嘴说。

"是呵，他父亲才真是爱他，每封信都要问起他，问他身体加重没有，问他会不会喊爸爸，问他是不是常常笑……问得太多，连我也都忘记了。"她笑着说。

"做父亲的大概都是这样。"我顺口回答一句。我这时刚刚在一个快要被踏平了的坟头上坐下，就听见炮声一响，知道是解除警报了，我们便动身走到城里。

下午我陪她到航空公司把去兰州的票子退了。四天以后她搭了某银行的车子回到重庆去。

那天早晨我去送行，那是行员眷属坐的车子，送行的人不少，明方坐的是左边靠窗的座位。开车的时候，她同孩子都伸出头来望我，对她挥手，孩子睁着那对乌黑的圆眼睛嘿嘿地笑着，引起好些送行者的注意。我看看孩子，又看看母亲，我觉得他们太相像了。

三个星期以后，我回到重庆，仍旧住在西郊友人的家里。还没有来信，明方早到江津去了。我去过一封短信问起温的消息，她回信说，温大约两个月内可以动身，她在江津教书，钱虽不太多，生活还好，暑假中要回到重庆来。

但是不等到暑假她便回来了。她没有来找我，我也无法见到她。等我知道她来重庆时，她已经动身去广元了，她给我寄来一封信："某某……我是得到他在广元病重的电报，才赶到重庆来的，现在找到了直达广元的车子，明天便动身。临行匆忙，没有能来看你，请你原谅。心里乱的很，只求他病势无变化，让我在那边好好地看护他，把他安全地送回重庆来——明方。"

字迹相当潦草，不像她平日写的信。

我等着她带来好消息。我向各处打听温的病情，始终得不到一个确实的答复。

明方一去就没有信来，但是有一天意外地她自己来了，她回来了，她站在我的面前，她还是高高的，眼珠黑黑，眼睛圆圆的。然而她瘦了，她的笑容消失了，两颊的健康红也褪色了。她不曾开口，我便知道她要向我报告什么样的消息。

"你看见他了吗？"我颤抖地低声问道，我低下头不敢看她。

"我去迟了。"她声音嘶涩地答道。我忍不住抬起眼睛来，她恼恨似地微微摇着头，眼睛是干燥的，里面却有几根红丝。

"怎么这样快？简直想不到。"我苦痛地说。

她不答话，埋下头，坐在我斜对面，一只手撑着右边脸颊。屋里是一阵难堪的静寂。忽然楼下院子里响起一个小孩的清脆的笑语声，接着有两三个年青的声音哼起一首歌。

"小明呢？"为了打破这沉默，我发问道。

她抬起头看我一眼，眼睛亮了一下，好像暗灰色天空里闪起一股电光。她仍还用苦涩的声音回答我："他还在他外祖母那里。"歇了一下她又说："他一点也不晓得。"她似乎想笑，却又不能笑，代替笑容那脸上现出一下痉挛。

"他不晓得倒好。"我点着头说，我这时想说几句安慰她的话，但是我找不到适当的句子，我心里苦痛着，怎么能够装出平静的笑容？我接下去再说："他会慢慢长大起来的，他一定是个好孩子。"

"是的，他会慢慢长大起来的。"她似乎得到一点安慰地说，过后她又加上一句，"没有父亲的孩子从来长得很快。"

这句话使我打了一个冷噤。她的嘴又闭上了。我注意地看她的脸，脸上失却了从前的那种光彩，眉毛深锁，眼睛是干的，眼白上泛着浅红色，眼皮也肿起来，她一定哭得太多了，现在才显得这么冷静。

"他没有留下什么话？"我不想再拿这种话问她，但是话语自己冲出我的嘴来。

"没有。"她摇摇头答道。

"那么他害的什么病？为什么这样快？为什么他们不早些打电报给你？"我不应该说这些类似审问的话，但我的苦痛逼着我把它们吐出来，用它们来折磨她，也折磨我自己。

"我不知道。"这短短的冷冷的答话是她迟疑了片刻才说出来的。这使我感到惊愕，使我发出下面一句问话："他葬在什么地方？"

"我不知道。"她脸上的阴云堆得更厚了。

我不能了解她为什么要这样冷淡地回答我，我有点不满意，便追逼地再问一句："你真的到了广元？"

对我这问话她似乎并不感到惊奇，她仍还用她的苦涩的声音回答我："汽车过了河，驶进那座古城，我还看见那巍峨的鼓楼，我觉得城里一切都很朴素，安静，那里绝不像是一个可怕的地方。我下车时，还疑心我在做梦。"她叹了一口气又说："我现在真正在做梦了。"

是的，那是广元，我认得那个地方。她讲得不错，那古城的景象立刻浮现在我的眼前。

"我在那里住了三天，不，四天。找到车，我马上就逃走了，我恨那个地方，我怕那个地方，我永远不要再见那个地方。"她忽然换了语调，提高声音，切齿地说。

"但是他的遗体不是葬在那里吗？你既然到了广元，怎么又说不知道他埋葬的地方？"我惊奇的问道。我想，难道她受了大刺激以后弄得神经失常了吗？不然她为什么对我说这些不可了解的话？

她睁大眼睛望着我，好像我说了什么伤害她的话似的。仍旧是那两颗漆黑的眼珠，但是它们现在显得多么不灵活。忽然她把眼珠大大地动了一下，把头往后一仰，然后猛烈地摇着头，我这时注意到她有着那么长那么浓的头发！她感情奔放地用相当高的声音说："他没有病，也没有人埋葬他，几颗炸弹打得他没有一点踪迹，真是一点东西也没有留下来！"

"这不可能，不会是真的！"我仿佛受到迎头一个炸弹似的，我忍耐不住，突然站起来，把手在桌上一拍，辩驳似地大声嚷道，"你不是说接到他病危的电报吗？"

"那是他们骗我的，他们想不到我会马上赶到广元去，他们还给我打了一个他病故的电报，可是我自己到了广元了。我亲眼看见那个地方，城墙还有一个小小的缺口，这就是那天轰炸的痕迹，死的人不止一个，坑已经填平了。"她停了片刻，又说，"我住了四天，每天都在那个地方徘徊许久。我遇到一次警报，我不走，我就站在那个缺口旁边，我想这应该是他站过的地方，我希望一个炸弹把我也打得粉碎，让我和他埋在一处，让我的血肉同他的混在一起。我真想就这样死去。但是那天敌机却偏偏不来。说起来你也许不相信，我从没有像那天那样失望过的。"她疲倦似地叹了一口气，"以后，我就走了，永远离开广元了。"

我没有话讲，只得颓丧地坐下来，现在除了安慰的话以外，我似乎不应该对她说别的话。但是我将用怎样的话安慰她呢？

"我要走了。"她站起来，用无可如何的低沉的声音说。

"你再坐坐吧。"我慌张地挽留道，我想不到她会走得这么快。我希望她多留一些时候，我觉得有许多话要对她说。

"我不想坐了，我本来不想对你说这些话的，现在终于说了，其实说了这么多，也觉得心里畅快一点。"仍是用低沉的声音慢慢说出来的。她的眼光无力地看四周，右手伸上去按着头发。

"那么你……"她不等我把话说完，就答道，"我回到江津去教书。我自然还应该活下去。"

"小明呢？他还好吧，他会成为你的安慰的，你应该……"以后的话没有说出来，但她已经明白我的意思了。

她的眼睛突然明亮起来，新近消瘦的脸庞又显得有了生气，我看见一丝笑容从愁云堆中挤出来，但马上又被另一些阴云盖上了。她同意地点点头，说："是的，单是为小明，我也应该好好的活下去，我应该好好地教养他，所以我要把他带到江津去。他在我身边，就像他父亲也在我身边一样。他将来一定可以做他父亲未做了的事。"她停顿一下，又加上一句，"不知道会不会轮着他来给他父亲报仇。"

最后一句话我当时不大了解，但她走了以后，我忽然想明白了。她说的对，要是该小明出来替父亲报仇，那未免太迟了，至少也还要等十几年。在这广大的中国土地上不是还有着温的许多朋友么？不是还有着无数的像我这样的和温同运命的知识分子吗？若说报仇，那应该是我们的事，无论如何不该轮到小明。

我把明方送上进城去的公共汽车。她临走时答应到江津后便写信给我。她果然不失信，但是那封信以后就再没有消息来。我去过两次信，都没有得着回音。在这中间，三个月又过去了。最近我忍耐不住，便到她的母亲那里去打听消息，据说她和孩子都活得很好。我想我以后也用不着为这年青的母子担心了。

我把以上的这些事情都写在回答那朋友的信里。最后我用下面的话来结束这封信：

"你应该记得约翰·克利斯多夫的话：'能够刚强是多么好！一个人刚强而能够受苦是多么好！'我写完明方的事，克里斯多夫的有力的语言又在我的耳边响了。应该做你所能够的，是的，根据罗曼·罗兰的一个主人公的理想，一个英雄便是竭尽自己所能的人。那么，我们的朋友明方的确是一个竭尽着自己所能的人了。我们再没有理由为她担心。……"

我提到约翰·克里斯多夫，因为我这时正在重读罗曼·罗兰的这部小说，而且我还预备把它给明方寄去。

12 月 27 日

选自 1942 年《文艺杂志（桂林）》第 1 卷第 2 期

奴隶的心

（一）

"我的祖先原是奴隶呢。"彭有一天骄傲地对我说。

我有许多朋友，他们都对我讲过他们的祖先。他们都同样得意地说："我的祖先领有着不少的奴隶呢！"在这些朋友中间，大部分现在还领有着更多的奴隶，也有一小部分却已经把奴隶的数目减少，或者竟然完全失掉了，所以现在常常惋惜地回忆过去的黄金时代，这是从他们的举动和谈话上可以看出来的。

我自己呢，我的记忆告诉我：我的曾祖有四个奴隶，我的祖父有八个奴隶，到了我的父亲就有十六个奴隶了。我是领有这十六个奴隶。我很得意，因为我是一个奴隶所有主。而且我还有一个志愿，就是把奴隶的数目从十六个增加到三十二个。

但是我的生活里出现了彭，他居然毫不惭愧地甚至骄傲地对我说，他的祖先是奴隶。我想他一定发狂了。

彭的来历我不知道。然而他是我的朋友。我结识他，跟结识别的朋友一样，全是由于偶然的机会。他是偶然闯进我的生活里来的。事情是这样：

一天下午我从大学里走出来，脑子里在想一件事情，不注意地在马路上面下着脚步。一辆汽车从后面驶来，汽车夫接连地按喇叭，但我好像并没有听见。汽车快要挨到我的身子了，忽然一只铁腕抓住我的臂往旁边一拖。我几乎跌倒在地上，然而汽车安稳地过去了。我定了神站住脚跟，一转头便看见一个瘦长的青年，板着面孔站在我背后。我感谢他。他不回答我，也不笑，只是冷冷地看了我两三眼。好锋利的眼光！最后他自语似的说："以后要当心一点。"便昂然走开了。从此我认识了他。

在学校里我们不同系。我学文学，他学社会科学。我们没有在同一个课堂里听过课，但是我们常常见面。每一次我们只说两三句话，或者甚至不说话，只交换了一瞥冷淡的眼光。然而我们终于成为朋友了。

我们两个很少作过长谈，也不曾说过像"天气好"这一类的客套话。我们说的都是些一针见血的话。

我们两个可以说是熟朋友，但是我并不爱他。我跟他做朋友，大半是因为感激与好奇的缘故。我也许尊敬他。但是我决不喜欢他。他在面貌上，言语上，举动上都缺少温情。无论在什么地方，他都显得是一个冷酷的人。

他的身世我也不知道，他从来没有跟我谈过。不过从他在学校里的情形看来，可以知道他并不是有钱人家的子弟。他平时很节俭，普通大学生的习气，他一点也没有染到。他不穿西装，不看电影，也不进跳舞场。他一天除了在讲堂上听课外，不是在寝室里读书，就是一个人在操场上或者校外散步。他不笑，他只顾沉默地思索。

是的，我常常想，他的脑子里一定装得有什么东西。我和他同学三年，我就看见他整整思索了三年。

有一天我忍不住问他："彭，你整天在思索，你究竟在想些什么？"

他冷冷地答道："你不懂。"便掉头走了。

他回答得不错，我的确不懂。一个人在他这样轻的年纪为什么这么阴沉，这么孤僻？为什么要拒绝一切快乐的享受，而把自己囚在狭小的思想里。这原因我的确不懂。但是惟因为不懂得，觉得奇怪，我便愈加想了解它。从此我便愈加注意他的行动，我留心他读的书，我留心他结交的朋友。

说到朋友，他除了我以外，似乎就没有一个朋友。自然他也认识一些人，但是谁都不愿意同他往来，而且他自己也不高兴同别人做朋友。他永远板起面孔，无论对谁都是这样，便是女同学找他说话，他也不肯露出笑脸。我同他虽然很熟，可是他对我也很冷淡。我想，我不喜欢他，大概是因为这个缘故。

我留心他读的书。他读的书太复杂了，有许多简直是很偏僻的，著者的名字我从来没有见过。而且有些是终年终月放在图书馆的书架上，从来就没有人过问的。他读着各种各类的书：譬如昨天读一本小说，今天便读一本哲学书，明天读的又是一本历史书，后天又读经济学的书。老实说，要从他读的书上来了解他，也是很困难的，因为那些书的内容，我完全不知道，除非我自己拿来从头至尾地读过一遍。

有一天晚上他忽然来到我的房里。这个学期我已经迁出校外住了。我在学校附近租了一间很舒适的屋子，是在楼上，从窗里可以望见学校和校前的马路，还有那个新辟的小高尔夫球场。

彭走进房来，不客气地在那张雪白的沙发上坐下，拂了拂他那件旧夹袍上面的灰尘，半晌不说话。我正坐在书桌前读一本书，抬起头看了他两眼，便又把头埋下去。我的眼光在摊开的书上，脑子里却想着那张在他那件旧夹袍下面的新沙发。

"郑，你知道中国现在有多少奴隶?"他忽然用他那低沉的声音问我。

"大概有几百万吧。"我淡淡地回答，这个数目是否正确，我也不知道，不过前几天曾听见一个朋友说过。我对于这些问题素来就不关心。

"几百万? 实际恐怕不止这个数目!"彭的声音变得苦恼了，"而且要是把奴隶这个意义扩大些说，全中国的人至少有一半以上都是奴隶。"

"无论如何，我自己总不是奴隶。"我庆幸地这样想着。但是我又抬头去看彭，我不明白彭为什么这样苦恼。

"你也有奴隶吗?"他突然不客气地发问。

我想他也许藐视我没有奴隶吧，那么他就错了，我家里确实有十六个奴隶。我的脸上现出了得意的笑容。我昂然回答道："像我这样的人当然有奴隶，在我家里就有十六个奴隶!"

听了我的话，他冷笑了一声。我发现他向我这边射过来的眼光里含着更大的轻蔑。他的眼光里没有尊敬，没有羡慕。对于一个领有十六个奴隶的人，居然加以蔑视。我倒觉得奇怪了。我几乎不相信我的眼睛。我不明白这是什么缘故。我在思索。我忽然想明白了，我以为大概是妒嫉在作怪吧。因为据他的经济情形看来，他当然不会有奴隶。于是我同情地或者怜悯问他道："你家里大概也有些奴隶罢。"

出乎我的意料之外，他又把眼光向我射来，这一次他的眼光里充满了骄傲。他昂然说："我的祖先原是奴隶呢!"他叙说这个，好像在叙说一个功绩。他没有一点羞惭，这使我更加惊疑了。

"不见得吧，你何必这样谦虚，我们既然是熟朋友。"我说。

"谦虚？我为什么要谦虚？"他惊奇地说。看他的神气，好像我说了什么奇怪的话似的。

"但是你明白地说你的祖先是奴隶。"我解释说。

"我的祖先本来就是奴隶。"

"然而你在大学里读书……"我说，我还不肯相信他的话。

（二）

"你说奴隶的后人就不应该在大学里读书吗？"他傲慢地问，"我看你的祖先也不见得就不是奴隶罢。"

我好像头上受了鞭打，捧着头跳起来。我认为我受了大的侮辱。我向着他走去。我站在他面前，我气愤地看着他说："你以为我的祖先跟你的一样吗？不，决不。告诉你，我的父亲有十六个奴隶，我的祖父有八个奴隶，我的曾祖有四个奴隶，再数上去，我的祖先还有更多的奴隶呢！"其实再数上去究竟有没有奴隶还是个问题。我的高祖也许是一个没有奴隶的小商人，也许就是奴隶的后裔，都是可能的。然而我却时常想他是一位大官，有华丽的府第，有不少的姬妾，还有几百个奴隶。

虽然不是常常，但我确实有几次对人说过："我的祖先做过大官！"可是如今他却敢在我面前说我是奴隶的后人，这个侮辱太大了。我一生只受到过一次这样大的侮辱！我不能够忍受。我要对他报复。我用憎怒的眼光看他。我们的眼光遇在一起了。在他的冷酷的眼光下面，我渐渐地恢复了平静的心境。我想我应该对他客气一点，因为他曾有恩于我，于是我懊悔地回到自己的座位上来。

"是的，这个我相信你，因为像你这样的人一定是从奴隶所有主的家里生出来的。同样像我这样的人也一定不能够生在奴隶所有主的家里。而且我正以此自豪。"他的态度很傲慢。显然他的话里含得有若干讽刺。

我想他一定是妒嫉到发狂了，便忍不住笑起来。

他的脸上现出了愤怒的表情，他用手在眼前拂了拂，好像要把我从他的眼前拂去似的。"你笑什么呢？是的，我以做奴隶的后人自豪。因为他们的心跟我的心接近。……你知道些什么呢？在你的华丽的房屋内，温暖的被窝中，甜蜜的好梦里，你究竟知道些什么呢？……我恨不得使你们这般人的眼睛睁大一点！……是的，我是一个奴隶的后人，我用不着讳言。我可以毫不惭愧地宣布我是一个奴隶的后人。我的父母是奴隶，我的祖父是奴隶，我的曾祖是奴隶，这样数上去，也许在我家里，根本就找不出一个不是奴隶的人来。"

我想他一定疯了，最好还是设法骗他出去，免得他在这里有什么意外的举动。但是他马上接着说下去：

"是的，你有十六个奴隶。你满足，你快乐，你骄傲。可是你知道你的奴隶是怎样生活的吗？你知道一个，是，只说一个奴隶的故事吗？……不，你不会知道！

"好，让我告诉你一些奴隶的故事罢。……我的祖父是一个很忠心的奴隶，我再没有看见比他更忠心的人。他在主人家里辛辛苦苦地作了五十年的苦工。他是奴隶的儿子，所以在很小的时候就做奴隶了。在我有记忆的时候，我就看见他的头发已经灰白了。那时我们住在公馆后面一间破屋内，父亲、母亲、祖父和我。但是母亲不常到这里睡，她要在上房里服侍太太、小姐。我常常看见祖父给大小的主人责骂，他总是红着脸低着头接连地应着'是'字。在冬天，大风摇撼着破屋的屋顶，冷气从缝隙里透进来，我们冷得睡不着，床太硬了，被太薄了。一个像我这样的小孩，一个像祖父那样的老人，还有一个我的正在壮年的父亲。我们去找了些枯枝败叶和干草，在土地上烧起一堆火，大家便蹲着烤火。这时候祖父的话匣子便打开了。他讲起他的种种事情，又开始他的说教，要我将来做一个正直诚实的好人，要我像他那样忠心地服侍主人。他说有好心是有好报的。父亲是不爱说话的人。在祖父的一番说教之后，我们看见火势渐渐地衰了，而且时候也不早了，于是三个人紧紧地抱着，在床上度过了寒冷的夜晚。

"祖父所说的'好报'终于来了。一个夏天的早晨，他忽然失踪了，后来有人发现他吊死在花园里树枝上。我没有看见他死后的面貌，因为母亲不许我去看，而且人们很快就把尸体处理好了。祖父躺在木板上，一张席子盖住他的上半身，我只看见他那双肥大而污秽的脚。据说他吊在树上时的那样子很可怕。两只眼睛突出来，舌头长长地伸出到外面。有时候我很庆幸不会看见他的这样子，有时候我又因此而悔恨了。总之，从此在我的生涯里，我的祖父就消失了，我就永远不能够再看见他了。

"祖父为什么要吊死呢？据说原因很简单：原来在他临死的前一天，主人发现失掉了一件贵重的东西，说是祖父偷出去卖了。祖父分辩说，他从来对主人就很忠心，决不敢偷主人的东西。然而分辩的结果是主人打了祖父两记耳光，痛骂了他一顿，要他赔偿。祖父自己很惭愧，觉得对不起主人，不能获得主人的信任，不能报答主人的恩典。他越想越苦恼，加以他做了多年的奴隶，并没有积蓄，赔不起这一笔钱。于是在五十年忠心服侍主人之后，结果是用一根裤带把自己吊死在主人花园里的槐树上，这就是祖父所说的'好报'了。

"公馆里的人虽然可怜祖父，但是都承认东西是祖父偷了的。从此我不但是奴隶的后人，我又是窃贼的孙儿了。然而我不相信我的祖父会偷东西。我相信他不会做这样的事。他是一个好人。我常常对母亲和父亲说：'妈妈，爹爹，告诉我，那东西不是祖父偷得。

他不会偷窃任何人的东西。'常常在晚上，父亲把我抱在怀里，父亲因为白天工作忙碌，很快地就闭上了眼睛。我却想起我的好祖父。我睡不着，我想着那突出的眼睛，那伸长的舌头，我想象着祖父平日的慈祥的面颜。我淌了眼泪。泪水迷了我的眼睛。我忽然觉得我是在祖父的怀里了。我紧紧地抱着他。我感动地大声说：'爷爷，我相信你不会偷人家的东西。我相信东西不是你偷的！'

"有人在说话了：'牛儿，你说什么？'我分辨出这是父亲的声音。我属牛，所以我的小名叫做牛儿。我揩了揩眼睛，祖父已经不见了。我的身边睡着父亲。我大声哭起来。这一来父亲也不能够睡了。他明白我的悲哀。他也流了眼泪。他哭着安慰我说：'牛儿，你说得很对，东西不是你爷爷偷的，我知道是什么人偷的。'于是我拉着父亲的膀子着急地说：'告诉我是什么人偷的。告诉我是什么人偷的。你知道。你要告诉我。'父亲显得很为难。他迟疑了一会儿，叹了口气，然后说：'我告诉你。你要赌咒不告诉人。'我发誓了，虽然孩子的嘴是不可靠的，但是他终于对我说了。他悲声说：'我知道是小主人偷的，你爷爷也知道。这是不能够告诉别人的。你爷爷愿意断送他的性命，我也不能够说出真话来。现在人死了，说出来，也没有人相信，而且会给我们自己招来麻烦。……'"

彭说到这里略略停了一下，接着苦笑地解释道："我这里转述的父亲的话自然不是他的原句，不过我相信我还没有把他说话的大意忘掉。你不会以为我是在编造故事吧。"

我默默地点了点头，又让他继续说下去："我不明白父亲的理由，但我相信他，我不再问他了。不过我还想念我的祖父，哭我的祖父。

"这些时候我还有父亲同母亲。我爱他们，他们也爱我。自从祖父死后，父亲脸上总是带着愁容，我很少看见他笑过。

有一天晚上，已经是冬天了，父亲带着我在屋里烤火。外面忽然起了吵闹声，接着又有人在喊'救命'！我吓得连忙往父亲的怀里躲，紧紧抱住父亲的颈项。父亲温和地在我耳边说：'不要紧，不要怕，爹爹在。'后来外面寂然无声了。不多几时有人把我父亲叫了去，说主人唤他。他去了，许久不见回来。我一个人在屋子里怕得很。后来父亲同母亲回来了。两个人脸上都有泪痕。父亲抱着我哭个不止，他又跟母亲讲了些伤心话。这个晚上我们三个人抱着睡。父亲同母亲说的话我现在都记不起了，因为有些话的意义我当时还不懂。我只记得有几句：'还是让我死了好，我活着有什么用处？我们是主人的奴隶，我们只有听从主人的话。……我们会生更多的儿子，儿子又会生孙儿，都是给人家做奴隶的，没有一个人会逃掉奴隶的命运。与其活着，让牛儿也给人家做奴隶，让奴隶的血统延长下去，还不如由我把这条命卖给主人，让牛儿读点书，将来也有个出头的日子。'……"

彭这时眼睛红了，他停了停，又说："父亲的话我现在还记得。我一生也不会忘记。固然在这里我把他的话修饰了一下，使它们更接近你们的语言，但是你总可以多少感到他那颗心还在这些话里跳动着。

"……母亲不多说话，只是抱着父亲哭，口里喃喃说：'你叫我怎么舍得你？'我不明白他们为什么要这样做，但是我也哭了。

"第二天早晨我们还睡在床上，就有人来把父亲带走了。母亲拉着他的袖子哭，我也跟着母亲那样做。他们说，他昨天晚上打死了人。我不相信。昨天晚上他明明陪着我烤火。外面吵闹声起来的时候，父亲正把我抱在怀里，他并没有离开我，他不会到外面打死人。我心里非常着急，我去拉着他的衣袖对他说：'父亲，告诉他们，你昨晚上是陪着我在烤火，你不会到外面去杀人的。'父亲不开口，只顾望着我流泪，我的头脑要混乱了。我想难道他疯了吗？我更着急地哀求说：'父亲，你为什么不告诉他们你昨晚上在这里陪着我烤火呢？你疯了吗？你明明白白不会杀人呢！'父亲抽泣地回答了一句：'牛儿，那人是我杀的。'只有这短短的一句话。'父亲，你骗我，我知道你没有杀人……'我的话还没有说完，我就被摔倒在地上，而父亲就给人带走了。"

（三）

"从此我就没有再见到父亲一面。据说不到几个月工夫他就病死在监牢里面。我的母亲也不在公馆里做事了。我们搬到公馆外面住，而且我还得到了读书的机会。我们的用费都是由主人供给的。他买了我父亲的命，替他的儿子死（我后来听见人说那个人是小主人打死的），他并不曾违背他的诺言。……你道我感激他吗？不，我恨他，我恨他的儿子！他们是我的仇人，他们害了我的祖父同父亲。然而他们的钱我是要用的，那是我父亲用性命换来的。父亲牺牲了性命，却把我造成了现在这个样子。他的目的达到了，无论如何我是要把奴隶的血统终止的。……"

他突然闭了口。我看见他的脸上起了一阵可怕的痉挛。他极力咬着嘴唇皮，好像要忍住一种愤怒的爆发。我想他一定还隐匿着什么话未说出来。我虽然多少被他的话感动了，但是我还在用锋利的探索的目光看他。我的眼光并不把他放松，似乎在问他："你还有什么不可告人的隐衷吗？"

他好像明白了我的意思，他的脸色马上涨红了，不知道是因为羞愧，还是因为愤怒。他站起来在房里大步走了几步，又坐下来，脸上的表情忽然变得很可怕了。他说："不错，我的故事是不完全的，我还隐藏着什么话没有说。……现在我还是说了罢。有一天我从学校里回来得早一点，我看见母亲同一个男人坐在床上。他们不曾看见我。我躲在门外。我的心里被愤怒和羞愧填满了。我在外面苦苦地用功读书的时候，我的母亲在家里陪男人玩。这个思想刺痛我的心，然而我爱母亲，我不愿当面侮辱她。而且我也认出这个男人，就是我的小主人。不是别一个，正是小主人！就是他害了我的祖父，他害了我的父亲，他现在又要来害我的母亲了。我仿佛听见母亲对小主人说：'快走，快走，牛儿要回来了。'小主人说了几句话，母亲接着又说：'请你不要常来，常来会碰见牛儿的。请你开个恩，发个慈悲罢。'……

"我走进了屋子，母亲一个人坐在床沿上埋着头在想什么。我连忙奔到她的面前。她吃了一惊，脸涨得通红，问：'你回来了?'

"我紧紧抱着她的腿。我羞愧地、愤怒地说：'妈，你好羞呀！爹死了不到一年，你就陪别人玩！'母亲不说一句话。'我在学堂里苦苦用功，你却干这种事，妈，你好羞呀！'母亲只叫出'牛儿'两个字，就斜着身子俯在床上呜呜地哭起来了。母亲的哭声使我的心软了。我记起她怎样爱我，怎样体贴我，怎样每天晚上陪伴我温习功课，又怎样安慰我，鼓舞我。我便向她谢罪说：'妈，我错了，我不该对你说这些话，使你伤心。请饶恕我。'她不动，又过了一些时候，她才抬起头，坐起来，叫我仍旧靠在她的身边。她悲声说：'牛儿，你不错。我要请你饶恕我。自从你爹死后，我心里就只有你。我活着也只是为了你。不是为你，我情愿跟你爹到地下去。你不记得你爹临死前说的话? 他一定不让你做奴隶，要你读点书，好有个出头的日子。他舍了一条性命，我还舍不得一个身子吗? 不知道是前世冤孽还是别的缘故，我在公馆里伺候太太、小姐的时候，小主人就常常跟我胡缠。我当时总是设法避开他。你爹死了我搬出来以后，他又常常来找我。自然我知道他是拿我来开开心。他到别的地方去没有这么容易，也要怪我自己的脸子生得端正一点。如今我们拿他家的钱过活，你要读书，又离不了他家的钱。他这个人什么事都做得出来。我没法不答应他。……牛儿，请你饶恕我。为了使你读书，使你不再做奴隶，你妈是不顾惜这个身子的。'自然这些话都不是她的原句，我只记得大意罢了。

"我把她抱得更紧。我觉得我更爱她，比从前更爱。我痛苦地说：'妈，太苦了你了，我以后不要读书了。我不能够让你再受这样大的痛苦。我以后再也不要读书了。我还是去做奴隶罢。'

"她连忙用手蒙住我的嘴说：'不要乱说。你要读书，你要做一个好人。为了你读书，你妈妈吃一辈子的苦也情愿。'

"母亲哭着把我劝了一个晚上，我终于听从了她的话。第二天早晨我依旧上学校去读书，而且以后也不再提起不读书的话。我非常用功，我盲目地尽量吞食学校给我的知识。我相信在这些知识的彼岸便是我的光明的前途。我决定要努力实现父母的愿望把奴隶的血统终止。

"然而痛苦的现实沉重地压在我的头上，过去又像鬼魂一般抓住我的心。生活太痛苦了，尤其是对于一个想从奴隶的境地中努力爬起来的人。不过我还有希望，我还有母亲的爱和母亲的愿望。这可以鼓励我忍耐一切。

"自然小主人还常常来。我心里非常恨他，但是对他也没有什么表示。他走了以后母亲好像变了一个人。她总要哭许久，使我费许多工夫去安慰她。这样的生活如果多继续一些时候，我母亲早就死了。幸好过了四五个月的光景小主人讨了一个年轻的姨太太，从此就不再到我家来了。母亲和平地同我在一起过了几年，一直到我来这里进大学的时候。

"母亲死了以后到现在又有三年了。我没有一天忘记过她，我没有一天忘记过祖父和父亲。我常常想起他们的卑贱的生存，我一点也不惭愧，我没有红过一次脸。我很骄傲我的祖先是奴隶，是的，我很骄傲。固然我的祖父被人诬为窃贼而上吊，我的父亲代人受罪病死在狱中，我的母亲被人奸污。但是你能够说他们身上有什么污点吗？他们害过什么人吗？……"他的话说得更急了，"是的，你会嘲笑他们，你会鄙视他们。要是你能够知道他们的心啊！他们的黄金似的心，在你们那般人中间是找不出来的！

"我常常在深夜不能够闭眼。我想着他们，我的心被一种思想折磨着。这并不是羞愧，这是愤怒。我想象着：这时候我安静地睡在床上，然而在别处还有那两百万以上的奴隶在悲泣他们的不幸的命运。他们就像我的祖父他们那样地生活，受苦。就在这时候，主人们已经沉醉在甜蜜的好梦里了，而他们，年老的被人诬为窃贼，等待着第二天早晨吊死的命运；壮年的被逼着替主人受罪，等着受刑；做母亲和做女儿的都睡在主人的怀里，任他们调笑；孩子们紧紧抱着父亲痛哭。这时候我的心里充满了恶毒的诅咒。我诅咒你们，我诅咒你们那般人。我要消灭你们，不留一个。你们害死我的祖父，又买了我父亲的命，奸污了我的母亲。现在他们都死了，而你们还活着。我要向你们报复……"

他的样子变得更可怕了。他站起向着我走过来。我吃了一惊，几乎要叫出声来，正要抵抗，他却走向窗前去了。他站在窗前，看着外面的景物，忽然把手指向外面一伸，愤怒地说："你看！"我随着他的手指看去，正看见斜对面的小高尔夫球场。球场里电灯燃得十分辉煌，两三个白衣侍仆在门口徘徊，一个半裸的外国女子在那里卖票。一对一对的装饰得很漂亮的男女青年安闲地朝门里走去。

"我们整年整日辛苦地劳动，我们的祖父吊死在树上，我们的父亲病死在监牢里，我们的母亲、姊妹受人奸污，我们的孩子在痛哭。而那般人呀，从你们那般人中间找不出来一个有良心的。"他的声音里含着无穷的愤怒，似乎整个阶级的多年来的痛苦都在他的声音里面荡漾了。这个声音无情地鞭打着我的心。我的眼睛突然睁开了。我的眼前出现了许多幅悲惨的图画。我清楚地知道我家里有十六个奴隶，而且我记起来我曾经有意把奴隶的数目增加到三十二。十六，三十二，这两个数字不住地在我眼前晃来晃去。我仿佛觉得我就是那个小主人，我在陷害人家的祖父，让人家的父亲代我受刑，奸污人家的母亲。我感到一种恐怖，好像有两只攫取捕获物的眼睛在我的身上转，我想我的末日到了。我不觉惊恐地叫了起来。

"郑，什么事？你在叫什么？"他温和地问。

我半晌说不出话，我只顾揩眼睛。

"郑，你怕我吗？你知道我是不会害你的。"他苦笑地说。

这时候我已经镇静多了。我注意地看他的脸，那张脸上并没有凶恶的样子。我记起了他曾经救过我的性命。我惊疑地问："彭，你当初为什么要救我的命？我也是一个奴隶所有主，我也是你的仇人，你为什么不让我给汽车碾死呢？"

他苦笑着，半晌不做声，然后温和地说："大概我还有这颗奴隶的心罢。"

我静静地望着他，很想痛哭一场。

他看见我不说话，以为我不懂他的意思，便解释道："把自己的幸福完全抛弃，去给别人谋幸福。为了别人甘愿把自己的性命牺牲，一点也不悔恨：这就是所谓奴隶的心罢。这颗心我的祖先传给我的祖父，祖父传给父亲，父亲又传给我了。"他用手指指着胸膛。我望过去，我仿佛看见一颗鲜红的大心在他的胸膛里跳动。我又回头看自己的胸膛。我的漂亮的法兰绒上衣遮住了一切。

"这颗奴隶的心，要到什么时候我才可以去掉这颗奴隶的心啊！"他的痛苦的声音直往我的耳边送。我连忙蒙住耳朵。我连这颗奴隶的心也没有！也许我竟是全然没有心的人。我的确被羞愧、恐怖、悲哀、昏乱压倒了。我甚至不知道他是什么时候走的。

以后我也不常跟他见面，因为他的举动渐渐地变得更古怪了。操场里很少有他的脚迹，也不看见他在校外散步。我常常在寝室里找他也找不到。我们终于疏远了。后来我也就忘记了他的故事。我有我的朋友，我有我的娱乐。我也进电影院，我也进跳舞场，我也和女朋友同去玩小高尔夫球。我跟朋友们谈起各人家里的奴隶时，我也很骄傲地说："我家里有十六个奴隶，而且我将来一定要把奴隶的数目增加到三十二个！"

我毕业以后不到几年的工夫，我的愿望果然实现了。我有了三十二个奴隶。他们忠心地服侍我们一家人。我快乐，我满足。我早把彭告诉我的奴隶的故事忘得干干净净了。

有一天我和妻在花园里纳凉，五个奴隶在旁边伺候。我翻阅当天的报纸，偶尔在本埠新闻栏里发见一则枪毙革命党人的记事。这个革命党人的姓名跟彭的姓名相同。我知道一定是他，一定是那个救过我的命而又被我忘记了的恩人。他那些被我忘却了多年的话又浮现在我的脑子里了。我想他现在是把那颗奴隶的心去掉了。他的奴隶的血统是从此终止了。这在他也许是幸事。但是我想起他救过我的命的事情，总觉得歉然。我望着报纸想了一些时候，忍不住长叹了两声。

"亲爱的，你好好地为什么叹气？"妻伸过手来抚摩我的手，用她的温柔而惊讶的眼光看我。

"没有什么，我从前的一个同学死了。"我淡淡地回答道。我看见妻的充满爱情的美丽的脸和明亮的大眼睛，我把一切都忘掉了。淡淡地这样回答她以后，便把报纸抛在草地上，去抱了她的颈项，和她接了一个甜蜜的吻。

选自 1931 年《小说月报》第 22 卷第 12 期